MORGANE MONCOMBLE
Never Too Close

MORGANE MONCOMBLE

NEVER TOO CLOSE

ROMAN

*Ins Deutsche übertragen
von Ulrike Werner-Richter*

LYX in der Bastei Lübbe AG
Dieser Titel ist auch als E-Book und Hörbuch erschienen.

Die Originalausgabe erschien 2017 unter dem Titel »Viens, on s'aime«
bei Hugo et Compagnie, Paris, Frankreich.

Copyright © Morgane Moncomble, Hugo et Compagnie, 2017
This edition is published by arrangement with Hugo Publishing
in conjunction with its duly appointed agents L'Autre agence, Paris,
France and Bookcase Literary Agency, Fl, USA. All rights reserved.

Für die deutschsprachige Ausgabe:
Copyright © 2019 by Bastei Lübbe AG, Köln
Redaktion: Hannah Brosch
Covergestaltung: ZERO Werbeagentur, München,
unter Verwendung eines Motivs von © PixxWerk®, München
Satz: Greiner & Reichel, Köln
Gesetzt aus der Adobe Caslon
Druck und Einband: C.H.Beck, Nördlingen

Printed in Germany
ISBN 978-3-7363-1122-0

1 3 5 7 6 4 2

Sie finden uns im Internet unter: www.lyx-verlag.de
Bitte beachten Sie auch: www.luebbe.de und www.lesejury.de

Ein verlagsneues Buch kostet in Deutschland und Österreich jeweils überall dasselbe.
Damit die kulturelle Vielfalt erhalten und für die Leser bezahlbar bleibt, gibt es die
gesetzliche Buchpreisbindung. Ob im Internet, in der Großbuchhandlung, beim
lokalen Buchhändler, im Dorf oder in der Großstadt – überall bekommen Sie
Ihre verlagsneuen Bücher zum selben Preis.

Für meine Mutter

Prolog

Ein Jahr zuvor

Violette

Ich sehe toll aus. Ich sehe toll aus. Ich sehe …

»Autsch!«

Ich lasse das Glätteisen fallen, um meine verbrannte Hand zu erlösen, und springe hastig beiseite, damit es nicht auch noch auf meinem Fuß landet. Verdammt! Mit dem schmerzenden Finger im Mund hebe ich es wieder auf. Wo war ich stehen geblieben? Ach ja. Ich sehe toll aus.

Der Spiegel zeigt allerdings etwas anderes.

Ich entkräusele die letzte meiner blonden Locken und achte darauf, das Glätteisen auszuschalten, ehe ich es ablege – ich bin gerade erst in diese Wohnung eingezogen und sollte vielleicht noch ein wenig warten, bis ich das Haus in Schutt und Asche lege.

Für ein natürlicheres Aussehen fahre ich mir mit den Fingern durch die Haare, ehe ich einen letzten Blick in den Spiegel werfe.

Toll ist vielleicht nicht die exakteste Bezeichnung für mein Aussehen an diesem Silvesterabend, aber egal. Es geht schon. Immer noch besser als Anfang der Woche, als ich mich krank und hundeelend herumgeschleppt habe.

Scheißgrippe.

Ich trage transparenten Lipgloss auf, während ich versuche, mir mit einer Hand die High Heels anzuziehen. Wie eigentlich immer bin ich spät dran. Dabei habe ich extra zwei Stunden früher angefangen, mich fertig zu machen, um genau dieses Problem zu vermeiden. Aber das scheint unmöglich zu sein.

Die grünen Paillettenshorts liegen auf der Couch. Ich schaffe es reinzuschlüpfen, ohne eine Laufmasche in meine Strumpfhose zu reißen. Erste Herausforderung erfolgreich bestanden! Nachdem ich meine weiße Bluse abgebürstet und einen kurzen schwarzen Blazer angezogen habe, schaue ich mich in der Wohnung um.

»Hab ich was vergessen?«

Scheint nicht so. Also stopfe ich mein Handy und meine Schlüssel in die Tasche und lasse die Tür hinter mir zufallen. Schritt zwei: *Well done!* In diesem Augenblick vibriert es unter meinen Händen. Meine neue Freundin Zoé ruft an. Ich gehe dran, während ich den Fahrstuhlknopf drücke.

»Hallo?«

»Hi, ich bin's. Alles klar?«

»Bestens. Und bei dir?«

Der Aufzug befindet sich im obersten Stockwerk und braucht unendlich lange. Ich fluche leise vor mich hin. Zoé wird mich umbringen. Sie hasst unpünktliche Menschen.

»Sag bitte nicht, dass du zu spät kommst.«

»Ich? Auf keinen Fall«, leugne ich, während ich wie bescheuert immer wieder auf den Knopf drücke, als ob der Fahrstuhl dadurch schneller würde.

»Sicher?«

Sie kommt mir misstrauisch vor. Ich befürchte fast, dass sie im Aufzug steht, wenn sich die Türen öffnen, mit dem Finger auf mich zeigt und »LÜGNERIN!« ruft.

»Wenn ich es dir doch sage! Wo bist du gerade?«

»Vor der Bar gegenüber von Claires Wohnung.«

»Siehst du mich etwa nicht?«, erkundige ich mich, als wäre ich überrascht.

»Äh … nein.«

Ich weiß, dass sie mir nicht glaubt. Obwohl ich in Mathe eine totale Niete bin, rechne ich kurz nach. Wenn ich mich beeile, kann ich in einer Viertelstunde dort sein. Ich gehe zu Fuß. Zum Glück habe ich daran gedacht, mein Pfefferspray einzustecken – mein Vater wollte mich nicht aus dem Jura nach Paris ziehen lassen, ohne mich mit einer Großpackung davon zu versorgen. Er hat kein Vertrauen in diese Stadt. Als ob sich alle Perversen der Nation hier versammeln würden.

»Bist du blind oder was? Ich sehe dich doch! Ich winke dir sogar gerade.« Der Aufzug macht »Ding«. Ich huste, um es zu übertönen, und betrete die Kabine. »Okay, weißt du was? Bleib, wo du bist, ich komme zu dir.«

»Okay.«

Mit Sicherheit bringt Zoé mich um. Ich kenne sie zwar erst seit September, aber sie ist sehr emanzipiert und nimmt vor allem kein Blatt vor den Mund. Schon bei unserer zweiten Begegnung hat sie mir in der Toilette unserer Hochschule, der *École supérieure des arts et techniques de la mode*, ihre Brüste gezeigt und mich gefragt, ob ich ebenfalls der Ansicht wäre, dass sie auffällig groß seien. Ich musste ihre Brüste berühren. Zweimal.

Ich lege auf, während sich die Türen schließen. Gerade will ich meine Strumpfhose noch einmal zurechtziehen, als sich eine kräftige Hand zwischen die Türen des Fahrstuhls drängt.

Ein Typ steigt zu, begrüßt mich höflich und stellt sich vor mich. Langsam gleitet die Kabine nach unten. Die Stille nervt mich. Soll ich vielleicht ein Gespräch beginnen? Konversation gehört zu meinen starken Seiten, zumindest wenn mein Vater mich daran erinnert, keinesfalls über Pinguine zu reden – darauf komme ich später noch zurück. Immerhin bin ich erst vor

Kurzem hier eingezogen, und es wäre vielleicht keine schlechte Idee, mich mit den Nachbarn gut zu stellen.

Die Art, wie der Typ mir den Rücken zukehrt, veranlasst mich jedoch, den Mund zu halten. Vermutlich ist er in Eile – oder ein Arsch.

Plötzlich erzittert der Aufzug und bringt mich ins Wanken.

Ich stütze mich an der rechten Wand ab, während mein Nachbar langsam seine verschränkten Arme löst. Der Aufzug bockt noch einmal, dann steht er still. Ich rühre mich nicht, denn ich habe Angst, etwas kaputtzumachen. Wer mich kennt, weiß, dass das nicht abwegig ist.

Sekundenlang stehe ich wie versteinert, bis die Information mein Gehirn erreicht. Wir stecken fest. Wir stecken fest! Als ich den Ernst der Lage begreife, reiße ich die Augen auf und schlucke. *Atmen, Violette. Einfach weiteratmen.* Das ist weder der richtige Zeitpunkt noch der Ort für eine Panikattacke. Seit ich in Paris wohne, hatte ich keine mehr und habe auch nicht vor, wieder eine zu bekommen. Ich bemühe mich also, meine Atmung zu kontrollieren, während der Mann schimpfend den Notfallknopf drückt.

»Was ist los?«

Es sieht mir ähnlich, nachzufragen, was los ist, obwohl die Antwort auf der Hand liegt. Trotzdem will ich es hören – will den Klang einer anderen Stimme hören. Ich muss wissen, dass ich nicht allein bin.

Keine Panik, Violette, keine Panik.

»Stecken wir fest?«

Jetzt gerate ich doch in Panik. Scheiße! Ich sehe zu, wie mein Nachbar versucht, die Türen mit beiden Armen auseinanderzustemmen. Er drückt und drückt, bis es ihm gelingt, doch er lässt sofort wieder los.

»Wir sind zwischen zwei Etagen«, murmelt er vor sich hin.

»Oh mein Gott.«

Mit einer Hand auf der Brust dränge ich mich an die Rückwand der Kabine. Ich zähle meine Atemzüge, merke aber sehr schnell, dass ich durcheinanderkomme. Als letzte Hoffnung suche ich den Blick meines Nachbarn. Ich will, dass er mich beruhigt und mir versichert, dass so was ständig passiert, aber in aller Regel schnell wieder in Ordnung kommt. Leider starrt er nur auf sein Handy, vermutlich auf der Suche nach einem Netz.

»Sagen Sie mir bloß nicht, dass wir hier ... für länger festhängen ...«

»Beruhigen Sie sich, ich bin bei der Feuerwehr«, sagt er, ohne mich auch nur eines Blickes zu würdigen.

»Glauben Sie, das macht es besser? Feuerwehrmann oder nicht, Sie stecken mit mir in diesem verdammten Fahrstuhl fest und ich habe keine Ahnung, wieso diese Information mich beruhigen sollte.«

Zum ersten Mal seit dem Betreten der Kabine schaut der Mann mich an. Und was kommt mir als Erstes in den Sinn? *Es muss einen Gott geben.* Wäre das nämlich nicht der Fall, würde ein solcher Blauton nicht existieren, eine unglaubliche Mischung aus Lapislazuli und Azur. Ein dunkles Blau wie eine sternlose Sommernacht. Sofort verliebe ich mich in diese Augen. Ernst und geduldig blicken sie mich an. Sieht aus, als wäre er so etwas gewohnt. Trotzdem erkenne ich in ihnen einen ungläubigen Schimmer.

»Wenn ich dir empfehle, dich zu beruhigen, dann weil ich weiß, dass es keinen Sinn hat, der Panik nachzugeben.«

Mein Herzrasen beruhigt sich trotzdem nicht wirklich. Meine Kehle zieht sich immer mehr zusammen, genau wie die Wände. Die Kabine ist zu klein und mir ist heiß, viel zu heiß.

»Ich leide unter Klaustrophobie«, presse ich als Erklärung hervor.

»Atme tief durch die Nase ein und aus. Ungefähr zehnmal.«

Ich gehorche und schlucke Tränen der Frustration hinunter. Ich hasse mich in diesem Zustand. Und dabei hatte ich es so gut unter Kontrolle! Jeder andere könnte mit einer solchen Situation gelassen umgehen, nur ich nicht. Was hier gerade passiert, ist einer meiner schlimmsten Albträume.

»Konzentrier dich auf positive Gedanken, das sollte funktionieren. Und keine Panik, alles wird gut.«

»Leichter gesagt als getan, Monsieur von der Feuerwehr«, flüstere ich.

Er geht über meine sarkastische Bemerkung hinweg, ohne mit der Wimper zu zucken, kommt zu mir in den hinteren Teil der Kabine, setzt sich und lehnt sich mit ausgestreckten Beinen an die Wand.

Ich gehorche, bin aber immer noch am Durchdrehen. Keine Ahnung, wie er es fertigbringt, in dieser Situation ruhig zu bleiben. Dann fällt mir ein: Er ist Feuerwehrmann. Er kennt vermutlich Schlimmeres.

Ich fühle mich, als würde mein Herz unter meinen Fingern davonrennen. Ich versuche, bewusst durch die Nase zu atmen, zapple aber in der engen Kabine herum. *Konzentrier dich auf positive Gedanken, Violette. PO-SI-TIV.* Eine Katze, die vor einer Gurke erschrickt? Eine rappende Oma? Die Herbst-Winter-Kollektion von Valentino? Offenbar ist das alles nicht positiv genug, sondern beunruhigt mich nur noch mehr. In meiner Qual trete ich meinem Nachbarn auf den Fuß.

Er schreit vor Schmerz auf. »Oh, sorry!«, rufe ich.

»Jetzt setz dich endlich und hör auf, dich zu bewegen.«

Mir gefällt nicht, wie er mit mir redet, auch wenn er so leise spricht, als hätte er Angst, jemanden aufzuwecken. Aber ich versuche, mich in seine Lage zu versetzen – am Silvesterabend mit einer klaustrophobischen Irren im Aufzug festzustecken. Nach einigen Sekunden Rebellion setze ich mich neben ihn.

Er schließt die Augen und lehnt den Kopf an die Wand. Ich nutze die Gelegenheit, um ihn verstohlen zu betrachten. Merkwürdigerweise beruhigt es mich, ihn anzusehen. Er ist nicht übel. Eigentlich sogar ziemlich süß. Der Feuerwehrmann hat an den Schläfen kurzes und oben längeres, kaffeebraunes Haar. Seine Kiefermuskeln sind ständig in Bewegung und seine Augen haben mich vorhin geradezu geblendet.

Mit gerunzelter Stirn erkenne ich einen seltsamen Fleck an seinem Hals. Zunächst denke ich an ein Muttermal, ehe mir klar wird, dass es unter seiner Jacke verschwindet und sich bis zum Kinnansatz hinaufzieht. Die Haut ist dort rosiger und glänzender. Wie nach einer Verletzung.

Ich wende den Blick ab, weil ich es unhöflich finde, ihn anzustarren, auch wenn er es nicht sieht.

»Erzähl mir von dem schlimmsten Einsatz, den du je erlebt hast.«

Es ist mir so herausgerutscht. Wenn ich ihn sprechen höre, muss ich vielleicht nicht ständig daran denken, dass ich mich in einem derart engen Raum befinde, und fühle mich weniger schuldig, Zoé und die anderen zu versetzen. Mein Nachbar hat mich gehört, das weiß ich. Trotzdem hält er die Augen geschlossen.

»Das willst du nicht hören.«

»Wie kommst du darauf? Schließlich habe ich dich darum gebeten!«

Ich kann den Blick nicht von seinem Gesicht abwenden. Er scheint ein wenig älter zu sein als ich. Wenn er schon Feuerwehrmann ist, kann es nur so sein. Ich bin fast neunzehn.

»Wenn das so ist, will ich eben nicht darüber reden.«
Okay. Wenn er Spielchen spielen will ...
»Gut, dann vom zweitschlimmsten.«
Dieses Mal öffnet er die Augen und schenkt mir einen müden Blick.
»Du gibst wohl nie auf?«
»Selten. Und schon gar nicht bei knurrigen Typen wie dir. Entweder du redest oder ich bekomme eine Panikattacke. Du hast die Wahl!«

Er erkennt meinen flehenden Gesichtsausdruck. Ich will es ihm nicht zeigen, aber ich habe Angst. Angst vor einer Panikattacke, weil ich so etwas nur zu gut kenne. Es ist die Hölle. Ich habe keine Lust zu glauben, dass ich heute Nacht sterben muss. Eigentlich wollte ich feiern und ein paar Cocktails trinken, um das neue Jahr angemessen zu beginnen.

Er wendet den Blick ab und starrt vor sich hin. Ich muss ein paar Sekunden warten, ehe er beginnt:

»Es war in einem Mietshaus in Paris, ein bisschen so wie dieses hier.«

Erst jetzt, da mein Herz wieder mit einer akzeptablen Frequenz klopft, stelle ich fest, dass er eine schöne Stimme hat. Ein wenig rau, aber nicht so, als hätte er zu viel geraucht. Sie klingt eher, als wäre eines seiner Stimmbänder leicht beschädigt.

»Als wir ankamen, schlugen Flammen aus einem Fenster. Draußen standen Menschen. Meine Kollegen kümmerten sich um sie. Alle waren in Panik. Wir sagten ihnen, sie sollten sich beruhigen und auf die Sanitäter warten.«

Ich hänge an seinen Lippen. Die ganze Szene spielt sich vor meinem inneren Auge ab.

»Diejenigen, die noch im Haus festsaßen, riefen um Hilfe und flehten uns an, sie zu retten«, fährt er fort. Seine Stimme klingt wie weit entfernt, wie in den Flammen verloren. »Einige schrien sogar, dass ihre Füße brennen würden.«

Instinktiv halte ich mir eine Hand vor den Mund. Er hatte recht – das will ich wirklich nicht hören. Um meine Schwäche nicht zuzugeben, beiße ich mir auf die Lippe und lasse ihn seine Geschichte fortsetzen.

»An einem der Fenster im dritten Stock brannte es noch nicht. Eine Familie wartete darauf, dass wir sie rausholten. Ein Mann, seine Frau und ihre ungefähr fünfzehnjährige Tochter. Ich habe keine Sekunde gezögert. Ich nahm die Schiebeleiter, ging in den Hof und kletterte an der Fassade hoch.«

»In den dritten Stock?«

»Jep. Die Leiter war ein Stück zu kurz, aber ich kletterte Stockwerk für Stockwerk nach oben. Als ich bei ihnen ankam, bat mich der Vater, seine Tochter mitzunehmen. Ich sah sofort, dass es nicht mehr lange dauern würde, das Feuer hatte sich bereits in den Raum gefressen. Es war unglaublich heiß … Ich habe der Kleinen gesagt, sie sollte sich an mir festklammern, und den Eltern befohlen, nacheinander gleich hinter uns runterzusteigen. Aber die Leiter reichte nicht bis ganz nach oben. Ich wusste, es würde zu lange dauern.«

Er zieht die Beine an und stützt die Ellenbogen auf die gespreizten Knie. Sein Blick ist auf seine Hände gerichtet, als suche er nach einer Antwort auf etwas. Vielleicht darauf, wie er sie alle hätte retten können.

»Ich hatte mit der Tochter gerade den ersten Stock erreicht und die Mutter den zweiten, als das Feuer in der dritten Etage voll ausbrach. Der Vater erkannte, dass er nicht mehr schnell genug hinunterklettern konnte.«

Er unterbricht sich. Der Rest macht mir Angst. Atemlos frage ich nach dem Ende: »Ist er verbrannt?«

»Nein. Er ist gesprungen, weil er hoffte, die untere Etage

erreichen zu können. Aber er landete zerschmettert auf dem Bürgersteig. Vor den Augen seiner Familie.«

Ich reibe mir die Augen und mir wird plötzlich schlecht. Ich kann Menschen, die einen so furchtbaren Job ausüben, nur bewundern. Sicher, sie retten Leben. Allerdings sind sie auch Zeugen des Todes. Und zwar ständig. Das ist etwas, was ich nicht ertragen könnte.

»Haben Mutter und Tochter es geschafft?«

»Ja«, seufzt er und reibt sich den Hals. Er sieht müde aus. »Ich konnte sie rechtzeitig hinunterbringen und kümmerte mich darum, dass sie mit Sauerstoff versorgt wurden.«

»Eine schreckliche Geschichte.«

»Ich habe dich gewarnt.«

»Warum machst du das?«

Er runzelt die Stirn, ohne mich anzusehen. Schon seit dem ersten Moment fällt mir auf, dass er es vermeidet, meinem Blick zu begegnen. Was ich nicht verstehe. Oder vielleicht doch: Es bedeutet, dass ich immer noch halbtot aussehe. Und das finde ich alles andere als gut.

»Ich liebe meinen Job. Ich fühle mich gern nützlich.«

Was soll ich darauf antworten? Ich glaube, ich weiß, was er meint. Aber ich studiere Modedesign, also kann ich es wohl doch nicht wirklich verstehen. Menschen das Leben zu retten und BHs zu nähen ist nicht ganz dasselbe. Mein Vater ist allerdings Polizist. Und ich habe seine Beweggründe immer respektiert. Auch wenn es fürchterlich ist, sich ständig Gedanken machen zu müssen, ob er abends lebend zurückkommt. Ich weiß nicht, ob ich damit umgehen könnte.

»Ich glaube, ich würde doch lieber über was anderes reden. Zum Beispiel über Babypandas oder Lindsay Lohans letzten Entzug ...«

Eine lange Stille folgt. Natürlich machen sich sofort meine

Stresssymptome wieder bemerkbar. Sobald niemand mehr redet, fällt mir auf, dass die Kabine viel zu klein ist. Kein Fenster, keine Luftzufuhr, ich habe nicht mal Wasser dabei und – oh Gott – was, wenn ich aufs Klo muss? Ich nehme mir vor, in Zukunft immer eine Flasche dabei zu haben.

Völlig überraschend ist er es, der die Stille bricht:
»Wohnst du hier?«
»Ja.«
»Seit wann?«
»Seit drei Monaten. Letztes Jahr war ich im Studentenwohnheim, aber da hat es mir nicht gefallen, deshalb wollte ich für mein zweites Jahr eine eigene Wohnung mieten.«
»Allein?«
»Was soll die Frage? Bist du etwa ein Serienmörder?«

Er dreht sich zu mir um und betrachtet mich mit einem seltsamen Blick, den ich nicht definieren kann. Wenn ich nervös werde, antworte ich oft, ohne nachzudenken, rede zu schnell, sage einfach irgendwas. Das ist meine Art, mit der Situation umzugehen. Um nicht allein dem Stress ausgesetzt zu sein. Vielleicht auch, um unverblümt die Wahrheit sagen zu können. Nach dem langen Schweigen leide ich jedenfalls unter den Folgen.

Mein Nachbar spricht langsam, als ob er Angst hätte, eine negative Reaktion auszulösen:
»Du bist ein echt komisches Mädchen.«
»Oh danke.«

Ich lasse ein paar wertvolle Sekunden verstreichen, ehe ich antworte:
»Ja, ich wohne allein. Genau genommen mit Mistinguette, meinem Kaninchen. Sie ist ganz schön bissig, deshalb würde ich dir nicht unbedingt empfehlen, dich in meine Wohnung zu schleichen.«

»Warum sollte ich das tun?«, fragt er verwirrt.

»Ich weiß nicht genau, was Serienmörder normalerweise so tun; vielleicht um mich zu beobachten, während ich friedlich schlafe oder unter der Dusche stehe?«

Mein Fahrstuhlfreund beobachtet mich, ohne zu wissen, wie er reagieren soll. Offenbar schwankt er zwischen Grusel und Belustigung. Schließlich entdecke ich ein kleines Lächeln in seinem Mundwinkel – das erste! Er hat ein schönes Lächeln. Mit bezaubernden Grübchen, die meine Finger sofort gern verewigen würden.

»Denkst du manchmal nach, bevor du losquatschst?«

Ich werde rot vor Scham. Er ist nicht der Erste, der mich darauf aufmerksam macht. Aber es ist nicht meine Schuld, sondern ein Mechanismus, der automatisch einsetzt, wenn ich in Panik gerate. Reden hält mich davon ab, über die aktuelle Situation nachzudenken.

»Nicht, wenn ich unter Stress stehe. Bei meiner mündlichen Abiprüfung war ich so aufgeregt, dass ich es mitten in meinem Vortrag über *Der große Gatsby* für sinnvoll hielt, den Prüfern mitzuteilen, dass Charleston-Kleider ›wirklich sexy sind, auch wenn sie nicht gerade die Titten betonen‹. Ich glaube, da ist die zukünftige Designerin in mir zum Vorschein gekommen. Immerhin hab ich fünfzehn Punkte geschafft, auch wenn ich das Wort ›Titten‹ benutzt habe. Ziemlich gut, der Rest meiner Klasse ist unter vierzehn geblieben.«

Ich höre auf zu reden, um Luft zu holen und auch weil ich merke, dass ich wieder einmal meine Lebensgeschichte erzähle. Glücklicherweise sieht er mich nach wie vor mit diesem leichten Lächeln an. Kaum wahrnehmbar, gerade genug, dass man es erkennen kann.

»Wow«, murmelt er. »Ich hab zwar schon von Mädchen wie dir gehört, aber immer geglaubt, ihr wärt ein Gerücht.«

Ich verstehe nicht. Was soll dieses »Mädchen wie ich« heißen? Ich frage lieber nicht, was er damit meint, da ich fürchte, mich mal wieder lächerlich zu machen. Stattdessen ziehe ich die Knie bis unters Kinn an und denke an Zoé. Inzwischen hat sie mich angesichts der fortgeschrittenen Stunde sicher längst abgeschrieben. Ich frage mich, ob ich nicht lieber wieder nach Hause gehen sollte – über die Treppe, versteht sich. Schließlich habe ich noch eine Menge auszupacken. Ich hasse Umzugskartons.

»Dann wohnst du also auch hier«, sage ich, um das Thema zu wechseln.

»Ja, richtig. Nummer 122. Aber ich würde dir von dem Versuch abraten, mich nackt unter der Dusche zu beobachten.«

Mit der Wange auf den Knien wende ich ihm das Gesicht zu. Es überrascht mich, ihn Witze machen zu hören.

»Ich hab zwar kein Kaninchen, das auf den hübschen Namen Mistinguette hört, aber bei mir wohnt Lucie. Meine Freundin.«

Autsch. Er hat eine Freundin. Natürlich hat er eine. Was dachte ich denn? Ich spüre, wie ich dümmlich erröte. Ich hoffe, er hat das nicht absichtlich gesagt, um mir zu zeigen, dass er nicht an mir interessiert ist. Wie auch immer, ich finde es schade. Er ist nett und sieht gut aus, ist aber in einer Beziehung. Und Männer in Beziehungen sind für mich tabu. Grundsätzlich.

Peinlich berührt tue ich so, als hätte ich seine letzten beiden Wörter nicht gehört.

»Dann kann ich mir wohl demnächst sonntags Mehl von dir leihen. Freut mich, dich kennenzulernen. Wie heißt du?«

Ich strecke ihm unter meinen Knien hindurch die Hand entgegen und er schüttelt sie. Aber wie erwartet lässt er los, ehe ich den Kontakt genießen kann.

»Loan.«

Sofort habe ich Lust, den Namen laut zu wiederholen, um seinen Klang aus meinem Mund zu hören.

»Komischer Name.«

Loan zuckt die Schultern und ich ahne, dass ich nicht die Erste bin, die ihn darauf anspricht.

»Ich nehme an, meine Eltern wollten was Originelles.«

Ich lächle. Im folgenden stummen Moment frage ich mich, wie viele Loans es wohl auf der Welt gibt.

»Und du?«

Ich dachte schon, er würde mich nie fragen.

»Violette.«

»Warum Violette?«

Ich rümpfe die Nase und verziehe halb amüsiert, halb genervt das Gesicht. Sofort senkt er den Blick und schaut weg. Ich fühle mich wie Medusa.

»Weil ich in einem Veilchengarten gezeugt wurde. *No comment*«, füge ich hinzu, als er eine Augenbraue hebt. »Ich bemühe mich immer noch, diese Anekdote aus meinem Gedächtnis zu tilgen.«

Sein Lächeln im Mundwinkel taucht wieder auf. Es ist mehr, als mein Herz ertragen kann.

»Witzig«, murmelt er, während sein Grinsen wieder schwindet.

»Sich in einem Veilchengarten zu lieben?«

»Nein. Ich finde es lustig, weil du genau danach riechst.«

Endlich hebt er den Kopf und versenkt seine blauen Augen in meinen.

»Nach Veilchen.«

Wir fordern uns einen Moment lang mit Blicken heraus, gerade lang genug, dass meine Netzhaut zu prickeln beginnt, als die Kabine wieder gefährlich in Bewegung gerät. Ich reiße die

Augen auf. Das Licht flackert. Oh mein Gott, oh mein Gott, oh mein …

In meiner Not greife ich nach seiner Hand. Ich hätte gedacht, er würde sie mir entziehen, aber überraschenderweise erwidert er meinen Händedruck. Ich will einen Witz machen, um den Rhythmus meines Herzens zu beruhigen, aber es geht nicht. Ich habe wirklich Angst. Das Licht hört auf zu flackern, der Aufzug beruhigt sich … und nimmt seine Fahrt wieder auf.

Loan und ich rühren uns nicht.

»Fährt er runter?«, flüstere ich ungläubig.

»Scheint so.«

Mein Nachbar richtet sich langsam auf und hilft mir, ebenfalls aufzustehen. Meine Hand hat er losgelassen. Aber dieses Mal hatte ich Zeit, die Wärme seiner Haut zu genießen.

»Erdgeschoss«, verkündet die weibliche Stimme in der Kabine. Kaum haben sich die Türen geöffnet, stürze ich auch schon nach draußen. Ich mache nicht einmal langsamer, um mich zu verabschieden oder ihn zu fragen, wohin er unterwegs ist – ich strebe mit großen Schritten zum Ausgang. Erst auf dem Bürgersteig fühle ich mich, als könnte ich wieder atmen. Ich kehre ins Leben zurück.

Ich lasse die Schultern sinken, schließe die Augen und lege den Kopf in den Nacken. Die Abendluft ist kalt, frisch und köstlich. Ich lasse zu, dass sie in meine Wangen sticht, während meine Brust sich hebt und senkt, hebt und senkt …

»Geht es dir besser?«

Ich wende mich Loan zu, der den Reißverschluss seiner Jacke bis zum Hals schließt. Er zieht die Schultern hoch und steckt die Hände in die Taschen. Unter der Jacke trägt er schwarze Jeans und ein weißes Hemd. Ich vermute, dass er ebenfalls zu einer Party unterwegs ist. Statt einer Antwort nicke ich nur.

»Ich fahre nie wieder mit diesem Aufzug.«

»Komisch, dass er sich ganz von allein wieder in Bewegung gesetzt hat. Morgen rufe ich mal die Hausverwaltung an und melde den Vorfall, damit sie sich drum kümmern.«

Ich nicke ein zweites Mal. Ich weiß immer noch nicht, ob ich wieder nach Hause gehen oder versuchen soll, die Mädels zu finden. Ein Blick auf mein Handy verrät mir, dass ich vier verpasste Anrufe habe. Das Schlimmste daran ist, dass ich Zoé erzählen kann, was ich will – sie wird mir niemals glauben, dass ich im Aufzug meines Wohnhauses stecken geblieben bin.

»Gut. Bis irgendwann.«

Ich muss lächeln, weil seine Wangen in der Kälte rosig werden.

»Tschüs.«

Er geht als Erster. Irgendwann wende auch ich mich ab und setze mich in Bewegung, während ich meine Freundin anrufe. Kaum fünf Schritte später höre ich ein »Psst!«. Mit gerunzelter Stirn drehe ich mich um. Loan ist stehen geblieben und blickt mich an.

»Wenn du Möbel zusammenbauen musst oder Hilfe mit den Umzugskartons brauchst – du weißt ja, wo ich wohne. Natürlich auch, wenn dir Mehl fehlt.«

Ich nicke mechanisch.

»Vielen Dank.«

Er schenkt mir ein letztes Lächeln. Ein freundliches Lächeln, das ihm sofort Grübchen in die Wangen zaubert.

»Frohes neues Jahr, Violette-Veilchenduft.«

Er wartet nicht auf meine Reaktion und läuft von mir weg. Die Dunkelheit verschluckt ihn, als gehöre er zu ihr. Ich starre in die Schwärze, ohne mich zu rühren. Ein seltsames Gefühl schnürt mir die Brust zusammen.

Lucie, Lucie, Lucie, Lucie, Lucie, Lucie, Lucie.

Wie eine Symphonie. Ich muss schlucken. Er ist in einer Beziehung, und ich lasse die Finger von Männern, die schon vergeben sind. Es ist meine oberste Regel und ich habe nicht die Absicht, sie zu brechen, auch wenn er wirklich süß ist. Trotzdem ... sich mit ihm anzufreunden wäre eigentlich nicht schlecht.

Erster Teil
Operation Spargel

1

Heute

Violette

Es regnet.

Klar, ich hätte es wissen müssen. Ich mag Regen, das ist nicht das Problem. Aber wenn ich mit dem Skizzenbuch unter dem Arm aus dem Kurs komme, nein, dann mag ich keinen Regen. Absolut nicht.

Ich renne nach Hause. Ich kann das Haus schon sehen und versuche immer noch, mich mit den Händen zu schützen – was natürlich nicht das Geringste nützt. Ich achte darauf, nicht auf der nassen Straße auszurutschen (das sähe mir ähnlich), und tippe hastig den Code ein. Die ganze Woche stand im Internet, dass es regnen würde, und die ganze Woche habe ich meinen Regenschirm mitgeschleppt. Aber an dem Tag, an dem es gutes Wetter geben sollte – ja, ratet mal!

Genau.

Endlich im Trockenen, wringe ich meine wirren blonden Haare aus, werfe dem Aufzug einen bösen Blick zu – reine Gewohnheit – und steige immer zwei Stufen gleichzeitig nehmend die Treppe hinauf. Seit dem Abend, an dem ich Loan kennengelernt habe, habe ich nicht mehr den Aufzug genommen. Jedenfalls nicht allein. Zusammen mit ihm schon. Auch mit Zoé, selbst wenn ich dabei Todesängste ausstehe, was sie immer wieder auf die Palme bringt. Allerdings braucht es nicht viel, um sie auf die Palme zu bringen.

Wenn man vom Teufel spricht ... als ich die Wohnung betrete, sitzt sie im T-Shirt und dicken Wollsocken da. Ihr Outfit für schlechte Tage. Wenigstens bin ich vorgewarnt. Mit leerem Blick sieht sie fern, zumindest nehme ich das an, denn sie zuckt nicht mal, als ich mit der Hand vor ihren Augen herumfuchtle.

»Zoé.«

»Lass mich«, knurrt sie. »Ich mag nicht.«

Ich ziehe die Schuhe aus und stelle sie neben die Wohnungstür, wobei ich einen – wie ich glaube – diskreten Blick auf die Snickers-Verpackungen werfe, die als deutliches Indiz auf dem Tisch liegen. Endlich reißt Zoé sich vom Fernseher los und bedenkt mich mit einem düsteren Blick, der nicht einmal Mistinguette Angst einjagen würde.

»Glaubst du, ich merke nicht, dass du mich verurteilst?«

»Kein Mensch verurteilt dich, Zoé. Höchstens demnächst dein Hintern. Schau nur, was du ihm zumutest, dem armen Kerl.«

»Du kannst mich mal.«

Sie greift nach der rosa Decke – die eigentlich mir gehört –, wickelt sich hinein und widmet ihre Aufmerksamkeit wieder dem Fernseher. Ich gebe mich für diese Runde geschlagen und hole meine Stoffmuster unter meinem Bett hervor. So läuft es nun schon seit einigen Wochen: Kaum daheim, schon bei der Arbeit. Ich habe nicht nur eine letzte Hausaufgabe für mein Studium abzuliefern, sondern widme mich auch persönlichen Kreationen, die viel Zeit in Anspruch nehmen. Aber ich will mich bestimmt nicht beklagen, denn dieser Arbeit gilt meine ganze Leidenschaft. Etwas aus dem Nichts zu erschaffen ist das schönste Gefühl der Welt.

Außer vielleicht aufgeregtes Herzklopfen, der sanfte Kontakt mit fremder Haut oder die Lust, wenn ein Mann und eine Frau sich lieben. Allerdings habe ich damit noch keine Erfahrung, also lasse ich das erst mal außen vor.

»Zoé«, rufe ich, als ich die leere Kekspackung auf dem Tisch entdecke. »Sag mir, dass du heute nicht nur Süßkram mit Schokoglasur in dich hineingestopft hast. Oder bist du auch auf Gemüse wütend?«

Als Antwort bekomme ich lediglich einen stolz über die Schulter gehaltenen Stinkefinger. Ich werfe die Packung in den Müll und setze mich an den großen Tisch hinter dem Sofa. Okay, es geht ihr heute nicht gut. Aber ist das ein Grund, meine Kekse zu essen?

Am Anfang habe ich allein in dieser Wohnung gewohnt (Mistinguette nicht mit eingerechnet). Dann zog Loan ein, nachdem Lucie ihn verlassen hatte – es lohnte sich nicht, zwei getrennte Wohnungen zu bezahlen, zwischen denen wir jeden Tag ständig hin und her liefen. Kurz darauf behauptete Zoé, ihre Mutter zu hassen, und kam dazu, obwohl die Wohnung nur zwei Schlafzimmer hat.

Nun teilen Zoé und ich uns eines der Schlafzimmer – allerdings ist sie nicht oft zu Hause –, und Loan belegt das zweite. Wenn Zoé Besuch mitbringt, flüchte ich in das Bett meines besten Freundes.

Es ist toll, wenn Zoé Übernachtungsbesuch hat.

Ich will von ihr wissen, ob sie bei ihrer letzten Hausaufgabe Fortschritte gemacht hat, aber wie erwartet ignoriert sie mich. Ich hake nach:

»Zoé, es ist nur zu deinem Besten. Selbst ich quäle mich damit herum, obwohl ich längst angefangen habe.«

»Weil du ungeübt bist, Süße«, antwortet sie, ohne sich zu rühren.

Ich verdrehe die Augen. Seit ich Zoé so gut wie täglich behaupten höre, sie repräsentiere die Zukunft der Mode, hatte ich ausreichend Zeit, mich richtig zu informieren. Aber ich mache mir keine Sorgen, denn Zoé konzentriert sich auf

Kaschmirmäntel und Satinkleider für die Catwalks, während ich von Retro-Negligés aus Seide und Bodys aus französischer Spitze träume.

»Ich hab dich gewarnt«, sage ich. Sie kann mir nicht die Laune verderben.

»Ja, ja. Danke Mami.«

Eines muss man über Zoé wissen: Sie ist ein ganz wunderbarer Mensch.

Außer es geht ihr nicht gut.

Dann ist es mit ihr die Hölle. Aber so ist sie nun mal, und ich glaube nicht, dass ich sie ändern würde, selbst wenn ich könnte. In anderen Situationen ist sie nämlich absolut großartig. Loan begreift übrigens nicht, wie zwei derart unterschiedliche Mädchen beste Freundinnen sein können, aber ich weiß auch nicht, wie ich es ihm erklären soll.

Ich schalte meine Nähmaschine ein und mache mit dem Projekt weiter, das ich vor einer Woche angefangen habe: ein Unterhemd aus leuchtend roter, bestickter Seide.

»Hast du was von Loan gehört?«

Zoé stellt die Frage, ohne mich anzusehen. Ich nutze die Gelegenheit, um klammheimlich nach einem Snickers zu greifen, das das Gemetzel überlebt hat. Indem ich etwas lauter spreche, übertöne ich das Rascheln der Verpackung. In medizinischen Krisensituationen – besser ausgedrückt: bei Menstruationsproblemen – hasst Zoé es, wenn man sich an ihren Süßigkeiten vergreift, die in Wirklichkeit mir gehören. Aber egal.

»Nein, seit seiner Abreise hatten wir keinen Kontakt. Aber ich weiß, dass sie am Samstag zurückkommen.«

Jason und Loan sind im Urlaub. Jawohl, es gibt Menschen, die haben mehr Glück als Verstand.

Endlich wendet Zoé mir das Gesicht zu und schaut mich überrascht an. Ich halte abrupt inne, weil ich gerade im Begriff

war, mir das Corpus Delicti in den Mund zu stecken, aber sie scheint es nicht einmal zu merken. Vorsichtshalber bewege ich mich immer noch nicht, weil ich nicht recht weiß, ob ich die Bewegung zu Ende bringen oder das Snickers ganz langsam wieder auf den Tisch legen soll.
»Wie kann das sein?«
»Wie meinst du das?«
»Du hast tatsächlich seit anderthalb Wochen nicht mit Loan gesprochen?« Ihr Ton verrät Misstrauen.
Ich ärgere mich, weil sie offenbar glaubt, dass ich ohne ihn nicht leben kann, kneife die Augen zusammen und vertilge den Schokoriegel ohne weitere Skrupel. Aber meine kindische Rache verpufft, weil ich feststelle, dass sie gar nicht hinschaut.
»Richtig.«
»Und du lebst noch?«
»Warte kurz«, murmle ich, reiße die Augen auf und taste jeden Teil meines Körpers ab. »Ja! Ja, ich lebe!«
»Ich frag mich wie.«
Ohne weiteren Kommentar wendet sie sich wieder ab und verschränkt die Arme vor der Brust. Ich nähe das letzte Stück Spitze an und erkläre ganz ruhig:
»Loan und ich müssen nicht ständig schreiben, um zu wissen, dass wir aneinander denken. Außerdem kommt er bald zurück. Es gibt also keinen Grund, ihm auch aus der Ferne auf die Pelle zu rücken, wenn wir uns sonst ohnehin jeden Tag sehen. Schließlich sind wir nicht zusammen.«
»Tja, ihr zwei seid ganz schön undurchsichtig.«
Ich atme tief durch und zwinge mich zu lächeln, obwohl ich allmählich sauer werde.
Schließlich springe ich auf, gehe zur Tür und lasse meine Arbeit einfach liegen. Zoé will wissen, was ich vorhabe. Während ich meine Schuhe anziehe, antworte ich, dass ich etwas

essen gehe, weil nichts mehr im Kühlschrank ist. Ich sehe ihr an, dass sie mich bitten will, ihr etwas mitzubringen, und mache, dass ich wegkomme.

Und natürlich – kaum habe ich die Tür zugeschlagen, merke ich, dass ich schon wieder meinen Regenschirm vergessen habe. Egal! Wenn ich mal einen Tapetenwechsel brauche oder in Ruhe lernen will, gehe ich gern in das vegane Restaurant an der Ecke. Ich bin weder Vegetarierin noch Veganerin – zwar muss ich schon an Mistinguette denken, wenn ich eine Kaninchenkeule esse, aber ich mag Fleisch zu gern, um mich deswegen schuldig zu fühlen. Es war Zoé, die mich eines Tages während ihrer Hipster-Phase dorthin mitschleppte.

In letzter Zeit bin ich ständig dort. Kleine Anekdote am Rande: Seit Kurzem sehe ich dort einen Typen, immer denselben, der dreimal in der Woche allein mit seinem Laptop an einem Tisch sitzt. Als sich unsere Blicke das erste Mal trafen, hat er mir zugelächelt. Beim zweiten Mal tat ich es. Seitdem spielen wir eine Art Pingpong, das anscheinend nie an Schwung verliert.

Heute bin ich mit Lächeln dran.

Als ich die Tür des Restaurants aufstoße, bin ich nass bis auf die Haut. Ich mache mir nicht allzu viele Gedanken über mein Aussehen und widerstehe dem Drang, mich nach ihm umzuschauen. Während ich mir eine feuchte Strähne hinters Ohr schiebe, gehe ich zu einem freien Tisch. Kaum habe ich mich hingesetzt, als meine Augen auch schon seinem stahlgrauen Blick begegnen. Noch ehe einer von uns wirklich darüber nachdenkt, lächeln wir uns gleichzeitig an. Ich senke den Kopf, unterdrücke ein Lachen und sehe, wie er das Gleiche tut.

Mein mysteriöser Fremder hat einen sanft gebräunten Teint und leicht struppiges blondes Haar. In seinem Abercrombie-Shirt und Jeans mit Filzstiefeln von Toms sieht er brav, aber sexy aus. Für ihn spricht, dass er sich gut anzieht. Weniger gut finde ich, dass er aussieht, als hätte er Geld. Ich hoffe nur, dass es nicht so viel ist, dass er sich was darauf einbildet.

Eine Kellnerin kommt und fragt mich höflich lächelnd, was ich möchte.

»Dass dieser junge Mann sich endlich entschließt, mich anzusprechen!«, ruft meine innere Stimme.

»Ich hätte gern Seitan à la Chicken Tikka. Kalt.«

»Sehr gern. Kommt sofort.«

Ich lege meinen Schal ab, ohne zu merken, dass Monsieur Filzstiefel aufgestanden ist. Ich erstarre und weiß nicht, was ich tun soll. Mist, ich habe nicht damit gerechnet, dass er tatsächlich rüberkommt. Ich räuspere mich und warte, bis er neben mir steht, ehe ich den Blick hebe.

»Hi.«

»Hi.«

Schweigend starren wir uns an und wissen offenbar beide nicht, was wir weiter sagen sollen. Unbehaglich verziehe ich das Gesicht und bemühe mich, eine Fortsetzung für das Gespräch zu finden. Darin bin ich normalerweise ziemlich gut. Zum Glück kommt er mir zuvor. Er setzt eine betrübte Miene auf:

»Ehrlich gesagt weiß ich jetzt nicht genau, wie ich weitermachen soll. Ich habe nicht darüber nachgedacht, bevor ich aufgestanden bin ... In Filmen sieht es immer viel einfacher aus.«

Ich muss lachen.

»Aber jedes Mal, wenn du reinkommst«, fährt er fort, »sage ich mir, dass dies der Tag sein muss, an dem ich dich anspreche. Und jedes Mal kneife ich dann doch wie ein Feigling. Nur heute nicht ... Also tu bitte so, als hätte ich etwas sehr Intelligentes gesagt.«

Ich hebe eine Augenbraue. Er ist mir eindeutig auf Anhieb sympathisch. Schon lange ist mir kein süßer Typ mehr begegnet, der sowohl ein sanftes Lächeln als auch einen lässigen Humor und ein ausgeprägtes Modebewusstsein hat. Als ich sehe, dass mein Schweigen ihn in Verlegenheit bringt, erlöse ich ihn und erkläre ironisch:

»Wow, mit so viel Witz hat mich noch niemand angegraben!«

Er kneift die Augen zusammen, kräuselt die Nase und senkt resigniert den Kopf. Daraufhin muss ich noch mehr lachen. Just in diesem Moment kommt die Kellnerin mit meinem Essen.

»Bitte sehr!«

»Vielen Dank.«

Mit einem weiteren freundlichen Lächeln verschwindet sie. Ich beschließe, die Tortur von Monsieur Filzstiefel zu verkürzen und halte ihm die Hand hin. Erstaunt hebt er den Kopf. Eine Haarsträhne fällt ihm ins Gesicht.

»Violette.«

Er greift nach meiner Hand. Seine Haut ist kalt, aber ich schrecke nicht zurück. Sein Handschlag ist fest. Entschlossen.

»Clément.«

»Schön, dich kennenzulernen.«

»Ich möchte dich nicht beim Essen stören …«

»Du störst mich nicht«, beruhige ich ihn abwinkend. »Wenn du willst, kannst du dich zu mir setzen. Aber ich warne dich: Ich rede ziemlich viel.«

Er verzieht das Gesicht, als zögere er, sich so in die Bredouille zu bringen.

»Ähm. Wie viel genau?«

»Viel zu viel.«

Sein Mund verzieht sich langsam zu einem hinreißenden Lächeln. Er nickt.

»An diesem Punkt wäre es unhöflich, abzulehnen.«

Er dreht sich um, legt einen Geldschein auf seinen Tisch und kommt mit seinem MacBook Pro in der einen und seiner Jacke in der anderen Hand zurück. Ich bemühe mich, meine Unsicherheit zu verbergen, und fange an zu essen. In Gegenwart eines Jungen, der mir gefällt, bin ich immer ein wenig nervös, oder zumindest ziemlich vorsichtig. Erste Dates machen mir Angst. Sobald ich jemandem vertraue, lässt meine Anspannung jedoch nach – zum Guten wie zum Schlechten.

»Darf ich dir eine Frage stellen?«

»Bin ich verpflichtet, ehrlich zu antworten?«

Für wenige Sekunden scheint er verwirrt.

»Na ja … wie du willst. Aber wenn man eine Frage stellt, erwartet man doch eigentlich eine ehrliche Antwort, oder?«

»Nein. Das glauben wir zwar alle, aber ganz oft wäre uns eine gute alte Lüge vielleicht lieber.«

Er schaut mich lange an und weiß offenbar nicht, was er darauf entgegnen soll. Wieder einmal habe ich losgequatscht, ohne vorher nachzudenken. Wieso sollte ihn meine Küchenphilosophie interessieren?

»Los, stell deine Frage. Ich antworte auch ehrlich«, füge ich lächelnd hinzu.

Monsieur Filzstiefel hat sich innerhalb von zwei Sekunden wieder unter Kontrolle und mustert mich nachdenklich.

»Warum bist du immer allein, wenn ich dich hier sehe?«

Oh. Okay. Er bewertet die Ware. Vermutlich versucht er sich zu vergewissern, dass ich nicht asozial bin. Oder so was in der Art. Ich esse einen Happen von meinem Teller und antworte:

»Ich flüchte hierher, wenn ich allein sein möchte. Wir leben zu dritt in der Wohnung, da wird es schnell mal eng.«

»Große Familie, wie?«

Ich brauche eine Weile, um zu kapieren, was er meint.

»Oh, nein, ich bin Einzelkind! Mein Vater wohnt im Jura, aber vor zwei Jahren bin ich zum Studium nach Paris gekommen. Ich wohne mit meinen beiden BFFs zusammen.«

Sein verschmitztes Lächeln kehrt zurück. Seine perfekt ausgerichteten weißen Zähne blenden mich fast. Mit amüsiertem Blick stützt er die Unterarme auf den Tisch und verschränkt die Hände.

»Oh ja, ich verstehe. Drei Mädchen in einer Wohnung … Darf ich ein bisschen fantasieren?«, scherzt er grinsend.

Ich öffne den Mund, um ihm zu widersprechen, schließe ihn aber sofort wieder. Stattdessen schenke ich ihm ein gezwungenes Lächeln. Ich muss ihm ja nicht gleich auf die Nase binden, dass Loan weder Brüste noch Vagina hat. Oder dass ich manchmal seine Zahnbürste benutze. Oder dass wir häufig im selben Bett schlafen. Ich will ihn nicht von Anfang an abschrecken, denn ich weiß, dass unsere Beziehung für meinen Exfreund Émilien ein echtes Problem darstellte.

»Sicher darfst du. Aber um das gleich klarzustellen: Nein, wir machen keine Kissenschlachten im Slip.«

Clément bricht in aufrichtiges Gelächter aus, das mich überrumpelt. Endlich fühle ich mich wohler.

»Mist, dabei hätte ich so gern mitgemacht!«

»Und du, was hast du ständig mit deinem Computer zu schaffen? Du scheinst dich ja nie davon zu trennen.«

Er seufzt sichtlich müde.

»Lernen, lernen, lernen, auch wenn Twitter nie weit weg ist …«

»Was studierst du denn?«, erkundige ich mich, während ich weiteresse.

»Ich bin an der Handelshochschule«, vertraut er mir grinsend an. »Trotzdem bin ich nicht langweilig, ganz ehrlich.«

Ich lächle ein wenig angespannt. Ehrlich gesagt hätte ich es

mir denken können. Zwar steht auf seiner Stirn nicht »ZUKÜNFTIGER BÖRSENMAKLER«, aber Clément riecht zehn Meilen gegen den Wind nach BWL.
»Die Crème de la Crème«, murmle ich vor mich hin.
»Unter anderem. Und du? Warte, lass mich raten … Philosophische Fakultät?«
»Knapp daneben. Ich studiere Modedesign.«
Unwillkürlich hoffe ich, dass er mich nicht für ausgeflippt hält. Das ist nämlich oft die erste Reaktion, wenn man erklärt, dass man in die Modebranche einsteigen will. Bis auf wenige Ausnahmen antworten dann alle: »Aha. Ach ja. Mode also.« Was übersetzt bedeutet: »Wieder mal eine, die für lau zu Modenschauen eingeladen werden will und lieber Champagner trinkt als zu arbeiten.« Aber das hat nichts zu sagen. Immerhin habe ich ein sehr gutes Abi.
»Eigentlich hätte ich es mir denken können«, sagt Clément lächelnd und lässt einen anerkennenden Blick über mein Outfit gleiten.
Ich lächle breit und erröte bis unter die Haarwurzeln. Mir gefällt, dass es so einfach ist, mit ihm zu reden. Ich esse weiter, während er mich ansieht. Ich erwarte, dass er noch etwas hinzufügt, aber das tut er nicht. Der intensive Blick seiner grauen Augen ist mir ein wenig peinlich.
»Könntest du vielleicht kurz was anderes machen?«, flüstere ich ihm zu.
»Warum?«
»Du schaust mir beim Essen zu.«
»Und?«
»Es ist mir unangenehm. Das ist der erste Grund. Der zweite ist, dass ich extrem tollpatschig bin. Besonders, wenn ich unter Druck stehe. Wenn du mich also weiter so ansiehst, geht es hier bald deutlich weniger glamourös zu.«

Er betrachtet mich mit echtem Erstaunen und scheint nicht recht zu wissen, ob ich scherze oder ob ich es ernst meine. Ich schiebe nach:

»Ernsthaft.«

»Oh. Okay.«

Als ich sehe, wie er gehorsam auf seine Hände hinabblickt, presse ich die Lippen zusammen. Er tut mir leid.

»Entschuldige. Starr mich nur bitte nicht so an. Das ist gruselig.«

Ich lächle ihm zu, um ihm zu zeigen, dass ich die Stimmung nicht ruinieren wollte. Er lächelt zurück.

»Schon gut, kein Problem. Ich habe nur nachgedacht.«

»Wie du jetzt aus dieser grotesken Situation herauskommst?«

Er lacht leise und blickt mir erneut tief in die Augen. Diese Durchsichtigkeit seiner erstaunlichen Iris … Klarer als Aquamarin. Wie bewegtes Wasser. Unwillkürlich frage ich mich, ob Clément ein stiller, ruhiger Teich ist, ein einladender, aber unberechenbarer Fluss oder ein mächtiger und gefährlicher Tsunami.

»Nein, darüber, wie ich dich auf ein Date einladen soll. Du bist zwar ein bisschen flippig, aber sehr hübsch«, scherzt er mit einem unwiderstehlichen Augenzwinkern. »Das zählt schließlich auch.«

Ich schlucke. Mein Gesicht bleibt sehr ruhig. Innerlich kann ich dagegen für nichts mehr garantieren. Mein Gehirn heizt sich auf wie eine Turbine und mein Herz pocht ein Remake von *Un, dos, tres* mit Schlagzeugbegleitung. Kurz gesagt, ich bin sehr froh, dass er mich wiedersehen will. Ich hätte zwar einen Haufen lustiger Antworten auf Lager, aber ich benutze sie lieber nicht. Männer mögen oft keine witzigen oder gar originellen Frauen. Ich glaube, so was macht ihnen Angst.

»Denk aber nicht zu lange nach, sonst überlegst du es dir vielleicht anders.«

Er wirft einen Blick auf seine auffällige Uhr.

»Ich muss jetzt leider weg. Ich gehe heute Abend mit ein paar Freunden zu einem Konzert. Aber ich würde dich wirklich gerne wiedersehen.«

Bei diesen Worten überschwemmt mich eine Hitzewelle. Ich bin froh, dass ich noch an die frische Luft gegangen bin.

»Ich würde mich freuen.«

Ein siegreiches Lächeln erhellt sein Engelsgesicht.

»Großartig.«

Clément zückt sein Telefon und ich gebe ihm meine Nummer; so einfach ist das. Schließlich steht er auf, zieht seine Jacke an und packt seinen Computer in die Tasche.

»Danke, Violette«, sagt er und betrachtet mich ein letztes Mal. »Heute war bei Weitem mein bester Lernabend seit Wochen.«

Ich winke mit falscher Bescheidenheit ab. Sein durchdringender Blick ist mir ein bisschen peinlich. Als würde er versuchen, mir etwas klarzumachen. Etwas, das zu subtil ist, als dass ich es verstehen könnte.

»Gern geschehen. Menschen zu helfen ist meine große Leidenschaft. Mir liegen die zukünftigen, zu Tode gelangweilten Chefs von BCBG sehr am Herzen.«

Er schüttelt den Kopf und hebt eine Augenbraue.

»Zu Tode gelangweilt?«

»Tu nicht so, als wäre dein Studium der Knaller – ich würde dir nicht glauben. Prozentsätze und Distributionspolitik haben absolut nichts Sinnliches. Es gibt orgiastischere Jobs – nicht wahr?«

Erst als ich seine Augen funkeln sehe, wird mir klar, was ich da gerade gesagt habe. Klar doch, Violette, tu dir bloß keinen

Zwang an – benutze Worte wie »sinnlich« oder »orgiastisch« in jedem Satz! So kapiert er es bestimmt.

Ich fange mich sofort wieder:

»Ich meine, es muss doch sterbenslangweilig sein …«

»Ich gebe zu, dass ich mir durchaus ›orgiastischere‹ Dinge vorstellen kann.«

Na toll. Aber ich bin selbst schuld. Ich schlage die Augen nieder und bete darum, im Boden zu versinken oder mit dem Holz des Stuhls zu verschmelzen. Der Stuhl zu werden.

Als ich mich Clément wieder zuwende, sehe ich, dass er sich das Lachen verbeißt. Plötzlich sieht er ganz anders aus als der verlegene Junge, der nicht wusste, wie er mich ansprechen sollte. Er wirkt viel entspannter und selbstbewusster. Das gefällt mir.

»Ich kann es kaum erwarten, dich wiederzusehen«, sagt er schließlich.

Ich sehe ihm nach und lasse vor Erleichterung die Schultern sinken. Plötzlich bleibt er stehen, zögert eine Nanosekunde und kommt zu mir zurück. Ich blicke ihn fragend an. Er reicht mir seinen Regenschirm.

»Den wirst du brauchen, glaube ich.«

Ich greife verständnislos danach und will schon ablehnen.

»Ich …«

»Nimm ihn. So bist du gezwungen, dich mit mir zu verabreden.«

Ich lächle und nicke amüsiert.

»Gut möglich. Oder ich behalte ihn und du siehst ihn nie wieder.«

Er verzieht den Mund zu einem Schmollen und entfernt sich rückwärts. Schließlich hebt er eine Schulter.

»Falls es wirklich so weit kommt, macht es auch nichts. Es ist nicht mein Lieblingsschirm.«

Als ich nach Hause komme, grinse ich breit vor mich hin. Nachdem Clément gegangen war, bin ich noch eine Weile im Restaurant geblieben und habe mir einen Nachtisch genehmigt. Mal sehen, wo diese Sache hinführt …

»Willst du mich verarschen? Ich hab die ganze Zeit versucht dich zu erreichen.«

Zoés vernichtende Vorwürfe reißen mich aus meiner Träumerei. Sie sitzt immer noch am selben Platz und wirft einen giftigen Blick auf mein Handy, das ich in der Hand halte. Keine Ahnung warum, aber ich fühle mich wie auf frischer Tat ertappt, und das irritiert mich.

»Ich war essen und habe mich mit jemandem unterhalten. Deshalb habe ich nicht darauf geachtet …«

»Das habe ich gemerkt, danke auch. Ich wollte, dass du mir was mitbringst.«

Jetzt reicht es mir. Ich lege mein Handy härter als nötig auf den Couchtisch und stemme die Hände in die Hüften.

»Also wirklich, Zoé, langsam nervst du. Wir alle haben einmal im Monat unsere Tage und leben trotzdem weiter, ohne die ganze Welt gegen uns aufzubringen oder zwei Kilo zuzunehmen. Du musst dich eben damit abfinden.«

Mein Ton ist kühl und Zoé spürt, dass das Maß voll ist. Himmel, fühlt sich das gut an! Meine beste Freundin wirft mir einen finsteren Blick zu, antwortet aber nicht. Sie weiß, dass ich eigentlich ein freundlicher Mensch bin, solange man es nicht übertreibt. Genau genommen spielt sie die Nervensäge nur, bis man etwas sagt, was echt ärgerlich sein kann.

Schließlich meckert sie doch noch:

»Aber du hast das letzte Snickers gegessen.«

Ich verdrehe die Augen und setze mich auf die Couchlehne, um sie in den Arm zu nehmen. Wenn es Zoé nicht gut geht, ist sie wie ich, wenn ich betrunken bin … Ich schaue sie an. Und zum ersten Mal seit ich aus der Uni zurück bin, merke ich, dass etwas nicht stimmt. Sie sieht wirklich völlig fertig aus. Ich vermute sofort, dass ihr älterer Bruder sie angerufen und um Geld angebettelt hat. Wieder einmal.

»Du solltest dich freuen, dass ich es aufgegessen habe«, sage ich sanft. »Dein Hintern wird es mir ewig danken.«

Sie schnieft in ein Taschentuch, legt den Kopf an meinen Bauch und nickt weise.

»Im Gegensatz zu deinem.«

Wo sie recht hat ... Ich werfe einen schrägen Blick auf meinen Po. Um den kümmere ich mich später.

»So funktioniert wahre Freundschaft eben – manchmal muss man Opfer bringen.«

Sie zieht mich fester an sich.

Erst als ich die Worte ausspreche, stelle ich fest, wie wahr sie sind.

2

Heute

Violette

Clément: Was machst du gerade?
Ich: Ich arbeite an meinen Kreationen.
Clément: Ah cool! Kleider?
Ich: Diese leicht sexistische Bemerkung ignoriere ich mal, okay?;) Nein, keine Kleider.
Clément: Autsch! Das war keine Absicht. Hosen?
Ich: Netter Versuch. Nein. Damenunterwäsche.
Clément: Afkdjkolkfen? djk! lmedfc!!!!! Das MUSS ich sehen.

Ich lache laut auf, als ich seine Nachricht lese. Nach fünf Tagen, an denen wir uns fast täglich getroffen haben, schulde ich ihm die Wahrheit. Allerdings glaubt er immer noch, dass ich mit zwei Mädchen zusammenwohne. Das sollte ich besser bald klären. Ich mag ihn nämlich. Sehr sogar. Nach unserem ersten Treffen im Restaurant hat er nicht etwa wegen eines dämlichen Männer-Prinzips drei Tage gewartet, ehe er mich kontaktiert hat, sondern gerade mal eine Stunde. Eine Stunde! Deshalb musste ich Zoé erzählen, was im Restaurant passiert war.

Natürlich stellte sie mir jede Menge Fragen, die nicht unbedingt alle hilfreich waren, und gab mir am Ende Flirttipps, um die ich sie weiß Gott nicht gebeten hatte. Wie auch immer. Jedenfalls habe ich festgestellt, dass man in fünf Tagen ziemlich viel über jemanden erfahren kann.

Ich weiß zum Beispiel, dass er einen Bachelor am *Institut Supérieur du Commerce* in Paris macht, dass er ebenfalls mit zwei Freunden (einem Holländer und einem Deutschen) zusammenwohnt, dass sein Vater ihm viel Druck macht und dass er Sport liebt; Tennis spielt er sogar auf einem Listenplatz. Oh, und dass er wirklich süß ist. Das ist immer noch die Hauptsache.

Diese Woche verbringe ich den Samstagabend allein in meinem Zimmer. Ich nähe das vor einiger Zeit begonnene rote Seidenunterhemd fertig, während Zoé das Abendessen vorbereitet.

»Scheiße«, knurre ich, als ich mir mit der Nadel in den Finger steche.

Ich lecke den Blutstropfen ab, der sich auf meiner Haut gebildet hat und breite meine Abschlussarbeit auf meinem Bett aus. Ich lächle, denn ich bin stolz auf mich. Es ist genau so geworden, wie ich es mir vorgestellt hatte – so gewagt und sexy, dass ich es am liebsten behalten würde.

Sorgfältig hänge ich es auf einen Bügel in meinen Schrank, neben zwei Bodys, ein Mieder mit Strapsen, ein Negligé und einen Kimono. Ich habe noch viel Arbeit vor mir, um das zu erreichen, was ich will: einen Praktikumsplatz bei der Dessousfirma Millesia. Das ist mein wichtigstes Ziel und dafür lege ich mich ins Zeug.

Gähnend ziehe ich mich aus und streife mir die Baumwollshorts und das ausgeleierte Tanktop über, in denen ich schlafe. Als ich mein Haar zu einem lockeren Dutt hochbinde, höre ich das Geräusch eines Schlüssels im Schloss. Ich halte in der Bewegung inne und warte, bis ich ganz sicher bin.

Die Wohnungstür fällt ins Schloss. *Loan!*

Ich eile aus dem Zimmer und renne barfuß durch den Flur. Als ich ihn sehe, kann ich mir ein breites Grinsen nicht verkneifen; er ist wieder da, hat eine riesige Tasche über der Schulter, trägt ein T-Shirt und hat klatschnasses Haar. Jason ist auch mitgekommen, steht neben ihm und beschwert sich über das Wetter.

»Ich hab dir ja gesagt, wir hätten dort bleiben sollen.«

Als würde er meine Anwesenheit spüren, hebt Loan den Kopf und wendet mir seinen Blick zu. Er hat gerade noch Zeit, seine Tasche abzusetzen und kurz zu lächeln, als ich ihn auch schon anspringe. Er zieht mich an sich. Seine Hände streicheln meinen Rücken und seine Nase steckt in meinem Haar. Erst jetzt wird mir klar, wie sehr ich ihn vermisst habe.

»Du hast recht, du wärst besser dort geblieben«, sagt Zoé zu Jason.

Loan und ich bleiben einige Sekunden ineinander verhakt. Meine Arme liegen um seinem Hals und meine Beine umklammern seine Taille, als wäre ich ein Äffchen.

»Du hast mir gefehlt«, flüstere ich ihm zu.

»Du mir auch, Violette-Veilchenduft.«

Ich lächle mit geschlossenen Augen an seinem Hals.

»Ach ja, Zoé ... Ich hatte dich gar nicht gesehen«, spottet Jason und setzt sich auf die Couch. »Immer noch in der Nähe des Kühlschranks, wie ich sehe.«

Ich verdrehe die Augen. Sie fangen schon wieder an! Dazu muss man eins wissen: Die beiden können sich nicht ausstehen. Aber so was von! Jason ist Loans bester Freund. Sie kennen sich seit der Schulzeit. Aber von dem Augenblick an, als er ihn uns vorstellte, haben er und Zoé sich gehasst, und zwar völlig grundlos.

»Lässt du mich mal los?«, flüstert Loan mir ins Ohr.

Ich schüttle den Kopf wie ein Kind und schnüffle an seinem T-Shirt. Es riecht nach Regen. Ich liebe den Duft von Regen.

»Na gut.«

Tatsächlich lockere ich meine Umarmung nicht; ich habe ihm so viel zu erzählen! Ohne ihn ist das Leben viel weniger schön. Okay, Zoé hat recht, von außen betrachtet wirkt das alles ziemlich undurchsichtig. Ich bin zum Beispiel überzeugt, dass mein Vater es nicht verstehen würde, wenn er sehen würde, wie wir miteinander umgehen. Aber er gehört einer anderen Generation an! Leute in unserem Alter haben andere und engere Beziehungen zwischen Mann und Frau als es früher der Fall war. Bei Loan und mir ist es so. Uns verbindet eine extrem enge Freundschaft, was aber nichts zu bedeuten hat.

Loan bückt sich, hebt seine Tasche auf und schleppt uns in sein Zimmer. Im Flur höre ich Jasons Stimme, die jetzt viel weniger aggressiv klingt:

»Okay, es war nicht nett, das zu sagen ... Entschuldige bitte ... und jetzt leg das Messer hin ... gut so ...«

Mein bester Freund stößt die Tür zu seinem Zimmer mit dem Fuß auf und wirft mich aufs Bett wie einen Kartoffelsack. Ich lasse ihn los und lande auf der weichen grauen Bettdecke.

»Du bist ein wahrer Gentleman, vielen Dank.«

Er kreuzt die Knöchel zu einem ironischen Hofknicks, der mich zum Lächeln bringt. Dann geht er in die Hocke und öffnet seine Tasche. Ich mache es mir im Schneidersitz auf dem Bett bequem, als eine kleine weißflauschige Kugel an der Türschwelle auftaucht.

»Ja, wen haben wir denn da?«, ruft Loan und streckt die Hand aus.

Mistinguette hoppelt auf ihn zu und wackelt mit der Nase, wie sie es gern tut. Kleine Schleimerin! Ich verdrehe die Augen. Loan nimmt sie in eine Hand, schmiegt sie an seine Brust und streichelt sie. Ich schaue mit viel Zärtlichkeit, aber auch ein wenig gereizt zu.

»Na toll, jetzt bist du zurück und sie will wieder nichts mehr von mir wissen.«

So ist es immer. Diese Mistinguette weiß, wie man gut lebt. Wenn Loan zu Hause ist, bin ich Luft für sie. Aber sobald er geht, werde ich wieder zu ihrem lieben Gott.

Loan zwinkert mir auf seine unnachahmliche Art zu – ohne zu lächeln. Man muss wissen, dass er nur selten lächelt, ebenso wie er immer sehr leise spricht, was es schwierig macht, ihn zu durchschauen. Gerade zu Beginn unserer Freundschaft hat mich diese Tatsache oft verwirrt, weil ich nie wusste, was er dachte und ob er mich mochte oder nicht. Tatsächlich ist es so, dass sein Gesichtsausdruck nur selten seine Gefühle enthüllt. Andererseits muss man ihm nur in die Augen schauen, um zu wissen, was er denkt.

»Alle weiblichen Wesen stehen auf meine Zärtlichkeiten. Ich kann nichts dafür.«

Ich muss lächeln und frage ihn endlich, wie sein Urlaub war. Er hebt eine Schulter und schmust weiter mit Mistinguette.

»Sehr erholsam. Zumindest dann, wenn Jason nicht versucht hat, mich in Stripclubs zu schleppen.«

»Das konnte dir natürlich nicht erspart bleiben.«

»Ich habe mich so gut wie möglich gewehrt«, verteidigt er sich.

»Ja natürlich! Hast du wenigstens darauf geachtet, dass er niemanden schwängert?«

Er lacht auf, was mich auch nach einem Jahr noch überrascht. Sein Lachen ist irgendwie immer wie ein Wunder. Jedenfalls erwärmt es jedes Mal mein Herz.

»Ich muss gestehen, dass ich ihn mehrmals allein gelassen habe ... Und du? Alles okay, während ich weg war?«

Ich verdrehe die Augen und wälze mich auf den Bauch.

»Eigentlich lautet deine Frage: ›Und du? Hast du nichts

abgefackelt, während ich weg war? Fehlt dir auch kein Lungenflügel?«

Seine Wange erbebt und kündigt ein weiteres Lachen innerhalb von weniger als drei Minuten an. Das wäre ein echter Glücksfall! Doch leider hält er sich zurück und begnügt sich mit einem amüsierten Grinsen.

»Entschuldige, aber ich kenne dich, Violette. Du bist meine persönliche kleine Dyspraxie«, fügt er mit einem Ausdruck hinzu, der mich offenbar beschwichtigen soll.

Ich werfe ihm einen giftigen Blick zu. Ich hasse es, wenn er mich damit aufzieht. Okay, ich bin ein bisschen ungeschickt, aber es ist nichts Pathologisches. Zumindest hoffe ich das. Vielleicht sollte ich demnächst mal meinen Hausarzt anrufen …

»Vielleicht bin ich ein bisschen tollpatschig, aber keinesfalls krank!«, rebelliere ich. »Immerhin ziehe ich meine Oberteile richtig herum an, kann mir die Schuhe zubinden und mir was zu trinken einschenken, ohne dass ich es verschütte.«

»Okay, okay … Aber hast du wirklich noch beide Lungenflügel?«

»JA!«

Er lässt Mistinguette los und hebt kapitulierend die Hand.

»Schon gut. Ich hab nur gefragt.«

Wir schweigen. Mit seinen schlanken Fingern streichelt er Mistinguette. Die Kleine hat echt Glück. Es tut gut, sich verwöhnen zu lassen.

»KOMMT ESSEN, EHE ICH HIER EINEN MORD BEGEHE!«, schreit Zoé plötzlich vom anderen Ende der Wohnung. Ups! Mir wird klar, dass wir Jason und Zoé etwas zu lange allein gelassen haben. Das verheißt nichts Gutes …

Wir flitzen ins Wohnzimmer und fürchten bereits, eine apokalyptische Szenerie vorzufinden. Aber Jason steht wunderbarerweise aufrecht an der Tür, und so wie es aussieht, befindet sich jeder Teil seines Körpers noch dort, wo er hingehört. Zoé ist gerade dabei, den Tisch zu decken. Es riecht köstlich nach Spaghetti Bolognese. Ich habe das Gefühl, dass die gewohnte Routine wieder einsetzt, und ich bin froh darüber.

Doch dann stelle ich fest, dass Jason uns Zeichen macht. Offensichtlich ist ihm etwas unangenehm.

»Leute, ich habe noch was anderes vor und kann leider nicht zum Essen bleiben …«

»Schon gut, Idiot!« Zoé verdreht die Augen. »Du kannst bleiben. Ich muss sowieso weg.«

Sofort breitet sich ein siegreiches Lächeln auf Jasons Gesicht aus und er setzt sich. Ich runzle die Stirn und wende mich an meine beste Freundin. Dabei spüre ich, dass Loan uns anstarrt.

»Wo gehst du hin?«

»Ich treffe mich mit jemandem«, antwortet sie und wirft mir unseren geheimen Blick zu, den nur wir beide verstehen.

Er bedeutet, dass sie vielleicht nicht allein nach Hause kommt.

Ich nicke kaum merklich und ignoriere Jason, dessen unanständige Geste ich aus dem Augenwinkel wahrnehme. Loan wirft ihm einen bitterbösen Blick zu. Sofort hört Jason auf.

»Okay, dann bis morgen.«

Skeptisch sehe ich zu, wie Zoé in ihren Mantel schlüpft. Ich mag es nicht, wenn sie mit Männern ausgeht, ohne mir genau zu sagen, wohin. Es ist albern, aber ehe sie die Wohnung verlässt, merke ich mir genau, was sie anhat. Nur für alle Fälle.

Ein schwarzes Kleid mit Ausschnitt, gleichfarbige Stiefeletten und einen weißen Schal. Sie sieht toll aus.

Schwarz und Weiß betonen das Rosa ihres schräg geschnittenen Bobs. Ich stelle fest, dass sie den Ring ihres Nasenpiercings gewechselt hat. Es steht ihr gut.

»Küsschen«, ruft sie mir zu, ehe die Tür hinter ihr ins Schloss fällt.

Ich kehre an den Tisch zurück. Die Jungs haben mit dem Essen nicht auf mich gewartet. Ich bediene mich und frage sie, ob sie sich ohne uns überhaupt anständig ernährt haben. Loan hat den Mund voll und lässt seinen Freund antworten:

»Mein Kumpel und ich hatten andere Dinge zu tun, nicht wahr?«

»Nein, überhaupt nicht wahr«, antwortet Loan und säbelt sich ein Stück Brot ab.

Ich lache über Jason, der mir diskret signalisiert, nicht auf Loan zu hören. Auch wenn er versaut, kurz angebunden und ein ziemlicher Macho ist, habe ich Jason richtig gern. Denn trotz alledem ist er lässig, total lustig und dazu auch noch sehr intelligent. Er studiert Politikwissenschaft an der Uni. Verrückt, oder? Wer hätte gedacht, dass dieser Freak einen scharfen Verstand hat?

Während des Abendessens spielt er den Alleinunterhalter und erzählt mir die seiner Meinung nach lustigsten Anekdoten von ihrem Urlaub auf Bali. Nachdem wir unsere Teller leer gegessen haben, helfe ich meinem besten Freund, alles zur Spüle zu tragen, und überlasse ihm den Abwasch. Er weiß, dass ich nicht gern spüle. Ich kann kochen, Wäsche waschen und putzen, aber ich mag nicht abwaschen.

Ich setze mich zu Jason auf die Couch und seufze vor Müdigkeit.

»Ich habe diese Woche viel für die Uni zu tun, aber hättet ihr vielleicht Lust, am Freitag feiern zu gehen? Wir könnten mal wieder in einen Club«, schlägt Jason vor.

»Was gibt es denn zu feiern?«

»Jason ist jeder Vorwand recht, um in einen Club zu gehen«, belehrt Loan mich aus der Küche.

»Ach ja, die Spaßbremse ist wieder da ...«

»Warum nicht?«, gebe ich zurück. »Ich würde gern mal wieder tanzen!«

Über die Schulter werfe ich Loan einen Blick zu. Er schaut mich ungerührt an. Stumm frage ich ihn, ob er auch Lust dazu hat oder ob er lieber mit mir vor Netflix abhängen mag. Ebenso wortlos gibt er mir zu verstehen, dass er bereit ist, auszugehen. Zumindest solange die Dinge nicht außer Kontrolle geraten. Das ist grundsätzlich Loans einzige Bedingung.

Dass nichts außer Kontrolle gerät.

Mit breitem Lächeln wende ich mich wieder an Jason.

»Sag mal, wie viel bekommt eine Stripperin auf Bali denn so?«

Jason ging gegen Mitternacht, nachdem er mir jedes Detail der letzten beiden Wochen erzählt hatte. Darunter war einiges, das ich noch immer zu vergessen versuche, und anderes, von dem ich mir sicher bin, dass es mich bis ans Ende meiner Tage verfolgen wird. Genau wie Zoé fehlt ihm jegliches Schamgefühl, was im Alltag manchmal echt problematisch ist.

Nach dem Abwasch hatte Loan sich zu uns auf die Couch gesetzt, mir den Arm um die Schultern gelegt und meinen Haaransatz im Nacken gestreichelt. Aber er hörte nicht zu, sondern starrte auf den Fernseher. Trotzdem war ich fast sicher, dass er auch nicht fernsah. Nachdem sein Freund gegangen war, verschwand er in seinem Zimmer, vermutlich um seine Sachen auszupacken.

Ich schalte den Fernseher und das Licht im Wohnzimmer aus, dann gehe ich zu ihm. Wie vermutet, räumt er gerade saubere Wäsche in seinen Schrank ein. Mit verschränkten Armen lehne ich mich an den Türrahmen. Er dreht sich noch nicht um, aber er spürt offenbar meine Anwesenheit und fragt:

»Wo ist Zoé hin?«

Ich runzle die Stirn, denn das hatte ich nicht erwartet.

»Keine Ahnung.«

»Eigentlich müsstest du inzwischen begriffen haben, dass du nicht lügen kannst. Ernsthaft, Violette, dein Gesicht verrät alles, was du denkst.«

Was? Überrascht und verwirrt schaue ich ihn an. Aber sein Ton klingt keineswegs anklagend, und ich weiß, dass er mir nichts übel nimmt. Er ist lediglich neugierig. Nur habe ich tatsächlich keine Ahnung, wo sie steckt. Außerdem ist sie inzwischen vier Stunden unterwegs und ich habe immer noch nichts von ihr gehört. Das gefällt mir gar nicht.

»Ich schwöre es dir! Wie kommst du darauf?«

Endlich dreht er sich zu mir um. Der Ansatz eines kleinen Lächelns liegt auf seinen Lippen.

»Ich habe euch gesehen. Es ist wie bei dir und mir, ihr könnt euch verständigen, ohne den Mund zu öffnen.«

Erleichtert lache ich auf. Jetzt weiß ich, worum es geht, und lasse mich mitten aufs Bett plumpsen.

»Okay, kalt erwischt. Aber ich weiß wirklich nicht, wo sie ist … Sie hat mir nur zu verstehen geben, dass sie vielleicht nicht allein nach Hause kommt.«

Er nickt und packt die jetzt leere Tasche in die unterste Schublade seiner Kommode.

»Hm. Dann schläfst du also heute Nacht hier.«

Ich nicke und grinse ihn frech an.

»Auf der rechten Seite.«

»Du nervst, Violette.«

Ich setze mein Engelslächeln auf. Er schnappt sich ein Kissen und wirft es nach mir. Ich weiß, dass er nur auf der rechten

Bettseite am Fenster schlafen kann. Als ich ihn irgendwann mal nach dem Grund gefragt habe, hat er gesagt: »Ich weiß nicht ... Wenn mal was passiert, ist das Fenster der einzige Fluchtweg. Ich finde es beruhigend.« Ich wollte ihn dann aber lieber nicht fragen, was passieren könnte, damit man durchs Fenster flüchten müsste.

»Na gut, ich überlasse sie dir.«

Er reibt sich das Gesicht und gähnt.

»Entschuldige, aber ich bin hundemüde ...«

»Ist wirklich alles in Ordnung? Du hast heute Abend abwesend gewirkt.«

Er schaut mir tief in die Augen und erkennt darin all die Sorgen, die ich mir um ihn mache. Mit einem beruhigenden Grinsen umrundet er das Bett und nimmt mich in seine kräftigen Arme. Ich lasse mich an seine Brust sinken und lege die Wange auf den festen Muskel.

»Keine Sorge. Ich bin nur erschöpft. Und morgen Abend muss ich wieder arbeiten.«

»Superman ist wieder im Einsatz«, murmle ich.

Mein Blick fällt auf die Militärmarke um seinen Hals. Ich schmiege mich an sein T-Shirt, greife nach dem Anhänger und betrachte ihn, als wäre es das erste Mal. Loan nimmt ihn niemals ab. Ich bin sicher, er behält ihn sogar unter der Dusche an. Es ist die Soldatenmarke seines Großvaters, der im Algerienkrieg gefallen ist. Loan hat ihn nicht gekannt, aber ich weiß, dass ihm an dieser Marke viel liegt.

Plötzlich schreckt uns ein Geräusch auf. Wir wissen sofort, was es ist. Hastig wenden wir uns zur Schlafzimmertür und öffnen sie vorsichtig. Ich gehe in die Hocke, um hinauszulinsen, Loan tut dasselbe über mir.

Zoé ist heimgekommen. Wie erwartet ist sie nicht allein. Jemand presst sie gegen die Wand des Korridors und ihre Hände zerwühlen die Haare eines unbekannten Mannes, der sie so geräuschvoll küsst, dass Zoé ihn bittet, leiser zu sein, weil »ihre Mitbewohner schlafen«. Ja klar, wir schlafen.

Er nickt hastig, ehe er ihr das Kleid über die Hüften nach oben schiebt und seine Hand in ihr Höschen gleitet. Mit der anderen knetet er grob ihre Brust. Ich verziehe das Gesicht und flüstere Loan zu:

»Ob er wohl glaubt, da kommt Limonade raus, oder was?«

Loan presst die Lippen zusammen, um nicht zu lachen. Leider habe ich keine Zeit, mir das Ende des Films anzuschauen, denn mein bester Freund zieht mich zurück und schließt leise die Tür.

»Hey! Ich wollte noch zusehen!«

Er neigt den Kopf und versucht, mich mit seinem Blick zu tadeln – leider vergeblich.

»Das habe ich bemerkt. Aber wir sind keine Voyeure.«

»Sprich für dich selbst.«

»Irgendwie ist es nicht richtig. Wir sollten ihre Privatsphäre respektieren.«

»Sagt ausgerechnet der, der als Erster zur Tür rennt!«

Dieses Mal lächelte er offen und verdreht die Augen. Er weiß, dass ich recht habe. Jedes Mal, wenn Zoé mit irgendeinem fremden Kerl nach Hause kommt, ist es wie ein Reflex. Wir wollen beide wissen, was für einen Fisch sie sich diesmal geangelt hat.

»Hättest du etwa gern, dass dir jemand zusieht?«, startet er einen Gegenangriff und schlägt die Decke zurück.

Ich hebe eine Augenbraue, um ihn zum Lachen zu bringen.

»Wer weiß. Stört dich das?«

Er wirft mir einen düsteren Blick zu, den ich hoheitsvoll ignoriere. Ich kuschle mich unter die Bettdecke. Er zieht seine

Jeans aus, lässt sie auf dem Boden liegen und kriecht ebenfalls ins Bett. Seine Wärme erhöht die Temperatur unter der Decke sofort. Loan hat immer warme Haut, genau wie mein Vater. Und im Gegensatz zu mir. Ich werde ständig verscheucht, weil ich eiskalte Hände habe.

»Mach doch, was du willst.«

Die Tür zum anderen Zimmer fällt ins Schloss, ehe er seinen Satz beendet hat. Loan macht das Licht aus und lässt seufzend den Kopf auf sein Kissen sinken. Ich mag mir nicht vorstellen, was im Zimmer gegenüber vor sich geht, aber es lässt mir keine Ruhe. Ich flüstere ins Halbdunkel:

»Ich hoffe, sie machen keine Sachen in meinem Bett …«

Loan antwortet nicht. Wahrscheinlich denkt er über meine Worte nach. Es sei denn, er schläft schon. Ich sage mir immer wieder, dass ich mir Zoé und Monsieur Ich-quetsche-dir-die-Brüste-als-wären-es-Zitronen auf keinen Fall bildlich vorstellen darf, aber je mehr ich mir das einschärfe, desto weniger funktioniert es.

Mit angewiderter Miene schnelle ich hoch wie eine Feder.

»Oh Gott, stell dir bloß vor, sie machen Sachen in meinem Bett!«

Mir ist übel. Ich schließe die Augen, als könnte ich so das Bild aus meinem Gehirn vertreiben. Mist, es wird sogar noch schlimmer.

»Warum sollten sie es in deinem Bett treiben, wenn Zoé ihr eigenes hat?«, beruhigt mich Loan, ohne auch nur die Augen zu öffnen.

»Keine Ahnung. Dieses Mädchen handelt nicht immer logisch.«

Ich höre sein ersticktes Lachen. Er zieht an meinem Pferdeschwanz, damit ich mich wieder hinlege.

»Halt den Mund und komm her.«

Ich lege mich auf die Seite und lasse mich von seinen warmen Armen umfassen. Mit dem Rücken schmiege ich mich an seine Brust und nehme eine seiner Hände in meine. Nun spüre ich nur noch seinen Atem in meinem Nacken. Seine Beine und Finger verschränken sich mit meinen. Loan ist in letzter Zeit irgendwie zu meinem Anker geworden. Mit ihm an meiner Seite ist alles in Ordnung. Ich fühle mich sicher. Diese Macht über mich hat er seit jener ersten Nacht im Aufzug.

Wir erzählen einander wirklich alles, zumindest behaupten wir das gern. Was mich betrifft, gibt es einige Dinge, die zu gestehen ich noch nicht bereit bin. Über meine Familie und meine Panikattacken. Nicht, weil ich ihm nicht vertraue, sondern weil ich keinen Sinn darin sehe, die Vergangenheit aufzuwühlen. Und ich weiß, dass er es versteht, denn ich bin sicher, dass auch er mir nicht alles erzählt. Ich weiß zum Beispiel nichts über seine Familie. Manchmal habe ich den Eindruck, als wären Jason und ich die Einzigen, die ihm nahestehen. Weil ich egoistisch bin, genügt mir das die meiste Zeit. Wenn ich aber darüber nachdenke, macht es mir schwer zu schaffen.

»Ich habe schon sechs Kreationen fertig«, flüstere ich ihm zu, ehe ich einschlafe. »Ich bereite mich auf ein Vorstellungsgespräch bei Millesia vor.«

Lieber rede ich darüber, als ihm von meinen Treffen mit Clément zu erzählen. Loan und ich sprechen nie über unser Liebes- oder Sexleben. Es ist wie ein stummer Pakt. Wir wissen einfach, dass es so richtig ist.

»Bestimmt zerreißt du wieder alles«, murmelt er mit schläfriger Stimme.

Ich lächle sanft in die Dunkelheit und spüre neue Energie. Ich erinnere mich noch an seine Reaktion, als ich ihm erzählt habe, dass ich feine Dessous nähe. Ein unvergesslicher Abend …

3

Ein Jahr zuvor

Loan

Erschöpft sitze ich nach einem langen Tag in der Feuerwache auf der Couch. Ich sehe Lucie, die mit mir redet, während sie ihren Mantel anzieht, aber ich höre nichts. Vor zwei Tagen hat sie sich die Haare machen lassen und sieht mit der neuen Frisur einfach toll aus. Ihr schwarzes Haar passt perfekt zu ihren grünen Augen. Sie ist so hübsch …
Plötzlich bleibt sie stehen und schaut mich an. Sie verschränkt die Arme und verkneift sich ein Lächeln.
»Du hast nichts von dem mitbekommen, was ich gerade gesagt habe, oder?«
Ich lächle automatisch und mache eine entschuldigende Geste.
»Musst du wirklich da hin?«, frage ich sie und ziehe sie an mich. »Du könntest sagen, dass du krank bist.«
Sie macht große Augen, aber sie lässt mich gewähren. Sanft küsse ich sie und tue mein Bestes, um sie zu überzeugen. Lucie verschränkt ihre Zunge mit meiner, ihre Hand liegt auf meiner Wange. Ich kenne diese Lippen schon so lange, dass mir ihr Geschmack vertrauter ist als alles andere …
»Aber natürlich, Loan. Ich habe heute Abend Bereitschaftsdienst. Es geht nicht anders.«
Seufzend lasse ich meinen Kopf auf die Rückenlehne der Couch sinken. In letzter Zeit sehen wir uns immer seltener. Entweder habe ich Dienst in der Feuerwache oder sie

hat Dienst im Krankenhaus. Lucie ist seit Kurzem Krankenschwester. Jason nennt uns »das barmherzige Samariterpaar«.

»Ach übrigens, warum haben wir drei Päckchen Mehl im Schrank?«

Scheiße.

Ich hebe so hastig den Kopf, dass ich schuldbewusst wirke. Sofort habe ich mich wieder unter Kontrolle. Meine Reaktion irritiert mich selbst, schließlich habe ich mir nichts vorzuwerfen. Ich wollte nur Mehl im Haus haben, für den Fall, dass sie mich danach fragt.

»Ich habe letzte Woche welches gekauft.«

Lucie hört mir nur zerstreut zu. Sie konzentriert sich auf ihr Telefon. Endlich blickt sie auf und lächelt mich an.

»Gut, ich bin dann weg. Bis morgen.«

»Bis morgen. Ich liebe dich.«

»Ich dich auch.«

Als ihre Hand den Türgriff berührt, klingelt jemand. Sie blickt mich an, ich blicke sie an. Jason kann es nicht sein, denn er und Lucie können sich nicht ausstehen – sie hält ihn für pervers, während er sie prüde findet.

Meine Freundin öffnet die Tür, und das Erste, was ich sehe, sind bernsteinfarbene, hell gesprenkelte Augen. Mehr brauche ich nicht, ich erkenne sie sofort. Ich stehe auf, um zu den beiden Frauen zu gehen, während Violette heftig errötet.

»Guten Abend.«

»Guten Abend«, antwortet Lucie. »Kann ich Ihnen helfen?«

Violette verzieht das Gesicht und entschuldigt sich für die Unannehmlichkeit. Ich beschließe, einzugreifen.

»Lucie, das ist Violette, unsere neue Nachbarin. Violette, das ist meine Freundin Lucie.«

Sie reichen sich die Hand. Lucie lächelt höflich wie immer. Sie ist grundsätzlich nett zu allen. Leider sogar zu Menschen, die es nicht verdienen. Das ist ein Streitpunkt, über den wir uns wohl nie einigen werden.

»Also ich muss jetzt zur Arbeit«, erklärt Lucie.

Sie wünscht uns einen schönen Abend und zwinkert mir zu, ehe sie den Aufzug betritt. Ich lege meine Hand an die geöffnete Tür und konzentriere mich auf Violette. Sie trägt einen dicken, beigen Pulli mit langen Ärmeln und einem riesigen Rollkragen. Er steht ihr gut, aber mir wollen die grünen Paillettenshorts einfach nicht aus dem Sinn. Männer sind doof.

»Ich hab mich kaum getraut zu klingeln …«

Ich runzle die Stirn und sehe, wie sie an ihren Ärmeln herumfummelt. Abgesehen von ihren erstaunlichen Augen sind es vor allem ihre Sommersprossen, die mich durcheinanderbringen. Sie sind nämlich nur über die Hälfte ihres Gesichts verteilt und hören an ihrer zierlichen Nasenspitze auf. Als hätte der liebe Gott während des Bestreuens plötzlich innegehalten. Es ist seltsam, aber es gefällt mir sehr.

Es spiegelt perfekt wider, wie sie ist. Ungewöhnlich.

»Mein Vater kommt mich morgen besuchen und ich wollte ihm einen Ananaskuchen backen. Das ist sein Lieblingskuchen.«

Mir ist nach lächeln, aber ich verdränge es. Natürlich weiß ich sofort, was sie braucht. Mein Wunsch zu lächeln liegt auch daran, dass ich *habe*, was sie braucht. Ein Teil von mir, ein sehr, sehr verborgener Teil, ist froh, dass ich einkaufen war.

Der Blick ihrer großen Augen ruht auf mir.

»Ich brauche Mehl. Vielleicht kannst du mir aus der Patsche helfen.«

»Warte, ich glaube, wir haben welches im Haus.«

Was bin ich bloß für ein Idiot. »Ich glaube, wir haben welches«; ich hasse mich dafür, so was gesagt zu haben. Ich gehe in die Küche, öffne die entsprechende Schublade und hole eines der Päckchen heraus.

»Bitte sehr.«

»Oh, großartig!«, ruft sie und nimmt es entgegen. Ein fröhliches Lächeln legt sich auf ihre granatfarbenen Lippen. »Danke, Loan.«

Etwas gezwungen erwidere ich ihr Lächeln. Sie sieht anders aus als in dieser Nacht im Aufzug. Sie ist ruhiger. Sie redet auch weniger. Seltsamerweise bin ich etwas enttäuscht.

Aber plötzlich, als hätte sie meine Gedanken gelesen, wird sie wieder zur Violette des ersten Abends und zieht alle Register. Mit den Händen in den Taschen lausche ich ihr lächelnd. Es dauert gut drei Minuten, bis sie aufhört zu reden und ihren leicht geöffneten Lippen die letzten Worte entfliehen. Am liebsten würde ich diese Worte einfangen, damit sie sich nicht zurückhält.

Sie verdreht die Augen.

»Ich habe es wieder getan, oder?«

»Was meinst du?«

»Meine Lebensgeschichte erzählt.«

»Willst du eine ehrliche Antwort?«

»Wenn's geht.«

»Ja.«

Irgendwie finde ich es total lustig. Sie beißt sich auf die Lippe und rümpft die Nase wie ein Kind.

»Tut mir leid. Es ist nicht leicht, jeden Tag skurril zu sein.«

Ich denke nur wenige Sekunden nach, ehe ich eine Entscheidung treffe.

»Weißt du was, ich habe heute Abend nichts vor. Ich könnte dir helfen, Kisten auszupacken, während du deinen Kuchen backst. Du entscheidest.«

Überrascht reißt sie die Augen auf. Ich hoffe inständig, dass sie annimmt. Ein bisschen Gesellschaft würde mir nicht schaden.

»Warum nicht! Ich brauche starke Muskeln.«

Perfekt. Ich schnappe mir die Schlüssel, trete hinaus in den Flur und lasse die Tür hinter mir ins Schloss fallen. Violette steht reglos da und drückt das Päckchen Mehl an ihr Herz. Nach längerem Schweigen kann ich nicht anders, als sie ein bisschen zu ärgern.

»Gehen wir jetzt zu dir oder machen wir eine Pyjamaparty hier draußen auf dem Flur?«

Sobald man Violettes Wohnung betritt, steht man schon im Wohnzimmer, das nur durch einen Tresen von der Küche getrennt ist. Auf dem Tresen thront ein Obstkorb, der Kühlschrank ist mit Fotos und Listen aller Art beklebt. Bei der Vorstellung, dass dieses Mädchen sich nichts merken kann, muss ich grinsen. Warum überrascht mich das nicht?

»Willkommen in meiner Wohnung.«

Alle Wände sind weiß, bis auf eine, die tatsächlich schwarz gestrichen wurde. Ich entdecke haufenweise herumliegende Klamotten; ein Kleid auf dem cremefarbenen Sofa, einen einsamen Stiefel unter dem Couchtisch und eine zusammengerollte Hose auf dem plüschigen Teppich.

Violette folgt meinem Blick durch den Raum.

»Ich habe heute nicht mit Besuch gerechnet«, sagt sie entschuldigend.

Sie und ich sind definitiv sehr verschieden. Ich bin ein eher ordentlicher Mensch. Nicht übertrieben, aber sagen wir mal, ich mag es, wenn alles an seinem Platz ist. Seit ich klein war, musste ich lernen, alle Aspekte meines Lebens zu kontrollieren und keinen Raum für Überraschungen zu lassen. Violette hingegen … nun, ich würde sagen, sie ist der Inbegriff von Unberechenbarkeit.

Sie verschwindet im Flur, um Sachen wegzuräumen, und ich nutze die Gelegenheit und sehe mir ihren Kühlschrank genauer an. Ich erkenne sie auf den meisten Bildern, obwohl sie da noch jünger ist. Sie posiert mit Fremden, meistens Mädchen. Auf anderen ist sie mit einem Mann mittleren Alters zusammen, wahrscheinlich ihrem Vater. Sie sieht ihm sehr ähnlich.

Allerdings hat ihr Vater sehr dunkle Augen. Ich frage mich, ob sie ihre außergewöhnlichen Augen von ihrer Mutter geerbt hat oder ob sie einzigartig sind. Aber ich kann es nicht herausfinden, weil es kein einziges Bild von ihr mit ihrer Mutter gibt. Auf jedem Foto zeigt sie dieses verdammt ansteckende Lächeln. Ein Lächeln, das einen ganzen Raum mit Licht flutet und einen alle Sorgen vergessen lässt.

»Magst du was trinken?«, fragt sie mich, als sie wiederkommt.

»Nein danke, geht schon.«

Sie zuckt die Schultern und schenkt sich ein Glas Orangensaft ein. Mir fällt auf, dass sie die Schuhe ausgezogen hat und mit nackten Füßen herumläuft.

»Lucie wirkt sehr nett.«

Ich blicke sie an und fühle mich beruhigt – wie jedes Mal, wenn ich Lucies Namen höre. Lucie ist viel mehr als nur sympathisch. Sie ist fantastisch.

»Das ist sie.«

»Seid ihr schon lang zusammen?«

»Fast fünf Jahre. Wir kennen uns seit der Schulzeit.«

Sie pfeift. Vermutlich bewundernd. Es stimmt, fünf Jahre sind schon eine Menge. Heute kann ich mir mein tägliches Leben ohne Lucie nicht mehr vorstellen. Sie *ist* mein tägliches Leben.

»Wow … Und demnächst kommen Kinder und das Häuschen im Grünen?«, scherzt Violette.

Ich lächle angespannt.

»Lucie hasst das Landleben und ich will keine Kinder, also nein.«

Sie scheint etwas enttäuscht zu sein, auch wenn sie alles tut, um es zu verbergen.

»Magst du keine Kinder?«

»Oh doch, im Gegenteil … Aber ich habe meine Gründe. Geht es um diese Kartons hier?«, frage ich, um das Thema zu wechseln. Ich zeige auf mehrere Kisten, die in der Nähe des Fernsehers aufgestapelt sind.

»Ja.«

Ich stelle sie zunächst einzeln nebeneinander. Kaum habe ich den ersten Karton geöffnet, als mir etwas zwischen den Beinen hindurchhuscht. Verblüfft blicke ich hinunter und entdecke eine Kugel aus weißem Pelz. Im ersten Reflex trete ich einen Schritt zurück und zerquetsche die Kugel dabei fast. Violette rettet sie und nimmt das Tier auf den Arm. Ich hebe eine Augenbraue.

»Ich glaube, ich habe dir schon von Mistinguette erzählt.«

»Die berühmte«, sage ich nickend und betrachte das Tierchen aus der Nähe.

Das Kaninchen ist vollkommen weiß, abgesehen von der kleinen rosa Nase und den hellblauen Augen. Ich strecke eine Hand aus, um es zu streicheln, während es in Violettes Armen herumzappelt. Als ich ihm den Finger hinhalte, um es zu besänftigen, beißt es mich.

Mit einer Grimasse ziehe ich die Hand zurück und reibe sie amüsiert an meiner Jeans.

»Ich habe den Verdacht, dass sie und ich keine guten Freunde werden.«

»Siehst du! Sie riecht den Serienmörder zehn Kilometer gegen den Wind.«

Ich lächle und verdrehe die Augen, ehe ich mich wieder meiner Aufgabe widme. Ich beginne damit, alle Kisten zu öffnen, während Violette in der Küche herumhantiert. Währenddessen unterhalten wir uns. Ich erkläre ihr, dass Lucie oft nachts arbeitet und ich zu Hause bleibe und mir Serien anschaue. Wir entdecken eine gemeinsame Begeisterung für *Game of Thrones* und *Outlander*. Natürlich überlege ich, ob es jemanden in ihrem Leben gibt.

Eine Stunde später wage ich es, ihr die Frage zu stellen.

»Hast du keinen Freund?«

Sie runzelt die Stirn, ohne mich anzusehen. Okay, vielleicht bin ich zu schnell vorgeprescht.

»Wozu brauche ich einen Freund, wenn ich Mistinguette habe?«

»Gute Frage. Zum Kuscheln unter der Bettdecke vielleicht?«

»Mistinguette kuschelt mit mir im Bett«, entgegnet sie empört.

»Nicht diese Art von Kuscheln. Zumindest hoffe ich das für dich«, ärgere ich sie.

Ich spüre, wie sie erstarrt, und frage mich, ob ich zu weit gegangen bin.

»Mach dir keine Sorgen um mich, Loan. In dieser Hinsicht habe ich alles, was ich brauche«, sagt sie mit fester Stimme, die keinen Raum für Widerspruch lässt.

Ah. Okay. Verwirrt entscheide ich mich, nichts darauf zu antworten und mit dem Aufbau der Regale zu beginnen. Schon bald fällt ihr ein neues Gesprächsthema ein, worüber ich sehr froh bin.

Es ist überraschend einfach, mit ihr zu reden. Violette gehört zu jenen großherzigen Menschen, die einen gleich mit offenen Armen empfangen und niemals mehr loslassen. Solche Leute sind gefährlich, weil sie einen, ohne es zu wollen, unter ihrer Kontrolle behalten. Und das Schlimmste dabei ist, dass man es genießt.

Ich frage sie nach ihrem Modestudium. Während sie ihren Kuchen in den Ofen schiebt, offenbart sie mir, dass sie Karriere im Bereich Damenunterwäsche machen will. Moment! Was? Habe ich richtig gehört? Angesichts der Wirkung, die ihre Eröffnung auf mich hat, vermutlich schon.

»Wirklich?«

»Wirklich. Warum überrascht dich das?«

»Ich weiß nicht.«

Sie zwinkert mir geheimnisvoll zu, was mich zum Lächeln bringt. Ich liebe weibliche Dessous und kann nicht anders, als es sexy zu finden. Automatisch denke ich an Lucie und das, was sie unter ihrer Schwesterntracht trägt. Ich hoffe, dass ich wach werde, wenn sie nach Hause kommt …

Um zehn nach Mitternacht bin ich fast fertig mit dem Aufbau der Möbel. Mir ist heiß vor Anstrengung und wegen der bullernden Heizung. Reflexartig greife ich nach dem Halsausschnitt meines T-Shirts, um es auszuziehen. Als ich bemerke, was ich da mache, erstarre ich. Auf keinen Fall darf ich hier mein T-Shirt ausziehen. Selbst wenn ich einem Hitzschlag zum Opfer fiele, käme das nicht in Betracht.

»Warum tust du das?«, unterbricht sie mich.

Ich drehe mich zu ihr um, begreife aber nicht, was sie mich fragt.

»Warum tue ich was?«

»Das hier. Mir Hilfe anbieten.«

Ich zucke mit den Achseln. Es erscheint mir völlig selbstverständlich. Menschen zu helfen ist schließlich mein Job.

»Weil ich gern helfe.«

Ich wende ihr den Rücken zu, um konzentriert die letzten Schrauben festzuziehen.

»Trotzdem«, fährt Violette fort, »ehe ich dich im Aufzug gezwungen habe, mit mir zu reden, kam es mir vor, als würdest du mir nicht über den Weg trauen. Nach einigem Nachdenken bin ich zu dem Schluss gekommen, dass es nur zwei mögliche Gründe für deine plötzliche Großzügigkeit gibt.«

Ich schüttle den Kopf, befestige eine zweite Schraube und grinse in mich hinein. Sie hat also nachgedacht und eine Antwort gefunden. Natürlich bin ich neugierig.

»Ich bin ganz Ohr.«

»Also entweder bist du ein Masochist, oder du bist gestört und fühlst dich aus irgendeinem Grund, der vermutlich mit deiner schmerzlichen Vergangenheit zu tun hat, wie ein Magnet von durchgeknallten Leuten wie mir angezogen.«

Ich nicke langsam und tue, als würde ich überlegen. Falls ich tatsächlich nur die Wahl zwischen diesen beiden Antworten habe, würde ich eher von der ersten Option ausgehen. Obwohl es mir nicht wie Folter vorkommt, sie zu ertragen.

Hinter meinem Rücken wird Violette ungeduldig.

»Und? Ist es nun Masochismus oder die schmerzliche Vergangenheit?«

»Ich habe ebenfalls eine Theorie«, sage ich und richte mich auf. »Du schaust zu viele Serien.«

Sie lächelt verschmitzt.

»Komm schon, beantworte einfach meine Frage.«

Ich verdrehe die Augen. Himmel nochmal, sie lässt wirklich nicht locker.

»Die Frage ist blöd.«

»Wow, tolle Antwort«, spottet sie. »Ich bin ganz neidisch.«

Dieses

Mädchen

ist
völlig
verrückt.

»Na gut«, seufze ich. »Wenn ich dir bei unserem ersten Treffen im Aufzug distanziert erschienen bin, dann deshalb, weil ich immer distanziert gegenüber Leuten bin, die ich nicht kenne. Es fällt mir nicht leicht, Menschen zu vertrauen.«

Sie betrachtet mich mit verwirrender Geduld. Ich zucke die Schultern und lasse den Schraubenzieher auf die Couch fallen. Tatsächlich kann ich meine Freunde an einer Hand abzählen, aber zumindest bin ich mir hundertprozentig sicher, dass sie zuverlässig sind.

»Als du panisch wurdest und angefangen hast, mir dein Leben zu erzählen, ohne dir auch nur die Mühe zu machen, zwischen den einzelnen Sätzen Luft zu holen, war mein erster Gedanke: ›Wo kommt dieses Mädchen her?‹ Der zweite war: ›Ich will sie kennenlernen‹. Es ist albern, ich weiß ... und vermutlich werde ich dich in dem Verdacht bestärken, dass ich ein Serienmörder bin, aber in diesem Moment wusste ich, dass wir uns verstehen könnten.«

Ich merke sofort, wie lächerlich meine Worte klingen. Ich ärgere mich, so etwas gesagt zu haben. Bestimmt hält sie mich jetzt für einen alten Sack. Aber im Grunde glaube ich, sie versteht, was ich meine. Versteht, dass es für mich platonische Liebe auf den ersten Blick war.

»Was hat dich überzeugt? Gib's zu, es war die Anekdote über mein mündliches Abitur.«

Ich lache aufrichtig und fahre mir erleichtert durchs Haar.

»Unter anderem. Aber ich würde sagen: eine Mischung aus deiner Offenheit, deiner Tollpatschigkeit und deinem Blumenduft. Natürlich nicht zu vergessen die grünen Paillettenshorts.«

Ihr Lächeln wird so breit, dass ich mich frage, wie weit es noch gehen kann, denn es nimmt bereits ihr halbes Gesicht ein. Sie schiebt sich eine Locke hinters Ohr, verschränkt die Arme und zwinkert schelmisch.

»Loan Millet ... Träume ich oder machst du mir gerade eine Liebeserklärung?«

Ich lache ebenfalls und lege mir die Hand auf die Brust.

»Tut mir leid, aber mein Herz ist schon vergeben.«

4

Heute

Violette

Es ist Freitagabend.

Unglaublich, wie schnell diese Woche vergangen ist! Ich habe sie wirklich kaum wahrgenommen. Überhaupt habe ich nur sehr wenig wahrgenommen und weder Loan noch Clément gesehen. Loan hatte nach seiner Rückkehr aus dem Urlaub viel auf der Feuerwache zu tun, Clément hatte in dieser Woche mündliche Prüfungen. Kurz und gut, ich habe mich fünf Tage lang mit Zoé begnügt.

Ich wiederhole: *Fünf. Tage.*

Zum Glück ist jetzt Wochenende. Wie geplant gehen wir heute Abend aus. Ich stoße die Tür des ESMOD-Gebäudes auf, schaue auf die Uhr und mummle mich in meinen Schal ein. Es ist halb neun abends. Wenn ich mich beeile, kann ich die anderen noch einigermaßen rechtzeitig treffen ... Ich verdrehe die Augen, als ich mir beim Denken zuhöre. Wem genau will ich hier was vormachen? Jeder weiß, dass sich die hier anwesende Violette auf jeden Fall verspätet, wenn sie einen Satz mit »Wenn ich mich beeile ...« beginnt.

Zunächst schreibe ich Loan und frage, wo er ist. Seine Antwort lässt nicht lang auf sich warten: »Auf dem Weg. Ich hol dich ab.«

»Violette?«

Ich zucke zusammen, als hätte man mich auf frischer Tat ertappt, ehe ich mich umdrehe. Beim Anblick dieser grauen

Augen entspanne ich mich sofort. Lächelnd gehe ich auf Clément zu. Ich bin angenehm überrascht, ihn dort auf mich warten zu sehen.

»Guten Abend, schöner Fremder. Was machen Sie hier?«

Er lächelt mir zu. Seine Hände stecken tief in den Manteltaschen.

»Ich bin natürlich gekommen, um dich zu entführen. Auf dem Programm stehen Häagen-Dazs-Eis auf den Champs Elysées und eine Fahrt mit dem Riesenrad. Damit du dich an mich kuschelst und ich es auf unanständige Weise genießen kann.«

Ich bin jetzt bei ihm. Er ist nur ein paar Zentimeter größer als ich, aber er schüchtert mich nach wie vor ein. Clément sieht so perfekt aus, dass ich Angst habe, mit meiner Dyspraxie und meinem Gequatsche neben ihm unangenehm aufzufallen. Verdammt, jetzt fange ich schon an, Loans dämliche Begriffe zu benutzen! Jedenfalls bin ich in seiner Gegenwart noch immer nicht ganz ich selbst. Ich will nicht, dass er sofort Angst bekommt.

»Ich würde mich liebend gern an dich kuscheln ... Aber ich gehe heute Abend mit meinen Freunden weg.«

Er verzieht das Gesicht und steckt seine eisigen Hände in meine Manteltaschen. Sein Gesicht ist nur wenige Zentimeter von meinem entfernt. Habe ich schon erwähnt, wie toll ich ihn finde?

»Okay, aber in aller Regel fragt ein Entführer sein Opfer nicht nach seiner Meinung ...«

Amüsiert schaue ich ihm direkt in die Augen. Obwohl wir uns nicht oft gesehen haben, haben wir ständig telefoniert – wenn er Zeit hatte. Manchmal habe ich das Gefühl, dass wir schon längst zusammen sind, auch wenn wir eigentlich noch keine Beziehung haben, denn bisher haben wir uns nicht mal geküsst. Manchmal frage ich mich übrigens, worauf er noch wartet.

»Stimmt. Ich hoffe, dein Kofferraum ist groß genug.«

»Ich bin verrückt nach dir, Violette«, sagt er daraufhin – ein Geständnis, das ihm offenbar ungewollt entwischt ist.

Verblüfft schaue ich ihn an. Seine Augen lügen nicht, das fühle ich, das weiß ich. Er ist nicht der nächste Émilien. Er mag mich. Und, Himmel, ich ihn auch.

»Gut, dann entführ mich Montagabend. Ich werde so tun, als wäre ich überrascht.«

»Montagabend ... Perfekt.«

Ich lächle ihn an. Mein Herz schlägt etwas schneller als sonst. Mit seinen Händen in meinen Taschen steht er so dicht vor mir, dass ich seinen Atem an meinen Lippen spüre. Sein Blick verweilt für einen Moment auf meinem Mund, sodass ich fast vermute, dass er es versuchen wird.

Innerlich feuere ich ihn an: »Gib mir ein K, gib mir ein U, gib mir ein S, gib mir ein S! Gib mir einen Kuss!« Als ich mich ihm kaum merklich nähere, wendet er plötzlich den Blick ab und starrt über meine Schulter. Ich warte noch einige Sekunden. Als sein Blick nicht zu mir zurückkehrt, runzle ich die Stirn.

»Was ist los?«

Mit einer Kopfbewegung deutet er auf etwas hinter mir.

»Da ist ein Typ, der uns anstarrt.«

Neugierig drehe ich mich um. Als ich Loan sehe, der neben seinem Auto steht und uns beobachtet, setzt mein Herz einen Schlag aus. Es ist ein dummer Reflex, aber ich entferne mich ein wenig von Clément. Mein bester Freund steht dort mit verschlossener Miene und wirkt ziemlich überrascht.

»Ach, das ist Loan«, beruhige ich Clément und winke meinem Freund zu, dass ich komme.

Clément hebt eine Augenbraue. Peinlich berührt räuspere ich mich und trete so weit zurück, dass er seine Hände wieder in Besitz nehmen kann.

»Ich muss los. Er holt mich ab.«

Clément runzelt verwirrt die Stirn.

»Ist er … dein Freund? Muss ich ihm die Fresse polieren, meinen Degen ziehen oder so?«

»Nein«, lache ich. »Loan ist mein Kumpel und bester Freund.«

»Bester Freund wie in ›Ich wohne mit meinen beiden BFFs zusammen‹?«

Ich beiße mir auf die Unterlippe und schäme mich. Dieser Moment musste ja eines Tages kommen …

»Unter anderem, ja. Ich wohne mit Zoé und ihm zusammen. Aber du musst dir ganz sicher keine Sorgen machen. Loan und ich sind wirklich nur Freunde.«

Als Wiedergutmachung biete ich ihm einen zerknirschten Schmollmund an. Clément schaut mich einen Moment lang nachdenklich an. Dann seufzt er und kommt wieder näher. Und dieses Mal, obwohl Loans Blick mir fast die Wangen verbrennt, zucke ich nicht mit der Wimper.

»Ist das wahr?«

»Ich lüge nie«, flüstere ich. »Außer natürlich wenn ich sage, dass ich nie lüge …«

»Du kleine Gaunerin!«

Ehe ich ihm ausweichen kann, umfasst er mein Gesicht und küsst mich. Ich schließe die Augen und genieße das Gefühl seiner weichen Lippen auf meinen. Es gelingt mir sogar, Loans Anwesenheit für eine Nanosekunde zu vergessen. Lang genug, um mir darüber klar zu werden, dass ich es sehr, sehr angenehm finde. Und dass ich mehr will. Lieber Himmel, es ist das erste Mal, dass ich bete, entführt zu werden.

»Das war nett ... aber jetzt muss ich gehen.«

»Bis Montag! Ich wünsche dir einen schönen Abend.«

Ich schenke ihm ein letztes Lächeln und gehe zu Loan, der inzwischen Zeit hatte, sich an sein Auto zu lehnen. Ich mustere sein Outfit, ehe ich mich auf die Beifahrerseite setze. Loan trägt schwarze Jeans, ein langes T-Shirt mit der Aufschrift »NO PANTS ARE THE BEST PANTS« und eine seiner grauen Mützen, der ein paar braune Strähnen entwischt sind. Ich stelle fest, dass sein Bart in einer Woche Zeit hatte, wieder nachzuwachsen.

Mit Bart gefällt er mir besser als ohne.

»Können wir bitte noch kurz bei der Wohnung halten? Ich muss mich umziehen. Es dauert nicht lang. Versprochen.«

»Versprich nichts, was du nicht halten kannst, Violette.«

Ich werfe ihm einen amüsierten Blick zu, den er hoheitsvoll ignoriert. Sein Blick ist auf die Straße gerichtet. Trotz seines Scherzes wirkt er distanziert. Ich glaube, es liegt daran, dass ich mir Zeit für Clément genommen habe, während er warten musste. Oder weil ich mich vor seinen Augen habe küssen lassen. Er mag keine öffentlichen Zuneigungsbekundungen.

Nach einem langen Schweigen, das mir Unbehagen bereitet, öffnet Loan endlich den Mund und beginnt im Plauderton:

»Wer war das?«

»Clément.«

»Sollte der Name mir was sagen?«

»Nein, ich habe ihn erst letzte Woche kennengelernt.«

Loan biegt an einer Kreuzung ab und hält vor einer roten Ampel. Er sieht mich immer noch nicht an.

»Cool. Also seid ihr zusammen?«

»Ich glaube, so kann man es ausdrücken.«

Danach fragt er mich nichts mehr. Der Weg zu uns nach Hause erfolgt in tiefer, peinlicher Stille. Ebenso wie der Weg zum Club. Obwohl es mir schwerfällt, verkneife ich es mir, ihn darauf hinzuweisen, dass ich weniger als zwanzig Minuten zum Umziehen gebraucht habe.

»Mamma mia!«, ruft Jason, als er mich sieht, und begutachtet mein Outfit. »Violette, Loan muss heute Abend ein Auge auf dich haben, wenn er nicht will, dass dich jemand angräbt.«

Mein bester Freund und ich haben uns endlich zu Jason durchgekämpft, der an der Bar auf seine Bestellung wartet. Die Musik ist ohrenbetäubend, aber er spricht laut genug, dass ich ihn hören kann. Ich lächle über sein Kompliment.

»Nur ein Auge?«
»Das andere ist ihm schon herausgefallen, glaube ich.«

Ich muss lachen und schaue Loan an, der ein amüsiertes Lächeln aufsetzt. Ich muss zugeben, dass ich nach Cléments Kuss in Feierstimmung war. Ich wollte heute Abend schön aussehen, und zu erkennen, dass es mir teilweise gelungen ist, macht mich sehr froh. Ich trage einen nagelneuen schwarzen, rückenfreien Body, hoch taillierte Röhrenjeans und schwarze High Heels.

Jasons Schmeichelei freut mich, und ich gebe ihm einen Wangenkuss. Daraufhin greift er sich ans Herz und tut, als müsse er sterben. Loan gibt ihm einen sehr männlichen Klaps auf den Rücken.

»Immer schön den Ball flach halten, Kumpel. Ich hab dich im Blick.«

»Keine Sorge, ich weiß schon, dass sie unantastbar ist. Ich bin doch nicht lebensmüde.«

Jason bekommt seine Getränke und fordert uns auf, ihm zu folgen. Mit einer Hand auf meinem Rücken bedeutet mir mein bester Freund, dass ich vor ihm hergehen soll. Ich erkenne Zoé auf der letzten Bank in der Reihe, zwischen Alexandra und

Chloé, beide ebenfalls ESMOD-Mädchen. Ethan, ein Kollege und Freund von Loan, ist ebenfalls da, mit einem Typen, den ich nicht kenne. Als wir endlich ankommen, kreischt Zoé zur Begrüßung überdreht auf.

»Da kommt die Schönste!«

Ich gebe die obligatorischen Küsschen, ehe ich mich zu ihnen setze. Schnell integrieren mich die Mädels und erzählen mir alles Mögliche, während die Jungs ihr »Weiberradar« aktivieren – die Bezeichnung stammt wenig überraschend von Jason.

Plötzlich beugt Zoé sich mit leuchtenden Augen zu mir. Ich merke sofort, dass sie schon mindestens zwei Drinks hatte.

»Weißt du noch, wie wir das letzte Mal hier waren?«

Oh ja, ich erinnere mich ... Kleine – aber nicht zu vernachlässigende – Info: Damals, vor etwa acht Monaten, habe ich Zoé gestanden, dass ich noch Jungfrau bin. Seitdem hat sie sich in den Kopf gesetzt, mir dabei zu helfen, mich entjungfern zu lassen. Sie nahm wirklich kein Blatt vor den Mund. Schnell wurde daraus ein kleines Spiel zwischen uns – manchmal ziemlich nervig, da sie immer wieder versucht, mich mit dem erstbesten Kerl zu verkuppeln. Wir nannten es »Operation Spargel«. Zu unserer Verteidigung muss man sagen, dass wir beide völlig betrunken waren.

Eine Weile war ich mit Émilien zusammen, aber nachdem das vorbei war, schleppte Zoé mich in Bars und Clubs und erklärte mir, ich müsse mir nur den heißesten Typen aussuchen und ihn als krönenden Abschluss mit nach Hause nehmen. Nur, dass das für mich eben nicht so einfach war ...

»Und?«, erkundigt sich Zoé, die mir zur Hilfe kommt. »Wen hast du dir geangelt?«

Ich öffne den Mund, um ihr Édouard vorzustellen, aber in dem

Moment fällt mir auf, dass er weg ist. Ich bin allein mit meinen sieben leeren Shotgläsern. Warum zum Teufel mache ich das nur? Ach ja. WEGEN SEX. Ich fühle mich wie am Rand eines Abgrunds und lasse mich jammernd meiner besten Freundin in die Arme fallen. Sie streichelt mir das Haar wie meine Mama. Nein, nicht meine Mama. Mein Papa. Nur mein Papa.

»Ich kann das nicht, Zoé«, *schniefe ich an ihrer Schulter.* »Ich glaube, ich würde mich wohler fühlen mit jemandem, den ich kenne.«

»Jason kann ich dir nicht empfehlen. Seiner ist garantiert zu klein.«

Ein Mädchen in einem hautengen Kleid geht an mir vorbei und schubst mich so, dass ich das Gleichgewicht verliere. Bitterböse sehe ich ihr hinterher und beschimpfe sie matt als blöde Kuh.

Zoé betrachtet mich ernst und nippt an ihrem Cocktail. Sie erinnert mich an einen Ermittler im Fernsehen.

»Gehen wir doch mal unseren Freundeskreis durch.«

Ich habe zu viel getrunken, um ihr beim Denken behilflich zu sein. Plötzlich leuchtet ihr Gesicht auf und sie strahlt mich an.

»Aber natürlich! Die am besten qualifizierte Person wäre Loan!«

Ich lache und unterdrücke einen Brechreiz. Ich spüre, dass mir der Alkohol hochkommt.

»Du hast zu viel getrunken«, *sage ich.*

»Quatsch, ich bin sicher, er ist bestens bestückt. Er spielt den braven Kerl, er trinkt nicht, er bringt keine Mädchen nach Hause, regt sich nie auf, blablabla ... Aber es sind oft die brav wirkenden Typen, die im Bett am schärfsten sind.«

Ich rümpfe die Nase. Meine Gedanken wandern zu Loan, der erst seit Kurzem Single ist. Aber mir bleibt keine Zeit, darüber nachzudenken, denn Zoé fährt fort:

»Die anderen Angeber besorgen es dir eine Minute lang in Missionarsstellung und gehen dir am Ende mit ›Das war gut, was?‹ auf die Nerven.«

Ich muss so lachen, dass ich kurz glaube, ich hätte mir in die Hosen gemacht. Als sie merkt, was sie gerade gesagt hat, stimmt Zoé in mein Lachen ein. Erst nachdem wir uns nicht mehr vor Lachen krümmen, wische ich mir die Augen und werde wieder traurig.

»Ich werde wohl mein Leben lang Jungfrau bleiben.«

In diesem Moment kommt Alexandra zu uns und steckt sich einen Zettel in den BH. Wäre ich nicht so betrunken, würde ich es vielleicht subtiler ausdrücken ... aber Alexandra hat halb Paris gevögelt. Zwischen ihr und Zoé fühle ich mich wie eine Kartoffel in einer Portion Pommes.

»Glaubt ihr, ich lande eines Tages in einer langweiligen Zeitschrift unter der Rubrik »Ungewöhnliches« mit meinem Bild und dem Titel ›Violette, 60 Jahre: einmal Jungfrau, immer Jungfrau‹?«

Während meine beste Freundin sofort laut »Nein!« ruft, nickt Alexandra lebhaft und antwortet dreist: »Ganz sicher.« Meine Unterlippe zittert. Ich spüre, wie mir die Tränen kommen. Zoé knurrt und wendet sich an unseren dritten Musketier.

»Halt bloß die Klappe, Heidi Fleiss.«

Alexandra runzelt die Stirn.

»Wie kommst du auf dieses Bauernmädchen Heidi?«

Zoé verdreht die Augen. Heute Abend bleibe ich also noch Jungfrau und weiß, dass ich es auch morgen noch sein werde, aber zu hören, wie meine beste Freundin die gute Alexandra mit einer der bekanntesten Prostituierten der Welt auf eine Stufe stellt, ohne dass sie es überhaupt kapiert ... tja, das rettet mir den Abend.

Ich lächle Zoé komplizenhaft zu, und sie grinst zurück. Ich glaube, an diesem Abend war ich so dicht wie noch nie.

»... ehrlich, ich rate dir, es lieber zu lassen«, sagt Jason auf der anderen Seite der Bank.

Chloé steht auf, um auf die Toilette zu gehen. Ich setze mich auf ihren Platz neben Ethan. Er diskutiert angeregt mit den

Jungs. Ethan ist nicht nur Feuerwehrmann (ja, für mich ist das ein unbestreitbarer Vorteil), sondern auch der netteste Mann, den ich kenne.

»Du hast jemanden kennengelernt?«, erkundige ich mich begeistert. »Das ist ja großartig!«

»Es ist nichts Ernstes«, dämpft er mich ein wenig zurückhaltend. »Wir lernen uns gerade erst richtig kennen. Aber sie ist Feministin, und Jason meint, das ist ein Hindernis.«

Bei seiner Antwort runzle ich unwillkürlich die Stirn und suche auf dem niedrigen Tisch nach meinem Glas.

»Wo ist mein Drink?«

Mein Blick fällt auf das Glas, das Alexandra in den Händen hält. Sie schaut mich entschuldigend an.

»Tut mir leid.«

Ich lächle heuchlerisch. Als sie jedoch den Blick abwendet, mache ich eine Geste, als wolle ich ihr die Kehle durchschneiden. Ich sehe, wie Loan sich das Lachen verkneift, ehe er mir sein Glas reicht.

»Danke. Entschuldige, Ethan, was hast du gerade gesagt? Ach ja, die Frau ist also Feministin. Feministisch wie ›Femen ruft mit nackten Titten Slogans vor dem Justizministerium‹, oder wie ›Sie erklärt dir rund um die Uhr, dass du nur ein höheres Gehalt bekommst, weil du was zwischen den Beinen hast‹?«

Ich warte auf seine Antwort, während ich einen Schluck aus Loans Glas nehme. Offenbar ist da kein Alkohol drin – was nicht schlecht ist, wenn man weiß, wie es mir nach vier Drinks geht.

»Ich weiß es nicht wirklich. Aber ich glaube nicht, dass sie eine Extremistin ist.«

»Dann verstehe ich nicht, warum das ein Hindernis sein soll. Im Gegenteil, du kannst stolz darauf sein, dass sie für etwas kämpft, was ihr wichtig ist; das ist eine Form von Intelligenz. Weißt du, ich bin auch Feministin, und das macht mich trotzdem nicht zur Nervensäge. Im Ernst, warum denken die Leute immer, wir wären Spaßbremsen?«

»Sorry, aber wer hat behauptet, dass du keine Nervensäge bist?«, meldet sich Loan zu Wort.

Ich zeige ihm den Stinkefinger. Auch Jason muss natürlich seinen Kommentar dazu abgeben:

»Hör nicht auf sie, Kumpel, sie ist die Stimme des Teufels. Die Frau wird dir Probleme machen.«

Er verdreht die Augen, ohne zu merken, dass er mir gerade eine Steilvorlage geliefert hat.

»Kannst du das genauer ausführen, Casanova?«

»Diesen Ton kenne ich und möchte jetzt nicht in deiner Haut stecken«, sagt Loan und klopft ihm auf die Schulter.

Jason schüttelt den Kopf, als wäre das alles Blödsinn, und drückt die Brust raus. Wie er sich aufplustert.

»Bevor du dich in unsere Männergespräche eingemischt hast, habe ich zu Ethan nur gesagt, dass ich eines mit Sicherheit weiß: Eine Feministin zu vögeln, extrem oder nicht, nimmt nie ein gutes Ende.«

Schockiert sperre ich den Mund auf. Über so viel Dummheit kann ich einfach nur lachen. Auch Loan lächelt mit gesenktem Blick. Er weiß, dass ich nicht lockerlassen werde. Er kennt mich.

»Warum sagst du das?«, will Ethan wissen.

Ich verschränke die Arme und warte auf Jasons Antwort, als Beyoncés »Run The World« aus den Boxen ertönt. Verrückt, nicht wahr?

»Sie sind Feministinnen, du Trottel«, ruft Jason. Er ist überzeugt, dass seine Meinung die richtige ist. »FE-MI-NIS-TIN-NEN. Das bedeutet, dass sie sich auf jeden Fall weigern, sich von hinten nehmen zu lassen. Dadurch wollen sie die männliche Überlegenheit widerlegen oder so.«

Ich wechsle einen empörten Blick mit Loan, der sich fast totlacht. Ich kenne Jason schon lang, zumindest lang genug, dass ich einige ziemlich dämliche Ansichten von ihm mitbekommen habe. Eigentlich dachte ich, ich hätte das Schlimmste inzwischen gehört. Aber das hier ... das ist wirklich die Krönung.

Ich beuge mich vor, stütze die Ellenbogen auf die Knie und stelle die Frage, die mich beschäftigt:

»Hast du je mit einer Feministin geschlafen, Jason?«

Vier Augenpaare sind jetzt auf mich gerichtet. Wie leicht es doch ist, die Aufmerksamkeit von Männern zu erregen.

»Nein.«

»Na dann! Haben deine Eltern dir nicht beigebracht, nicht über Dinge zu reden, von denen du keine Ahnung hast?«

Jason runzelt die Stirn und kratzt sich am Kopf.

»Schon, aber ich glaube nicht, dass sie damit den Hintern einer hübschen Frau gemeint haben. Oder vielleicht habe ich sie auch missverstanden ... Verdammte Kacke. Meine ganze Kindheit war eine Lüge!«, ruft er.

Ich lache und versetze ihm einen Tritt. Dann nippe ich noch einmal an Loans Cocktail, ehe ich ihm seinen Drink zurückgebe. Er trinkt aus dem gleichen Glas, ohne sich in unsere Diskussion einzumischen. Ich beschließe, das Thema so gut wie möglich abzuschließen. Vielleicht denkt Jason dann in Zukunft zweimal nach, ehe er ein Mädchen ablehnt, weil sie Feministin ist; immerhin könnte er die Frau seines Lebens übersehen!

»Geistig oder sozial dominiert zu werden hat mit der Hündchenstellung absolut nichts zu tun, du Trottel. Dabei geht es nämlich um gemeinsames Vergnügen. Wenn ein Mädchen sich von hinten nehmen lässt, bedeutet das noch lang nicht, dass du in einem ganz anderen Kontext eine bestimmte Autorität ausüben darfst ...«

»Okay, okay, ich hab's kapiert!«, fällt Jason mir ins Wort und reibt sich die Schläfen. »Ich hab doch nur Spaß gemacht! Scheiße, es ist verdammt anstrengend, mit dir zu reden.«

Mein Blick richtet sich auf Loan, der mir gegenüber sitzt, mich anschaut und seinen Cocktail trinkt. Unwillkürlich erröte ich, denn ich weiß, dass er es weiß. Dass er weiß, dass ich von Sex rede, obwohl ich Jungfrau bin und im Grunde nicht viel Ahnung habe.

Ich weiche seinem Blick aus, klammere mich an Ethans Hals und flüstere ihm zu:

»Mach dir nicht allzu viele Gedanken und geh ran. Danach weißt du mehr, okay?«

Ich ziehe mich rechtzeitig zurück, um ihn lächeln zu sehen.

»Mach dir keine Sorgen um mich, Vio. Ich werde es nicht an der Hündchenstellung scheitern lassen. Auch wenn es eine Schande wäre«, fügt er augenzwinkernd hinzu.

Ich lächle ihm zu und gebe ihm einen Kuss auf die Wange, als ich eine warme Hand auf meinem Rücken spüre. Reflexartig beuge ich mich nach vorn.

»Ich fürchte, Zoé zerrt dich an den Ohren hinter sich her, wenn du nicht sofort auf die Tanzfläche kommst«, schreit Loan, damit ich ihn höre.

Ich nicke und folge meinem besten Freund auf die überfüllte Tanzfläche. Ich glaube, Zoés stahlblaues Kleid inmitten der Menge zu erkennen, aber ich bin zu klein, um mich zwischen den wild zuckenden Leibern hindurchzuschlängeln.

Loan spricht mit mir, doch ich verstehe kein Wort. Die Stimme von Britney Spears übertönt ihn.

»Lass nur, hier ist es okay«, schreie ich und halte ihn zurück.

Verwirrt runzelt er die Stirn, dann beugt er sich zu mir.

»Aber ich tanze nicht.«
»Warum nicht?«
»Ich tanze nie«, sagte er und zuckt die Schultern.
Ich weiß, dass du nie tanzt, du Spinner. Ich will doch nur wissen, warum du es nicht tust. Aber offenbar muss ich mich damit abfinden. Loan Millet ist eben nicht der Typ, der in Clubs tanzt, das ist nun mal so. Ich will ihn gerade gehen lassen und mich zu meiner besten Freundin durchkämpfen, als mein Blick auf den letzten Menschen fällt, den ich heute Abend hier erwartet habe.

»Oh Gott«, hauche ich und halte Loan gewaltsam am Hemd zurück.

Ich ziehe ihn mit kaum für möglich gehaltener Kraft zu mir, stelle mich hinter ihn und bete, dass er mich ausreichend verdeckt.

»Was hast du plötzlich?«, will er wissen.

Ich kann nicht glauben, dass er hier ist … Obwohl, eigentlich überrascht es mich doch nicht so sehr. Sagen wir einfach, dass ich diese Begegnung gern vermieden hätte. Ich verberge mich hinter Loans muskulösem Körper, lächle ihn engelsgleich an und lege ihm die Arme um den Hals. Seine Gesichtszüge werden weicher.

»Nur einen Tanz«, flehe ich ihn an.

Ich sehe, wie er zögert. Er tanzt nie, völlig klar, aber ich habe ihn mit meinem Hundeblick gefragt und weiß, dass es ihm schwerfällt, dem zu widerstehen. Wie allen anderen Leuten auch.

»Na gut, okay.«

Loan kreuzt die Handgelenke an meinem unteren Rücken und folgt der Bewegung. So diskret wie möglich – zumindest glaube ich das – wende ich den Kopf, um sicherzustellen, dass ich nicht erkannt werde. Aber natürlich, genau in dem

Moment, als ich ihn zwischen all den Menschen wieder entdecke, treffen sich unsere Blicke.

Scheiße! Mit brennenden Wangen kehre ich in meine Ausgangsposition zurück. Émilien hat mich gesehen, so viel ist sicher. Und zwar in Loans Armen. Keine Panik, Violette. Du bist über ihn hinweg, weißt du noch? Und er ist ein Riesenarsch. Ja, ich habe es nicht vergessen. Andererseits ist es nie schön, einem Ex zu begegnen. Besonders, wenn dieser einen aus einem mehr als haarsträubenden Grund abserviert hat.

Plötzlich überkommt mich der wilde Wunsch, mich zu rächen und ich habe eine Idee ...

»Violette?«

»Mmmh?«

Loan ist stehen geblieben und blickt mir in die Augen. Ich verstehe nicht sofort. Ungerührt betrachtet er mich mit einer hochgezogenen Augenbraue.

»Erklärst du es mir bitte?«

»Was denn?«

»Deine Hände sind etwas zu nah an meinem Hintern.«

Mir wird klar, dass meine Hände ganz von allein da hingewandert sind. Rot wie eine Tomate ziehe ich sie zurück. Ich stehe wirklich neben mir.

»Mist, tut mir echt leid. Hat es dich gestört?«

Einer seiner Mundwinkel verzieht sich und verrät seine Belustigung.

»Normalerweise würde ich Nein sagen, aber bei dir finde ich es etwas unheimlich. Was ist los?«

Ich seufze. Ich weiß nicht recht, ob ich es ihm sagen soll ... Die Sache mit Émilien endete ziemlich unschön, und Loan war dabei. Ich will nicht, dass dieser Abend eskaliert. Andererseits merkt er sofort, wenn ich lüge. Also gebe ich beschämt nach.

»Gut ... Sagen wir, es wäre gut möglich ... Émilien könnte hier sein.«

Ich spüre, wie sich jeder Muskel in seinem Körper anspannt. Sein Lächeln verschwindet so schnell, dass ich mich frage, ob ich es mir eingebildet habe.

»Dieser Arsch? Wo?«

Als er anfängt, sich suchend umzublicken, greife ich nach seinem Kinn und zwinge ihn, mich anzusehen.

»Nicht hinschauen! Sorry, ich weiß, es ist kindisch, aber angesichts der Tatsache, wie er mit mir Schluss gemacht hat ... Ich wollte ihm klarmachen, dass er was verpasst. Wie auch immer, vergiss es.«

An seinem wilden Blick erkenne ich, dass er sich an meine Trennung von Émilien erinnert. Er beißt fest die Zähne zusammen.

»Ich wollte, ich könnte hin und ...«

»Ich weiß. Aber sich in der Öffentlichkeit zu prügeln kommt nicht infrage. Du bist bei der Feuerwehr und deine Akte muss sauber bleiben. Du könntest ihm natürlich eine reinhauen und schnell weglaufen. Ich würde mit Vergnügen die Verantwortung dafür übernehmen. Glaub mir, eine Nacht auf der Wache macht mir keine Angst. Allerdings könnte ich mir vorstellen, dass sie diese kleinen Hände nicht für fähig halten, das Gleiche anzurichten wie diese hier«, sage ich und greife nach seinen Fingern. Obwohl ... in der fünften Klasse hat mich mal ein Mädchen geschlagen. Daraufhin bin ich ausgerastet und habe ihr eine gescheuert, obwohl ich Gewalt ablehne – ich tat es trotzdem. Danach wollte sie sich revanchieren, aber ich bin weggerannt. Ich bin bestimmt nicht feige, aber ich war nie eine große Kämpferin.

Ich hole tief Luft und suche nach Worten. Wo war ich stehen geblieben? Ich blicke zu Loan auf, der mich anstarrt.

»Warum rede ich eigentlich mit dir darüber?«
»Ganz ehrlich? Ich habe keine Ahnung.«

Ich verziehe das Gesicht und senke den Kopf. Ich bin mir absolut sicher, dass Émilien mich durch die Menge beobachtet. Kaum zu glauben, dass er mir die Schuld für etwas so … Belangloses gegeben hat!

Plötzlich seufzt Loan und nimmt mich fest in die Arme. Sein Atem kitzelt mein Ohrläppchen, als er mir zuflüstert:

»Es liegt daran, dass ich diesen Kerl hasse und du heute Abend wunderschön aussiehst.«

Mir bleibt keine Zeit, die volle Bedeutung seiner Worte zu erfassen. Er dreht mich sanft um und lehnt die Brust an meinen nackten Rücken. Das Intro zu »Partition« ertönt aus den Lautsprechern. Verwundert, dass er das Spiel mitspielt, ohne heftiger zu protestieren, stehe ich reglos da. Ich spüre, wie seine vertrauten Finger die zarte, empfindliche Haut meiner Handgelenke berühren und dann langsam an meinen Armen hinaufgleiten; sie hinterlassen eine Gänsehaut.

Mein Körper bewegt sich automatisch in seiner Nähe – immer intensiver, während eine seiner Hände auf meiner Hüfte innehält und mein Becken zwingt, sich an ihn zu pressen.

»Loan …«

Ich will ihm sagen, dass es lächerlich ist, ich muss ihm sagen, dass es nicht nötig ist, aber mein Gehirn teilt meine Meinung nicht und zwingt mich zu schweigen. Loan ist offenbar ebenfalls anderer Ansicht.

»Pst«, flüstern seine Lippen in mein Ohr.

Ich schließe die Augen und überlasse mich der Bewegung. Bei dem Gedanken, ihn zu berühren, beben meine Wimpern im gleichen Rhythmus wie das Herz in meiner Brust galoppiert. Diese Arme, ich kenne sie so gut mit ihrer Wärme, die mich jedes Mal umgibt, wenn ich bei ihm schlafe … und doch scheint sich in diesem Moment alles zu verändern. Meine Sinne sind aufs Äußerste geschärft. Das hier ist alles andere als platonisch.

Loans Finger berühren meinen Hals, schieben zärtlich störende Haare beiseite und legen sie auf meine andere Schulter. Ich versuche, mich auf meine Atmung zu konzentrieren, doch er macht alle Bemühungen zunichte, als ich spüre, wie sich sein brennender Mund sanft auf meinem Nacken legt.

Zitternd ringe ich nach Luft. Ich weiß nicht genau, was in meinem Kopf vorgeht, aber wie ferngesteuert hebe ich die Arme und kreuze sie in seinem verschwitzten Nacken. Als er den Griff um meine Hüften strafft und langsam sein Becken bewegt, entsteht in meinem Unterleib ein sehnsüchtiger Schmerz. Es ist zu viel. Mehr als ich zu ertragen bereit bin. Unsere Körper folgen der Musik in dem Rhythmus, den der andere ihm aufzwingt, ohne die Außenwelt wahrzunehmen.

I just wanna be the girl you like ... the kind of girl you like, singt Beyoncé.

Mir ist heiß, schrecklich heiß, aber ich will nicht, dass er sich von mir löst. Eine unerklärliche Alchemie entweicht unseren umschlungenen Körpern. Ich bin völlig außer mir. Ich weiß nicht mehr, was stimmt und was nicht. Seine Hände wandern gleichzeitig sanft und fest über jede meiner Kurven und ziehen mich immer dichter an ihn, obwohl ich ihm gar nicht noch näher kommen kann.

Ich muss mich irgendwo festhalten, damit meine Knie nicht nachgeben, und greife in seinen Haaransatz. Ich bin den Bewegungen seines Beckens nicht mehr gewachsen. Auch wenn er mein bester Freund ist, ist Loan vor allem ein Mann. Ein Mann, der Testosteron atmet. Ein Mann, dessen Schritt sich an meinen Hintern drückt. Wie sollte man da nicht die Fassung verlieren?

»Glaubst du, das reicht?«, haucht er. Ich nicke, aber trotz meiner Antwort lässt Loan kein bisschen locker. Ohne die Augen zu öffnen, lasse ich die Arme sinken und drehe mich zu ihm um. Seine Hände sind überall.
Mein
Herz
will
explodieren.
Meine Lider flattern, bis ich sie schließlich öffne. Unsere Nasen berühren sich. Seine Lippen streifen meine, ohne auf ihnen zu verharren, und ich spüre, dass ich mich nicht mehr unter Kontrolle habe. Leider – oder zum Glück, ich weiß es nicht – wählt Émilien genau diesen Moment, um Loan anzurempeln und die Blase, in der ich für ein paar Minuten geschwebt bin, zum Platzen zu bringen. Ich kehre plötzlich in die Realität zurück, aber meine Sinne sind noch immer verwirrt.

»Das also hast du hinter meinem Rücken gemacht, während du behauptet hast, du wärst noch Jungfrau, du Schlampe?«, ruft mein Ex. Er mustert mich mit mörderischem Blick und deutet mit dem Finger auf Loan.

Auch Loan scheint zu sich zu kommen, denn er schüttelt den Kopf und packt mich am Handgelenk, um mich hinter sich zu schieben. Trotz der Wut in seinem Gesicht bleibt er ruhig und geht auf Émilien zu.

»Du solltest besser gehen. *Und zwar sofort.*«

Jetzt bewundere ich ihn wirklich. Ich kenne ihn gut genug, um zu verstehen, dass dieser Satz eine Morddrohung ist. Trotzdem spricht er, ohne die Stimme zu erheben. Es ist zum Gänsehaut-Bekommen.

»Ach ja? Und was willst du tun?«, fordert Émilien ihn mit einem bösen Grinsen heraus.

Ich beobachte Loan, der ihn anstarrt, ohne zu blinzeln. Er ist ein gutes Stück größer als Émilien und ihm körperlich überlegen.

»Ich weiß, was du vorhast. Aber ich gehe nicht auf dich los«, sagt Loan.

Ich werfe einen Blick auf die Leute um uns herum. Einige verziehen sich lieber, als sie die bedrohliche Atmosphäre spüren. Ich zupfe meinen besten Freund am Ärmel, damit er aufgibt. Doch Émilien lacht und spuckt auf den Boden, ehe er sich umdreht und sagt: »Feigling«.

Jetzt lässt Loan mein Handgelenk los, packt Émilien im Nacken und zieht ihn so heftig zu sich, dass er gegen seine Brust kracht. Ich bin nah genug dran um zu hören, wie er ihm etwas zuflüstert.

»Rede noch einmal so mit ihr und du kannst dich von deinen Beinen verabschieden.«

Wie versteinert stehe ich da und warte auf eine gewalttätige Geste von Émilien, der meinem besten Freund bleich und ohne mit der Wimper zu zucken zuhört.

»Violette weiß, wo du wohnst«, schüchtert Loan ihn weiter ein. »Eines Tages verlässt du ganz ruhig deine Wohnung, und PAFF.«

Er bricht ab und lässt die Worte nachklingen. Nach einer Weile erkundigt er sich mit kontrollierter Kälte:

»Hast du mich verstanden oder muss ich es wiederholen?«

Émilien sagt nichts. Er beißt die Zähne zusammen und blickt mich aus dem Augenwinkel an, aber Loan sieht es und packt seinen Nacken fester. Émilien senkt den Blick, bis Loan wieder loslässt. Mit geballten Fäusten zieht Émilien sich zurück. Mein Herz beginnt wieder normal zu schlagen. Ich bin so erleichtert, dass ich die Schultern hängen lasse. Das war wohl nicht die beste Art, mich zu rächen.

»Tut mir leid«, sage ich und lege Loan die Hand auf den Arm.

Er betrachtet sie einen Moment lang, dann versenkt er endlich seinen Blick in meinem. Er sieht nicht zufrieden aus. Ganz und gar nicht.

»Nächstes Mal bittest du deinen Freund. Solche Aufgaben liegen mir nicht.«

Autsch. Das tat weh.

Aber er hat recht, ich hätte ihn nicht darum bitten dürfen. Andererseits hatte er die Wahl. Und er hat sich nicht geweigert. Ich sehe zu, wie er sich umdreht und irgendwie unentschlossen an unseren Tisch zurückkehrt. Unser kurzer, verwirrender Tanz scheint schon vergessen. Das ist auch gut so.

Ich nicke entschlossen, um mich selbst davon zu überzeugen, und kehre zu den anderen auf der Bank zurück. Ich bekomme gerade noch mit, wie Loan seine Jacke anzieht und verkündet, dass er nach Hause geht.

So gut es geht verstecke ich mich hinter einer Säule und warte auf seinen Abgang, weil ich Jason aushorchen will.

»Pass auf sie auf«, raunt Loan seinem Freund zu. »Émilien ist hier.«

Sein bester Freund klopfte ihm mit einem Drink in der Hand auf die Schulter.

»Ich hüte sie wie meinen Augapfel! Näher als drei Meter kommt dieser Depp nicht an sie heran.«

Loan nickt und setzt seine Mütze auf.

»Gut zu wissen.«

Mit schlechtem Gewissen lehne ich mich an den kalten Stein. Ich fühle mich elend, weil ich ihn benutzt habe, um einen Typen eifersüchtig zu machen, der mir eigentlich völlig egal ist. Aber ich weiß, dass es morgen besser wird.

Und dass dann alles wieder so ist, wie es gestern war.

5

Heute

Loan

»Du bist am Freitag ziemlich früh verschwunden«, meint Ethan beim Bauchmuskeltraining.

Ich unterdrücke ein Seufzen und reagiere gleichgültig. Mir war klar, dass ich um ein solches Verhör nicht herumkommen würde. Ich bin sogar überzeugt, dass er und Jason wild über die Ursache meines voreiligen Rückzugs spekuliert haben. Aber mich interessiert nicht wirklich, was sie denken. Ich nehme mir also Zeit, eine angemessene Antwort zu finden, während ich weiter die hundert Kilo über meinen Kopf stemme.

An diesem Montag habe ich frei, aber ich bin trotzdem in den Kraftraum der Feuerwache gekommen, um meine Ruhe zu haben. Ethan hat mich gefragt, ob er mitkommen kann, und ich habe nicht gewagt, abzulehnen.

»Klar«, meine ich lakonisch.

Der Freitagabend liegt hinter mir. Es ist nicht nötig, darauf zurückzukommen. Wahrscheinlich war es unvermeidbar, dass ich mich eines Tages sexuell zu Violette hingezogen fühlen würde. Okay, sie ist meine beste Freundin, aber sie ist deshalb nicht weniger eine Frau. Und was für eine Frau!

Allerdings wäre es gelogen, wenn ich behaupten würde, dass es das erste Mal war, dass ich diese Art von Anziehung für sie empfunden habe. Es ist mir auch früher schon passiert … dass meine Fantasie mit mir durchgegangen ist, wenn ich sie in einem hübschen, vielleicht ein bisschen kurzen Kleid gesehen habe oder dass ich ein Zittern unterdrücken musste, wenn sie sich unschuldig mit der Brust an mich gedrückt hat. Aber ich habe nie wirklich darauf geachtet. In meinem Kopf war nur Lucie, und über das, was mein Körper wollte, bin ich einfach hinweggegangen. Heute ist Lucie nicht mehr da, obwohl sie immer noch in meinen Gedanken herumschwirrt.

»Ich hatte übrigens ein kleines Gespräch mit Violette. Mir war völlig entfallen, dass sie bald Geburtstag hat.«

Ich lächle flüchtig. Ich habe es nicht vergessen. Schon seit Monaten denke ich darüber nach und zermartere mir das Hirn, um etwas Denkwürdiges für sie zu organisieren. Ich hatte überlegt, sie für ein ganzes Wochenende ins Disneyland Paris einzuladen, auch wenn es ein Vermögen kostet – ich weiß, dass sie noch nie dort war. Aber Zoé hat mich daran erinnert, dass wir nicht allein sind.

»Ja, sie wird zwanzig.«

Als Ethan mir sagt, dass Violette anscheinend noch nichts geplant hat, richte ich mich mit schmerzenden Muskeln auf.

»Ich weiß, zum Glück. Sonst würde Zoés und mein Plan nämlich ins Wasser fallen.«

»Was habt ihr vor?«

»Einen Abend zu Hause mit allen ihren Freunden. Das ist nichts Außergewöhnliches, aber ich weiß, was Violette gefällt. Sie mag es einfach. Und sie ist gern mit Leuten zusammen, die ihr wichtig sind.«

»Das wird ihr gefallen«, meint Ethan lächelnd.

Ich hoffe es.

Was zählt, ist, dass alles wieder so ist, wie es war. Zumindest vor Freitagabend, als die Dinge ein bisschen eskaliert sind. Obwohl es mir leid tut, dass ich diesem Drecksack nicht den Kopf gegen die Wand geklatscht habe, bin ich froh, dass Émilien uns unterbrochen hat. Wer weiß, welche unzuverlässigen Dinge ich sonst gemacht hätte. Mir ist klar, dass Violette reif genug ist, um zu verstehen, dass uns diese innige Nähe zwar gefallen hat – wirklich sehr gefallen hat –, aber dass es dabei lediglich um plötzlich aufgeflammte Erregung ging. Unsere Freundschaft ist viel zu kostbar.

Deshalb habe ich am nächsten Tag auch so getan, als wäre nichts passiert. Ich will nicht, dass es zwischen uns komisch wird.

»Hast du heute Abend schon was vor? Kommt doch zu mir und wir trinken gemütlich einen Aperitif.«

Ich denke einen Augenblick nach, dann nicke ich und wische mir mit dem Handtuch die verschwitzte Stirn ab.

»Klingt gut. Ich rufe Jason an, wenn ich daheim bin.«

»Und die Mädchen?«

»Nein, Zoé würde sich Jason nie freiwillig auf mehr als drei Meter nähern, wenn Violette nicht dabei ist.«

Ethan wirft mir einen fragenden Blick zu. Ich zucke ausweichend mit einer Schulter und mache mich auf den Weg zur Dusche. Er folgt mir. Unterwegs begrüßen wir ein paar unserer Kollegen. Ich erkläre ihm, dass Violette den Abend mit Clément verbringt – einem Typen, den sie erst seit ein paar Wochen kennt.

In der Umkleide streife ich meine Shorts und Schuhe ab und blicke Ethan an.

»Na, das scheint dich ja sehr zu entzücken«, bemerkt er eher spöttisch als misstrauisch.

Ich nutze die Gelegenheit, um eine der Kabinen zu betreten und mir dort in aller Ruhe das Hemd auszuziehen. Die Duschkabinen sind nicht komplett geschlossen, daher können Ethan und ich uns bis zum Hals sehen. Zum Glück ist mein Rücken hinter der Wand verborgen.

Ich warte noch ein wenig und genieße das wohlige Gefühl des Wassers auf meiner nackten Haut, ehe ich schließlich antworte:

»Ich mag ihn nicht.«

Beim Gedanken an diesen Clément sehe ich wieder rot. Nein, ich mag ihn definitiv nicht. Auch wenn ich im Moment keinen konkreten Grund dafür habe.

»Ist er ein Idiot?«, fragt Ethan und seift sich ein.

»Keine Ahnung. Ich hab noch nie mit ihm geredet.«

»Aber wieso ...«

»Ich mag ihn eben nicht, Punkt. Sein Aussehen, seine perfekten Zähne und seine Mädchenstiefel.«

Mein Freund lacht vor sich hin und schüttelt den Kopf.

»Loan, bist du etwa eifersüchtig?«

Damit habe ich gerechnet. Es war zu erwarten. Ich halte durch und wasche mir mit schnellen, präzisen Bewegungen die Haare. Ich habe es viel zu eilig, nach Hause zu kommen.

»Nein. Normalerweise mische ich mich nicht in ihre Beziehungen ein *(bis gestern ...)* Aber Violette ist viel zu nett. Sie will unbedingt das Beste in allen Menschen sehen und ist deshalb manchmal ein bisschen blind. So wie bei diesem Arsch Émilien. Ich hab sie machen lassen und mich nicht darum gekümmert, aber sie hat mir erst gesagt, warum er sie verlassen hat, als er schon so weit weg war, dass ich ihn mir nicht mehr schnappen konnte! Ich war blöd.«

Wenn ich an den Abend denke, an dem Violette mir erzählt hat, warum sie sich getrennt haben, bereue ich, dass ich ihn am Freitag nicht zu Brei geschlagen habe. Es war die Gelegenheit, von der ich geträumt hatte.

»Und jetzt hast du Angst, dass es mit ihrem Neuen auch so ist. Sieht sie denn unglücklich aus?«

»Nein ... Absolut nicht, sie lächelt die ganze Zeit. Sobald er ihr schreibt, leuchtet ihr ganzes Gesicht auf und sie zieht sich zurück, um allein zu sein.«

Plötzlich fühle ich mich wie ein Idiot. Denn so gesehen gibt es wirklich keinen Grund zur Panik. Im Gegenteil, sie scheinen sich miteinander wohlzufühlen.

Außerdem nehme ich an, dass Zoé mich zwingen wird, ihn zu unserer Überraschungsparty einzuladen. Mist. Ethan lacht laut auf. Ich drehe den Wasserhahn zu und schüttle mir die Haare trocken.

»Gib's zu, du bist eifersüchtig.«

Dieses Mal spanne ich den Kiefer an und werfe ihm einen bitterbösen Blick zu, während ich nach meinem Handtuch greife.

»Wenn ich es dir doch sage, das stimmt nicht!«

»Ich meine nicht eifersüchtig, als ob du sie lieben würdest«, besänftigt mich Ethan. »Sondern eifersüchtig in dem Sinn, dass du plötzlich erkennst, dass auch Violette jemanden finden könnte, während du noch immer nicht weitergekommen bist, seit Lucie dich verlassen hat.«

Bei seinen Worten erstarre ich in der Bewegung. Lucies Namen zu hören tut mir immer noch weh. Jason und Violette meiden das Thema. Sie wissen, dass ich es nach wie vor nicht ertrage. *Es ist erst sechs Monate her.*

Leider wird mir klar, dass an Ethans Argumenten durchaus was dran ist. Genau genommen liegt er absolut richtig. Ich bin wirklich eifersüchtig, aber nicht auf Clément. Sondern auf Violette. Weil sie ihr Leben weiterlebt. Weil sie jemanden hat, der sie glücklich macht.

Im Gegensatz zu mir.

»Hast du was von ihr gehört?«, flüstert Ethan, als ich mir hastig und beunruhigt das T-Shirt anziehe.

Ich mag nicht darüber reden. Ich antworte mit einem knappen »Nein«, das ihm klar machen soll, dass ich das Thema wechseln will. Ich will mit ihm nicht über Lucie reden. Und auch mit niemandem sonst.

»Du solltest darüber hinwegkommen, Loan. Es ist nicht gut, auf der Stelle zu treten. Ich habe viele nette Freundinnen, mit denen ich dich bekannt machen kann, wenn du willst«, witzelt er, um die Stimmung zu heben. »Feministinnen, Nicht-Feministinnen …«

Tief im Inneren ist mir bewusst, dass er recht hat. Trübsal blasen hilft nicht, und erst recht hilft es nicht, mich an meiner besten Freundin zu reiben, um mein Begehren zu stillen. Aber ich kann nicht anders. Seit Lucie mich verlassen hat, warte ich auf sie und lasse ihr ihre Freiheit, denn das ist alles, was ich tun kann. Ich will ihr beweisen, dass sie sich in mir getäuscht hat. Deshalb habe ich auch seit sechs Monaten keine Frau mehr angerührt. Ich bemühe mich, alles richtig zu machen.

Ich behalte meinen Ärger für mich, verlasse die Duschkabine und sage mit ruhiger Stimme:

»Nein danke, Ethan. Sie wird zurückkommen, das weiß ich.«

Ich höre ihn neben mir seufzen, während ich meine Jeans anziehe. Er glaubt nicht daran. Er hat Mitleid mit mir, genau wie Jason und Violette. Und das kotzt mich an, obwohl ich mir sicher bin, dass sie es gut meinen.

Ich packe meine verschwitzten Klamotten in die Sporttasche, werfe sie mir über die Schulter und blicke meinen Freund entschlossen an.

»Ich werde jedenfalls alles dafür tun.«

Auf dem Heimweg rufe ich Jason an und schlage ihm vor, den Abend bei Ethan zu verbringen. Er freut sich und sagt, dass er in ungefähr einer Stunde bei mir ist, nachdem er geduscht und sich umgezogen hat.

Das Wohnzimmer zu Hause ist verlassen. Ich gehe in mein Zimmer, ziehe meinen Mantel aus und werfe ihn auf mein Bett. Ich spüre, wie sich Mistinguette an meinem Bein reibt.

»Komm her, meine Schöne.«

Ich bücke mich, um sie auf den Arm zu nehmen, und gebe ihr einen Kuss auf das weiße Fell. Ich liebe dieses Kaninchen. Wie Violette schon bei unserer ersten Begegnung meinte – die Kleine ist ein zähes Kerlchen. Anfangs ist sie vor mir geflüchtet. Doch dann habe ich sie auf meine Weise gezähmt, und zwar so gut, dass sie jetzt manchmal nichts mehr von Violette wissen will.

»Warte, ich hole deine große Freundin«, sage ich zu dem Tier und setze es auf mein Kopfkissen.

Ich klopfe an die Tür der Mädchen.

»Was?«, antwortet eine ungeduldige Stimme.

Zoé.

»Nichts Besonderes. Ich wollte nur wissen, ob ihr noch lebt. Ist Violette da?«

Ich lege den Kopf an die Tür und warte, bis Zoés Stimme wieder ertönt.

»Sie duscht gerade!«

Tatsächlich höre ich durch die Badezimmertür Wasser rauschen. Ich klopfe zweimal laut genug, damit Violette mich hört.

»Kann ich reinkommen?«

»Klar!«

Ich drücke die Klinke herunter, gehe mit meinen verschwitzten Sachen in der Hand hinein, schließe die Tür hinter mir und werfe meine Wäsche in die Waschmaschine. Der Spiegel über dem Waschbecken ist komplett beschlagen. Ich wische mit dem Ärmel darüber, bis ich mich klar sehen kann und starre ein paar Sekunden lang mein Spiegelbild an. Meine Gedanken gehen im Geräusch der Dusche zu meiner Rechten unter. Eigentlich habe überhaupt keine Lust, heute Abend zu Ethan zu fahren und über Jasons Sexgeschichten zu lachen. Leider muss man auch sagen, dass von ihm nur selten was Neues kommt.

Mein Blick schweift zum Duschvorhang. Undeutlich erkenne ich die Gestalt von Violette, die sich die Haare wäscht, was immerhin ausreicht, meine Aufmerksamkeit zu erregen. Ich schlucke, versuche nicht daran zu denken, dass sie völlig nackt nur einen Meter von mir entfernt steht. Dieser Körper, den zu berühren ich noch vor zwei Tagen viel zu sehr genossen habe …

»Scheiße!«, schimpft Violette hinter dem Vorhang. »Ich Tollpatsch!«

Zu hören, wie ihr etwas herunterfällt – vermutlich ihr Duschgel –, holt mich schlagartig in die Realität zurück. Verärgert schüttle ich den Kopf und stelle fest, dass ich den Ansatz einer Erektion habe.

Ich muss wirklich aufhören, über Violette zu fantasieren, und zwar schnell.

Ich verlasse das Bad, fliehe in mein Zimmer und warte darauf, dass meine körperlichen Impulse sich beruhigen. Nachdem ich zehn Minuten lang mein Zimmer aufgeräumt habe, kehre ich wieder in das noch immer verlassene Wohnzimmer zurück. Mit leerem Kopf setze ich mich auf die Couch. Obwohl ich weiß, dass mit Violette nichts laufen wird, hört mein Körper nicht auf mich. Die monatelange Abstinenz beginnt sich bemerkbar zu machen.

Als ich mich gerade dazu aufraffen will, etwas zu essen, platzt eine wütende, nur in ein blaues Handtuch gehüllte Violette herein. Mein Handtuch übrigens. Stirnrunzelnd stelle ich fest, dass ihr Ärger mir gilt.

»Also wirklich, du!«

Autsch. Das klingt gar nicht gut.

Ihre zierliche Gestalt baut sich auf der anderen Seite des Küchentresens vor mir auf. Ihre Haut glänzt wie nass vor Schweiß. Haarsträhnen haben sich aus ihrem Dutt gelöst und kleben an ihren Wangen. Leider fühle ich mich verunsichert.

»Du willst mich wohl verarschen, Loan!«

Ich hebe eine Augenbraue.

»Was habe ich denn verbrochen?«

Ich bin wirklich neugierig. Ich erinnere mich nicht, etwas Dummes getan zu haben. Eigentlich sollte ich derjenige sein, der ihr Vorwürfe macht, weil sie sich mein Handtuch ausgeliehen hat, so wie sie auch manchmal abends meine Zahnbürste benutzt. Aber ich sage nichts, weil es mich im Grunde nicht stört.

»Könnte es sein, dass du alle meine Schoko-Bons gegessen hast?«

Ah. Darum geht es. In diesem Fall muss ich zugeben, dass ich schwach geworden bin. Ich bin eigentlich kein großer Esser, aber an dem Abend hatte ich einen Bärenhunger. Und so leid es mir für Violette auch tut, lachte mich ihre Schokolade an. Ich wollte sie nicht enttäuschen.

»Tut mir leid«, sage ich nur. »Muss ich jetzt sofort mit der Todesstrafe rechnen oder bekomme ich einen fairen Prozess?«

Sie wirft mir einen bitterbösen Blick zu, der mich auffordert, keine blöden Witze mehr zu machen. Eigentlich habe ich längst begriffen, dass Schokolade ihr Leben ist. Ich sollte sie ihr besser nicht leichtfertig stehlen. Ernsthaft: Wenn Schokoladismus eine Religion wäre, wäre sie eine tiefgläubige Anhängerin.

»Du gehst mir auf den Keks, Loan. Ich wollte mir eben welche gönnen, um mich zu entspannen, und was war? Nichts! Null! Nada! Nic!«

»Nic?«

»Das ist polnisch«, erklärt sie, die Hände in die Hüften gestemmt. »Aber egal! Was zählt, ist, dass du die ganze Tüte verdrückt hast, die ich für MICH gekauft hatte! Scheiße.«

Ich schaue sie an und unterdrücke ein Lachen. Es passiert mir oft, dass ich lachen muss, wenn sie mich anschreit, und Gott weiß, wie sehr sie es hasst. Aber was soll ich sonst tun, wenn die Vorwürfe mit Lichtgeschwindigkeit aus ihr heraussprudeln und sie dabei mit großen Gesten ihre Verbitterung unterstreicht?

Dann und wann nicke ich, ohne wiederholen zu können, was sie mir ins Gesicht schreit. Plötzlich hört sie auf. Sekundenlang starren wir uns stumm an. Vielleicht erwartet sie eine Antwort ... Ich versuche es ein wenig unsicher:

»Okay?«

Es klingt mehr nach einer Frage. Sie beruhigt sich sofort und verschränkt die Arme vor der Brust. In ihren Augen liegt ein Anflug von Misstrauen, der mich davon abhält, sie aufzuziehen.

»Warum sagst du nichts? Normalerweise geht es zu wie im vierten Weltkrieg, wenn wir uns streiten.«

Ich runzle die Stirn.

»Im vierten?«

Sie wischt meine blöde Frage mit einer müden Handbewegung beiseite, als wolle sie sagen: »Na klar.«

»Ja, der dritte ist der Tod von Jon Snow, das weißt du doch.«

Ich nicke. Wie konnte ich das vergessen?

»Oh ja, richtig. Und nein, ich streite heute nicht.«

»Aber warum?«

Ich zögere mit der Antwort. Jason würde sicher nicht lang fackeln und es ihr sofort ins Gesicht sagen. Aber ich bin nicht Jason, und ich kenne sie gut genug, um zu wissen, wie sie reagiert. Sie könnte es mir übelnehmen ... Oh Scheiße! Wenn mir in den nächsten drei Sekunden keine Antwort einfällt, weiß sie, dass ich lüge. Dann kann genauso gut ehrlich sein.

»Na ja, weil du … ach, du weißt schon. Dich nicht wohlfühlst.«

Der letzte Rest Wut verschwindet aus ihrem Gesicht. Ich warte darauf, dass sie es kapiert, was ein paar Sekunden zu dauern scheint. Als sie schließlich begriffen hat, reißt sie errötend die Augen auf. Beinahe muss ich lächeln. Sie ist so süß! Aber ich halte mich zurück, weil ich es mir nicht ganz mit ihr verderben will.

»Oh mein …«, murmelt sie verdutzt. »Du weißt, wann ich meine Periode habe?«

»Ja.«

»Wie kommt das?«

»Violette, wir wohnen seit sechs Monaten zusammen.«

Betroffen schaut sie mich an.

»Oh mein Gott!«, stöhnt sie und verbirgt das Gesicht zwischen den Händen.

Ich lächle sanft, ehe ich um den Tresen herumgehe, um sie in den Arm zu nehmen. Ihre feuchte Haut durchnässt meine Klamotten, aber ich lasse sie nicht los. Ich mag ihr Haar. Es riecht nach Äpfeln. Das ist mir noch nie aufgefallen.

»Ach was, ist doch egal.«

Ehrlich gesagt ist es mir egal, wann sie ihre Periode hat. Es ist ja nicht so, als würde ich Kreuze im Kalender machen, um die Tage zu zählen.

Violette weicht ein Stück zurück und starrt mich ernst an.

»Loan, es gibt eine Menge Dinge, die ich gern mit dir teile. Wie das letzte Ben & Jerry's, das Geständnis, wie ich den ersten Korb bekommen habe, oder sogar meine Schoko-Bons! Aber sicher nicht den Countdown zu meiner Periode.«

Ich beiße mir auf die Lippen, um nicht über die skurrile

Situation zu lachen. Die gute Nachricht ist, dass sie wegen der Schokolade nicht mehr sauer auf mich ist.

»Ich weiß. Ich habe es auch schon vergessen.«

Sie schenkt mir ein engelsgleiches Lächeln, das alle düsteren Gedanken dieses Tages verblassen lässt. Dann tritt sie einen Schritt zurück und schlägt mir heftig gegen die Brust.

»Autsch!«

»Und glaub bloß nicht, dass es an meiner Regel liegt, dass ich sauer auf dich bin, du Macho-Idiot!«

Ich sehe zu, wie sie auf dem Absatz kehrtmacht und wie eine Furie ins Badezimmer stürmt. Kein Zweifel, wir sind mitten in der gefürchteten Zeit …

Ich beschließe, mich auf die Couch zu legen und mir hirnlose Videos reinzuziehen. Schon bald gesellt sich Zoé zu mir und wir diskutieren über die halbnackten Frauen im Fernsehen.

Plötzlich kommt Violette fertig gestylt aus dem Bad. Ich drehe mich um und begutachte sie diskret von Kopf bis Fuß. Mein Magen krampft sich zusammen. Ihre dichten goldenen Locken fallen schwer über ihre Schultern und reichen ihr bis zur Brust. Sie trägt eine weiße Bluse mit leicht aufgekrempelten Ärmeln zu einer Hose aus Kunstleder, die ihre Oberschenkel und den Hintern eng umschließt. Eine echte Femme fatale.

Ich muss schlucken und beobachte, wie sie sich bückt, um ihre Schuhe anzuziehen. Sie kann unmöglich so rausgehen! Tja, nur leider habe ich kein Mitspracherecht. Verwirrt hefte ich den Blick auf den Fernseher. Aus dem Augenwinkel sehe ich, wie Violette zur Gegensprechanlage eilt. »Ich komme runter«, sagt sie. Er hätte wirklich raufkommen können. Keine Ahnung, aber wäre das nicht galanter gewesen?

»Wo gehst du hin?«, frage ich sie.

Natürlich weiß ich genau, wo sie hingeht. Violette dreht sich zu mir um und schenkt mir ein kleines Lächeln, das ihre Augen nicht erreicht. Sie ist unsicher, das merke ich. Und ich weiß sehr gut, was passiert, wenn sie Angst hat. Es ist MAGISCH!

»Ich gehe mit Clément aus.«

Mir gefällt nicht, wie sie seinen Namen ausspricht.

»Okay.«

Sie schweigt eine Weile und scheint auf etwas zu warten. Schließlich stehe ich auf und umfasse ihr Gesicht mit den Händen. Ich küsse sie auf die Schläfe. Ihr Haar kitzelt meine Finger.

»Magst du ihn?«

Sie scheint überrascht. Meine Frage mag seltsam wirken, aber ich muss es wissen. Sie soll mir sagen, dass er ein guter Kerl ist und dass ich mir keine Sorgen zu machen brauche.

»Ja ... doch, ich mag ihn.«

Ich nicke und schließe einen Knopf an ihrer etwas zu offenherzigen Bluse. Lächelnd verdreht sie die Augen.

»Na prima. Ich freue mich.«

Sie gibt mir ein Wangenküsschen und rümpft die Nase.

»Du piekst!«

Ich lächele und reibe mir den mehrere Tage alten Bart. Violette schnappt sich ihren Mantel von einem der Küchenhocker, zieht ihn an und wickelt sich einen lila Kaschmirschal um den Hals und die wilden Haare. Den Schal habe ich ihr geschenkt.

»Bleib anständig.«

Meine beste Freundin öffnet die Tür und zwinkert mir ein letztes Mal über die Schulter zu.

»Ich kann nichts versprechen.«

Sie schließt die Tür hinter sich, ehe ich reagieren kann. Wenn ich an den Blick denke, mit dem dieser Typ ihr knappes Outfit mustern wird, balle ich schon die Fäuste. Weil ich ein

Mann bin. Ich weiß genau, was ein anderer Mann denkt, wenn er ein Mädchen wie Violette zu Gesicht bekommt. Was ziemlich Unrühmliches, so viel ist sicher. Ich schäme mich selbst dafür.

»Wo liegt dein Problem?«, fragt Zoé plötzlich. Sie hat mein bleiernes Schweigen sehr richtig interpretiert.

»Ich mache mir Sorgen um sie.«

»Warum?«, will sie wissen. »Sie ist glücklich!«

»Sie war auch mit Émilien glücklich. Wir alle wissen, wo das hingeführt hat.«

Zoé verdreht übertrieben die Augen und seufzt ironisch.

»Okay, Papa Loan! Und was willst du unternehmen?«

Ich werfe ihr einen düsteren Blick zu, auf den sie nicht weiter eingeht. Mir gefällt ihr blöder Vergleich überhaupt nicht, aber ich ziehe es vor, nicht darauf zu antworten.

»Nichts.«

Das ist natürlich eine Lüge. Zunächst einmal werde ich ihn zu Violettes Geburtstagsparty einladen. Ich werde ihn kennenlernen und beobachten – nur beobachten und meine Schlüsse ziehen. Und dann handele ich auf der Basis dessen, was ich in ihm erkenne. Ich habe diesen Schmerz in der Brust schon einmal gespürt, als ob jemand mein Herz in seinen Händen zerquetscht, und zwar das erste und letzte Mal, als Violette eine Trennung erlebt hat.

Wenn ich daran denke, sorge ich mich nur noch mehr …

6

Acht Monate zuvor

Violette

Es ist meine erste richtige Trennung.

Vor Émilien hatte ich nur einmal in der zehnten Klasse einen Freund, aber ich glaube, diese Erfahrung zählt nicht. Ansonsten habe ich noch nie zu den Mädchen gehört, die einen Freund nach dem anderen haben, sei es zum Vergnügen oder weil sie Liebe finden wollen.

Und daher war Émilien mein erster richtiger Freund, und damit auch meine erste Trennung. Es ist erst vor zwei Stunden bei ihm zu Hause passiert. Danach bin ich zurück in die Wohnung gerannt, wo ich in den Armen meiner besten Freundin in Tränen ausbrach. Aber obwohl ich momentan deprimiert auf der Couch herumhänge – und nebenher dabei bin, mir fünf Kilo Übergewicht anzufuttern –, würde ich nicht von Liebeskummer reden.

Ich glaube, es tut vor allem deshalb so weh, weil ich mich schäme. Ich schäme mich, mir einen Mann ausgesucht zu haben, der es gewagt hat mir vorzuwerfen, dass ich noch Jungfrau bin, einen Mann, der mich nicht genug geliebt oder ausreichend respektiert hat, um mit dem Sex noch zu warten. Aber ich schäme mich auch, weil ich mich insgeheim frage, ob er nicht vielleicht recht hat … ob ich am Ende zu lange auf nichts warte.

»Wenn du nicht bald deinen Hintern von der Couch bewegst, nimmt sie noch deine Form an«, sagt Zoé aus der Küche.

Ich antworte nicht und ziehe mir die Decke über den Kopf.

Ich habe es satt, ich habe es satt, ich habe es satt. In solchen Situationen finde ich es schade, keine Mama mehr zu haben. Ich würde sie gern anrufen und ihr hemmungslos was vorheulen. Ich würde mir wünschen, dass sie mir gute Ratschläge gibt und mich an die Hand nimmt, wie das gute Mütter so tun. Sicher, im Prinzip könnte ich sie anrufen. Aber wozu, wo sie sich doch entschieden hat, sämtlichen Kontakt abzubrechen?

Ich werde ihrer Liebe sicher nicht nachlaufen. Ich werde nie jemandes Liebe nachlaufen.

Niemals.

»Amen«, murmle ich vor mich hin.

Ich weiß, dass meine Verzweiflung nicht normal ist, aber das ist mir egal. Émiliens giftige Worte kommen mir unerbittlich wieder in den Sinn: »Du bist neunzehn und kein Kind mehr, verdammt. Warum bist du so verklemmt, Vio? Es wird dir gefallen, versprochen.«

Ich habe nicht lange gefackelt und ihm den ersten Gegenstand an den Kopf geworfen, den ich in die Hände bekam. Einen Wecker, um genau zu sein. Und nach dem Geräusch zu urteilen, als ich ihn traf, tut es ziemlich weh, einen Wecker ins Gesicht zu bekommen.

»Okay, hör zu«, beginnt Zoé, »ich schlage vor, dass wir …«

Plötzlich klingelt es an der Tür. Ich richte mich so hastig auf, dass mir schwindelig wird, und schaue meine beste Freundin vorwurfsvoll an.

»Zoé? Sag bloß nicht, du hast …«

»Tut mir leid«, meint sie grinsend.

Sie öffnet die Tür. Davor steht mit besorgter Miene Loan. Loan, den ich heute Abend auf keinen Fall sehen wollte – es kam nicht infrage, dass mein bester Freund mich in diesem erbärmlichen Zustand erlebt. Sein Blick ist über Zoés Schulter hinweg direkt auf mich gerichtet.

Misstrauisch zögert er, die Wohnung zu betreten.

»Darf ich reinkommen? Oder plant ihr seit der Trennung alle Männer auf diesem Planeten zu vernichten?«

Ich lächle traurig und klopfe auf den freien Platz neben mir auf dem Sofa. Bei meinem Heulanfall vor ein paar Minuten wollte ich Mistinguette in den Arm nehmen und mit ihr kuscheln, um etwas Trost zu finden. Aber sie hat sich freigekämpft und war offenbar nicht interessiert. Sie musste mich beißen, ehe ich sie laufen ließ und noch mehr weinte.

Undankbares Tier!

»Du bist einer von den Guten, du kannst reinkommen.«

»Uff.«

Er tritt ein und kommt mit einer Plastiktüte in der Hand auf mich zu. Schweren Herzens blicke ich ihm entgegen und weiß, dass er es spürt. Als ob wir eine unsichtbare Verbindung hätten. Eine Verbindung, die den Klang eines schmerzenden Herzens an das andere weiterleitet.

»Gut. Bist du sicher, dass es okay ist?« fragt Zoé etwas besorgt.

Ich habe keine Zeit, zuzustimmen, denn Loan antwortet bereits, während er mir tief in die Augen schaut:

»Ab jetzt übernehme ich.«

Zoé drückt mir einen Kuss auf die Haare und geht. Ich sehe zu, wie mein bester Freund seine Tüte neben mir ablegt, seine Jacke auszieht und sein Handy ausschaltet. Seine Militärmarke baumelt über seiner Brust, während er sich bückt, um seine Schuhe auszuziehen. Ich frage ihn, warum er hier ist und nicht bei der Arbeit.

»Meine Schicht war schon vorbei, als Zoé mich angerufen hat.«

»Das hätte sie nicht tun sollen.«

Er schenkt mir einen beredten Blick, als wolle er sagen: »Ich lasse mich nicht täuschen.« Allerdings habe ich nicht den Mut, ihm zu erzählen, was mit Émilien passiert ist.

»Also, wie sieht das Programm aus?«

Er antwortet nicht sofort, sondern deutet mit dem Kinn auf die Tüte, ehe er sich mir gegenüber niederlässt und die Ellenbogen auf die gespreizten Knie stützt. Stirnrunzelnd öffne ich die Tüte. Meine Tränen trocknen und ich lache nervös auf, als ich entdecke, was sie enthält. *Dieser Mann* ... Dieser Mann, meine Damen und Herren, ist ein seltenes Exemplar.

Ich leere die Tüte auf die Couch. Ein Glas Nutella, mehrere Tafeln Milka-Schokolade und eine Schachtel Ferrero Rocher fallen heraus, gefolgt von drei neuen DVDs. Ich lese *Bridget Jones*, *Nur mit dir* und *Tatsächlich ... Liebe*, was mich noch mehr zum Lächeln bringt.

Obwohl ich grinse, zeigt Loan keine Regung. Wie immer. Ich merke, dass er mich anstarrt, möglicherweise auf der Suche nach der Wahrheit. Er fragt sich, was mit Émilien vorgefallen ist. Aber er stellt keine Fragen, und das mag ich an ihm.

Immer noch ungerührt verschränkt er die Arme und beginnt:

»Also ... Was ist dir lieber? Nadeln in die Eier einer Puppe stechen, die ihm ähnlich sieht, oder uns mit Schokolade vollstopfen und seichte Liebesfilme anschauen, über die wir die ganze Nacht quatschen können?«

Loan mag nur mein bester Freund sein, aber in diesem Moment spüre ich einen Anflug von Eifersucht. Ich bin eifersüchtig auf Lucie, der es gelungen ist, einen Mann wie ihn zu finden. Nein, nicht einen Mann wie ihn.

Ihn. Sie hat ihn gefunden.

Ich betrachte ihn noch ein paar Sekunden, bis ich breit grinsen muss – zum ersten Mal heute Abend.

»Hast du denn eine Puppe?«

Ich weiß nicht, was Émilien gerade macht, aber ich glaube, er hat große Schmerzen. Denn wenn es etwas noch Schmerzhafteres als einen Wecker ins Gesicht gibt, dann sind es sicher Nadeln in den Hoden. Zumindest nach allem, was ich gehört habe.

Loan und ich liegen auf meiner Couch und sehen uns schweigend *Bridget Jones* an. Ich genieße seine langen Finger, die mit meinen spielen. Ich liege ausgestreckt zwischen seinen Beinen und lehne mit dem Rücken an seiner Brust. Eine Puppe, die Loan und ich aus einem Paar Socken gebastelt haben, liegt kläglich auf dem Couchtisch. Auf ihrem Gesicht klebt ein Bild von Émilien und ihr Körper ist mit Nadeln gespickt: eine in jedem Auge, zwei in der Herzgegend und drei im Schritt.

Und tatsächlich – es ist eine Befreiung.

»Ach, dieser Mark Darcy! Weißt du, dass ich total in den verliebt bin? Schau mal, wie süß er in seinem Weihnachtspullover aussieht.«

»Also wirklich … Ein modisches Highlight.«

Ich lächle, lege den Kopf an Loans Brust und recke das Kinn hoch genug, um ihn anzusehen. Nach ein paar Sekunden gibt er nach und schaut auf mich hinunter. Seine Pupillen versenken sich in meine.

»Wie hast du die Filme ausgesucht? Du willst doch nicht etwa behaupten, du wärst ein heimlicher Fan von Nicholas Sparks.«

»Als ich auf dem Heimweg angehalten habe, um dir Schokolade mitzubringen, habe ich eine Frau, die dort arbeitet, gefragt, ob sie mir alberne Filme für depressive Mädchen empfehlen könnte …«

»Hey«, rufe ich und richte mich halb auf.

Zum zweiten Mal an diesem Abend erwische ich ihn bei

einem amüsierten Grinsen. Oder nein, das war eine Grimasse – *falscher Alarm!*

»Sie muss dich für einen ziemlichen Macho gehalten haben.«

»Wenn ich so darüber nachdenke, ist das gut möglich.«

Ich lache und will mich mit einem Kuss auf die Wange bedanken. Einem einfachen Kuss, wie ich ihn ihm schon hundertmal gegeben habe.

Im letzten Moment jedoch dreht Loan den Kopf und streift sanft meine Lippen. Der Kontakt dauert nur eine halbe Sekunde, aber das genügt, um mich völlig zu elektrisieren. Ich erstarre und bemühe mich, die Funken zu kontrollieren, die in meinen Fingerspitzen knistern. Es sind die gleichen, die ich in seinen Augen gesehen habe, als er an jenem Abend sagte: »Frohes neues Jahr, Violette-Veilchenduft.«

Verdutzt zieht Loan sich sofort zurück. Sprachlos, mit geröteten Wangen und offenem Mund schaue ich ihn an. Ich spüre, wie sich seine Hand an meinem Rücken verkrampft, und sehe, wie sein Blick abweisend wird. Ich schäme mich. Ich fühle mich sogar schuldig. Ich will das, was gerade passiert ist, mit möglichst vielen Worten kaschieren; ich will lächeln und so tun, als wäre nichts, aber es geht nicht. Innerlich schreie ich.

Ich schreie, weil mein Mund nach mehr verlangt, weil die Härchen auf meinem Arm die Nähe seiner Haut spüren wie nie zuvor, aber auch, weil ich weiß, dass das alles nicht richtig ist. Loan öffnet die Lippen, um etwas zu sagen – die gleichen Lippen, die meine gerade versehentlich berührt haben –, und spricht die vier Wörter aus, die ich keinesfalls hören wollte:

»Es tut mir leid.«

Ich nicke unbehaglich. Fünf Buchstaben kommen mir in den Sinn – und ein Gesicht: Lucie. Und ich vermute, dass Loan sich noch tausendmal schuldiger fühlt.

»Ich weiß nicht, was über mich gekommen ist«, murmelt er und sucht ratlos nach Worten. »Du kamst näher und ... es war ein Reflex ...«

»Nein, ich ... ich verstehe«, stammle ich und räuspere mich. Kein Unbehagen.

Kein Unbehagen? Ernsthaft? Loan hat es vielleicht nicht absichtlich getan und es war nur ein Reflex ... aber es war ein *Kuss*. Ein unerwarteter, spontaner, unlogischer Kuss. Natürlich verursacht das Unbehagen. Himmel, ich bin ein furchtbarer Mensch.

Loan nimmt die Hand von meinem Rücken als Zeichen, dass ich mich entfernen soll. Ich stehe auf und setze mich ans andere Ende der Couch. Meine Hände zittern. Was zum Teufel ist mit mir los? Offenbar der Klassiker: Kaum hat Émilien mich verlassen, da werfe ich mich dem Erstbesten an den Hals.

Na toll!

Die Stille zwischen uns wiegt so schwer, dass sie mir Angst macht. Um unsere Beziehung zu erhalten, bin ich gern bereit, diesen Kuss zu vergessen. Ich hoffe, er auch.

»Ich sollte jetzt gehen«, erklärt Loan ein paar Minuten später. »Ich muss morgen früh raus ...«

Ich nicke mit einem gezwungenen Lächeln. Ich fühle mich schrecklich wegen Lucie, auch wenn dieser Kuss nichts zu bedeuten hatte. Sie hasst mich wahrscheinlich ohnehin schon, weil ich so viel Zeit mit ihrem Freund verbringe.

Loan schlägt die Decke zurück und steht geschmeidig auf, um sich die Jacke und die Schuhe anzuziehen. Ängstlich beobachte ich ihn. Ich weiß, dass er Lucie liebt, und ich will nicht, dass er denkt, er müsse jetzt Abstand zwischen uns bringen, denn das könnte ich nicht ertragen.

Er kommt einen Schritt auf mich zu, wahrscheinlich um mir eine gute Nacht zu wünschen, doch im letzten Moment überlegt er es sich anders. Nur Sekunden später höre ich, wie er an der Tür stehen bleibt:

»Violette?«

»Ja?«

Mein Herz schlägt wie wild. Will er, dass wir mehr Abstand halten? Will er, dass wir uns überhaupt nicht mehr sehen? Er schaut mir tief in die Augen und fragt leise:

»Was ist mit Émilien vorgefallen?«

Seine Frage erleichtert mich ungemein. Ich schenke ihm ein beschämtes Lächeln.

»Ich war noch nicht bereit ... und er war ungeduldig.«

Sofort wird Loans Miene verschlossen, sein Blick verdunkelt sich und er ballt die Fäuste. Mir fällt auf, dass ich ihn noch nie wütend gesehen habe. Ich glaube auch nicht, dass er es in diesem Moment ist, denn jeder weiß, dass oberflächlich ruhige Menschen oft sehr zerstörerisch sind, wenn ihnen der Kragen platzt. Allerdings vermute ich, dass es ihm schwerfällt, sich zu beherrschen.

Es vergeht eine Weile, ehe er zwischen den Zähnen hervorstößt:

»Versuch zu schlafen. Ich komme morgen wieder.«

Ich nicke, aber er wartet nicht auf meine Zustimmung, sondern dreht sich um und verschwindet.

7

Heute

Violette

Ich sollte zuhören. Ich weiß, dass ich es sollte, denn unsere Lehrerin spricht gerade über unsere Abschlussbenotung, und das ist sehr wichtig. Trotzdem spiele ich auf meinem Handy herum, ohne ihr Aufmerksamkeit zu schenken. Ich zähle darauf, dass Zoé mir später die wesentlichen Informationen weitergibt, aber als ich einen Blick schräg nach rechts werfe, sehe ich, dass sie schläft.

Na super. Ich stoße ihr meinen Ellenbogen in die Rippen. Sie zuckt auf ihrem Stuhl zusammen.

»Was ist?«

»Du hast geschlafen.«

»Ich weiß, dass ich geschlafen habe. Deshalb frage ich dich ja, warum du mich aufweckst!«

»Ich habe mich darauf verlassen, dass du für mich aufpasst«, flüstere ich. Sie grinst und gähnt. Ich kann es ihr nicht verübeln, denn ich bin ebenfalls müde. Ich träume davon, nach Hause zu gehen und *Game of Thrones* zu schauen, bis ich nicht mehr denken kann.

»Kannst du nicht selbst aufpassen?«

»Ich unterhalte mich gerade mit Clément.«

Wir haben uns heute den ganzen Tag geschrieben. Ich bin hin und weg von diesem Typen. Es wird ernst. Neulich waren wir abends im Freiluftkino. Einfach toll. Mein Outfit hat ihn so angemacht, dass wir den ganzen Abend rumgeknutscht haben. Auch wenn es mir peinlich ist, an den Film erinnere ich mich nicht.

Als Zoé meine Antwort hört, wird sie plötzlich hellwach. Ein alles andere als unschuldiges Lächeln erscheint auf ihren Lippen. Mit dem Kopf in den Händen rückt sie näher.

»Apropos Clément ... Wie läuft es denn?«

Ich runzle die Stirn, denn ich ahne, was kommt.

»Super. Ich würde sogar sagen: mehr als super!«

»Und hat Rotkäppchen endlich den Wolf gesehen?«

Ich wusste es! Entnervt verdrehe ich die Augen und bedeute ihr, leiser zu sprechen. Die anderen Schüler beachten uns zwar nicht, aber ich will, dass das Gespräch an dieser Stelle endet.

»Zoé, du treibst mich in die Enge.«

»Wieso?«, gibt sie sich verblüfft.

Plötzlich ist es mir peinlich. Es wäre gelogen, wenn ich behaupten würde, nicht darüber nachgedacht zu haben, seit ich Clément kenne. Ich bin schließlich kein Kind mehr. Allerdings ...

»Mit fünfzehn nimmt man sich vor, in einem Jahr mit seinem Freund zu schlafen, wenn es was Ernstes ist. Aber ich bin erwachsen. Was, wenn ich jetzt irgendwie Mist baue?«, flüstere ich kaum hörbar.

Ich habe leise gesprochen und mich hinter den roten Haaren eines Mädchens in der dritten Reihe versteckt. Zoé tut es mir mit amüsierter Miene gleich. Sie muss mich für eine absolute Anfängerin ... Schon klar. Ich *bin* eine Anfängerin.

»Dabei kannst du keinen Mist bauen, Violette. Du musst dich beim ersten Mal nur hinlegen und es geschehen lassen. Die Arbeit erledigt er.«

Tja, aber ich habe nicht wirklich Lust darauf, den toten Seestern zu spielen.

»Mag sein. Aber du kennst mich. Wenn ich gestresst bin, endet es in einem Blutbad.«

Sie kichert so laut, dass eine Schülerin genervt seufzt. Zoé hört es, dreht sich um und entschuldigt sich mit einem übertriebenen Lächeln. Dann wendet sie sich wieder mir zu und zischt: »Blöde Kuh!«

»Zoé«, beharre ich. »Ein Blutbad, verstehst du?«

»Na ja, das kann schon passieren. Vielleicht versuchst du nicht gleich in der ersten Nacht, ihm einen zu blasen. Man kann schließlich nie wissen …«

»Zoé!«, jaule ich auf und schlage nach ihr.

»PSSSSSST!«, kommt es von rechts.

Meine beste Freundin prustet in ihren Ärmel. Ziemlich schnell tue ich dasselbe, weil ich das Lachen kaum noch unterdrücken kann.

»Hör zu«, fährt Zoé schließlich fort. »Wenn du wirklich so viel Angst davor hast … mach es doch einfach mit jemand anderem. Das sage ich übrigens schon die ganze Zeit.«

»Das Thema hatten wir doch schon, weißt du noch?«, erinnere ich sie und bin mir nicht (eigentlich ganz und gar nicht) sicher, ob ich überhaupt untreu sein möchte. »Ich kann mir nicht vorstellen, mich bei einem Typen gehen zu lassen, den ich gerade erst kennengelernt habe. Genau genommen … ich kann mir auch nicht vorstellen, mit einem Kerl zu schlafen, von dem ich weiß, dass er sich nur für meinen Körper interessiert.«

»Deinen heißen Körper«, gibt Zoé zu bedenken und hebt einen Finger.

Abweisend blicke ich sie an.

»Frag einfach Ethan, er ist zurzeit solo.«

Als ich den Namen unseres Kumpels höre, verziehe ich das Gesicht. Nein, das ist undenkbar. Ich mag ihn, aber um so etwas kann ich ihn nicht bitten. Wir stehen uns gleichzeitig nicht nah genug und doch zu nah. Hinzu kommt, dass Loan dann sicher krank vor Wut würde.

Loan ...

Ich beiße mir auf die Lippen, als ich an die Nacht im Club zurückdenke. An unseren sinnlichen Tanz. Das wiederum erinnert mich an den Abend, an dem Loan mich versehentlich geküsst hat. Wenn ich an diesen ersten und einzigen Kuss zurückdenke, muss ich fast darüber lachen. Trotz eines leichten Unbehagens in den darauffolgenden Tagen hatten wir den kleinen Vorfall schnell vergessen.

Eigentlich ist Zoés Idee gar nicht schlecht. Trotzdem kann ich einen Freund so etwas nicht fragen. Ehrlich gesagt habe ich nicht viele männliche Freunde. Ethan, Jason, Loan sind die einzigen. Ethan kann ich sofort streichen, denn er ist für mich wie ein Bruder. Und Sex mit dem Bruder geht gar nicht. Jason schließe ich ebenfalls aus, ohne auch nur darüber nachzudenken – ich hätte viel zu viel Angst, mir bei ihm die Syphilis zu holen.

Was Loan angeht, so ist er eben Loan. Ich glaube kaum, dass die Frage sich stellt ...

Oder vielleicht ...

... im Gegenteil.

Am Ende der Vorlesung folge ich Zoé zum Ausgang und versuche krampfhaft, an etwas anderes zu denken.

Auf keinen Fall schlafe ich mit meinem besten Freund. Erstens, weil ich Clément damit untreu und das einer meiner schlimmsten Albträume wäre. Zweitens, weil ich erlebt habe, wohin es meine Eltern gebracht hat, als aus einer Freundschaft »mehr« wurde.

Um nichts auf der Welt würde ich mich auf dieses Terrain wagen.

Ich bin etwas nervös.

Völlig normal, denn heute lerne ich Cléments Freunde kennen. Und so was sollte schließlich ein Meilenstein sein, oder? Clément sieht heute Abend umwerfend aus; er trägt Jeans und einen grauen Pullover mit V-Ausschnitt. Vor der Tür seines Kumpels Benjamin will er gerade klingeln, als er plötzlich innehält.

»Du musst dir keine Sorgen machen, überhaupt keine. Sie werden dich lieben, Violette. Was sonst?«

Ich wünschte, er hätte mich damit beruhigt, dass ihm ihre Zustimmung im schlimmsten Fall egal wäre. Stattdessen küsst er mich. Ich werfe mich ihm in die Arme und schmiege mich an ihn. Natürlich müssen mir Zoés Worte ausgerechnet jetzt wieder in den Sinn kommen! Ich versuche, den Gedanken zu verbannen, hebe den Arm und will ihm durch die Haare streichen. Doch im letzten Moment neigt Clément den Kopf zur Seite.

»Vorsicht, meine Frisur …«

»Oh, entschuldige.«

»Du siehst übrigens wunderschön aus.«

Ich werde rot. Er klingelt. Ein Typ öffnet. Er wirkt gut gelaunt und hat die Hände voller Bierflaschen.

»Du bist gekommen!«

»Natürlich«, antwortet Clément und tritt ein. »Ben, das ist Violette.«

Schüchtern folge ich ihm und lächle Benjamin zu. Er antwortet mit einem vagen Grinsen und reicht mir eine halb volle Flasche.

»Danke.«

Clément führt mich am Ellenbogen in ein überfülltes Wohnzimmer. Er scheint sich auszukennen, während ich mich mitziehen lasse. Auf dem Sofa im Wohnzimmer gibt es keinen Platz mehr. Es ist voll besetzt mit Typen, die sich unterhalten.

Auf ihren Knien sitzen Mädchen, andere tanzen zu einem Song von Kanye West.

Niemand beachtet uns, was mich in gewisser Weise beruhigt.

»Komm, ich stelle dich den anderen vor.«

Wir gehen nach hinten in die Küche, von der aus eine Tür zum Balkon führt. Zwei Mädchen und ein Typ stehen dort und rauchen. Als sie Clément sehen, heben sie zur Begrüßung ihre Flaschen.

»Na endlich!«, ruft der Junge. Er hat rote Locken. »Wo zum Teufel hast du gesteckt?«

»Ich musste Violette abholen«, antwortet Clément und begrüßt ihn mit Ghettofaust.

»Wer ist Violette?«, fragt das Mädchen, als mein Freund sie auf die Wange küsst.

»Das bin ich.«

Unwillkürlich erstarre ich – die erste Überraschung. Es kam einfach raus. Clément lächelt und nimmt meine Hand, was mir sehr gefällt. Er hat recht, es gibt keinen Grund für Stress.

»Violette, das sind Arnaud, Ninon und Alice.«

Ich lächle ihnen zu und flüstere ein armseliges »Hallo«, das sie überhaupt nicht interessiert. Ninon ist groß und blond und diejenige, die gefragt hat, wer ich bin. Alice trägt einen braunen Bob und hat erstaunlich blaue Augen. Sie sind beide sehr hübsch. Wir frieren einige Minuten auf dem Balkon, während Clément und Arnaud über Männersachen reden.

Geduldig warte ich ab, tue so, als würde ich ihnen zuhören und bemühe mich, das Getuschel von Alice und Ninon zu ignorieren. Ich weiß, dass sie über mich reden, aber ich beachte sie nicht. Es ist mir egal. Zumindest anfangs.

Nachdem ich Clément gut zwei Stunden lang durch die Wohnung gefolgt bin und seinen Gesprächen gelauscht habe, stinkt es mir allmählich. Am meisten nerven mich die Mädchen, die vor Clément mit dem Hintern wackeln und sich zwischen ihn und mich setzen, um mit ihm zu reden. Sie schwänzeln einfach alle um ihn herum.

»Violette?«

Er steht vom Sofa auf und ich schaue ihn an.

»Ich muss kurz mit Ben reden. Zwei Minuten. Ich bin gleich wieder da. Versprochen.«

»Okay.«

Irgendwann im Lauf des Abends nehme ich mir vor, allein mit den Leuten ins Gespräch zu kommen. Als einer der Jungs völlig dicht einen Witz über Flipperkugeln reißt (ich muss zugeben, dass ich nicht genau aufgepasst habe), entscheide ich mich, ins kalte Wasser zu springen:

»Ich kenne auch einen! Wie beschäftigt man eine Blondine den ganzen Tag?«

Ich warte auf ihre Antworten und blicke sie einen nach dem anderen an. Ihren blasierten Gesichtern kann ich entnehmen, dass sie nicht vorhaben, mir zu antworten. Schließlich erbarmt sich einer:

»Keine Ahnung.«

»Man gibt ihr ein Blatt mit der Aufschrift ›Bitte wenden‹ auf beiden Seiten«, gebe ich lächelnd zurück und bin ein wenig stolz auf mich.

Bis auf einen Kerl mit vermutlich acht Promille im Blut lacht keiner von ihnen über meinen Witz. Ninon wirft mir einen schrägen Blick zu.

»Oh, tut mir leid«, entschuldige ich mich sofort. »Natürlich wollte ich damit nicht sagen, dass alle Blondinen dumm sind. Ganz und gar nicht. Ich meine, es gibt dumme, wie überall, aber es gibt auch intelligente. In Wirklichkeit hat es nichts mit der Haarfarbe eines Menschen zu tun. Ich bin eigentlich nicht der Typ, der zweifelhafte Witze über solche Dinge macht, aber den hier fand ich lustig, also habe ich ihn erzählt, obwohl er ziemlich spießig ist ... Und außerdem«, seufze ich, ehe ich zum Schluss komme: »Ich bin blond, also darf ich es.«

Ich räuspere mich mit gekünsteltem Lächeln. Hätte ich mal lieber den Mund gehalten. Plötzlich erinnere ich mich an den Tag, als ich Jason kennengelernt habe. Loan und Lucie hatten sich gerade getrennt. Eines Abends kam Loan angezogen und rasiert aus seinem Zimmer, baute sich vor mir auf und fragte mit unbewegter Miene: »Kommst du mit?« Ich fragte ihn, wohin, und er sagte: »Ich möchte diesen Abend mit den Besten verbringen.« Die Besten waren Jason und ich.

Jason verhielt sich von Anfang an ganz bezaubernd und lachte über meine Witze. Später, als ich mit Loan im Auto saß, wandte dieser sich an einer roten Ampel an mich und sagte: »Ich will am Mittwoch mit Jason und Ethan essen gehen. Jason meint, ich soll dich mitbringen. Was sagst du dazu?« Von diesem Moment an wusste ich, dass ich in die Clique aufgenommen war.

»Entschuldigung ... Wo ist die Toilette?«, frage ich den Typ neben mir.

»Zweite Tür links.«

Ich erhebe mich mit aller Würde, die ich noch aufbringen kann, und wage mich in den Flur. Als ich die zweite Tür öffne, finde ich ein Paar, das in der Wanne knutscht. Angewidert schließe ich die Tür. Ich habe immer so ein Glück ... Das Handy in meiner Hand vibriert. Es ist eine Nachricht von Loan. Ich seufze und öffne auf der Suche nach einem ruhigen Winkel die nächste Tür.

Wundersamerweise ist das Zimmer leer. Ich schließe die Tür und setze mich aufs Bett, um die Nachricht meines besten Freundes zu lesen. Als ich das Selfie sehe, das er von sich und Mistinguette aufgenommen hat, muss ich lachen. Loan verzieht das Gesicht zu einer unendlich traurigen Grimasse, während mein Kaninchen mit einem fast blasierten Blick den Kopf abwendet, als wolle es sagen: »Du nervst mich mit deiner Knipserei«. Die zugehörige Nachricht lautet: *Hier gibt es jemanden, der dich vermisst.*

    Ich: Sie scheint mich aber ganz und gar nicht zu vermissen.
    Loan: Wer behauptet denn, dass dieser Jemand Mistinguette ist?
    Ich: Oooh! Das ist aber liiieb!!!
    Loan: Okay, schon gut, hör auf.
    Ich: Ok …
    Ich: <3<3<3<3<3<3<3<3<3
    Loan: Ich vermisse dich plötzlich viel weniger.

Als ich seine letzte Nachricht lese, muss ich wieder lachen. Ich will ihm gerade antworten, als die Tür zögernd geöffnet wird.
    »Da bist du ja«, seufzt Clément und schließt die Tür hinter sich. »Ich habe dich überall gesucht.«
    »Ja, da bin ich. Das war die eine Option, die andere wäre ein flotter Dreier in der Wanne gewesen.«
    Mein Freund hebt eine Augenbraue so unwiderstehlich, dass ich unwillkürlich lächeln muss. Schließlich setzt er sich neben mich und nimmt eine meiner Locken zwischen die Finger.
    »Entschuldige, ich habe dich ein wenig vernachlässigt … Das war nicht meine Absicht. Weißt du, ich bin wirklich froh, dass du mitgekommen bist. Ehrlich. Vor allem in diesem Kleid.«
    Mehr wollte ich gar nicht hören. Meine Wut verraucht, als er mich anlächelt. Schließlich muss er nicht den ganzen Abend an mir kleben.

»Das hattest du mir bisher nicht gesagt«, murmle ich liebevoll.

»Dann lass es mich wieder gutmachen.«

Clément beugt sich über mich und greift nach meinem Gesicht, um mich zu küssen. Ich schlinge ihm die Arme um den Hals und erwidere seinen Kuss. Meine Zungenspitze streichelt seine. Er duftet nach Parfum und Zigaretten. Seine Hände wandern zu meiner Taille hinunter. Wir lassen uns auf die Kissen fallen. Mir wird plötzlich heiß. Als hätte Clément es gemerkt, schiebt er meine Haare zur Seite und drückt mir seine weichen Lippen auf den Hals. Bei seiner Berührung erschaudere ich sanft und schließe die Augen. Sehr schnell wandern seine Hände unter mein Kleid. Da ich Strumpfhosen trage, begnügen sie sich damit, höher und höher zu streifen. Seine Finger berühren den Rand meines BHs und beschleunigen meinen Herzschlag.

Plötzlich gerate ich in Panik. Ich weiß nicht, was ich mit meinen Händen, meinem Mund, meinem ganzen Körper anfangen soll. Ich lasse zu, dass er sich auf mich legt und mich auf die Schulter küsst, während ich mich frage, was hier eigentlich los ist. Mist, es wird in einer Katastrophe enden, das spüre ich.

Als seine Hand schließlich unter meine Strumpfhose gleitet, ist der Moment gekommen – ich stoße ihn von mir. Wenn ich mich dabei nicht wohlfühle, braucht er gar nicht erst weiterzumachen.

»Bitte noch nicht.«

Die Hände auf den Knien landet Clément auf den Fersen. Er schaute mir ein paar Sekunden in die Augen, ehe er blass wird. Mein Herz hämmert, weil ich ahne, was er sagen wird. Und schon ist es so weit.

»Vio ... Bist du etwa ... noch Jungfrau?«

Ich weiß nicht warum, aber meine erste Reaktion ist, es zu leugnen.

»Nein!«

Warum sage ich Nein? Doch, ich bin noch Jungfrau. Na und? Ich hatte nie ein Problem damit. Klar, außer als ich einen Typen kennengelernt habe, der mit mir Schluss gemacht hat, weil ich noch nicht bereit war, und wenn mein derzeitiger Freund bei dem Gedanken, dass ich noch Jungfrau bin, kreidebleich wird … Irgendwann beginnt man zu zweifeln. Sichtlich erleichtert fährt sich Clément mit der Hand übers Gesicht.

»Nicht, dass es mich gestört hätte, ich bin schließlich kein Arschloch«, meint er ernst. »Aber … es ist eine ziemliche Verantwortung und ich weiß nicht, ob ich der gewachsen wäre. Tut mir leid.«

»Verstehe«, flüstere ich wie ein Roboter. Ich bin immer noch fassungslos.

Natürlich verstehe ich nicht. Ehrlich gesagt verstehe ich nichts von dem, was vor meinen Augen abläuft. Ich schäme mich … schäme mich dafür, noch Jungfrau zu sein. Es ist tatsächlich das erste Mal in meinem Leben, dass mir das passiert. Ich erinnere mich an den Tag, an dem meine Freunde erfuhren, dass ich noch nie Sex hatte. Selbst Jason hat mir nach diesem Geständnis einen Heiratsantrag gemacht. Ausgerechnet Jason! Der Penis auf Beinen!

»Ich bin keine Jungfrau mehr«, erkläre ich mit fester Stimme. »Ich lasse mir nur Zeit. Wenn es dich stört, dann …«

»Spinnst du? Es stört mich überhaupt nicht. Im Gegenteil. Lieber langsam als zu schnell. Auch wenn ich – ich will dich nicht anlügen – mich jedes Mal, wenn ich dich sehe, am liebsten auf dich werfen würde«, sagt er, um die Stimmung zu heben.

Ich lächle ihn an und muss unwillkürlich an Zoé und ihre dumme Idee denken. Jetzt bin ich am Arsch. Zoés Idee ist die einzige Lösung, die mir noch möglich erscheint. Auf keinen Fall darf Clément herausfinden, dass ich ihn angelogen habe, und vor allem will ich mich nicht zum Deppen machen, indem ich versuche, mich beim ersten Mal richtig zu verhalten.

Clément küsst mich nun wieder sanfter, als eine Nachricht den Zauber des Augenblicks unterbricht. Clément und ich werfen gleichzeitig einen Blick auf das Display, auf dem der Name Loan erscheint.

»Ah.«

Überrascht hebe ich den Kopf.

»Wieso ›ah‹?«

Er wirkt verlegen. Ich schlucke und warte ab. Dabei weiß ich längst, was er sagen will.

»Loan und du, ihr steht euch so nah ... Vielleicht merkst du es nicht, aber es ist irgendwie beunruhigend.«

»Warum beunruhigend?«

Er seufzt mit todernster Miene. Innerhalb einer Minute scheint die Temperatur um mehrere Grad gefallen zu sein.

»Ich glaube nicht an Freundschaft zwischen Jungs und Mädchen ...«

Ich frage mich, wie er in diesem Fall all die Mädchen bezeichnet, die sich an ihn rangeschmissen und als »nur befreundet« ausgegeben haben.

»Also ich schon.«

»Ich weiß. Deshalb nehme ich es ja auch hin.«

Stille folgt. Eine schreckliche Stille, die nichts Gutes verheißt. Clément kann wegen Loan ganz beruhigt sein. Wenn wirklich zwischen uns etwas hätte passieren sollen, dann hätten wir es wohl versucht, als er und ich solo waren. Aber dem war nicht so.

Ich knie mich vor Clément und nehme sein Gesicht zwischen die Hände.

»Hey. Du bist derjenige, der hier ist, oder?«

Statt einer Antwort drückt er den Mund auf meine Lippen und gibt mir einen erleichterten Kuss. Er ist es, der ihn kurzatmig und mit geschwollenem Mund beendet.

»Ich hole uns was zu trinken und bin gleich wieder da!«

Ich nicke lächelnd und sehe zu, wie er die Tür hinter sich schließt. Wieder bleibe ich allein in der Stille zurück.

Nachdem ich bei Clément behauptet habe, dass ich keine Jungfrau mehr bin, kann ich nicht mehr zurück. Das aber bedeutet, dass ich mich nicht als frische, unberührte Blume präsentieren kann. Ich muss jemanden finden, der bereit ist, mit mir zu schlafen, und zwar nur ein einziges Mal. Danach wäre ich frei. Ich wüsste, was zu tun ist. Und meine Nacht mit Clément würde perfekt.

Ich versuche, die Idee zurückzudrängen, aber sie ist längst allgegenwärtig. Seit ich um fünf die Vorlesung verlassen habe, geht sie mir immer wieder durch den Kopf. Es wäre der perfekte Plan. Trotzdem weiß ich nicht, ob ich dazu in der Lage bin. Allein beim Gedanken daran dreht sich mir der Magen um.

Aber im Moment fällt mir kein anderer Kandidat ein. Ich muss es versuchen. Immerhin bin ich Loan wichtig genug, dass er mir diesen kleinen Gefallen tun könnte, oder?

Ja. Nein.

Mist. Ich werde das tun, was ich eigentlich nicht tun wollte. Ich werde Loan bitten, der Erste zu sein.

8

Heute

Loan

Heute ist der Tag. Violettes zwanzigster Geburtstag.

Ich stehe zwei Stunden vor den Mädchen auf, um die Anrufe anzunehmen. Ich habe Violettes Facebook durchforstet, um alle ihre Freunde aus dem Jura einzuladen. Wenn ich mir vorstelle, wie überrascht sie sein wird, muss ich schmunzeln.

Dann mache ich Frühstück. Mit einer Blume und Schokolade für meine Violette, die mich seit dem Vorfall mit den Schoko-Bons mit Blicken erdolcht, sobald ich mich auch nur in die Nähe des Süßigkeitenschranks wage. Kaum halte ich mich in der Küche auf, fühle ich mich beobachtet. Es ist fast gruselig.

Mit dem Tablett in der Hand stoße ich die Tür der Mädchen auf. Sofort sehe ich Violettes goldene Locken, die sich über ihr Kissen ausbreiten, als wäre sie in einem Spinnennetz gefangen. Einen Moment lang stelle ich mir vor, ihr Haar um meine Faust zu wickeln und daran zu ziehen, ein verbotenes Bild, bei dem mir fast schwindlig wird.

Loan, nicht jetzt! Ich reiße mich sofort zusammen und erkläre:

»Alle, die heute zwanzig werden, heben die Hand!«

Violette brummt schlaftrunken. Ihre kleine Hand hat Mühe, sich aus der Decke zu befreien, aber sie schafft es.

»Dachte ich mir doch«, sage ich und steige über Zoés Klamotten auf dem Boden hinweg.

Als Violettes sommersprossige Nase die Crêpes erschnuppert, öffnet sie die Augen, setzt sich auf und schiebt die Decke beiseite, um das Tablett auf die Knie zu nehmen. Beim Anblick des dünnen, weißen Hemdchens, unter dem ich die dunkleren Spitzen ihrer Brüste erahnen kann, stockt mir fast das Blut in den Adern. Verdammt, nichts geht mehr.

»Oh Loan!«, schwärmt Violette und streichelt die Blume mit den Fingerspitzen. »Vielen, vielen Dank.«

Sie zwinkert mir unwiderstehlich zu, ehe sie in ein Schokocroissant beißt. Ich setze mich für ein paar Sekunden, während sie mir von ihrem »schrecklichen« Albtraum erzählt. Ich höre nicht zu. Meinem Verstand prägen sich die Wörter »Kühlschrank«, »Dieb« und »Verfolgungsjagd« ein, aber ich begnüge mich damit, sie anzuschauen.

»Gut«, verkünde ich, als sie fertig ist. »Ich muss heute auf die Feuerwache, aber heute Abend bestellen wir was beim Chinesen, okay?«

Sie wirkt überrascht. Ich glaube, sie ist ein wenig enttäuscht, dass wir nichts vorbereitet haben. Innerlich juble ich. Nun taucht auch Zoé aus den Kissen auf und fordert uns auf, leiser zu reden. Violette ignoriert sie, nickt, ohne mich anzusehen, und beißt ein Stück Croissant ab. Mir fällt auf, dass sie die Zähne zusammenbeißt.

»Jep.«
Autsch.
»Cool. Gut, dann wünsche ich dir einen schönen Tag!«, sage ich und verlasse das Zimmer.

Ich dusche und warte wohlweislich, bis Violette geht. Als ich ins Wohnzimmer komme, verschlingt Zoé gerade die Reste von Violettes Frühstück. Im Vorbeigehen gebe ich ihr einen Klaps auf die Hand.

»Hast du etwa Geburtstag?«

»Mneim«, antwortet sie mit vollem Mund.
»Na also – das hier ist nicht für dich.«
Sie streckt mir die Zunge heraus, aber ich beachte sie nicht.
»Sie ist sauer auf mich, oder?«
»Na logisch«, trumpft Zoé auf. »Du hättest mal sehen sollen, wie sie die Bananenstücke mit der Gabel aufgespießt hat ... Ich glaube, sie hat sich vorgestellt, dir die Augen auszustechen.«
Möglich. Oder etwas anderes.

Alles ist bereit. Ohne Violette und Clément, die bald hier sein sollten, sind wir ungefähr fünfzig Leute. Wie mit Zoé vereinbart, wird Clément ihr anbieten, sie nach Hause zu bringen, und dann werden alle »Überraschung!« rufen. Das ist der Deal. Ich habe den ganzen Morgen damit verbracht, mein Geschenk vorzubereiten, dann habe ich das Zimmer der Mädchen abgeschlossen, damit Violette es nicht vorzeitig findet.
Ich habe nicht alle Namen behalten, weil die meisten Gäste aus dem Jura gekommen sind. Andere, wie Alexandra und Chloé, sind bei ESMOD. Auch Ethan ist da, und ich stelle fest, dass er die Feministin mitgebracht hat.
»Clément hat mir gerade geschrieben«, berichtet Zoé, während Jason die Nachricht über ihre Schulter hinweg mitliest. »Sie sind in fünf Minuten hier.«
Sie wendet sich an meinen Freund und fordert ihn auf, ein paar Schritte zurückzutreten.
»Weißt du, wie sexy du bist, wenn du dich ärgerst?«
»Wenn du noch einmal sagst, ich wäre sexy, kastriere ich dich.«
Jason runzelt die Stirn. Ich verziehe das Gesicht angesichts dieser Drohung.
»Was ist bloß mit euch Weibern los, dass ihr alle immer unser Ding angreifen wollt? Sucht euch doch was anderes!«

»Weil es das Einzige ist, mit dem ihr rund um die Uhr angebt. Wir wissen, wie wichtig es euch ist.«

Ich warte. Mein Blick ist auf die Wohnungstür geheftet. Irgendwann sind Geräusche im Treppenhaus zu hören. Ich erstarre. Alle Anwesenden verstummen. Ich höre Schritte vor der Tür, doch es dauert und dauert. Die Leute fangen an, sich gegenseitig anzusehen und sich zu fragen, ob es wirklich Violette war.

Endlich dreht sich ein Schlüssel im Schloss. Als Violettes Gesicht erscheint, rufen alle gleichzeitig: »HERZLICHEN GLÜCKWUNSCH!« Violette bleibt wie angewurzelt stehen, reißt die Augen auf und fängt fast sofort an zu weinen. Es bricht mir beinahe das Herz. Jason steht neben mir. Sein Lächeln schwindet und er zischt mir zu:

»Solche Überraschungen sind nie eine gute Idee.«

Ich beachte ihn nicht, sondern stürze auf Violette zu und nehme ihr Gesicht in meine Hände. Sie hält sich die Augen zu, aber ich schiebe ihre Hände weg und trockne ihre Tränen mit meinen Daumen. Violette lächelt mich an. Es ist der schönste Moment des Tages. Sie ist nicht mehr sauer.

»Hör auf zu weinen, Violette-Veilchenduft. Genieße deinen zwanzigsten Geburtstag.«

Meine beste Freundin fällt mir um den Hals. Ich umarme sie so fest ich kann, schließe die Augen und vergrabe die Nase in ihrem seidigen Haar. Ich spüre die köstliche Wärme ihres Körpers, herrlicher als ein Kaminfeuer mitten im Winter, und ich berausche mich an ihren gegen meine Brust gedrückten Kurven.

Violette flüstert mir ein absolut wunderbares »Danke« zu, ehe sie mich wieder loslässt. Dann dreht sie sich um und küsst Clément auf den Mund. Er sagt etwas zu ihr, das ich lieber nicht hören will. Ehrlich gesagt weiß ich nicht mal mehr, warum ich ihn eingeladen habe. Während Violette auf ihre alten Freunde zustürmt und Freudentränen vergießt, bleibt Clément bei der immer noch offenen Tür stehen und lächelt breit.

Wenigstens freut er sich über ihr Glück. Das ist zumindest etwas.

Mir fällt ein, dass er niemanden kennt, und ich gebe mir einen Ruck. Für Violette. Ich gehe auf ihn zu, schließe die Wohnungstür und reiche ihm die Hand.

»Danke, dass du sie beschäftigt hast.«

Ich schüttle seine Hand mit festem Griff, damit er versteht, wer ich bin, und sehe in seinen Augen, dass die Botschaft bei ihm ankommt.

»Das war nicht schwer«, sagt er. »Wir haben uns prima amüsiert.«

Umso besser für dich.

»Mir war klar, dass sie weinen würde«, meint Clément lachend und verdreht die Augen. »Schon mein Vater hat immer gesagt: ›Frauen bestehen nur aus Wasser. Entweder sie pinkeln oder sie heulen‹.«

Ich runzle die Stirn, lasse seine Hand los und verschränke die Arme vor der Brust. Soll das etwa ein Witz sein? *Verdirb es nicht, lass es sein*, flüstert meine Vernunft mir zu. *Für Violette*.

Gemeinsam beobachten wir, wie sie glücklich von einer Umarmung in die nächste weitergereicht wird. Jason macht sich auf der anderen Seite des Raums über mich lustig. Sogar Zoé grinst spöttisch, als er auf Clément und mich zeigt. Das Schweigen stört mich keineswegs – im Gegenteil –, auch wenn es Clément nicht angenehm zu sein scheint. Schließlich hält er es für angebracht, mir zuzuraunen:

»Sie ist echt was Besonderes, nicht wahr?«

»Wem sagst du das?«, murmle ich und denke daran, wie Violette ist und was wir zusammen erlebt haben.

»Seid ihr schon lang beste Freunde?«

»Ein Jahr.«

Mein Blick folgt Violette, die durch die Wohnung streift. Irgendwann treffen sich unsere Blicke. Ihre Augen funkeln und ihr Lächeln wird so breit, als wolle es den Mond erreichen.

»Solltest du mich nicht vielleicht warnen?«, scherzt Clément. »So nach dem Motto: Wenn du ihr wehtust, finde ich dich und mache dich kalt?«

Er scheint den Blickkontakt nicht zu bemerken, den weder Violette noch ich unterbrechen wollen. Ich weiß nicht, was sie in meinen Augen sieht, und ich weiß nicht, ob sie darin liest, dass ich sie heute Abend schön finde, aber sie schaut immer noch nicht weg.

»Ich hatte nichts dergleichen vor«, antworte ich lahm und mit immer noch verschränkten Armen. »Ich mische mich nicht in ihre Angelegenheiten ein, erst recht nicht bei den Typen, die sie sich aussucht.«

Er schweigt einige Sekunden. Schließlich reiße ich den Blick von Violettes Augen los. Die Schauer, die über mein Rückgrat rieseln, gefallen mir nicht wirklich. Ich nehme das Glas, das Zoé mir im Vorbeigehen anbietet, trinke einen Schluck und wende mich wieder an Clément.

»Aber wenn du ihr wehtust, finde ich dich und mache dich kalt.«

Mit Pokerface warte ich auf seine Reaktion. Clément weiß nicht wirklich, ob ich scherze oder ob ich es ernst meine. Ich warte nicht, bis er es kapiert, nicke ihm komplizenhaft zu und gehe.

Das Fest beginnt mit fröhlichem Wiedersehen. Alle sind gut drauf und reden laut durcheinander. Was mich angeht, so sitze ich mit Ethan, seiner neuen Freundin und Jason in der Küche. Mein Kollege erwähnt den letzten Einsatz, den wir vor zwei Tagen hatten, aber ich will das Gespräch darüber abkürzen. Wieder einmal ein Autounfall, bei dem eine ganze Familie draufging. Besonders schrecklich war, dass wir das Handy in ihrer Tasche klingeln hören konnten.

»Na?«, erkundigt sich Jason mit einem Augenzwinkern, das mich das Schlimmste befürchten lässt.

»Na was?«

»Hast du gesehen, wie viele hübsche Mädchen Violette uns beschert hat?«

»Rein technisch gesehen war ich es, der sie uns beschert hat«, korrigiere ich.

»Darum geht es nicht. Der Punkt ist, dass du freie Auswahl hast.«

Ethans Freundin – sie heißt Ophélie – rümpft missbilligend die Nase.

»Danke – also nein danke«, antworte ich und trinke einen Schluck Bier.

Ethans Freundin flüstert ihm etwas zu und geht zu den Mädchen, nicht ohne einen abfälligen Blick auf Jason zu werfen. So ist es nun einmal mit Jason und den Frauen: Wenn er sie nicht in sein Bett komplimentiert, bringt er sie gegen sich auf. Es gibt offenbar keinen Mittelweg.

»Okay, lass uns nicht um den heißen Brei reden«, fährt Jason fort und glotzt zu Zoé hinüber. »Wann hast du das letzte Mal gevögelt?«

Ethan lacht vor sich hin und ist froh, nicht an meiner Stelle zu sein. Ich seufze und starre in mein Glas. Jason und seine Fragen nerven mich allmählich. Ja, es ist tatsächlich schon viel zu lange her. Aber ich bin nun mal kein Mann für einen One-Night-Stand, weil ich genau weiß, dass es mir nichts gibt.

Richtig ist jedoch auch, dass es mich langsam ernsthaft belastet, keinen Sex zu haben. Aber ich komme damit klar.

»Mit Lucie«, antworte ich sehr leise und fast verschämt.

Die Stille um mich herum ist beinahe greifbar. Ich schaue auf. Jason und Ethan starren mich bestürzt an und warten darauf, dass ich meine Antwort als Scherz entlarve. Ich durchbohre sie mit Blicken.

»Hört auf«, knurre ich.

»Warte … Das war kein Witz?«

»Nein, das war kein Witz. Hast du was dazu zu sagen?«, fordere ich ihn irritiert heraus.

»Du musst ein Heiliger sein«, erklärt Ethan und hebt sein Bier.

»Du bist ein Wichser, das ist es!«, schreit Jason. »Worauf wartest du? Besorg dir sofort eine Frau.«

Er kotzt mich an. Er kotzt mich an, und ich hasse es, diese Art Gespräch mit ihm zu führen. Nicht weil es mir peinlich ist, sondern weil ich Angst habe, dass er meine Gedanken mit seinen perversen Abenteuern verseucht. Ich liebe Sex und vermisse ihn, das gebe ich offen zu. Aber ich werde mich nicht dazu herablassen, eine Frau zu vögeln, die mir nicht gefällt, nur um primäre Bedürfnisse zu befriedigen.

»Du kannst mich mal«, gifte ich ihn an. »Wenn du glaubst, dass …«

Plötzlich umschlingen warme Arme meinen Hals von hinten. Ich erkenne sie, ohne mich umdrehen zu müssen.

»Hallo Leute«, gluckst Violette mit fröhlicher Stimme. »Worüber redet ihr?«

Ihr Atem auf meiner Haut und ihr leichtes Lallen zeigen mir, dass sie bereits einiges intus hat. Wenigstens muss sie nicht fahren.

»Ach, weißt du … über alles Mögliche«, antwortet Jason augenzwinkernd.

Ich drehe mein Gesicht in ihre Richtung. Meine Lippen

sind so nah an ihren, dass ich ihren Atem spüre. Es wäre so einfach, sie zu küssen. Es würde genügen, die Lippen hinzuhalten, wie beim ersten Mal. Ein Reflex, nur ein Reflex. Was spielt es schon für eine Rolle, ob es ein Reflex des Herzens oder des Körpers ist?

»Hey«, flüstert sie, als wolle sie mir ein großartiges Geheimnis anvertrauen.

Ich schaue ihr in die Augen. Sie sprühen vor Aufregung und etwas Anderem, das ich noch nie deuten konnte.

»Tanzt du mit mir?«

Ich erstarre. Nein. Nein, nein, nein, mit dieser Hexe tanze ich nicht mehr. Ich habe diesen Fehler schon mal gemacht und werde nicht mehr darauf hereinfallen. Und doch zieht es meinen Körper gefährlich zu ihrem. Er will tanzen. Er will die Geschmeidigkeit ihres Halses, den frischen Geruch ihrer Haare, die sinnliche Bewegung ihrer Hüften.

Ich wünschte, ich wäre stark genug.

»Okay.«

Kein Kommentar. Immerhin hat sie heute Geburtstag. Sie hat schon dreimal mit Clément getanzt, jetzt bin ich an der Reihe.

Violette stößt einen Siegesruf aus und hüpft zu Zoé hinüber, um sich einen Song zu wünschen. Als sie an den anderen Tänzern vorbei zu mir zurückkehrt, hämmert der Rhythmus von »*Wake me up before you go go*« in meine Ohren. Ich lächle leicht. Es ist einer ihrer Lieblingssongs und zu meinem Glück nicht die Art von Musik, zu der man eng umschlungen tanzt.

Ich nehme sie an der Hand und wirble sie herum. Endlich habe ich Spaß und genieße es. Violette tanzt wie ein kleiner Teufel, schwingt die Hüften und lacht mehr denn je. Unser Tanz endet in einem mitreißenden Rock'n'Roll. Ich weiß nicht, ob ich lächerlich wirke, aber es ist mir egal. Ich amüsiere mich köstlich. Umso mehr, da Clément uns die ganze Zeit beobachtet, während er mit anderen Typen redet. Leider wendet Violette sich irgendwann von mir ab und er übernimmt. Weil es mich langweilt, ihnen dabei zuzusehen, wie sie verliebt turteln, wende ich mich Zoé zu und greife nach ihrer Hand. Sie akzeptiert sofort.

Gegen ein Uhr morgens gehen einige Leute nach Hause – darunter auch Alexandra. Ich begleite sie zur Tür und wünsche ihr einen guten Heimweg. Sie gibt mir einen Kuss auf die Wange und bleibt an meinem Ohr.

»Gute Nacht, Loan.«

Ich spüre, wie sie mir ein Stück Papier in die Hand schiebt. Reglos sehe ich zu, wie sie geht. Ich bin nur wenig überrascht. Sie macht mich an, seit wir uns das erste Mal begegnet sind. Nachdem ich die Tür hinter ihr und ihren Freunden geschlossen habe, werfe ich den Zettel in den Müll, ohne ihn auch nur anzuschauen.

Gegen fünf ist Violette dermaßen ausgeflippt (um nicht zu sagen: betrunken), dass sie mitten auf der improvisierten Tanzfläche auf den Rücken fällt. Es sind nur noch wenige Leute anwesend, aber wir lachen alle. Violette legt sich vergnügt und außer Atem die Hand aufs Herz. Ihr rotes Kleid hat sich hochgeschoben, sodass man die Innenseiten ihrer Oberschenkel sehen kann.

Clément geht zu ihr und hilft ihr aufzustehen, wofür ich ihm dankbar bin.

»Ich denke, es ist Zeit, dass sie schlafen geht, oder?«, meint er amüsiert grinsend.

»Absolut!«

Vielleicht ist er ja doch kein Arschloch. Er fragt mich, wo ihr Zimmer ist, aber ich sage ihm, dass ihre Geschenke dort versteckt sind.

»Wir bringen sie in meines und ich schlafe auf der Couch«, lüge ich, damit Violette keinen Ärger bekommt.

Clément nickt, nimmt das Gesicht meiner besten Freundin in die Hände und küsst sie. Unwillkürlich senke ich den Blick.

»Ich bin nicht müde«, quengelt sie.

»Glaub mir, du bist es. Gute Nacht, meine Schöne.«

Als er fertig ist, hebe ich sie hoch und lege sie mir über die Schulter.

»Na los, Aschenputtel, es ist Zeit«, verkünde ich. »Sag schön Auf Wiedersehen.«

Ich drehe mich um, damit sie den letzten Gästen zum Abschied winken kann. Violette richtet den Oberkörper auf und grüßt wie eine Prinzessin, was alle zum Lachen bringt. Wenn ich ihr das morgen erzähle, lacht sie sich sicher halb tot.

»Ich liebe euch«, ruft sie den Leuten zu.

Ich bringe sie in mein Zimmer, lasse die Tür offen und lege sie auf mein Bett. Sie lacht leise; nur sie selbst weiß, worüber. Vorsichtig ziehe ich ihr die Schuhe aus. Violette schließt die Augen. Ein zufriedenes Lächeln liegt auf ihren Lippen. Mit einem ihrer Schuhe in der Hand halte ich für den Bruchteil einer Sekunde inne. Sie auf meinem Bett liegen zu sehen hat zum ersten Mal eine andere Bedeutung. Es stört mich. Es nervt mich. Es gefällt mir.

Scheiße.

Ich dachte, sie wäre eingeschlafen, aber als ich den Rock über die weißen Schenkel streifen will, spricht sie mich an.

»Loan?«

Ich halte auf halbem Weg inne.

»Ja?«

»Ich will nicht, dass du mein Höschen siehst«, sagt sie mit kindlicher Stimme, ohne die Augen zu öffnen.

Ich lächle.

»Ich habe es nicht gesehen, Ehrenwort.«
Es ist aus malvenfarbener Spitze und sehr aufregend.
»Das ist gut.«
»Und jetzt«, sage ich und decke sie zu, »schläfst du.«
Und sie schläft. Zumindest eine gute halbe Stunde.
Aber als alle weg sind und ich das Wohnzimmer aufräume, höre ich Violette ins Bad laufen.
Ich folge ihr und finde sie zerzaust und halbnackt vor der Kloschüssel, wo sie sich die Seele aus dem Leib kotzt. Ich halte mir die Nase zu und hocke mich hinter sie, um ihre Haare zu halten. Sanft streichle ich ihr den Rücken, bis es vorbei ist. Schließlich hebt sie den Kopf und wischt sich den Mund mit Klopapier ab.
»Das ist widerlich«, stöhnt sie.
»Wirklich widerlich«, bestätige ich.
Zu meinem Erstaunen lacht sie leise. Sie richtet sich auf und ich drücke die Spülung. Ehe ich mich's versehe, lehne ich mit ausgestreckten Beinen an der Badewanne. Violette kuschelt sich an mich, ihre nackten Beine umschlingen meine. Sie ist immer noch ein wenig betrunken.
»Loan, weißt du noch, wie du aufgehört hast, mit mir zu reden und ich so traurig war?«
Klar erinnere ich mich … Ich erinnere mich noch so gut an ihre Tränen, dass ich den Kopf schüttle, um das Bild loszuwerden. Es ist überraschend, dass sie mit mir darüber redet, denn es handelt sich um eine Zeit, die wir zu vergessen versuchen.
»Ja, ich erinnere mich.«
»Das war gemein«, murmelt sie.
Ich streichle ihr Haar und nicke. Es ist mir unangenehm, dass sie immer noch daran denkt.
»Ja, es war gemein. Es tut mir leid.«

»Weißt du, ich habe nachgedacht, und mir ist eingefallen, wie du es wieder gutmachen könntest.«

Ich lächle schwach. Nachdem ich vor sechs Monaten versucht hatte, alle Brücken hinter mir abzubrechen, aber zu ihr zurückkehrte, weil mir klar geworden war, dass ich einen Fehler gemacht hatte, wollte Violette nie darüber sprechen. Die Phase wurde zu einem Tabuthema.

»Na toll. Schieß los.«

»Ich habe ...«, beginnt sie mit schwerer Zunge, wird aber von einem Schluckauf unterbrochen. »Du musst mir einen super-wichtigen Gefallen tun.«

»Kann das nicht bis morgen warten? Zum Beispiel nachdem du dir die Zähne geputzt hast.«

»Nein«, erklärt sie unerschütterlich. »Dann habe ich vielleicht nicht mehr den Mut dazu. Versprich mir, dass du Ja sagst.«

Ich lächele. Ich weiß nicht, was die betrunkene Violette mir so Wichtiges zu sagen hat, aber ich bin sicher, es bringt mich zum Lachen. Und wenn ich dabei meinen Fehler wieder gutmachen kann, warum nicht?

»Ich sage bestimmt Ja.«

»Versprochen?«

»Versprochen.«

Sie nickt und lehnt sich mit dem den Kopf an mich. Ich spüre, wie ihre Brust sich hebt und senkt.

»Weißt du, es ist ... wirklich ... wichtig ...«

»Ich verspreche, mein Möglichstes zu tun.«

Ich streiche ihr ein paar störende Strähnen aus dem Gesicht und warte, dass sie weiterspricht.

»Violette?«

Ich höre nur noch ein leichtes Schnarchen. Sie ist eingeschlafen.

9

Sechs Monate zuvor

Violette

Ich mache mir große Sorgen. So große, dass mich nicht mal mehr Schokolade tröstet – und ich habe es weiß Gott versucht. Ich spüre es. Ich weiß es. Irgendwas ist im Busch. Etwas, worüber niemand mit mir redet.

Seit zehn Tagen habe ich nichts von Loan gehört. Ist das vielleicht eine schreckliche Art, den Kontakt zu mir abzubrechen?

Normalerweise sehen wir uns fast jeden Tag. Entweder hat er noch Zeit, ehe er zur Feuerwache fährt, und bietet mir an, mich mit dem Auto in die Uni zu bringen, oder er holt mich mit einem Croissant in der Hand ab. Es ist unser Ritual. Aber dieses Mal habe ich ein schlechtes Gefühl. Er hat mir nicht mal geschrieben. Kann sein, dass ich es mit der Anzahl meiner Nachrichten etwas übertrieben habe. Ich glaube, in zehn Tagen habe ich ihm zweiunddreißig Stück geschickt – ich habe sie gestern beim Anschauen der neuen Folge von *Outlander* gezählt.

Alle blieben unbeantwortet.

»Stell dir bloß vor, er wäre tot. Ich würde es nicht einmal erfahren.«

Zoé setzt sich zu mir auf die Couch. Sie stibitzt eine der Pralinen, die ich nicht runterkriege und schüttelt den Kopf. Im Gegensatz zu mir wirkt sie nicht allzu gestresst. Allerdings gibt es ohnehin wenig im Leben, das sie beunruhigt.

»Aber nein.«

»Wieso ›aber nein‹? Wir wissen es doch nicht!«

Nachdenklich ziehe ich die Knie unters Kinn. Ich weiß nicht mehr, was ich tun soll. Ich habe keine Ahnung, warum Loan von einem Tag auf den anderen den Kontakt abbrechen sollte, daher stelle ich mir das Schlimmste vor. Wer weiß, vielleicht wurde er von einem Psychopathen entführt und sitzt allein in einem Keller fest.

Natürlich ergibt das keinen Sinn. Wenn er verschwunden wäre, hätte Lucie es mir bestimmt gesagt. Ganz sicher. Obwohl ich sie nicht gerade oft sehe. Das letzte Mal war am Tag meines letzten Gesprächs mit Loan. Ernsthaft, selbst Navarro fände bei einer solchen Ermittlung keine Anhaltspunkte.

»Wann hast du das letzte Mal mit ihm gesprochen?«, fragt Zoé.

»Vor zehn Tagen, wenn ich mich recht erinnere ... Ich glaube, es war, als er mich letzten Montag von der Uni abgeholt und nach Hause gebracht hat. Aber wir sind nicht sofort hochgegangen. Er hat den Motor abgestellt und wir haben uns eine Stunde lang im Auto unterhalten.«

Meine beste Freundin kneift misstrauisch die Augen zusammen. In der Wohnung ist es ganz still, bis auf das Tippeln von Mistinguette, die irgendwo herumläuft. Auch ihr fehlt Loan. Zuerst mochte sie ihn nicht, aber inzwischen ist sie ihm total verfallen.

»Worüber habt ihr gesprochen?«

»Über alles Mögliche. Wir haben gelacht, Musik gehört, Süßigkeiten aus seinem Handschuhfach gegessen ... Wie immer.«

Zoé schweigt lange, ehe sie schließlich aufseufzt.

»Na gut, dann ruf ihn halt an. Man kann nie wissen.«

Ich habe ihm schon zigmal auf die Mailbox gesprochen, angefangen mit einem einfachen »Hallo Loan, es ist schon eine

Weile her, dass wir uns gesehen haben … Ich hoffe, alles ist in Ordnung. Ruf mich doch mal an« bis hin zu einem wütenden »Willst du mich verarschen oder was?! Ich versuche seit über einer Woche, dich zu erreichen, aber du antwortest nicht. Weißt du, was das mit mir macht, Loan? Ich stelle mir vor, irgendein Kerl in einem blauen T-Shirt hat dich betäubt und entführt, um dich in einem Keller zu vergewaltigen. Oh ja, das passiert auch Männern in deinem Alter. Vor allem Typen, die schön sind wie ein Gott. Glaub ja nicht, dass du vor so was sicher bist. Pass lieber auf dich auf! Er könnte auch ein rotes T-Shirt tragen, aber ich weiß, dass du Blau hasst, also hoffe ich, dass er Blau trägt und dass du traurig bist, weil du nicht aufgepasst hast! Na ja, ruf mich zurück, okay? Küsschen.«

Ja, ich weiß …

Wieder einmal erreiche ich nur seine Mailbox. Ich schwöre, wenn das alles bloß ein armseliger Witz sein soll, räche ich mich.

»Weißt du was, dein Kumpel geht mir ganz schön auf den Sack.«

Ich verziehe das Gesicht und weiß nicht, was ich noch tun soll. Für diese plötzliche Distanz gibt es keine plausible Erklärung.

»Hast du mal bei ihm geklingelt?«

Ich werfe meiner besten Freundin einen sarkastischen Blick zu, doch sie scheint es ernst zu meinen.

»Aber nein, wie dumm von mir, er ist mein Nachbar und ich habe nicht einmal daran gedacht, bei ihm zu klingeln!«, spotte ich. »Also wirklich, Zoé!«

»Mannomann, du hättest auch schlicht mit Ja antworten können.«

»Ja. Und zwar schon mehrmals. Eigentlich jeden Tag … Wenn er hier wäre, hätte er bestimmt aufgemacht.«

»Bist du sicher? Hast du ihn vielleicht mit irgendwas verärgert?«

Gestresst denke ich einen Moment nach. Die Unsicherheit ist schlimmer als alles andere. Ich zweifle an mir selbst, ohne zu wissen, ob ich etwas falsch gemacht habe, und das ist schrecklich. Vielleicht hat er mich einfach satt? Unser Kuss vor zwei Wochen kommt mir in den Sinn. Unwillkürlich fahre ich mir mit der Zunge über die Lippen und ärgere mich fast sofort darüber. Am Tag nach diesem »Reflex« war ich angespannt. Aber trotz meiner Befürchtungen hat Loan mich weiter angelächelt und zur Uni gefahren. Eigentlich genau wie vorher.

»Selbst wenn ich ihm irgendwie auf den Schlips getreten wäre, hätte er aufgemacht, denn mein Dauerklingeln hätte ihn verrückt gemacht«, erkläre ich schließlich selbstbewusst.

»Vielleicht hat er familiäre Probleme«, rätselt Zoé, selbst nicht ganz überzeugt. »Und Lucie? Hast du versucht, sie zu erreichen?«

Ich grummle frustriert.

»Verdammt, ich zerbreche mir den Kopf! Er hat mir nie von seinen Eltern erzählt, ich weiß nicht mal, ob er welche hat. Und Lucies Nummer habe ich leider nicht …«

Langsam wird mir einiges bewusst. Es stimmt, Loan und ich haben über alles Mögliche geredet. Ich weiß zum Beispiel, dass er nie seinen Teller leer isst und sich immer verpflichtet fühlt, etwas übrig zu lassen, dass seine Lieblingsfarbe Schwarz ist und dass er das Wort »Schlüpfer« hasst. Er weiß, dass ich mir einen Trailer immer erst anschaue, nachdem ich den Film gesehen habe, dass ich bei Krimiserien automatisch einschlafe und dass ich immer wieder Panikattacken habe.

Was die Familie angeht, so habe ich ihm nur wenig darüber anvertraut. Ich habe ihm erzählt, dass es seit einigen Jahren nur noch meinen Vater und mich gibt; den Grund dafür kennt er aber nicht. Er hingegen … nichts. Was weiß ich eigentlich über ihn?

»Es ist schon irgendwie komisch, dass auch Lucie nicht an die Tür geht … Geh noch mal hin.«

»Meinst du?«

Um ehrlich zu sein: Ich glaube, ich habe Angst. Angst, dass jemand öffnet und die Sache schiefläuft. Was, wenn ich wirklich etwas falsch gemacht habe?

»Klar. Und wenn niemand aufmacht, gehen wir zur Feuerwache. Bestimmt können seine Kollegen uns helfen.«

Ich nicke und schlüpfe in ein Paar Ballerinas. Ich laufe herum wie eine Vogelscheuche und sehe aus wie ein Geist, aber das ist mir egal. Wie auch immer – ich bin sicher, niemand macht sich die Mühe, mir zu öffnen. Ich verlasse die Wohnung und folge dem Flur bis zu seiner Tür. Plötzlich kommt mir etwas in den Sinn. Vor einem Monat hatte ich meine Schlüssel vergessen, mich in den Flur gesetzt und auf den Schlüsseldienst gewartet. Irgendwann kam Lucie telefonierend aus dem Aufzug. Als sie mich sah, erstarrte sie für einen Sekundenbruchteil. Ich lächelte sie freundlich an.

»Hi!«

Mit einem gezwungenen Lächeln nickte sie mir zu und ging dann weiter zu ihrer Tür, während sie ihr Gespräch fortsetzte:

»Ja, ich bin jetzt zu Hause … Komm bald heim … Haha, du weißt genau, was ich meine … Ich liebe dich … Bis dann, Schatz.«

Ich erinnere mich, dass ich die Stirn runzelte, als mir klar wurde, dass sie mit Loan telefonierte. Vielleicht bin ich paranoid, aber ich hätte schwören können, dass sie absichtlich lauter gesprochen hat, damit ich sie hörte.

Ich atme tief durch und klopfe entschlossen an die Tür. Ich

klopfe, klingle, klopfe, klingle, klopfe und klingle immer wieder. Langsam fange ich an zu verzweifeln. Eine erschreckende Leere hat sich in meiner Brust gebildet und scheint sich mit jedem Tag zu vertiefen. Émilien zu verlieren war eine Sache, Loan zu verlieren ist eine ganz andere. Gerade als ich verlegen wieder kehrtmachen will, geht die Tür auf. Ich bin so überrascht, dass mir für ein paar Sekunden der Mund offen bleibt. Und doch, ja. Loan steht direkt vor mir.

Nur erkenne ich ihn kaum wieder.

Das ist nicht Loan. Jedenfalls nicht der, den ich kenne.

Das erste, was mir auffällt und in meinem verwirrten Herzen nachhallt, ist, dass er so sexy aussieht wie nie zuvor. Zu einer grauen Jogginghose trägt er ein T-Shirt von Diesel, das alle seine Muskeln betont, und er hat einen Drei-Tage-Bart, den ich noch nicht an ihm kenne. Er verbirgt seinen Unterkiefer, betont aber seinen sinnlichen Mund. Die zweite Sache ist, dass er sehr deprimiert wirkt. Seine blauen Augen sind völlig ausdruckslos, was bei ihm selten vorkommt. Ich bin daran gewöhnt, dass er kaum lächelt, aber seine Augen hören normalerweise nie auf zu sprechen – so, als hätte er viele Dinge zu sagen, die jedoch zu kostbar sind, um sie laut auszusprechen.

Er begnügt sich damit, mich mit hängenden Schultern anzuschauen, ohne etwas zu sagen. Ich schaudere. Loan ist zum Zombie geworden. Das Mitgefühl, das ich eigentlich für ihn aufbringen müsste, verwandelt sich allerdings zunächst in Unverständnis und dann sehr schnell in Wut. Ich mache mir Sorgen, während es ihm gut geht!

»Was willst du?«

Sein Ton lässt mich fast zusammenzucken. Er scheint sich nicht zu freuen, mich zu sehen. Sofort verraucht mein Zorn und weicht Traurigkeit.

»Ich habe wer weiß wie oft geklingelt. Warum hast du nicht aufgemacht?«

Ich weiß, dass meine Stimme vorwurfsvoll klingt, aber das ist meine kleinste Sorge. Mir ist längst klar, dass er alle meine Nachrichten abgehört und beschlossen hat, mir nicht zu antworten. Und das kann ich nur schlecht wegstecken.

Er antwortet nicht sofort und scheint seine Worte sorgfältig zu wählen. Schließlich hebt er eine Schulter, ohne meinem Blick auszuweichen. Dass ich in seinen Augen nichts als eine unendliche Leere erkenne, tut mir weh. Sehr weh.

»Vielleicht, weil ich keine Lust dazu hatte.«

Das ist der erste Hieb, den er mir versetzt; der erträglichste von allen. Ich öffne die Lippen und nehme ihn hin. Seine Antwort ist so schmerzhaft, dass es mir den Atem raubt.

Wenigstens lebt er noch. Er ist in einem erbärmlichen Zustand, aber er lebt. Ich rümpfe die Nase und versuche, diskret über seine Schulter zu schauen, um eventuelle Schäden zu entdecken. Ist Lucie da? Kümmert sie sich um ihn, egal was passiert ist? Ich habe kaum Zeit, mehr als ein paar verstreute Kleider auf dem Wohnzimmerboden zu sehen, denn Loan bemerkt meinen Blick und schiebt die Tür ein Stück weiter zu.

»Ich habe mir Sorgen gemacht«, flüstere ich und schaue ihn an.

Ich versuche ihm klarzumachen, wie viel Angst ich um ihn hatte, wie sehr ich ihn vermisse und wie sehr ich mir wünsche, dass er sich mir anvertraut. Aber sein Gesicht bleibt leer. Er wirkt wie aus Eis.

Ich scheine einer Antwort nicht würdig zu sein, denn er gibt mir keine. Er seufzt nur müde und hebt die Augenbrauen mit einem verächtlichen Blick, der gar nicht zu ihm passt.

»Bist du fertig?«

Dieser zweite Schlag trifft mich grausam mitten in den Magen, und ich habe Angst, dass der dritte mein Herz berührt. Dieses Mal gibt es keine Scherze zwischen uns, kein Lächeln und keinen Kontakt. Nichts als Unverständnis und Gleichgültigkeit. Ich zermartere mir das Hirn, weil ich begreifen will, warum er mich ablehnt. Vergeblich. Ich hasse mich selbst – ich hasse mich, weil ich vielleicht etwas getan habe, das ihn verletzt hat und woran ich mich nicht erinnere.

Ich ahne, dass er nicht reden will, aber ich kann nicht nach Hause gehen. Denn wenn ich das tue, weiß ich nicht, ob ich ihn je wiedersehe. Und so ignoriere ich meine zitternden Knie und meine schamroten Wangen.

»Habe ich etwas getan?«

Für den Bruchteil einer Sekunde, nur einen winzigen Augenblick, erkenne ich einen Anflug von Leid und Schuldbewusstsein in seinen Augen. Doch sofort wird er wieder so stoisch und eisig wie die Schneekönigin.

»Du solltest nach Hause gehen.«

Er will die Tür ein für alle Mal schließen, aber ich reagiere schnell und blockiere sie mit dem Fuß.

»Loan, warte!«, flehe ich mit Tränen in den Augen. »Wenn du wegen irgendwas böse auf mich bist, tut es mir leid. Was auch immer es sein mag, ich entschuldige mich. Ich ... ich möchte nicht, dass du sauer auf mich bist.«

Den letzten Satz flüstere ich so leise, dass mir am Ende die Stimme versagt. Mein ganzer Körper zittert, während er mich weiterhin ungerührt anstarrt. Das ist Folter.

Ich habe das Gefühl, dass mir jemand auf der Suche nach etwas das Herz durchwühlt. *Weise mich nicht zurück, weise mich nicht zurück, weise mich nicht zurück ...*

»Ich vermisse meinen besten Freund«, hauche ich mit flehendem Blick.

Plötzlich kneift Loan die Augen zusammen und spannt den Kiefer an. Ich gerate in Panik, weil ich nicht weiß, was dieser Ausdruck bedeuten soll, und betrachte seinen Adamsapfel, der sich in seinem Hals auf und ab bewegt.

»Ich möchte dich im Augenblick nicht sehen, Violette.«

Violette. Nicht Violette-Veilchenduft. Nur Violette.

»Geh jetzt.«

Entsetzt presse ich die Lippen zusammen, aber ich weigere mich noch, meinen Fuß aus dem Türspalt zu nehmen. Ich fühle mich unendlich verloren. Meine Seele schreit »Warum?«, aber mein Mund bleibt verschlossen. Ich habe zu viel Angst vor der Antwort. Vielleicht ist es eine bessere Idee, ihn erst einmal nachdenken zu lassen. Immerhin hat er gesagt: »im Augenblick«. Nichts ist endgültig, oder?

Er muss sich der Heftigkeit seiner Äußerung bewusst geworden sein, weil er noch einmal bekräftigt:

»Das geht vorbei. Vielleicht. Aber im Moment brauche ich alles andere als deine Freundschaft.«

Meine Damen und Herren, hiermit präsentiere ich Ihnen den dritten Stoß. Mitten ins Herz, genau wie ich erwartet hatte. Und er tut weh … unendlich weh. So sehr, dass sich mein Fuß ganz von selbst zurückzieht und ich einen Schritt zurückweiche, als hätte er mich verbrannt. Die Ratlosigkeit muss auf meinem Gesicht zu lesen sein, denn Loan senkt den Blick, ehe er mir die Tür vor der Nase zuschlägt.

Ich stehe da wie eine Idiotin und starre benommen die Nummer seiner Wohnungstür an. Eine Ohrfeige wäre ausdrucksstärker gewesen. Unfähig, mich zu bewegen, lasse ich endlich meinen Tränen freien Lauf. Ich kann noch nicht verarbeiten, was gerade geschehen ist. Dabei gibt es nichts, das leichter zu verstehen wäre:

Es ist das erste Mal, dass Loan Millet mir das Herz bricht.

10

Heute

Violette

Nie wieder trinke ich so viel. Alkohol ist teuflisch.

Ich öffne die Augen. Mein Mund ist trocken. Wieso habe ich eigentlich einen trockenen Mund, nachdem ich mich betrunken habe wie eine Quartalssäuferin? Auf dem Nachttisch rechts von mir steht ein Glas Wasser, und zwei weiße Pillen liegen für mich bereit. Ich stütze mich auf einen Ellenbogen und nehme sie in die Hand, um sie zu schlucken. Die Anstrengung bringt den Raum gefährlich zum Schaukeln. Stöhnend lasse ich mich wieder in die Kissen fallen.

Ich kenne diese Kissen. Es sind nicht meine.

Ich drehe den Kopf nach links und meine Nase trifft auf die von Loan, der selig schlummert. Ich verhalte mich mucksmäuschenstill und begnüge mich damit, ihm beim Schlafen zuzusehen. Ich spüre, wie sein regelmäßiger Atem aus seinen leicht geöffneten Lippen dringt. Warum muss er so schön sein?

Ich hebe eine Hand, achte nicht auf die Kopfschmerzen, die trotz Aspirin stärker werden, und streiche mit den Fingerspitzen über sein Gesicht. Seine Stirn, der Umriss seiner geraden und schmalen Nase, die Konturen seines eckigen, männlichen Kinns. Er liegt mir zugewandt auf der Seite. Er schläft mit nacktem Oberkörper, hatte aber offenbar nicht den Mut, seine Jeans auszuziehen, ehe er unter die Decke kroch.

Plötzlich fällt mir etwas auf. Mit gerunzelter Stirn betrachte ich die verbrannte Haut unter seinem Ohr. Seit einem Jahr sehe ich sie tagtäglich unter seinen T-Shirts und kenne sie in- und auswendig. Die Narbe kreuzt seinen Hals und verschwindet hinter seiner Schulter. Mehr habe ich bisher noch nicht gesehen. Loan zieht sich grundsätzlich nicht vor Leuten aus und ich weiß, dass es etwas mit seinen Narben zu tun hat.

Als ich versuche, mich so diskret wie möglich über ihn zu beugen, um seinen Rücken genauer zu betrachten, fällt mein Blick auf sein Gesicht. Er ist wach und beobachtet mich. Mein Magen krampft sich zusammen: ertappt. Einen Moment lang glaube ich, dass er wütend ist, aber er sieht mich nur mit einem rätselhaften Ausdruck an.

Ich versuche zu lächeln. Er steht auf und holt sein Hemd, wobei er mir natürlich nicht den Rücken zukehrt.

»Warum zeigst du dich nie mit nacktem Oberkörper, wenn ich bei dir bin?«

Ich sehe, dass er die Stirn runzelt, während er in das Hemd schlüpft. Er ist sichtlich müde. Mir ist klar, dass er nicht darüber reden will, aber ich wüsste es schon gern. Schließlich sind wir beste Freunde und erzählen uns alles. Warum nicht das? Ich würde ihn nie verurteilen, das müsste er eigentlich wissen.

»Nicht nur in deiner Gegenwart«, stellt er richtig und reibt sich das Gesicht. »Und ich glaube, du weißt warum.«

»Ich habe zumindest einige Theorien«, gestehe ich und sehe zu, wie er mit offenem Hemd zu seiner Kommode geht. »Aber ich wünsche mir, dass du es mir von dir aus erzählst.«

Er verkrampft sich kurz und dreht sich dann um. Er steht vor dem Bett. Sein starrer Blick lässt mich vermuten, dass es gleich Ärger gibt. Zwar will ich am Tag nach meinem Geburtstag nicht streiten, aber etwas sagt mir, dass ich nicht aufgeben sollte. Nie vertraut er mir etwas über sich selbst, aus seiner Vergangenheit oder über seine Familie an.

Heute habe ich vor, ihn um einen sehr großen Gefallen zu bitten: der Erste zu sein. Daher denke ich, dass ich ihn besser kennenlernen sollte, um ganz sicher zu gehen.

»Nicht sauer sein«, sagt er mit sanfter Stimme. »Sogar Lucie hat es nie gesehen …«

Sein Flüstern klingt so unglücklich, als ob allein der Name seiner Exfreundin ihm noch Schmerzen bereitet. Ich blicke verwirrt zu ihm auf. Wie bitte? Lucie hat nie seinen Rücken gesehen? Das ist unmöglich! In vier Jahren Beziehung muss sie ihn doch gesehen haben! Loan scheint zu erraten, was mir durch den Kopf geht, denn er wendet verlegen und genervt den Blick ab.

»Ich lüge dich wirklich nicht an«, sagt er und zuckt mit den Schultern. »Sogar beim Sex hatte ich immer ein T-Shirt oder ein offenes Hemd an. Sie durfte die Narbe weder sehen noch berühren, und sie hat meine Entscheidung immer respektiert.«

Ich versuche, diese Information zu verdauen. Kaum zu glauben, dass Loan immer ein T-Shirt anhatte, wenn er mit Lucie schlief …

»Okay.«

Sein Körper entspannt sich sofort. Man könnte meinen, dass er während unseres Gesprächs die ganze Zeit den Atem angehalten hat. Er will mir einfach nicht mehr verraten, es ist seine Entscheidung. Aber eines Tages werde ich ihn festnageln und verlangen, dass er sein Hemd fallen lässt.

Plötzlich bekomme ich etwas ins Gesicht. Ich zucke überrascht zusammen und stelle fest, dass er mich gerade mit Sportshorts beworfen hat.

»Zieh die über und mach die Augen zu. Ich habe da was für dich«, sagt Loan, wobei er mich anstrahlt.

Er scheint meine Fragen völlig vergessen zu haben und

wirkt richtig aufgeregt. Ich bändige meinen Kater und ziehe die Shorts an, ehe ich die Decke zurückschlage.

Er führt mich. Ein Schauder läuft über meine nackten Arme, als er sich an meinen Rücken schmiegt, um mich vorwärts zu leiten. Ich höre, wie er die Tür öffnet. Wir gehen den Flur entlang. Er ist mir so nah, dass ich spüre, wie sein männlicher und beruhigender Duft mich einhüllt, und außerdem … *Oh.*

Der Schauder verwandelt sich in eine regelrechte Welle, die heiß in meinem Unterleib brennt. Es ist mir peinlich, das, was ihn zum Mann macht, an meinem Po zu spüren, aber schließlich ist es nicht seine Schuld … Es ist Morgen.

Loan scheint zu verstehen, warum ich erstarre, denn er weicht ein Stück zurück und flüstert: »Entschuldige …«

Ich versuche, die Hitze zu löschen, die sich auf meinen Wangen ausbreitet, und höre, wie er eine zweite Tür öffnet. Vermutlich die zu meinem Zimmer.

»Du kannst die Augen wieder aufmachen.«

Loan lässt mich los und tritt ein Stück zurück, um meine Reaktion zu beobachten. Ich gehorche mit klopfendem Herzen. Das Erste, was ich sehe, ist … mein Zimmer; es hat sich keinen Deut verändert. Na ja, er scheint es aufgeräumt zu haben, wofür ich ihm dankbar bin, denn es war dringend nötig. Ich versuche, nicht zu enttäuscht zu wirken und setze ein kleines Lächeln auf. Loans Ausdruck zeigt mir, dass es nicht wirklich gelungen ist. Also lege ich noch einen drauf:

»Wow. Das ist … Danke Loan, dass … du mein Zimmer aufgeräumt hast.«

Zu meiner größten Überraschung lacht er. Er baut sich vor mir auf, schaut mir tief in die Augen und hebt mein Kinn mit dem Zeigefinger sanft an.

»Da oben, Violette.«

Ich wende den Blick zur Decke und habe auf der Stelle Pipi in den Augen. Von Emotionen überwältigt schlage ich die Hände vor den Mund und lasse mich von Loan zu meinem Bett führen. Aus der Nähe betrachtet ist es noch berührender.

Die gesamte Decke meines Zimmers ist mit Fotos von ihm und mir und unseren Freunden bedeckt. Den Kopf in den Nacken gelegt drehe ich mich und betrachte uns. Er, wie er mein Gesicht von hinten umschließt, um mir einen Kuss zu stehlen; wir beide, wie wir Sprühsahne direkt aus der Dose essen; ich lachend auf seinem Rücken; er als knallharter Pirat und ich als raffinierte Marie Antoinette auf Ethans Kostümfest; wir beide, wie wir eng umschlungen auf der Couch dösen, von Zoé fotografiert, ohne dass wir es gemerkt haben; wir beide auf einem Selfie, wie wir Gesichter schneiden; ich, am Fuß des Eiffelturms in seine Arme gekuschelt und ein weiteres Selfie von ihm und mir, auf dem wir lächelnd eine völlig desillusionierte Mistinguette über unsere Köpfe halten …

Hunderte von Erinnerungen, eine kostbarer als die andere, vergangene Momente, die nie wiederkehren werden, einige, deren Einzelheiten, vielleicht sogar wichtige Details, ich längst vergessen hatte, aber trotzdem unsterblich gemachte Erinnerungen. Und jetzt sind sie über meinem Kopf plakatiert. An dem Platz, der ihnen zusteht, in der Nähe der Sterne.

»Loan …«

Ich kann es immer noch nicht fassen. Wie lange er wohl dafür gebraucht hat? Ich merke, dass ich weine, als ich spüre, wie eine salzige Perle über meine Lippen rollt. Ich wische sie fort, weil mir Loans neugieriger Blick bewusst ist. Er hat mich keine Sekunde aus den Augen gelassen, während ich mein Geschenk genossen habe.

»Ich freue mich, dass es dir gefällt.«

»Viel mehr als das, Loan … Danke.«

Den ganzen Tag lang überlege ich, wie ich »die Sache« mit Loan besprechen soll. Vielleicht beim Abendessen: »Hi Loan, alles klar? Übrigens wünsche ich mir, dass du mich entjungferst. Könntest du mir mal das Brot reichen?« Nein, das geht nun wirklich nicht.

Was ist die größte Schwäche eines Mannes (abgesehen von Sex)? Sofort kommen mir die Worte meiner Oma väterlicherseits in den Sinn: »Liebe geht durch den Magen.« Vielleicht würde sie meiner Definition von Liebe nicht unbedingt zustimmen, aber das sollte klappen.

Jedenfalls fällt mir nichts Besseres ein, und ich kann es kaum erwarten, diese Last loszuwerden. Clément konnte gestern die Finger nicht von mir lassen, ganz zu schweigen von seinem Geschenk. Ein Paar wunderschöne silberne Ohrringe.

Endlich kommt Loan aus der Dusche und betritt das Wohnzimmer. Ich springe auf die Füße und stelle mich ihm mit Unschuldsmiene in den Weg. Die Show kann beginnen …

»Hey.«

Misstrauisch hebt er eine Augenbraue.

»Hey …«

»Hast du vielleicht Lust, essen zu gehen? Nur du und ich.«

Jetzt scheint er überrascht zu sein. Er blickt zu Zoé hinüber, die nur die Schultern zuckt, und wendet sich wieder mir zu. Er nimmt an und ich lege ihm nahe, sich schick anzuziehen. Als er, immer noch argwöhnisch, wissen will warum, sage ich ihm, dass ich ihn ins 114 Faubourg ausführe. Automatisch weicht er einen Schritt zurück. Sogar Zoé hört auf, sich die Nägel zu lackieren. Beide sprechen gleichzeitig.

»Warum gehst du mit mir nie so schick aus?«, empört sich meine beste Freundin, während Loan mit unsicherer Stimme antwortet:

»Okay, da steckt irgendwas dahinter … Warte. Sag bloß, du bist schwanger.«

Ich werde blass. Schwanger? Man müsste schon gewisse Dinge tun, um schwanger zu werden.

»So ein Quatsch«, begehre ich auf und erröte.

»Wie auch immer, ich besitze kein schickes Outfit.«

»Stimmt nicht. Los, beweg dich.«

Ich schubse ihn vor mir her und wische Zoés Proteste mit einer Handbewegung beiseite. Wir gehen in sein Zimmer und ich wende mich sofort dem Schrank zu, in dem ich nach etwas Anständigem suche. Loan behält mich im Auge, schließt die Tür und lehnt sich dagegen.

Schnell bin ich wieder bei ihm und werfe ihm eine schwarze Röhrenjeans und ein gleichfarbiges Hemd zu. Er sagt nichts, sondern zieht sein T-Shirt aus und lässt es auf den Boden fallen. Seine Jogginghose folgt und Loan steht in weißen Boxershorts vor mir. Sofort wende ich den Blick ab, zumindest bis er seine Jeans angezogen hat.

Ich blicke auf, als er das Hemd anzieht. Schweigend knöpft er es zu, als mir etwas Ungewöhnliches auffällt. Ein dunkler Punkt zeichnet sich unmittelbar über seiner Jeans ab. Ich sehe ihn zum ersten Mal, weil er nie mit nacktem Oberkörper herumläuft. Vermutlich ein Tattoo auf der Leiste, aber was?

Schon angezogen ist Loan wirklich sexy, aber das ist noch gar nichts dagegen, wenn er halb nackt ist. Sein Oberkörper schreit geradezu nach Liebkosungen. Mein faszinierter Blick gleitet über die kraftvolle Form seiner trainierten Bauchmuskeln und ich erröte angesichts des athletischen V, das unter seinem Gürtel verschwindet und meiner lebhaften Phantasie alles Weitere überlässt.

»Was machst du da?«, höre ich Loans raue Stimme.

Erst jetzt wird mir meine Geste bewusst; ich bin auf ihn

zugegangen, um ihn daran zu hindern, die letzten Knöpfe seines Hemdes zu schließen. Mit gerunzelter Stirn blickt er mich an.

»Ist das ein Tattoo?«

Er nickt, ohne den Mund zu öffnen.

»Was stellt es dar?«

Er schaut mir lange in die Augen, weil er vermutlich hofft, dass ich die Sache auf sich beruhen lasse. Aber ich halte entschlossen durch. *Du wirst es mir sagen, Millet, ob es dir gefällt oder nicht…* Als hätte er meine Gedanken gelesen, seufzt Loan und knöpft seine Jeans auf. Die Geste bringt mich zum Erbeben. Ich werde blass, als ich merke, dass er es mir nicht sagen, sondern zeigen will. Er zieht den Bund seiner Boxershorts leicht hinunter und enthüllt ein paar Härchen. Am liebsten würde ich weglaufen. Unsere Nähe raubt mir plötzlich den Atem.

Und doch muss ich hinschauen. Meine Füße scheinen am Boden zu kleben. Mit roten Wangen präge ich mir das Wort ein, das auf seine warme weiße Haut tätowiert ist. Ehe ich mir dessen bewusst werde, folgen meine Finger der Kurve jedes Buchstabens; Loan zuckt zusammen. Ich spüre seinen Atem auf meinen Haaren, aber ich hebe den Kopf nicht. Ich habe zu viel Angst vor meinem eigenen Spiegelbild in seinen Pupillen.

»Als ich klein war, hat meine Mutter mich ihren ›tapferen Krieger‹ genannt«, flüstert er kaum hörbar.

Warrior

Genau das macht ihn aus. Ich gehe davon aus, dass seine Mutter tot ist und möchte ihm mein Mitgefühl aussprechen, aber es gelingt mir nicht. Ich weiß ohnehin, dass er es nicht zu schätzen wüsste.

Also hebe ich den Kopf und blicke ihm fest in die Augen. Er erwidert meinen Blick intensiv, voller Schmerz und …

Verlangen. Ich bilde es mir nicht ein, es ist Verlangen – dafür würde ich die Hand ins Feuer legen.

Und plötzlich ist es, als ob die Erde aufgehört hätte, sich zu drehen. Nichts existiert mehr, außer dem unbändigen Wunsch, mit ihm zu verschmelzen. Mein Blick fällt auf seinen Mund; seine Lippen sind leicht geöffnet und er atmet stoßweise. Fasziniert sehe ich zu, wie er schluckt. Sein Mund kommt gefährlich nahe, so gefährlich, dass ich die Augen schließe. Und dann …

11

Heute

Violette

In der Wohnung schlägt eine Tür zu.

Wir erschrecken beide, und meine Hand zuckt von seiner Haut zurück. Ich sehe, wie er in die Wirklichkeit zurückkehrt, genau wie ich. Er fährt fort, sich das Hemd zuzuknöpfen. *Mist.* Was war das gerade? Ein zweiter Fauxpas, das war es.

Ich räuspere mich betreten und verkünde, dass ich mich umziehen gehe. In meinem Zimmer öffne ich den Schrank und denke nach. Wenn Zoé von meinem Manöver wüsste, würde sie mir wahrscheinlich raten, ihn heiß zu machen. Wenn ich sexy aussehe, fällt es Loan schwerer, mir meinen Wunsch abzuschlagen. Aber irgendwie wäre es eine Falle, und das stört mich. Andererseits kann er schließlich auch Nein sagen.

Meine Wahl fällt auf ein graues Kleid mit weißem Kragen im Preppy-Style. Es ist kurz, aber dank des Schulmädchenstils sieht es nicht billig aus. Ich schminke mich vor meinem Spiegel, nur Mascara und hautfarbenen Lippenstift, dann löse ich meine goldenen Locken und binde sie mit schwarzem Band zu zwei Zöpfen rechts und links zusammen. Nervös betrachte ich mich.

Trotz meiner eklatanten Müdigkeit finde ich mich hübsch.

Aber vielleicht etwas zu brav. Ich stöbere unter meinem Bett und hole ein Paar schwarze Wildlederstiefel hervor, hochhackig, elegant und sexy. Das Ergebnis ist, wie ich zugeben muss, wirklich begeisternd. Nur dass ich natürlich sofort an

Clément denken muss ... meinen schönen Clément. Ich sollte auf uns vertrauen. Auf mich vertrauen. Und doch kreisen seine Worte in meinem Kopf. Ich will, dass alles perfekt ist, denn Clément bedeutet mir sehr viel. Es wird nur dieses eine Mal sein, ein guter, loyaler Dienst unter Freunden.

Das ist kein Fremdgehen. Ich bin nicht wie meine Mutter. Ich werde nie so sein wie meine Mutter.

»Ich bin so weit«, verkünde ich entschlossen, als ich das Wohnzimmer betrete.

Loan telefoniert, eine Hand in der Tasche seiner dunklen Jeans. Als er mich hört, wendet er mir den Kopf zu, erstarrt und verstummt. Unter seinem Blick wird mir richtig heiß. Langsam mustert er mich von oben bis unten. *Mission erfüllt*, freut sich meine innere Violette.

Im Auto bleiben wir stumm. Nur die Musik hilft uns aus der Peinlichkeit, und ich klopfe im Rhythmus der verschiedenen Songs auf meinen Oberschenkel. Loan hat seit der Episode in seinem Zimmer kein Wort gesagt.

Im Restaurant hält Loan mir die Tür auf und lässt mir mit der Hand an meinem Rücken den Vortritt. Die Innenausstattung ist einfach schön. Das Erste, was ich sehe, ist die breite Treppe mit den vergoldeten Blättern sowie die bunte Wandbespannung mit großem Blütenmuster. Die Sitze sind violett und das Geschirr erscheint mir nicht extravagant. Schlicht, aber wirkungsvoll. Nach der Begrüßung lädt uns ein lächelnder Kellner ein, ihm ihn das Zwischengeschoss zu folgen. Schüchtern gehe ich hinter ihm her, als es plötzlich klirrt und scheppert.

Besteck, ein Teller und ein Glas sind mir vor die Füße gefallen. Ich erstarre. Viel zu spät merke ich, dass ich mit der Jacke an einem Tisch hängen geblieben bin und alles mitgerissen habe.

»Oh nein, das tut mir so leid!«

Der Kellner kommt zurück und begutachtet den Schaden. Wie blöd kann man sein! Nicht mal in der Lage, einen Schritt zu tun, ohne irgendwas umzuwerfen. Alle sehen mich an. Ich bücke mich, um rot vor Scham das Besteck aufzuheben, aber Loan richtet mich auf und legt mir seine Hände auf die Schultern.

»Natürlich ersetzen wir Ihnen den Schaden«, versichert er dem Kellner, der einem seiner Kollegen winkt.

»Keine Sorge. So etwas kann passieren.«

»Bei Violette passiert so etwas recht häufig«, scherzt Loan mit halbem Lächeln.

Ein Mann nimmt mir die Scherben aus den Händen und sagt, dass er sich darum kümmert. Das fängt ja gut an … Nun folge ich dem Kellner mit erhöhter Vorsicht. Während wir die Treppe hinaufsteigen, bleibt Loan ganz dicht hinter mir. Ich will mich gerade umdrehen, um zu verstehen, warum, als ich fühle, wie er hinten an meinem Kleid zieht und dabei meinen nackten Oberschenkel streift.

»Du solltest dich heute Abend keinesfalls bücken, okay?«, flüstert er mir zu.

Ja, gib mir den Rest.

Der Beginn des Abends verläuft reibungslos. Loan spricht wieder mit mir, und wir sitzen neben einem älteren, gut betuchten Paar, das mir ziemlich interessant vorkommt. Sanfte Musik klingt aus den Lautsprechern, die Atmosphäre ist ausgesprochen friedlich.

Wir bestellen die Getränke und ich beginne das Gespräch. Ganz vorsichtig.

»Wir sehen uns im Moment nicht gerade oft.«

Ich trinke einen Schluck, während er sich mit einer Hand das Gesicht reibt. Erst jetzt stelle ich fest, wie müde er aussieht. Ich war so besessen von Clément, dass ich es nicht wahrgenommen habe. Ein leichter Stich im Herzen bringt mich zurück in die Realität.

»Ja, tut mir leid, ich bin ganz schön fertig. Ich schiebe viele Stunden auf der Feuerwache, seit ich von Bali zurück bin.«

Plötzlich habe ich starke Schuldgefühle. Ich habe nicht einmal bemerkt, dass er seine Stundenzahl verdoppelt hat.

Ich beschließe, es wiedergutzumachen und frage ihn, ob gerade viel los ist. Er hebt eine Schulter und kreuzt die Finger auf dem Tisch.

»So viel auch wieder nicht. Wir hatten ein paar Leute, die am Arbeitsplatz umgekippt sind, einige Keller unter Wasser und mehrere Autounfälle.«

Ich interessiere mich normalerweise nicht besonders für seine Arbeit. Einfach weil sie mir Angst macht. Ich will nicht wissen, was er tut, wenn er nachts oder morgens zur Arbeit geht. Ich mag nicht unter der warmen Bettdecke liegen, wenn ich weiß, dass er zum Beispiel gerade einen Brand bekämpft. Und deshalb frage ich lieber nicht.

»Und du und Clément?«, erkundigt er sich vorsichtig.
»Scheint, als liefe es ganz gut.«

Der Kellner kommt mit unserem Essen. *Jetzt oder nie, Violette. Frag ihn.* Er hat das Thema »Clément« angesprochen, jetzt bist du dran! Nur, dass es viel zu schwierig ist. Plötzlich verstumme ich und bringe kein Wort mehr heraus. Ich weiß nicht, ob ich Angst habe, dass er Nein sagt ... oder dass er im Gegenteil akzeptiert.

»Alles im grünen Bereich«, antworte ich und widme mich meinem Lachssteak.

Als ich den Blick von meinem Teller losreiße, als ob ich neben mir stünde, stelle ich fest, dass Loan mich mit zusammengekniffenen Augen ansieht. Er stützt die Ellbogen auf den

Tisch, hat die Hände vor dem Mund gekreuzt und kaut langsam. Ich kenne diesen Blick. Er will mich ergründen.

»Woran denkst du?«, fragt er mich, nachdem er heruntergeschluckt hat.

Ich schaue nach unten, um die Intensität seines Blicks nicht mehr ertragen zu müssen, aber es nützt nichts. Ich spüre sie, und das ist fast noch schlimmer. Obendrein sehe ich die Adern seiner Unterarme, weil er die Ärmel hochgekrempelt hat. Ein Schauder überläuft mich. *Verdammt.*

»Mir scheint, du willst mich abservieren«, sagt er leise. Ein kaum merkliches Lächeln huscht über seine wundervollen Lippen.

Ich sage ihm nicht, dass ich genau das Gegenteil will. Ich entscheide mich für eine andere Methode. *Los jetzt, Violette!* Augen zu und durch.

»Du und ich, wir sind doch beste Freunde, richtig?«

Automatisch runzelt er die Stirn und greift nach seiner Serviette, um sich den Mund abzuwischen.

»Bis zum Beweis des Gegenteils – ja«, antwortet Loan misstrauisch. »Wenn du ein Problem hast, kannst du es mir ruhig erzählen.«

Logisch, dass er sofort denkt, ich hätte ein Problem. Der rettende Superman.

Mein Herz sagt mir, ich soll es tun, aber mein Verstand hält mich zurück. In Wahrheit habe ich eine Heidenangst. Angst, dass unsere Freundschaft leidet, wenn er akzeptiert, oder dass er mich für völlig verrückt hält und ablehnt. In jedem Fall gehe ich ein erhebliches Risiko ein. Aber mein Herz beruhigt mich und wiederholt, dass Loan nie schlecht von mir denken würde.

»Es ist nicht wirklich ein Problem«, antworte ich und lege mein Besteck beiseite. »Sagen wir lieber … ein Ärgernis …«

Das Paar neben uns hält auf dem Tisch Händchen. Ich verziehe das Gesicht. Ist es sinnvoll, hier mit ihm darüber zu reden? Als hätte er verstanden, beugt Loan sich zu mir, senkt die Stimme und nippt an seinem Mojito.

»Und das wäre?«

Wieder senke ich den Blick, schaue möglichst lässig, stütze die Ellbogen auf und mache eine wegwerfende Handbewegung.

»Ach weißt du, meine Jungfräulichkeit.«

Verblüfft prustet Loan in sein Glas. Ich beiße mir auf die Lippen, um nicht loszulachen. Das Paar neben uns schaut überrascht zu Loan, der sein Glas abstellt und sich das Hemd abwischt. Sein Blick ist wie eine Rasierklinge. Das fängt nicht gerade gut an.

Ich nutze seine Überraschung, um mich den beiden Alten zuzuwenden.

»Alles in Ordnung, er hat gerade erfahren, dass wir ein Baby bekommen. Auch wenn es nicht so aussieht – er ist superglücklich.«

Obwohl er nach wie vor die Zähne zusammenbeißt, lehne ich mich zu ihm hinüber und flüstere:

»Du musst jetzt lächeln und darfst mich nicht anschreien, sonst halten sie dich für ein Riesenarschloch.«

Er wirft mir einen bitterbösen Blick zu, aber ich lächle unschuldig, nehme ihm die Serviette aus den Händen und richte mich ein wenig auf, um ihm den Kragen abzuwischen. Er lässt mich gewähren, ohne etwas zu sagen. Ich tätschle ihm weiter den Hals, bis er ruhiger wirkt. Kaum sitze ich wieder, fragt er auch schon:

»Warum erzählst du mir von deiner Jungfräulichkeit? Wir sind im Restaurant, Violette. Mit einem solchen Wort kannst du mir doch nicht kommen, während ich Austern esse.«

Ich muss laut auflachen. Mehrere neugierige Blicke richten

sich auf mich und ich halte mir die Hand vor den Mund, um nicht zu viel Lärm zu machen.

»Na gut, was hast du denn für ein Problem mit deiner Jungfräulichkeit?«, fährt er fort. »Aber ich warne dich: Wenn du sie mit Clément verloren hast, will ich nichts davon wissen.«

Plötzlich sieht er ziemlich unglücklich aus. Jetzt ist der Moment gekommen. Endlich. Ich werde wieder ernst und fummle an der Tischdecke herum, weil ich Loan nicht in die Augen sehen kann.

»Nein, eben nicht … und genau das ist das Problem.«

Ich blicke zu ihm auf. Er wirkt gleichgültig, doch er runzelt die Stirn. Er ist auf der Hut, wartet aber geduldig.

»Ich möchte dich um einen Gefallen bitten.«

Meine Stimme ist fester als zuvor. Ich begreife, dass ich meine Wahl getroffen habe.

»Ich bin ganz Ohr«, sagt er und seine blauen Augen tauchen in meine ein.

Mir bleibt fast das Herz stehen.

»Ich möchte, dass du der Erste bist.«

Zweiter Teil

Der Kompromiss

12

Heute

Loan

Andere Leute überraschen mich nur selten. In aller Regel weiß ich nach der ersten Begegnung oder spätestens nach ein paar Tagen, wie sie ticken. Meine Mutter meinte immer, dass ich in diesem Spiel gut wäre. Ich habe das ebenfalls geglaubt. Bis ich Violette kennenlernte. Violette … Violette ist ein UFO. Vielleicht fasziniert sie mich deshalb so. Weil sie das Geheimnis in seiner reinsten Form darstellt.

Auch jetzt noch. Zwar war ich der Meinung, alles über sie zu wissen, aber der heutige Abend beweist, dass sie nie aufhören wird, mich zu verwirren. Überstürzt verlasse ich das Restaurant und tue etwas, von dem ich nie gedacht hätte, dass ich es je tun würde: Ich lasse eine Frau die Rechnung bezahlen. Egal, ich zahle es ihr später zurück, wenn ich weniger sauer bin.

Ich kann es immer noch nicht fassen. Ich fahre mir durch die Haare, während die Kälte des Abends unter mein Hemd kriecht. »Ich möchte, dass du der Erste bist.«

Ernsthaft?!

Die Offenbarung rief eine ganze Palette von Gefühlen hervor. Zunächst Unglaube. Meine erste Reaktion war: Ich habe mich verhört. Ich *muss* mich verhört haben. Also ließ ich es mir wiederholen.

»Wie bitte?«

»Ich möchte … dass du mit mir schläfst«, sagte sie erneut, deutlich weniger zuversichtlich. »Bitte.«

Ich sah ihr in die Augen und suchte nach einem Anzeichen für einen Witz. Doch da war nichts. Sehr langsam legte ich mein Besteck auf den Tisch und spürte, wie eine seltsame Welle durch meine Brust rollte. In diesem Moment machte sich das zweite Gefühl bemerkbar: Schock.

»Erklärst du mir das?«

Mein abweisender Ton überraschte sie, aber sie legte die Hände auf die Knie und erklärte mir sehr leise, damit das alte Paar uns nicht hörte:

»Wie du weißt, bin ich zwanzig Jahre alt und noch Jungfrau. Das soll sich jetzt ändern, ich habe es satt, zu warten. Und ich würde es gerne mit dir machen.«

Ich fühlte mich wie mitten in einem Traum – einem angenehmen Traum, trotz der peinlichen Situation. Dann überkam mich das dritte Gefühl: Frustration. Welcher Typ würde nicht davon träumen, von einem schönen, klugen Mädchen um so etwas gebeten zu werden? Bei mir ist das nicht anders, auch ich habe nichts dagegen. Vor allem, wenn es sich um Violette handelt. Nur dass es keinen Sinn ergibt. Daher meine nächste Frage.

»Und Clément?«, gab ich zurück. »Taugt er nicht dazu?«

Unbehaglich zappelte sie auf ihrem Stuhl herum und hob eine Schulter.

»Das ist es ja gerade – er ist das Problem.«

Und schließlich kam die Wut. Wut, weil sie es mir nicht erklären musste; ich verstand es auch so.

Als ich die Straße überquere, bin ich immer noch sauer. Gerade geht es mir gut damit. Ich will nicht über die Wut hinausgehen, weil ich Angst vor meiner nächsten Reaktion habe.

Dass mir die Idee nämlich gefallen könnte.

»LOAN!«, schreit Violette. Ich höre ihre schicken Stiefel auf dem Asphalt.

Aber ich gehe einfach weiter. Dieses Mädchen verwirrt mich zu sehr, in ihrer Gegenwart kann ich nicht klar denken. Also entferne ich mich mit schnellen Schritten, während ich sage:

»Ich wusste ja, dass du ziemlich komisch bist, aber das übertrifft wirklich alles! Ernsthaft: Wo kommst du her?«

Plötzlich kann ich das Geräusch ihrer Absätze nicht mehr hören. Ich merke, dass sie stehen geblieben ist, und drehe ich mich um. Oh Scheiße. Violette steht zitternd in ihrem kurzen Schulmädchenkleid mitten auf der Straße, das Cape über dem Arm. Das Schlimmste sind ihre großen haselnussbraunen Augen, die mich mustern. Ich seufze, als mir klar wird, dass meine Worte sie verletzt haben. Das war nicht meine Absicht, und doch bin ich jetzt der Böse!

»Nur bei dir habe ich mich nie ›komisch‹ gefühlt, wie du es ausdrückst.«

Sie dreht sich um und geht hastig davon. Ich warte keine Sekunde länger und laufe ihr nach. Ich mag wütend sein, aber ich will ihr nicht wehtun.

»Violette, es tut mir leid«, keuche ich und greife nach ihrem Handgelenk. »Ich habe es nicht so gemeint. Aber du musst mich auch verstehen …«

Sie verschränkt die Arme vor der Brust und senkt den Kopf, starrt mich aber weiter durch ihre langen Wimpern an.

»Ich bitte dich doch nicht, mir ein Kind zu machen, du Casanova, sondern nur, mir zu helfen.«

Mit geschlossenen Augen kneife ich mir in die Nase. Gott, gib mir die Kraft, nicht laut zu werden. Nein, gib mir lieber die Kraft, diese Bitte abzulehnen! Ich glaube, ich brauche sie jetzt ganz dringend.

»Wenn ich richtig verstanden habe«, sage ich langsam, »lädst du mich zum Abendessen in ein teures Restaurant ein, damit ich mit dir schlafe?«

»Genau!«, ruft Violette erfreut.
Ich öffne die Augen und schaue sie an. Sie lächelt heiter.
»Hältst du mich für einen Gigolo?«
Unwillkürlich beginnt sie zu lachen, versucht es aber zu unterdrücken, als sie meinen ernsten Gesichtsausdruck sieht. Ich bin hin und her gerissen: Ein Teil meines Egos weigert sich, benutzt zu werden und nur ein körperlicher »Handlanger« zu sein, während dieser Drecksack Clément sämtliche Vorteile genießt. Die andere Hälfte flippt total aus bei dem Gedanken, dass ich mir die Aufgabe vielleicht zu sehr zu Herzen nehmen könnte. Was ist, wenn ich es richtig toll finde, mit ihr zu schlafen?

»Aber nein«, antwortet sie endlich. »Ich will nicht, dass du denkst, ich benutze dich. Ich habe nur … Angst. Dass es nicht läuft wie geplant, dass ich Mist baue oder mich blamiere, weil ich nicht weiß, wie es geht.«

Am liebsten würde ich sie fragen, wie »was« gehen sollte, aber sie lässt mir dafür keine Zeit.

»Ich habe mir überlegt, dass es vielleicht einfacher wäre, wenn ich es mit jemandem mache, dem ich voll vertraue.«

Ich sage nichts dazu. Das ist wirklich Blödsinn. Eine absolut dämliche Idee. Kein Wunder, dass sie versucht hat, mich zu bestechen – nur, dass es nicht funktioniert. Ich würde so etwas nie tun.

Auch wenn mein Körper um nichts anderes bettelt – ich bleibe hart. Ich bin schließlich kein Arsch.

»Meine Antwort ist Nein, Violette«, erkläre ich leise. »Komm, wir gehen nach Hause.«

Ich vermeide es, sie zu berühren – ich bin schon frustriert genug –, und gehe zum Auto. Ausnahmsweise mache ich mir keine Vorwürfe, dass ich ihre Gefühle verletzt habe. Ich weiß, dass es zu ihrem Besten ist und sie mir später dankbar sein wird, dass ich ihrer Spinnerei nicht nachgegeben habe. Natürlich mag ich mir nicht vorstellen, wie Clément sie entjungfert, aber ich wäre nicht mehr in der Lage, mir in die Augen zu schauen, wenn ich einen blöden Deal ausnutzen würde, um sie in mein Bett zu kriegen.

Zu Hause angekommen, betritt sie den Aufzug vor mir. Ungerührt weigert sie sich immer noch, mich anzusehen. Ich betrachte ihr Kleid und schlucke. Leicht amüsiert schüttle ich den Kopf. Ich bin sicher, sie hat es absichtlich angezogen, um mich in Versuchung zu führen.

»Loan.« Vor der Wohnungstür kehrt ihre Stimme zurück.

Ich blicke sie fragend an. Sie schaut mir direkt in die Augen.

»Denk bitte noch einmal drüber nach.«

Am nächsten Tag schleppe ich mich benommen in die Küche. Ich habe schlecht geschlafen, weil Violettes Vorschlag mir quälenderweise immer wieder durch den Kopf gegangen ist. Ich schenke mir ein großes Glas Milch ein und werfe meiner besten Freundin vernichtende Blicke zu. Der Fernseher scheint sie zu faszinieren. Ich weiß, dass sie mich gehört hat, aber sie wendet den Blick nicht vom Bildschirm ab und balanciert ihre Müslischale auf den Knien.

Ich mache mir Frühstück und verzehre es mit wirren Gedanken am Küchentresen. Zoé kommt ebenfalls herein und schlurft wie ein Zombie durch das Zimmer. Dieses Mädchen war schon immer ein Morgenmuffel, zumindest seit ich sie kenne; genau genommen muffelt sie morgens, mittags und abends. Zoé nervt rund um die Uhr. Aber ich finde mich damit ab. Plötzlich bleibt sie mitten im Wohnzimmer stehen und wirft mir einen bösen Blick zu.

»Sagt bloß, dass ich ab jetzt jeden Scheißmorgen eure miesen Visagen sehen muss.«

Ich lächle sie arrogant an, obwohl ich verstehe, was sie meint.
»Du hast es erfasst.«
»Na toll«, murmelt sie und kippt Müsli in eine Schale.
Dieser Sonntag verläuft eigentlich recht gut. Wir verbringen den Tag müde zu Hause. Es ist fast so, als hätte Violette mich um nichts gebeten. Nur dass das nicht stimmt und ich es schon bald ausbaden muss.

Die ersten drei Tage scheint sie zu schmollen. Sie sagt nicht etwa, dass sie sauer auf mich ist, sondern sie macht es viel schlauer. Sie tut nur so wenig wie möglich in meiner Gegenwart, vermeidet es, mich anzuschauen, mich zu berühren, mit mir zu reden. Und das ist eine wahre Folter.

Allerdings muss ich meinen Eindruck inzwischen revidieren. Denn die nächsten vier Tage sind noch grausamer. Jetzt macht sie keinen mehr auf beleidigt, sondern rückt mir geradezu auf die Pelle. Ehrlich. Das Schlimmste ist, dass ich nicht weiß, ob sie es mit Absicht macht. Keine Ahnung. Ihre Finger streifen mich, wenn ich ihr das Salz reiche. Sie streicht die Haarsträhne zurück, die mir über die Augen fällt, und sagt, dass ich wirklich bald zum Friseur muss. Sie kreuzt die Beine unter dem Tisch und lässt unter ihrem braven Rock weiße Strapse aufblitzen.

Alles Kleinigkeiten, die eigentlich weder neu noch überraschend sind. Sie sind ganz normale Routine. Nur, dass ich sie plötzlich anders interpretiere.

»Zoé kommt heute Abend sicher mit einem Kerl nach Hause …«, verkündet Violette mir am Freitagabend und schenkt sich ein Glas Wasser ein.

Ich weiß, dass sie nichts Böses im Sinn hat, als sie mir das sagt. Schließlich handhaben wir es schon immer so. Aber mein Herz beginnt zu rasen.

»Okay, nimm mein Bett. Ich schlafe auf der Couch.« Sie wirft mir einen schiefen, etwas beleidigten Blick zu.

»Ich werde dich bestimmt nicht vergewaltigen, keine Sorge.«

Nach meiner Schicht auf der Feuerwache lege ich mich auf die Couch. Natürlich kann ich nicht schlafen, erst recht nicht, als Zoé um drei Uhr morgens mit einem ziemlich lauten Kerl heimkommt. Immer, wenn ich kurz vor dem Einschlafen bin, muss ich daran denken, dass Violette allein und fast nackt unter meiner Decke liegt.

Ich stehe also auf und gehe joggen. Mitten in der Nacht. Und alles, woran ich denken kann, ist: Seit wann ist Violette so scharf? Aber vor allem: Seit wann ist sie das, ohne dass ich es gemerkt habe? Dieses Mädchen ist gefährlich, flüstert mein Gewissen. Oh ja, darauf kannst du wetten. Weil es trotz ihrer offensichtlichen Ungeschicklichkeit genügt, dass sie ihr Gesicht in meine Halsbeuge kuschelt, um mich zu elektrisieren. Weil sich unter ihren oft braven Klamotten manchmal megaheiße Strumpfhalter verstecken, die mich anflehen, sie ihr abzureißen.

Es hat mir besser gefallen, als ich das alles noch nicht wahrgenommen habe.

»Was machen wir heute Abend?« fragt Violette, als sie nur in Jersey-Shorts und einem T-Shirt, das ihr über die Schulter gerutscht ist, ins Wohnzimmer kommt.

Ich sitze auf einem Küchenhocker. Sie legt mir die Arme um den Hals und klettert auf meinen Schoß. Aber ich bin nicht in Stimmung. Die vergangene Woche war in jeder Hinsicht anstrengend, vor allem wegen ihr und ihrer bescheuerten Bitte. Obwohl wir seitdem nicht mehr darüber gesprochen haben, weiß ich, dass ihre Frage wie ein Damoklesschwert über meinem Kopf schwebt und dass sie immer noch aktuell ist. Es bringt mich fast um.

»Nichts«, antworte ich ruhig. »Ich bin mit den Jungs zu einem Xbox-Abend verabredet.«

Ich kann die Wärme ihrer nackten Schenkel auf meiner Jeans nicht mehr ertragen. Sanft schiebe ich sie zurück und stehe scheinbar gleichgültig auf. Violette runzelt die Stirn und folgt mir den Flur entlang zu meinem Zimmer. Ich muss ihr widerstehen. Ich muss stark sein. Und ich muss ihr aus dem Weg gehen, wenn wir beide allein in der Wohnung sind. Jason, verdammt, beeil dich!

»Was ist los?«, fragt sie mich misstrauisch.

Ich antworte nicht und will gerade meine Hand auf die Klinke legen, als ich ihre auf meinem Rücken spüre. Ich erbebe, bleibe wie angewurzelt vor meinem Zimmer stehen und beiße die Zähne zusammen, um nichts zu sagen, was ich später bereuen könnte. Violette schweigt ebenfalls; es ist, als wäre sie gar nicht mehr da, würde ich nicht ihre Anwesenheit auf meiner Haut fühlen. Noch nie habe ich ein ohrenbetäubenderes Schweigen gehört.

Als ich spüre, wie ihre Hand unter mein T-Shirt gleitet, schließe ich unwillkürlich die Augen. Langsam, sehr langsam, fahren ihre kalten Finger über meine Wirbelsäule. Ich unterdrücke die Schauder, die mich überkommen, aber ich kann meine immer schneller werdende Atmung nicht kontrollieren.

Zwischen meinen Schulterblättern, nur Zentimeter von meiner Verbrennung entfernt, hält Violette inne. Ich will nicht, dass sie die Narbe berührt und sich vielleicht ekelt.

»Violette, hör auf …«

Sie muss aufhören. Jetzt sofort.

Ich spüre ihre Stirn auf meinem Rücken und halte es fast nicht mehr aus. Die Berührung ist so leicht wie eine Liebkosung, so unschuldig und doch so verboten, dass ich meinen Herzschlag bis in den Kopf spüre.

Als ich beinahe bereit bin, sie gewinnen zu lassen, in einer Stille, die nur durch unser Keuchen gestört wird, kommt ihre

Hand meiner Verbrennung gefährlich nah. Sofort reiße ich die Augen auf. Das ist genau das Warnsignal, das ich gebraucht habe. Ich packe ihre Hand, drehe mich abrupt um und drücke sie gegen die Tür ihres Zimmers.

»Ich habe gesagt, du sollst aufhören!«, fauche ich sie wütend an.

Sie macht sich ganz klein, und es fällt ihr sichtlich schwer, meinen Blick zu erwidern. Ihre an mich gepresste Brust und ihr Mund, der meine Lippen streift, sind mir schmerzlich bewusst, trotzdem schaue ich ihr direkt in die Augen. Ich sehe, dass sie am ganzen Körper zittert, und frage mich, ob das an unserer Berührung liegt oder daran, dass ich ihr Angst mache.

»Es tut mir leid«, haucht sie, während ich mit einer Hand ihr Handgelenk umklammere und die andere neben ihrem Ohr flach gegen die Tür presse. »Scheiße, ich bin wirklich blöd! Ich bitte dich um das alles, während du … Du fühlst dich nicht zu mir hingezogen, nicht wahr? Verdammt.«

Sie blickt wieder auf und sieht mich verschämt an. Einen Moment lang überrascht mich diese Wendung. Sie glaubt also, ich lehne ihre Bitte ab, weil ich mich nicht zu ihr hingezogen fühle? Ernsthaft? Noch nie habe ich etwas so Dummes gehört.

»Nein, das ist nicht der Grund.«

»Schon okay, ich verstehe es, keine Sorge«, schnieft sie ein wenig verächtlich. »Violette riecht gut nach Veilchen, wir lassen sie auf unserem Schoß sitzen und wir lassen sie in unserem Bett übernachten, aber nein, nein, nein, auf keinen Fall lassen wir sie mit uns schlafen, was für eine Vorstellung, sie ist so hässlich, und außerdem ist sie auch noch blond, schon klar, fehlt nur noch, dass sie dumm ist – aber glaub mir, nicht alle Blondinen sind doof, danke für das Klischee!«

»Du hast nichts verstanden«, schneide ich ihr das Wort ab und nehme ihr Gesicht zwischen meine Hände. »*Ganz im Gegenteil*, Violette.«

Sie blinzelt. Zweimal. Ich muss mich zurückhalten, um meinen Mund nicht ein paar Zentimeter vorwärts zu bewegen, während mein Körper bei dieser köstlichen Idee kribbelt, als würde er vor Ameisen wimmeln.

»Was hindert dich dann?«, flüstert sie besänftigt.

Ich beiße die Zähne zusammen und hoffe, dass meine Stimme die aufsteigende Begierde nicht verrät. Aus dem Augenwinkel bemerke ich, dass ihr das Hemd ganz über die Schulter hinuntergeglitten ist; ich kann leicht erahnen, dass sie keinen BH trägt. Wieder einmal.

Es wäre so einfach … Ich müsste nur …

»Du verdienst für das erste Mal einen Märchenprinzen. Einen sanften Mann, der dich wie eine Prinzessin behandelt. Aber dieser Märchenprinz bin ich nicht.«

Lüge. Sie hebt eine Augenbraue und fordert mich mit Blicken heraus, was sie lieber nicht tun sollte, wenn ich ihr so nah bin.

»Klingt gut, aber ich glaube dir nicht.«

»Ok«, flüstere ich, mit einem Kloß im Magen und ohne den Blick von ihr abzuwenden. »Tagsüber werde ich dich immer wie eine Prinzessin behandeln, aber im Schlafzimmer ist das was anderes. Und so, wie du letzte Woche mit mir umgegangen bist, ist mir ganz und gar nicht danach, sanft zu sein.«

Violette wird sehr blass. Mit jedem Quadratzentimeter meiner Haut sehne ich mich danach, sie zu küssen und zu erfahren, ob ihr Mund tatsächlich den Geschmack hat, den ich mir vorstelle. Unwillkürlich richte ich den Blick ein paar Sekunden lang auf ihre Lippen.

»Willst du das etwa?«

Ich kehre zu ihren Augen zurück. Ihr bezaubernder Blick fleht mich an, und ich versuche mit aller Kraft, stark zu bleiben.

»Es geht doch nur um dieses eine Mal. Ich schwöre es dir. Nur einmal.«

Der Vorschlag ist verlockend. Zu verlockend.

»Und was dann?«, höhne ich. Ich komme nicht dagegen an, weil ich das Gefühl habe, das Spiel zu verlieren. »Dann laden wir Clément vielleicht zum nächsten Grillabend ein? Na toll. Ich kann mir die Szene schon klar und deutlich vorstellen: Der Typ, der dich heimlich entjungfert hat, und der, der gerade dein Bett teilt, schütteln sich freundschaftlich die Hände. Wie süß.«

Während ich spotte, wirft sie mir einen vernichtenden Blick zu. Ich will hier raus. Ich will raus, sonst werde ich noch schwach. Ich werde schwach, nehme diese flehenden Lippen mit in mein Zimmer und lasse sie nie wieder gehen.

»Es bleibt bei meinem Nein, Violette«, erkläre ich kurz angebunden. »Ich überschreite diese Grenze nicht.«

Ohne auch nur eine Antwort abzuwarten, laufe ich zur Wohnungstür und lasse sie hinter mir ins Schloss fallen. Ich bleibe nicht stehen, sondern renne die Treppe hinunter und schnappe nach Luft. Plötzlich zwingen mich meine Beine anzuhalten. Meine zitternden Hände und mein ungeheures Verlangen werden mir bewusst. Sie ist so zu schwer zu erklären … diese Anziehungskraft, die sie plötzlich für mich hat. Ich erinnere mich daran, wie ich mich ganz zu Beginn gefühlt habe.

Damals, als ich noch mit Lucie zusammen war. Die Erschütterung, die ich bei unserem ersten unbeabsichtigten Kuss verspürt habe, war dieselbe. Danach brauchte ich ein paar Minuten, ehe ich nach Hause zu Lucie gehen konnte. Zu Lucie, die längst nicht mehr da ist.

Im Kopf wäge ich das Für und Wider ab.

Dagegen spricht: Ich riskiere, in das Spiel hineingezogen zu werden, ich riskiere unsere außergewöhnliche Freundschaft und ich riskiere, die Magie ihres ersten Mals zu ruinieren.

Dafür spricht: Ich will es und sie will es.

Ich weiß, dass die Vorteile in der Minderheit sind, aber mehr braucht es nicht, damit ich wieder umkehre und die Treppe immer zwei Stufen auf einmal nehmend hinaufstürme. Auf unserer Etage klingle ich Sturm an unserer Wohnungstür. Mein Herz hämmert in meiner Brust, meine Beine schmerzen und meine Atmung stockt bei dem Gedanken an das, was ich vorhabe. Mache ich vielleicht doch einen Fehler? Ich habe Angst, dass ich es später bereue.

Als Violette jedoch die Tür öffnet, schwinden sofort alle Zweifel. Ihre großen Augen blicken mich überrascht an. Ich versuche, mein frenetisches Herzklopfen zu beruhigen, damit meine Stimme mich nicht verrät, als ich sage:

»Nur einmal, richtig?«

Eine lastende Stille antwortet mir. Wir stehen da wie hypnotisiert, unsere Blicke verhaken sich ineinander. Es ist das erste Mal seit jenem verfluchten Tanz, dass ich sie so sehr begehre. Mein Verlangen nagt so stark an mir, dass es fast schmerzt.

»Im Prinzip schon. Es sei denn, du kriegst es nicht auf Anhieb hin«, scherzt sie leise mit einem traurigen kleinen Lächeln auf den perfekten Lippen.

Ich lächle nicht, sondern komme ihr gefährlich nahe. Ihr Lächeln schwindet immer mehr, je kleiner unser Abstand wird. Ich schaue sie mit unerträglicher Intensität an. Ihre Nase berührt meine. Mein Herz bleibt fast stehen.

»Glaub mir, ich kriege es hin.«

Sie schaut mich an. Ich schaue sie an. Wir atmen schwer und im Gleichklang.

Dann küsse ich sie.

13

Heute

Violette

»Glaub mir, ich kriege es hin.«

Ich brauche nicht nach einer Antwort zu suchen, denn plötzlich legt Loan mir die Hand in den Nacken und presst seine Lippen hart auf meine. *Endlich.*
Und mein Herz
hört auf
zu
schlagen.
Automatisch wölbe ich mich ihm entgegen, weil ich befürchte, dass meine zitternden Beine unter meinem Gewicht nachgeben. Anders als ich vielleicht erwartet habe, ist dies der süßeste Kuss der Welt. Sein Mund schließt sich um meine Oberlippe. Ich spüre, wie seine Zunge meine geschlossenen Lippen neckt, also gebe ich nach und lasse sie meine sanft liebkosen.

Ich erwidere seinen Kuss und greife in sein braunes Haar. Er stöhnt in meinen Mund, drückt mich fester an sich und seine Finger streicheln meinen Rücken am Saum meines T-Shirts. Ich explodiere. Weil es der beste Kuss ist, den ich je bekommen habe, und weil ich Angst habe, sehr tief zu fallen, wenn Loan sich von mir löst.

»Loan …«

Er holt Luft, nimmt mein Gesicht in beide Hände, als wäre ich ein Kind, und drückt kleine Küsse rings um meine ge-

schwollenen Lippen, ehe er sich an meinem Kinn entlang zu meinem Hals hinabbewegt … Jeder Quadratzentimeter Haut, den er mit seinen Lippen segnet, knistert bei seiner Berührung und elektrisiert meine sämtlichen Nervenzellen. Ich spüre einen heißen Schmerz im Bauch. Was zum Teufel ist das?
Verlangen, Mädchen.
Verdammt.
Seine Finger gleiten an meiner Taille entlang und halten an meinen Hüften, die er verzweifelt packt. Ich fühle, dass er mich begehrt, der Beweis dafür drängt sich gegen meinen Unterleib, und das ist zu viel. Mir ist, als würde ich in tausend Stücke zerbrechen. Zum ersten Mal seit langer Zeit wird er wieder zu dem Loan, den ich kennengelernt habe, der mir gefiel, den ich anziehend fand. Fast so, als wäre er nie verschwunden.

Ich schließe die Augen, während er mit den Fingern in meiner goldenen Mähne weiter meinen Hals mit brennenden Küssen bedeckt. Plötzlich wünsche ich mir, dass er mich überall berührt, mich von Kopf bis Fuß küsst, ich will seine nackte Haut an meiner fühlen. Ich gerate völlig außer Kontrolle, lege die Hände um seine Taille und ziehe ihn an mich, um ihn in mein Zimmer zu führen, als uns plötzlich Stimmen unterbrechen.

Mir bleibt kaum Zeit zu spüren, wie Loan an meinem Hals erstarrt, als er sich auch schon einen guten Meter von mir entfernt hat. Jason und Ethan betreten die Wohnung, beladen mit Pizzas.

»Wer hat Hunger?«

Ich ignoriere mein Herz, das in meiner Brust hüpft und versuche, möglichst cool zu wirken. Nur, dass ich so rot werde, dass ich das Brennen auf meinen Wangen spüre. Loan vergräbt seine zitternden Hände in seinen Taschen und tritt seinen Gästen entgegen. Mit unbewegter Miene.

»Hi.«

Ethan und Jason geben uns ein Begrüßungsküsschen und stellen die Xbox in der Nähe des Fernsehers auf. Loan und ich bleiben stumm zwischen Wohnzimmer und Küche stehen. Ich werfe ihm einen verunsicherten Blick zu. Mein Herz setzt ein oder zwei Schläge aus, als ich feststelle, dass auch er mich betrachtet. Er ist so schön ... Seinem braunen Haar sieht man noch an, dass ich eben mit den Fingern hindurchgefahren bin, und in seinen dunklen Augen liegt ein seltsames Glühen. Ich schenke ihm ein kleines, eher frustriertes als verlegenes Lächeln.

Jason sitzt auf der Couch, wendet sich an uns und setzt ein falsches zerknirschtes Lächeln auf.

»Tut mir leid, Vio, aber heute ist Männerabend. Xbox und Pizza.«

Ich lächle. Okay, das hört sich ganz so an, als würde ich freundlich hinauskomplimentiert. Ich wünsche den Jungs eine gute Nacht und verkrieche mich in meinem Zimmer. Auf meinem Bett liegt mein Handy und kündigt eine neue Nachricht an. Sie kommt von Loan.

»Ganz ruhig«, befehle ich meinem Herzen.

Loan: Findest du nicht, dass es problematisch ist, wenn du Clément nicht wirklich vertraust?
Ich: Ich vertraue ihm. Ich habe nur Probleme, mit meiner Unsicherheit umzugehen, okay?

Ich warte und starre auf das Display meines Telefons. Im Wohnzimmer wird laut gelacht. Wieder vibriert mein Handy.

Loan: Okay. Aber ich stelle zwei Bedingungen. Erstens: Wir machen es nur einmal. Zweitens: Unsere Freundschaft steht an erster Stelle.

Ebenso erleichtert wie besorgt kneife ich die Augen zusammen. Er hat tatsächlich Ja gesagt. Wir werden es wirklich tun. Auf was zum Teufel habe ich mich da nur eingelassen?

Ich: Einverstanden. Danke. Violan <3

Leicht lächelnd warte ich auf seine Antwort. Zoé und Jason haben uns so getauft. Violan, so wie Brangelina. Ich finde es lustig, aber ich weiß, dass Loan es nicht mag. Ich erwarte, dass er mir ein grimmiges Smiley schickt, doch stattdessen erscheint auf dem Display:

Loan: Violan.

Am nächsten Morgen stehe ich wunderbarerweise früh auf. Also zumindest nicht zu spät. Okay, sagen wir einfach, ich stehe endlich mal pünktlich auf. Ich schleppe mich ins Bad, um mir die Zähne zu putzen, und bewege den Kopf im Rhythmus der Musik, die aus dem Wohnzimmer dringt. Offensichtlich ist Loan auch schon wach. Ich nutze die Gelegenheit, um zu ihm zu gehen.

»Hallo.«

Mein bester Freund sitzt in der Küche bei einer Tasse Kaffee und telefoniert auf dem Festnetz. Er hebt den Kopf, als ich ihm einen Kuss auf die Wange gebe, und zwinkert mir zu. Er ist für die Arbeit gekleidet; T-Shirt und marineblaue, in schwarze Stiefel gesteckte Hose. Seine Soldatenmarke hängt über seine Brust; er sieht verflucht sexy aus.

Hör sofort damit auf, Violette.

War doch nur eine Feststellung!

Ich schenke mir ein Glas Orangensaft ein und setze mich Loan gegenüber, der seinem Gesprächspartner aufmerksam zuhört. Ich nutze sein vages Lächeln und versuche, ihm sein Schokocroissant zu klauen, aber er gibt mir einen so entschlossenen Klaps auf die Hand, dass ich ihm einen vernichtenden Blick zuwerfe.

»Ja, Sie haben völlig recht«, lacht er in den Hörer und verdrückt sein Teilchen unter meinen neidischen Blicken. »Und außerdem haben wir Glück, dass es nicht jeden Tag so ist!«

Nach der Antwort seines Gesprächspartners lacht Loan erneut auf. Weil ich erkenne, dass das Telefonat noch länger dauern könnte, gehe ich zurück ins Schlafzimmer und ziehe mich an. Dabei achte ich darauf, Zoé nicht zu wecken.

Normalerweise bin ich unpünktlich. Ich versuche, mir die Zeit zu nehmen, mein Outfit auszuwählen, aber ich will mich beeilen. Tatsächlich bin ich nach weniger als zehn Minuten fertig. Ich knöpfe meine Taillenjeans zu und streife einen beigefarbenen Pullover über, ehe ich mir das Haar zu einem bewusst legeren Dutt hochstecke. Als ich wieder ins Wohnzimmer komme, macht mir Loan mit dem Zeigefinger ein Zeichen, näherzukommen.

»Kein Problem … Sie sollten uns irgendwann einmal besuchen. Ich bin sicher, sie würde sich freuen … Das mache ich doch gern. Warten Sie, sie ist gerade aufgewacht. Ich gebe sie Ihnen … Gleichfalls, auf Wiederhören.«

Loan reicht mir das Telefon und setzt sich hin, um seinen Kaffee auszutrinken, während er den Fernseher wieder lauter macht.

»Hallo?«

»Hallo, mein Schatz! Habe ich dich geweckt?«

Als ich die Stimme meines Vaters höre, fällt sofort alle Anspannung von mir ab. Ich setze mich auf die Couch und erzähle ihm von den vergangenen Wochen, obwohl wir uns erst an meinem Geburtstag unterhalten haben. Es fühlt sich so gut an … Loan hat recht, ich würde mich freuen, wenn er uns mal besuchen käme. Es wäre übrigens nicht das erste Mal. Auf diese Weise haben er und Loan sich kennengelernt. Zuerst fand mein Vater es komisch, dass ich mit einem Mann zusammenlebe, mit dem ich nicht zusammen bin. Aber als er Loan kennenlernte, vergaß er sofort, warum ihm die Vorstellung nicht gefiel.

Seither verbringen sie immer ein paar Minuten damit, über ihre jeweilige Lieblings-Rugby-Mannschaft zu diskutieren, wenn mein Vater anruft und Loan ans Telefon geht.

»Ich habe eine Woche frei ab dem … 14., glaube ich. Du könntest herkommen!«

»Okay, ich sage noch Bescheid. Ich bin froh, dass bei dir alles in Ordnung ist, Schatz.«

»Keine Sorge«, beruhige ich ihn, während ich meine Doc Martens anziehe. »Alles läuft bestens.«

Nach einigen weiteren Banalitäten beende ich das Gespräch mit meinem Vater, indem ich vorgebe, sonst zu spät zu kommen. Loan beobachtet mich intensiv, während ich mein Frühstücksgeschirr wegräume. Mit seinen Autoschlüsseln in der Hand sieht er aus, als wäre er auf dem Sprung. Als ich ihn anschaue, fragt er:

»Soll ich dich mitnehmen?«

Ich werfe einen Blick auf meine Uhr. Wenn er mich um diese Zeit mit dem Auto mitnimmt, komme ich tatsächlich zu früh. Trotzdem akzeptiere ich und wir fahren im Aufzug hinunter. Keiner von uns sagt etwas, aber das Schweigen stört uns nicht. Seltsamerweise ist es so, als wäre nie etwas zwischen uns passiert. Weder der Kuss noch der Kompromiss. Und doch weiß ich, dass das Wort »Sex« über unseren Köpfen schwebt. Im Erdgeschoss legt er eine Hand an meine Taille, um mich hinauszuleiten.

»Na, kommt dein Vater?«

»Ja, es war nett von dir, ihn einzuladen. Vielen Dank.«

Er schenkt mir ein kleines, schiefes Lächeln, und mein Herz setzt kurz aus.

»Ich möchte ihn wirklich mal wiedersehen. Er fehlt mir so sehr …«

»Das weiß ich. Aber das ist normal, schließlich ist er dein Vater.«

Als wir durch die Haustür treten, runzle ich die Stirn. Will er mir weismachen, dass ich meinen Vater vermisse, weil er mein Vater ist? Immerhin habe ich ihn nach mehr als einem Jahr Freundschaft noch nie über seinen sprechen hören. Auch nicht über seine Mutter – über niemandem.

»Vermisst du deinen auch?«

Loan verkrampft sich ein bisschen, behält aber sein Pokerface bei. Ein echter Profi. Er antwortet mit trauriger Stimme und nimmt meine Hand in seine:

»Mein Vater ist nicht wie deiner.«

Oh … Ich beschließe, dem nichts hinzuzufügen, schließlich geht es mich nichts an. Loan öffnet mir die Beifahrertür, aber plötzlich entdecke ich ein vertrautes Gesicht auf der anderen Straßenseite. Loan folgt meinem Blick. Clément lehnt lächelnd und mit zwei Starbucks-Tassen in der Hand an seinem Auto. Unter seinem Blick wird mir sofort warm ums Herz. Er ist hinreißend und er wartet auf mich.

»Geh zu ihm«, sagt Loan und schließt die Tür wieder.

Ich weiß nicht warum, aber es stört mich ein bisschen, dass er mich so einfach gehen lässt.

»Sicher?«

»Ich wollte dir nur einen Gefallen tun, das ist alles. Außerdem bin ich spät dran, also ist es so besser«, fügt er hinzu, während er um das Auto herumgeht.

Er öffnet die Tür und legt den Unterarm aufs Dach. Ich fühle mich ein wenig schuldig, ihn so zu behandeln, wo er doch nett zu mir sein wollte.

»Na gut. Danke, Loan.«

»Gern geschehen, Violette Veilchenduft.«

Er schiebt etwas in einer Papiertüte über das Dach des Fahrzeugs. Ich fange es gerade so auf.

»Bitte sehr.«

Es ist ein Schokocroissant. Ich habe nicht einmal Zeit, mich zu bedanken, denn er hat das Auto schon gestartet, und ich weiche ein Stück zurück, damit er losfahren kann.

»Hey, Süße.«

Ich gehe zu Clément, dessen Rasierwasser meine Nase kitzelt. Als ich nah genug bin, küsst er mich auf den Mund. Ich erwidere seine Umarmung. Nur zu gern möchte ich dieses furchtbare Schuldgefühl loswerden, das sich in mir breitmacht.

»*Refresha* mit Hibiskus, wie du ihn magst«, verkündet er und überreicht mir einen Becher.

Ich greife danach und nehme einen großen Schluck, um mein Unbehagen zu verbergen. Ich fühle mich ganz schrecklich.

»Danke«, sage ich und setze mich auf den Beifahrersitz.

Und so fährt Clément mich zu ESMOD, während ich Songs aus dem Radio mitsinge. Ich mache einen auf Adele, um ihn zum Lachen zu bringen, und nehme meine Faust als Mikrofon, aber er lacht nicht. Stattdessen lächelt er angespannt. Ich gehe davon aus, dass ich mal wieder lächerlich wirke – das ist nichts Neues. Also nuckle ich an meinem Eisgetränk und wir reden über ESMOD. Ich frage ihn, ob er bei unserer ersten Begegnung überrascht war, dass ich Designerin werden wollte. Seine Antwort ist nicht gerade das, was ich erwartet habe.

»Du bist eine Frau«, sagt er und zuckt die Schultern, »da ist es normal, dass du Klamotten magst. Ich wäre überraschter gewesen, wenn du mir gesagt hättest, dass du Technik studierst. Ich hätte entweder auf Mode oder auf Literaturwissenschaft getippt. So was machen immer nur Mädchen.«

Ich schweige und versuche mir einzureden, dass er etwas so Sexistisches nicht gemeint haben kann. Anstatt mit ihm zu streiten, fahre ich fort, als ob nichts gewesen wäre:

»Verstehe ... Ich will mich bei Millesia bewerben. Allerdings kommt man da nicht so leicht rein. Deshalb bereite ich eigene Kreationen vor, ehe ich mich bewerbe.«

Clément hält an einer roten Ampel, kneift die Augen zusammen und blickt nachdenklich.

»Millesia ... irgendwas klingelt da. Ich glaube, mein Vater kennt dort jemanden. Ich mache mich mal schlau, und wenn ich recht habe, lege ich ein Wort für dich ein.«

Verblüfft schaue ich ihn an. Wie? Ein Wort für mich einlegen? Sofort wird mir klar, dass das keine besonders gute Idee ist. Ich verziehe das Gesicht. Ich möchte es selbst schaffen und habe keine Lust, nur eingestellt zu werden, weil ein reicher Typ irgendwen geschmiert hat. Es sei denn ... Auf der anderen Seite ist mir klar, dass Vitamin B in dieser Branche wichtig ist. Vielleicht sollte ich doch annehmen. Umso mehr, als Clément mir damit einen Gefallen tun will.

»Das wäre wirklich toll, Clément. Danke ...«

»Ist mir ein Vergnügen.«

Er parkt vor dem Eingang von ESMOD und löst den Gurt, ehe er mein Gesicht in seine Hände nimmt. Meine liegen auf seinen Schultern, als er mich zärtlich küsst. Seine Zunge schmeckt nach Mokka.

»Aber ich will nicht, dass man es mir extraleicht macht«, hauche ich zwischen zwei Küssen. »Also ...«

»Ich verrate nicht zu viel, versprochen«, sagt er mit einem warmherzigen Lächeln. »Nur, dass sich ein heißes, talentiertes Mädchen vorstellen will. Dann klappt es bestimmt.«

Ich lächle und spiele mit einigen blonden Strähnen über seiner Stirn. Aber meine Gedanken wandern zu Loan, den ich gebeten habe, der Erste zu sein. Es missfällt mir, es hinter Cléments Rücken tun zu müssen, obwohl unsere Beziehung noch sehr frisch ist. Aber wie hätte ich ihm sagen sollen, dass ich gelogen habe?

Cléments Kuss wird plötzlich inniger, und zwar so auffällig, dass ich nicht weiter nachdenken kann. Kühn klammere ich mich an seine Jacke, als plötzlich jemand an mein Fenster klopft. Ich erschrecke. Mit einem unverschämten Grinsen steht Zoé vor mir.

»Für so was gibt es Hotels, das wisst ihr hoffentlich«, meint sie lachend, als ich das Fenster herunterlasse. »Vielleicht solltet ihr es mal dort versuchen.«

Ich mustere sie mit einem kühlen Blick, den sie mit höchst peinlich zuckenden Augenbrauen erwidert. Schließlich ist es Clément, der mit einem frechen Lächeln auf seinem Engelsgesicht antwortet:

»Wir versuchen es, versprochen.«

14

Heute

Violette

»Kommst du mit?«, fragt Zoé, während sie in ihre Pumps schlüpft. »Samba tanzen bis zum Abwinken!«

Ich überlege einen Moment und wische mir die Stirn mit dem Handrücken ab. Ich sitze im Schneidersitz auf meinem Bett und beende gerade die etwas knifflige Arbeit an einem Triangel-BH. Etwas Spaß könnte ich durchaus gebrauchen … Wenn ich aber andererseits hier bliebe, wäre ich mit Loan allein in der Wohnung. Meine Wahl ist schnell getroffen.

»Nein, vielen Dank. Ein andermal!«

Zoé meckert ein bisschen, dass ich gar nicht mehr weggehe, dann dreht sie sich zu mir um. Ihr rosa Haar ist heute Abend gelockt und hebt die jungfräuliche Farbe ihres Kleides hervor. Eigentlich ein bisschen ironisch für ein Mädchen, das ausgeht, um sich einen One-Night-Stand zu suchen …

»Sehe ich gut aus?«

»Sehr gut.«

»Wie gut?«

Ich kneife die Augen zusammen und suche nach dem richtigen »gut« auf der Skala.

»So gut, dass ich dich sofort vernaschen würde, wenn ich lesbisch wäre.«

»Perfekt«, erklärt sie zufrieden. »Ach, übrigens, ich komme heute wohl nicht nach Hause.«

Ich lächle und bitte sie, vorsichtig zu sein. Sie gibt mir ein

Wangenküsschen und verlässt das Zimmer. Ich höre sie ein paar Worte mit Loan wechseln, der offensichtlich im Wohnzimmer ist, dann fällt die Wohnungstür ins Schloss. Die Stille nach ihrem Abgang verursacht mir eine Gänsehaut. Wir sind allein. Ich warte ein paar Sekunden, aber nichts passiert. Ich seufze und wende mich wieder der halbfertigen Unterwäsche zu.

Das alles war sowieso eine doofe Idee.

Ich stehe auf und verstaue meine neueste Kreation im Schrank. Obwohl ich mit dem Rücken zur Tür stehe, höre ich sofort, dass sie geöffnet wird. Als sie sich in Zeitlupe wieder schließt, erstarre ich. Ich weiß, dass er hier ist, und ich weiß auch, warum. Mein Herzschlag beschleunigt sich und löst köstliche Schauer in meinem ganzen Körper aus. Ich rühre mich nicht. Mein Blick bleibt auf den Boden meines Schranks geheftet. Ich bin sicher, dass Loan meine schnellere Atmung wahrnimmt.

Plötzlich spüre ich seinen Atem an meinem Ohr. Sofort schließe ich die Augen. Meine Lippen öffnen sich wie von selbst, ich bekomme nicht mehr genug Luft durch die Nase. Er berührt mich nicht, küsst mich nicht, aber ich spüre seine Anwesenheit an meinem Rücken, und ich bin verwirrter, als ich zugeben möchte. Erst nach einer Weile bricht er endlich das Schweigen:

»Willst du es wirklich?«

Ich bringe kein Wort heraus. Ich habe Angst, nur ein Stöhnen fertigzubringen, wenn ich den Mund öffne. Will ich es wirklich? Oh ja… es ist alles, was ich will.

Ich nicke langsam, mit zitternden Knien. Ich hoffe, er bemerkt es nicht, sonst denkt er sicher, ich hätte doch noch Zweifel. Aber die habe ich nicht, vor allem jetzt nicht, da seine weichen Lippen meinen Hals berühren.

»Ich will es von dir hören, Violette«, flüstert er dicht an meiner Haut. »Ich sorge mich zu sehr um dich und um uns. Ich muss ganz sicher gehen, dass ich nichts Dummes tue.«

Ich befeuchte die Lippen, um nicht in einen Monolog zu verfallen und in epischer Breite zu erklären, wieso und warum ich mir meiner Wahl sicher bin. Dazu ist jetzt nicht der richtige Zeitpunkt. Loans zitternde Finger berühren die Härchen, die sich aus dem Knoten in meinem Nacken gelöst haben, was mich völlig elektrisiert.

»Wenn es wirklich das ist, was du willst ... wenn es dir zu mehr Selbstvertrauen verhilft, dann tue ich es. Aber wenn du auch nur den geringsten Zweifel hast, dann bitte ... dann lass nicht zu, dass ich mit dir schlafe, Violette.«

Mein gesamter Körper reagiert auf diese letzten Worte. Du lieber Himmel. Die Wirkung seiner Worte und sein sanfter Atem auf meiner Haut machen mich fertig. Ich spüre Hitze zwischen meinen Beinen, so intensiv, dass ich fast Angst bekomme. Und tief in mir meldet sich ein Hunger, den ich stillen muss.

»Ich wünsche es mir, Loan«, flüstere ich endlich. Meine Hände krallen sich immer noch verzweifelt um die Schranktür. »Bitte ...«

Nur Schweigen antwortet mir. Er nickt, seine Haut reibt sich sanft an meiner Wange.

»Okay ... okay«, seufzt er.

Endlich spüre ich, wie seine Hände mich berühren, als hätten sie zuvor nicht die Erlaubnis dazu gehabt, und ich befürchte, mein Herz könnte platzen, ehe ich das Gefühl überhaupt genießen kann. Loans Finger schieben einen der Träger meines Tanktops sanft zur Seite, sein Mund drückt einen Kuss auf meine Schulter. Die Zartheit seiner Geste verursacht mir eine wohlige Gänsehaut. Dann kommt die andere Schulter an die Reihe.

»Schwierige Aufgaben sollte man sich so angenehm wie möglich machen«, haucht er mir ins Ohr, nachdem er auch das geküsst hat.

Erregt beschließe ich, ihm zu helfen, und versuche, mir das Tanktop abzustreifen. Doch Loans Hände gebieten mir Einhalt.

»Lass mich das machen.«

Ich drehe mich noch immer nicht um, behalte die Augen aber offen, als er seine warmen Hände unter mein Oberteil gleiten lässt und es sanft hochhebt. Ein Schauder läuft über meinen flachen Bauch, als er mir das Oberteil über den Kopf zieht und es auf den Boden fallen lässt. Ich finde mich mit nacktem Oberkörper wieder und zittere ein wenig. Dass das alles wirklich und wahrhaftig geschieht, wird mir erst klar, als Loans linke Hand nach einer meiner Brüste greift. Seine Handfläche ist warm und tröstlich und so leicht wie eine Feder. Ich bebe.

Seine geübten Finger spielen mit der hart gewordenen Spitze, während sein Mund von meinem Nacken aus den Rücken hinunterfährt und meine Wirbelsäule mit der Zunge verwöhnt und mit Küssen bedeckt. Mein Herz scheint tief in meinen Bauch zu sinken und ich kann kaum stillhalten.

Plötzlich lässt Loan mich los und dreht mich zu sich um. Unsere Blicke begegnen sich und es fühlt sich an wie ein Schlag. Das dunkle Verlangen, das ich in seinen Augen erkenne, ist das perfekte Spiegelbild meines eigenen, und zwar so sehr, dass es mir den Atem verschlägt. Seine geweiteten, aufgewühlten Pupillen wenden sich plötzlich meiner Brust zu. Wieder überläuft mich ein Schauer.

»Du bist so wunderschön…«, murmelt Loan mit dieser gefassten Miene, die ich in- und auswendig kenne.

Er schließt die Augen und ich nutze die Gelegenheit, ihn zu

beobachten. Die Vorstellung, dass ich diese Wirkung auf ihn ausübe, befriedigt mich jenseits aller Vernunft.

Loan beginnt, feuchte Küsse über meinen ganzen Körper zu verteilen. Als er meine Brust erreicht, tauche ich die Hände tief in sein Haar. Sein Mund auf meinen Brüsten fühlt sich so perfekt an, dass ich an nichts anderes mehr denken kann. Ich keuche, während er sie mit einer Zärtlichkeit leckt, küsst und beißt, die mir fast das Herz abdrückt. Unwillkürlich stöhne ich immer wieder, bis seine Zunge beschließt, meine Brüste zu verlassen.

»Deine Haut riecht nach Blumen ... es ist verrückt«, haucht Loan. Er geht vor mir in die Hocke, knöpft meine Hose auf und zieht sie bis zu meinen Knöcheln hinunter, die er vorsichtig einen nach dem anderen anhebt. Dasselbe macht er mit meinem Slip, und so erstaunlich es auch klingen mag – ich schäme mich keine Sekunde. Ich brenne vor Verlangen, und als er sich wieder aufrichtet, starre ich auf seine Lippen. Ich will nach dem Saum seines T-Shirts greifen, um es ihm auszuziehen, doch sofort schließen sich seine Finger um meine Hand. Überrascht schaue ich zu ihm auf.

»Das behalte ich an«, flüstert er ein wenig verlegen.

Ich habe nicht mehr an seine Verletzung gedacht und daran, dass er auch beim Sex den Oberkörper bedeckt hält. Ein paar endlose Sekunden lang bin ich sprachlos und nachdenklich. Ich möchte, dass er sich mit mir so wohl wie möglich fühlt, und ich fürchte, dass er alles abbricht, wenn ich ihn bitte, das T-Shirt auszuziehen. Aber mein Wunsch, seine Haut zu spüren, ist stärker.

»Bitte.«

»Ich *kann* nicht, Violette.«

Seine Stimme klingt schmerzlich. Sein Blick fleht mich an, nicht darauf zu bestehen; es bringt mich fast um. Ich müsste ihm das zugestehen, wenn man bedenkt, was er für mich tut. Aber abgesehen von meiner Enttäuschung, dass ich seine Haut nicht an meiner spüren soll, habe ich keine Vorstellung, wie sehr er sich schämt. Doch er sollte sich nicht schämen müssen, schon gar nicht vor mir.

»Ich verstehe. Ich weiß, dass Lucie dir erlaubt hat, es anzubehalten, aber ich bin anderer Meinung«, sage ich und erforsche seinen Körper mit den Händen. »Ich will dir einen Stups geben. Ich will, dass du es versuchst, dass du merkst, dass es nichts verändert, ob du nun ein T-Shirt trägst oder nicht. Vertraust du mir?«

Verunsichert sieht er mich an. Ich küsse seine Wangen, sein Kinn und seinen Hals, bis ich spüre, wie sich seine Muskeln entspannen.

»Einverstanden«, gibt er schließlich nach und versucht seine zitternden Hände zu verbergen. »Aber schau nicht hin ... Bitte.«

Ich akzeptiere, und ich weiß, dass ich mein Versprechen halten werde, genau wie er. Ich ziehe ihm das T-Shirt aus und streichle jede Linie seines durchtrainierten Oberkörpers, während er seine Jeans aufknöpft. Ich öffne seinen Reißverschluss und lasse ihn auch seine Boxershorts ausziehen, nachdem die Jeans auf dem Boden liegt. Fasziniert betrachte ich einen Moment lang das Wort *Warrior*. Jetzt tun wir es. Wir tun es wirklich.

»Willst du mich vielleicht irgendwann auch mal küssen?«, flüstere ich, als ich fühle, wie sich seine Erektion an meiner Scham reibt.

Oh Gott. Ich lasse ihn gewähren, die Lust verbrennt mich fast bis auf die Knochen. Das ... das ist ... Mir fehlen die Worte. Endlich nimmt Loan mein Gesicht in seine Hände und antwortet, ehe er mich küsst:

»Nicht irgendwann. Jetzt. Heute. Und morgen.«
Es
verschlägt mir
den Atem.
Dieser zweite Kuss ist anders als der erste. Immer noch zärtlich, aber fordernder. Härter, fieberhafter, drängender. Ich begrüße seine Zunge, während er seine Wellenbewegung gegen meine pulsierende Scham fortsetzt. Sein Mund schmeckt immer noch gleich, seine Haare riechen gleich … ich werde davon wohl nie genug haben.

Plötzlich liege ich bei ausgeschaltetem Licht auf meinem Bett. Im Dunkeln kann ich ihn kaum erkennen. Nur Tastsinn und Gehör leiten uns. Ich spüre, wie seine Hände meine Brüste umfassen, wie sein Mund sie vorsichtig küsst, an ihnen knabbert, sie liebt.

Meine Hände erkunden seinen Körper, angefangen bei den kräftigen Schulterblättern bis hin zu den Kurven seines Hinterns, den ich immer näher an mich heranziehe. Ich fühle mich, als müsste ich explodieren, wenn er nicht bald in mich eindringt. Seine Küsse zwischen meine Schenkel vertreiben meine letzten Befürchtungen und zermalmen das, was von meinem zerbröselten Herzen noch übrig ist.

»Dein Körper ist zum Wahnsinnigwerden, Violette … Ich schwöre«, murmelt Loan in dem Moment, in dem ich seine Finger an meiner Klitoris spüre. Es ist ein ganz neues Gefühl, das mich zusammenzucken lässt. »Wenn du wüsstest, was das mit mir macht … Und was du mir die ganze Woche angetan hast!«

Ich lächle leicht und bin froh, dass ich ihn nicht kaltlasse. Mein Triumph wird jedoch schnell weggefegt, als Loan seinen Daumen an meiner Klitoris kreisen lässt. Ich packe die Decke zwischen meinen Fäusten. Ich werde getragen von einer Flut aus Lust, die wie ein Crescendo ansteigt. Sein Finger foltert mich mit dem Wechsel zwischen langsamen und schnellen Liebkosungen. Jedes Mal, wenn die Hitzewelle zu explodieren droht, wird er langsamer.

»Loan, ich flehe dich an … Hör auf!«

Ich glaube zu spüren, dass er lächelt.

»Siehst du, das ist genau die Wirkung, die dein kleines Theater diese Woche auf mich hatte.«

Okay, ich bin bereit, zuzugeben, was er will, sogar Dinge, für die ich nichts kann. Er scheint Mitleid mit mir zu haben, denn er beschleunigt nicht nur das Tempo, sondern führt auch zwei Finger in mich ein.

»Oh, Loan …«

»Nur zu, mein Engel.«

Nach nur wenigen Sekunden entlade ich mich um ihn herum. Es überwältigt mich, überflutet mich, ertränkt mich. Mein erster Orgasmus. Meine Beine zittern noch etwas, als Loan sich zu mir hochschiebt und mich auf den Mund küsst.

Nach dem zu urteilen, was gegen meinen Körper pulsiert, hat es ihm ebenso gut gefallen wie mir. Loan löst sich von mir, um etwas in der Tasche seiner Jeans zu suchen, die noch auf dem Boden liegt. Ich versuche, wieder zu mir zu kommen und schaue ihm dabei zu, wie er die Verpackung eines Kondoms zerreißt und es überstreift. Plötzlich fühle ich mich eingeschüchtert. Er scheint es zu merken, denn er gibt mir einen beruhigenden Kuss auf die Lippen.

»Wenn ich dir wehtue, sagst du Bescheid, okay?«

»Ja«, hauche ich ganz bereit.

»Wir gehen es langsam an.«

Er stützt sich auf die Ellbogen, streicht mir eine blonde Locke aus dem Gesicht und drückt mir einen leichten Kuss auf die Schläfe. Dann umfasse ich seinen Bizeps und schließe die Augen, während er langsam in mich eindringt.

»Oh, fuck …«, flucht Loan mit zusammengebissenen Zähnen.

Ja, das ist das Wort. Wie erwartet brennt es ein wenig beim Eindringen, aber ich versuche es nicht zu zeigen. Ich will nicht, dass er aufhört. Auf keinen Fall soll er aufhören. Loan hält inne und verharrt reglos in mir, bis ich mich an seine Anwesenheit gewöhnt habe. Während dieser wenigen Sekunden des Unbehagens bedeckt er mein Gesicht mit Küssen. Schließlich bewegt er sich wieder, und ich muss zugeben, dass das Gefühl, wie er in mir hin und hergleitet, der reine Wahnsinn ist … das Unglaublichste, das ich je erlebt habe. Es fühlt sich so erhaben an, dass ich glücklich sterben würde, wenn ich jetzt sterben müsste.

»Geht es?«

Ich nicke nur und ermuntere ihn, weiterzumachen. Kein Geräusch stört unsere brennende Umarmung, abgesehen von unserem stoßweisen Atem und unserem lustvollen Stöhnen. Ich öffne die Augen wieder, als seine Bewegungen weniger schmerzhaft, dafür aber schneller werden. Mit einer Hand umklammere ich seinen Nacken, mit der anderen seine Hüfte. Loans Finger streichelt meine Klitoris, um mir dabei zu helfen, trotz des Schmerzes zu kommen. Und ich spüre, dass ich gleich zerspringe. Ich will es ihm sagen, aber ich kann nicht. Sein Blick erforscht mich und verlässt mich keine Sekunde, das ist zu viel.

»Loan …«

Eine neue Welle trifft mich mit voller Wucht und ich spüre, wie die Hitze immer stärker ansteigt. Ich weiß, dass er es bemerkt. Stöhnend legt Loan die Stirn an meine. Intensive Lust verzerrt sein Gesicht. Während unseres sinnlichen Tanzes hält mein Blick seinen fest, ich atme abgehackt, meine Lippen berühren die seinen. Ich kralle die Nägel in die Haut seines Halses. Schweiß rinnt zwischen meine Brüste.

Als das Feuer uns verschlingt und mein Herz in meiner Brust explodiert, kommt er und stöhnt dabei meinen Namen. Ich lasse ihn an meinem Hals wieder zu Atem kommen und streichle sein Haar, während er noch in mir bleibt. Als ob er nie wieder herauswollte.

»Danke«, flüstere ich.

So also habe ich meine Jungfräulichkeit verloren. Mit meinem besten Freund, in vollkommener Dunkelheit und einer Stille, die nur durch unser lustvolles Stöhnen gestört wurde … Und all das unter Hunderten von Fotos von uns.

»Fühlt sich das immer so gut an?«, erkundige ich mich möglichst cool.

Wir liegen beide auf dem Rücken und verlieren uns in der Betrachtung der Decke. Fast unmittelbar nach unserer Umarmung ist Loan wie ein Baby eingeschlafen. Mir ging es schnell genau so, bis seine Liebkosungen an meiner Wirbelsäule mich wieder aufweckten. Ich hatte befürchtet, die Situation könnte mir peinlich sein, aber dem war nicht so. Loans Arm liegt unter meinem Kopf, seine Hand streichelt meine Schulter, meine Wange ruht auf seiner Brust. Es ist perfekt. Obwohl ich mich meiner Nacktheit nicht im Geringsten schäme, hat Loan die Decke über unsere Beine geschlagen, was mich sehr berührt.

Ich kann nur noch an eins denken: Das war die wundervollste Nacht meines Lebens. Und ich hasse mich dafür, dass ich so denke.

Loan überlegt, während er ununterbrochen imaginäre Kreise entlang meines Armes zeichnet, und antwortet schließlich mit neutraler Stimme:

»Es hängt von gewissen Dingen ab, dem Moment, der Person … Es ist niemals gleich.«

Nach dieser Erfahrung reinster Lust verstehe ich nicht, warum ich nicht schon früher damit angefangen habe. Ganz anders als ich befürchtet hatte, habe ich mich nicht einmal ungeschickt angestellt. Eigentlich habe ich an gar nichts gedacht. Alles lief ganz natürlich ab.

Plötzlich kommt mir eine Frage in den Sinn:

»Hattest du vorher schon mal Sex mit einer Jungfrau?«

»Nein.«

Dann war Lucie also keine. Ich runzle die Stirn und bin froh, dass er meinen überraschten Gesichtsausdruck nicht sehen kann.

»Und wie fühlt es sich an?«

Ich wünsche mir, dass er sagt: exquisit, göttlich, explosiv. Ich erlaube mir, sein Tattoo mit den Fingerspitzen zu streicheln, während ich spüre, wie er zögert.

»Anders.«

Anders. Nun … Ich gebe mich damit zufrieden. Einige Sekunden später spüre ich, wie er sich unter mir bewegt. Er zieht seinen Arm unter meinem Kopf hervor und stützt sich auf einen Ellbogen, um mir ins Gesicht zu sehen. Die Decke gleitet über seine Hüften. Ich bin immer noch erstaunt, wie gut er aussieht. Natürlich hatte ich es vermutet, schließlich treibt er jede Woche Sport. Aber ihn unter seiner Kleidung zu berühren war etwas ganz anderes.

Sein Gesicht ist über mir, Auge in Auge, und er streichelt zärtlich mein Haar. Es ist eine sanfte und schlichte Berührung, an die ich mich gewöhnen könnte … doch die Realität macht mir mit erschreckender Geschwindigkeit das Herz schwer.

»Ich weiß, ich habe es dir vorhin schon gesagt«, flüstert er, als hätte er Angst, gehört zu werden, »aber du bist sehr schön, Violette.«

Ich möchte die Augen schließen, um die Wirkung dieser

Worte auf mich zu genießen; am liebsten würde ich sie drucken und nie vergessen. Weder sie noch seinen Blick, als er sie ausspricht. Aber ich fixiere seine schönen Pupillen.

»Und weißt du, was ich am meisten liebe?«, fragt er und wickelt eine Haarsträhne um seinen Zeigefinger.

Nein. Ich weiß es nicht. Ich bin immer noch überrascht, dass er mich schön findet.

»Deine Sommersprossen. Auch deine Augen, deinen sinnlichen Mund und dein sonniges Haar liebe ich wie verrückt, aber das Allerschönste sind deine Sommersprossen«, erklärt er, als ob er immer noch zu verstehen versucht, warum.

Ehrlich gesagt frage ich mich das auch. Lange Zeit habe ich sie wirklich gehasst, vor allem, weil sie nicht gleichmäßig verteilt sind. Es sieht aus, als wäre mein Gesicht in zwei Teile geteilt, und auch heute schneide ich manchmal noch eine Grimasse, wenn ich mich im Spiegel betrachte. Als wäre ich zwei verschiedene Menschen.

Und zu wissen, dass ihm das gefällt, was ich am wenigsten an mir mag, tut mir unendlich gut. Doch das war vor der brutalen Rückkehr in die Realität. In einer halben Sekunde gelingt es Loan, alles zu zerstören, ohne es auch nur zu merken.

»Ich habe deinen Vater ja schon mal gesehen, und du siehst ihm eigentlich nicht sehr ähnlich. Jetzt bin ich neugierig: Hast du sie von deiner Mutter?«

Plötzlich scheint sich das Zimmer um mich zu drehen. Übelkeit kriecht mir in die Kehle und alle Farbe weicht aus meinem Gesicht. Meine Mutter ... Vor Ekel und Schuldgefühl zittere ich am ganzen Körper, als ich an sie denke. Loan hätte keinen schlechteren Zeitpunkt wählen können, um sie zu erwähnen.

Die Fakten explodieren mir ins Gesicht und erinnern mich an das, was ich gerade getan habe. Etwas Schreckliches, das

Clément mir nie verzeihen würde. Er wird es nicht erfahren, aber ich weiß es. Und ich ekle mich vor mir selbst. Weil ich genau so bin wie meine Mutter. Genau in diesem Moment bin ich all das, was ich hasse und was ich mir geschworen habe, nie zu werden.

»Nein«, gelingt es mir zu antworten.

Er scheint zu verstehen, dass ich nicht näher darauf eingehen will, denn er hakt nicht nach und legt sich neben mir auf den Rücken. Das, was ich befürchtet habe, macht sich fast sofort bemerkbar. Die Wände scheinen sich einander zu nähern, mein Herzschlag wird schneller und die Angst springt mich an.

Ich starre auf die geschlossene Tür und zittere wie Espenlaub, so sehr, dass ich fürchte, Loan könnte es spüren und sich Sorgen machen. Eine Panikattacke kündigt sich an.

Ich bin untreu gewesen. Ich habe meinen Freund betrogen. Ich bin ein Monster.

Ich kneife die Augen zusammen und versuche, innerlich zur Ruhe zu kommen, aber es wird nur noch schlimmer. Ich sehe meine Mutter vor mir, wie sie spät in der Nacht meine Zimmertür öffnet. Ich schlief nicht. Sie zwinkerte mir zu und gab mir zu verstehen, dass ich mich ruhig verhalten sollte. Ich blieb stumm in meinem Bett liegen und hörte, wie sie das Haus verließ und einige Stunden später zurückkam. »Das ist unser kleines Geheimnis«, sagte sie. Ein Geheimnis, das ich lange, viel zu lange, bewahrt habe. Ein Geheimnis, das mich, aber auch meinen Vater, sehr verletzt hat.

Es ist meine erste Panikattacke seit der Aufzugpanne. Ich fühle, dass mir die Kontrolle entgleitet und will nicht, dass Loan es mitbekommt. Also drehe ich ihm den Rücken zu. Ich hoffe, er fragt nicht nach, sonst sieht er die Tränen in meinem Gesicht.

»Soll ich lieber in mein Zimmer gehen?«

Ich schüttle den Kopf und bete, dass er mein Schluchzen nicht hört. Der Angstanfall scheint zwar nachzulassen, aber ich fühle mich immer schmutziger.

Ich spüre, dass er zögert, mich in die Arme zu nehmen. Ziemlich albern, oder? Wir sind es gewohnt, im selben Bett zu schlafen und einer in den Armen des anderen einzuschlummern. Und doch hat es jetzt nicht mehr die gleiche Bedeutung. Sein Zögern schmerzt mich noch mehr. Aber plötzlich schließt er mich in die Arme und schmiegt die Stirn an meinen Hals. Es ist sowohl beruhigend als auch herzzerreißend, weil es mich an den Fehler erinnert, den ich heute Nacht begangen habe.

»Ich weiß, so hast du dir dein erstes Mal nicht erträumt«, haucht Loan mir ins Ohr. Unter der Bettdecke streichelt er meine Füße mit seinen. »Aber ich hoffe, du bereust es nicht … Ich würde mich hassen, wenn du es bereuen würdest, Violette.«

Ein neuer Tränenstrom überschwemmt mein Gesicht. Ich fühle mich so schrecklich schuldig … sowohl gegenüber Clément als auch gegenüber Loan. Ich will nicht, dass er sich für etwas hasst, wofür ich ganz allein verantwortlich bin. Ich gebe keine Antwort, denn ich weiß, ich würde schluchzen wie ein kleines Kind, wenn ich den Mund öffnen würde. Stattdessen verflechte ich meine Finger mit seinen, die auf meinem Herzen liegen. Eng aneinandergekuschelt schlafen wir ein. Also, zumindest *er* schläft ein.

Etwa eine Stunde später, es dämmert bereits, löst Loan sich im Schlaf von mir und dreht sich um. Ich tue das Gleiche in der Hoffnung, dass es mich beruhigt, wenn ich ihm beim Schlafen zusehe. Doch das Schauspiel, das sich mir bietet, macht mich sprachlos. Loan liegt nur halb zugedeckt auf dem Bauch und gewährt mir nicht nur einen Ausblick auf seinen sexy Hintern … sondern vor allem auf seinen Rücken.

Ich hatte recht, es ist eine Verbrennung. Wie hypnotisiert starre ich sie schamlos an. Die verbrannte Haut ist rosig und glänzt an einigen Stellen. Wie ich bereits vermutet hatte, beginnt die Narbe unter seinem Kiefer und zieht sich bis zum Schulterblatt hinab. Ich will nicht lügen: Ein besonders schöner Anblick ist sie nicht, aber ich bin keinesfalls angewidert. Ich würde sie gern berühren, habe aber Angst, dass er dann aufwacht. Ich streichele sein Haar, während ich ihm beim Schlafen zuschaue, dann flüstere ich ihm ein zweites Mal zu: »Danke.«

Schließlich stehe ich auf, ziehe schnell ein T-Shirt über und gehe ins Bad. Ich lasse Wasser in der Dusche laufen und schließe die Tür ab – zum ersten Mal. Als ich sicher bin, dass mich niemand hören kann, lehne ich mich gegen die Tür, lasse mich zu Boden gleiten und weine alle angestauten Tränen aus mir heraus.

15

Heute

Loan

Meine Augenlider flattern, als ich kitzelnde Finger auf meiner Stirn spüre. Meine Energie lässt noch auf sich warten und ich bewege mich nicht, weil ich es nicht eilig habe aufzuwachen, bis mir ein »Danke« ins Ohr geflüstert wird. Als Violette aufsteht, zwinge ich mich, ein Auge zu öffnen. Ich habe kaum Zeit, ihren schönen nackten Körper unter einem T-Shirt verschwinden zu sehen, als sie auch schon in den Flur huscht. Und mich allein lässt. Ich öffne beide Augen und wälze mich verwirrt auf den Rücken. Ich höre das Geräusch von Wasser. Sie duscht.

Ohne dich, kommentiert meine innere Stimme. Natürlich ohne mich.

Mein Blick wandert ein paar Sekunden lang über die Zimmerdecke, was mir nicht hilft, mich besser zu fühlen. Ich habe mit Violette geschlafen. Ich habe sie entjungfert, und es deprimiert mich. Ich bereue es nicht, das auf keinen Fall … Wie könnte ich den besten Sex meines Lebens bereuen? Ich verziehe das Gesicht. Es war nicht einfach nur »anders«. Es war intensiv, kraftvoll, exquisit und verrückt, und zwar in jeder Hinsicht. Ich dachte, mir würde das Herz in der Brust explodieren, als ich vorsichtig in sie eindrang. Ein kompletter Widerspruch.

Ich hatte vergessen, wie gut die körperliche Liebe tut. Und ich hätte nie gedacht, dass es mit Violette so wunderbar sein würde. Vielleicht fühlt es sich immer so an, wenn man mit einem Mädchen schläft, das noch nie Sex hatte. Wie dem auch sei, obwohl ich es nicht bereue, mache ich mir Vorwürfe. Ich fürchte, es tut ihr leid.

Ich seufze und ziehe mich an, solange sie noch unter der Dusche ist. Ich muss zur Arbeit, und Zoé dürfte jede Minute nach Hause kommen. Als ich meine Jeans zuknöpfe, entdecke ich den Beweis für Violettes Jungfräulichkeit auf dem Laken. Ich zögere kurz, ehe ich beschließe, ihre Bettwäsche zu wechseln. Ich mache sorgfältig das Bett und erreiche mein Zimmer genau in dem Moment, in dem das Wasser im Bad abgedreht wird.

Ich sitze am Küchentresen, als Violette in einem Sport-BH und einer Yogahose erscheint. Ich vermeide es, meinen Blick über ihre Figur gleiten zu lassen – es ist, als trüge sie gar nichts – und biete ihr stumm ein Glas Orangensaft an. Sie nimmt mit einem Kopfnicken an. Sie sieht blass aus.

»Violette, was diese Nacht angeht … Bereust du es ganz sicher nicht?«

Ich will es hören. Ich muss sicher sein. Meine beste Freundin – ist sie das überhaupt noch? – weicht meinem Blick aus und antwortet mit gewollt ungezwungener Stimme:

»Nein, ich glaube nicht.«

»Es kommt mir vor, als hätte ich eine Dummheit begangen«, seufze ich. »Du hättest es wahrscheinlich lieber mit dem Mann getan, den du liebst.«

»Nein, schon okay«, antwortet sie und zieht ihre Turnschuhe an. »Ich bin froh, dass ich es mit dir getan habe. Du bist mein bester Freund, wir kennen uns in- und auswendig, und ich musste es hinter mich bringen, um im entsprechenden Moment nicht ungeschickt rüberzukommen. Du weißt schon, mit Clément.«

Autsch. Das tut weh. Ich glaube, sie hat mir seinen Vornamen absichtlich so vor die Füße geworfen, um alles wieder in den richtigen Zusammenhang zu bringen. Ich nicke ungerührt. *Ja, Violette, ich weiß.* Ein Teil von mir ist beleidigt, dass ich nur benutzt wurde, aber der andere Teil – der viel größer ist – macht sich Vorwürfe, sich ihrer bedient zu haben, um einen Trieb zu befriedigen. Mist, ich hasse dieses Gefühl. Wie konnte ich nur glauben, dass der Sex die Grenzen zwischen uns nicht verwischen würde?

»Gut. Also kein Unbehagen.«

Wir lächeln uns ein zweites Mal heuchlerisch zu. Jeder von uns weiß, dass der andere lügt, aber wir sagen nichts. Die Stille wird intensiver. Ich trinke mein Glas aus und Violette holt etwas aus meinem Zimmer. Mit einem iPod in der Hand kommt sie zurück ins Wohnzimmer.

»Ich gehe vor der Vorlesung noch kurz joggen.«

Der iPod gehört eigentlich mir, aber er enthält eine spezielle Violette-Playlist. Ich hätte ihr einen iPod zum zwanzigsten Geburtstag schenken können, ich hatte sogar ernsthaft daran gedacht, aber es gefällt mir, uns einen zu teilen. Das wollte ich nicht ändern.

»Okay. Ich bin wahrscheinlich schon auf der Feuerwache, wenn du zurückkommst, aber wir sehen uns heute Abend.«

Jason hat darauf gedrängt, einen weiteren Abend in demselben Club wie letztes Mal zu verbringen.

»Äh … Ich weiß noch nicht«, antwortet sie und wendet den Blick ab. »Nach der Uni gehe ich mit Clément Sushi essen. Ich sage euch noch Bescheid.«

Ich runzle die Stirn. Violette öffnet mit einem Kopfhörerstöpsel in jedem Ohr die Wohnungstür.

»Du hasst Sushi«, wende ich dümmlich ein.

Sie setzt ein geheimnisvolles kleines Lächeln auf.

»Nur ein Dummkopf ändert nie seine Meinung.«

Mit diesen netten Worten geht sie in den Flur hinaus, schließt die Tür hinter sich und lässt mich mit meinen Gedanken allein. Ich weiß nicht, ob sie sich inzwischen wirklich für Sushi erwärmen kann oder ob sie sich dazu zwingt, um Clément zu gefallen, doch genau diese Vorstellung bringt mich innerlich zum Kochen. Ich schließe die Augen, stütze einen Moment lang das Gesicht in die Hände und versuche, meine Gedanken neu zu fokussieren.

Ehe Violette oder Zoé zurückkommen, dusche ich hastig, ziehe mich an und mache mich auf den Weg zur Arbeit. Unterwegs habe ich einen dicken Kloß im Hals und beiße die Zähne zusammen. Ich hoffe nur, dass Violette alles gut wegsteckt. Ich jedenfalls war gestern sehr ehrlich. Würde ich irgendwie herausfinden, dass ich ihr erstes Mal ruiniert habe, würde ich mir die schlimmsten Vorwürfe machen.

Kurz vor sieben erreiche ich die Feuerwache, gleichzeitig mit Ethan, der gerade sein Auto parkt.

»Du siehst beschissen aus«, sagt er statt einer Begrüßung. »Miese Nacht gehabt?«

Ich beobachte ihn von der Seite. Man könnte fast glauben, er hätte etwas erraten und würde sich über mich lustig machen. Aber nein, er schaut geradeaus und hat wegen der Kälte die Schultern hochgezogen. Plötzlich kommt mir Violettes schönes Gesicht in den Sinn. Wie sie unter mir lag. Es ist fast so, als könne ich ihre weiche Haut spüren und ihr Apfelshampoo riechen.

»Nein. Du vielleicht?«

»Kann man wohl sagen. Die Nachbarn haben ein Baby, das jede Stunde aufwacht. Da wäre mir fast schon Bereitschaftsdienst lieber.«

»Rede es nicht herbei«, rate ich ihm, als wir die Wache betreten.

Bereit für einen neuen Tag begrüßen wir ein paar Kollegen. Die frühe Uhrzeit stört uns nicht, wir sind es gewohnt. Als Feuerwehrmann muss man damit leben. Entweder stehen wir früh auf, oder wir schieben die ganze Nacht Dienst. In jedem Fall muss man lernen, jederzeit hellwach zu sein. Ich habe meine Sporttasche noch nicht abgestellt, als eine Lautsprecherdurchsage ertönt: »Versammlung in fünf Minuten«. Glücklicherweise trage ich bereits meine Arbeitskleidung. Wir machen uns auf den Weg zu Lieutenant Martinez. Wie jeden Tag werden die Aufgaben vergeben. Ich werde zur Disposition eingeteilt. Ethan macht sich über mich lustig, aber ich nehme es stoisch hin und seufze nur innerlich. Wenn es keinen Notfall gibt, wird der Tag nämlich stinklangweilig.

Eine halbe Stunde später fahren wir für ein Fußballspiel mit den Autos zum Trainingsgelände. Während der nächsten zwei Stunden verfolge ich abgelenkt den Ball und schwitze ein bisschen vor mich hin. Mir gelingen ein paar gute Spielzüge, aber Ethan beobachtet mich und das nervt mich. Ich verhalte mich möglichst undurchschaubar. Violettes Gesicht ist auf meiner Netzhaut eingebrannt.

»Alles in Ordnung?«, erkundigt sich mein Freund in der Umkleide.

»Geht schon. Ich bin nur ein bisschen müde.«

Ich trinke einen großen Schluck Wasser. In der Dusche muss ich automatisch an meinen Rücken denken. Ich kann kaum glauben, dass es Violette gelungen ist, mich zu überreden ... Es war das erste Mal, dass ich Sex mit nacktem Oberkörper hatte, und es erschien mir sehr natürlich. Sogar befreiend. Ich würde es vermutlich nie zugeben, aber ich bin froh, dass Violette darauf bestanden hat.

Ich verbringe den Tag damit, die simpelsten Aufgaben zu erledigen, und putze Mannschaftsräume und Küche, bis es

Zeit für die Übung ist. Ein Brand. Jeder weiß, was er zu tun hat und befolgt die einschlägigen Vorschriften. Nach einer kurzen Nachbesprechung setzen Ethan und ich uns in den Fernsehraum. Mit unseren Pagern am Gürtel bleiben wir zwar immer wachsam, aber wir können uns entspannen. Ohne besonderes Interesse schauen wir uns ein Basketballspiel an, als mich das Bedürfnis überkommt, mich jemandem anzuvertrauen.

»Komm schon«, seufzt Ethan leise. »Sag mir einfach, was dich bedrückt, schöner Freund.«

»Hör auf.«

»Ich mache keine Witze. Du hast den ganzen Tag irgendwie neben dir gestanden«, sagt er und verdreht die Augen. »Zwar bist du auch sonst nicht gerade eine Stimmungskanone, aber wenigstens schaust du nicht so grimmig. Spuck's aus.«

Ich verschränke die Arme und starre auf den Fernseher. Schließlich beiße ich die Zähne zusammen. Warum eigentlich nicht? Mit Ethan zu reden könnte guttun. Ich muss jemanden um Rat fragen, aber dieser Jemand sollte lieber nicht Jason sein. Ethan ist ein verantwortungsvoller und kluger Mensch. Er kann mir vielleicht helfen.

Ich seufze, drehe mich zu ihm um und lege die Hände zwischen die Knie. Ethan tut dasselbe. Er ist bereit, mir zuzuhören. Nach einem tiefen Atemzug lasse ich meine Bombe platzen:

»Ich habe mit Violette geschlafen.«

Nicht, dass ich eine Explosion erwartet hätte, aber doch wenigstens eine erhobene Augenbraue. Stattdessen nickt Ethan nur und fixiert mich weiter. Ich glaube, er wartet auf mehr. Aber Details will ich nicht preisgeben. Der Kompromiss zwischen Violette und mir wird ein Geheimnis bleiben.

»Und?«, drängt Ethan, als er erkennt, dass nichts weiter kommt.

»Ich habe mit Violette geschlafen«, wiederhole ich. »Das ist doch schon Dummheit genug, findest du nicht?«

Ethan runzelt die Stirn. Hat er dazu gar nichts zu sagen? Ich hätte gedacht, er würde mich aufziehen und mir vorhalten, wie viel Ärger mir das einbringen könnte, oder zumindest tadelnd die Lippen zusammenkneifen. Wie auch immer, ich hätte alles Mögliche erwartet, aber nicht sein Schweigen.

»Ich verstehe nicht ganz«, sagt Ethan und schüttelt den Kopf.

»Echt jetzt, Ethan! Ich brauche dir doch wohl keine Zeichnung zu machen …«

»Das ist es doch nicht, was ich nicht verstehe, du Vollpfosten.«

»Ich erzähle dir, dass ich mit Vio geschlafen habe, und du nimmst es einfach so hin?«

Jetzt lacht Ethan laut auf, was mich überrascht. Wir ziehen einige Blicke auf uns. Ich hätte wirklich lieber den Mund halten sollen.

»Aber das wissen wir doch längst!«, meint Ethan und wischt sich die Augen. »Also, jedenfalls Jason und ich.«

»Warte mal, was war das?«, frage ich. »Das ist unmöglich. Wie meinst du das, ihr wisst es?«

Ich weiß nicht mehr, was ich denken soll, und überlege fieberhaft, ob ich irgendwie versehentlich einen Hinweis auf meine Entscheidung gegeben habe. Aber ich glaube es nicht.

»Also bitte. Es ist doch derart offensichtlich!«

»Aber es ist erst letzte Nacht passiert! Du kannst es nicht schon wissen!«

Ethan schaut mich mit hochgezogenen Augenbrauen an. Plötzlich fühle ich mich, als hätte ich Mist gebaut. Ethan sieht mir lange in die Augen und öffnet schließlich den Mund. Dieses Mal lächelt er nicht.

»Soll das heißen, dass es gestern Nacht ... zum ersten Mal passiert ist?«

»Ja klar«, antworte ich, als ob das völlig logisch wäre.

Ethan kratzt sich am Hals und verzieht das Gesicht, allerdings keineswegs spöttisch.

»Ach. Jason und ich waren überzeugt, dass ihr schon seit einiger Zeit miteinander schlaft.«

Schockiert runzle ich die Stirn. Sie dachten also die ganze Zeit, dass Violette und ich Sex hätten, und haben sich nicht dazu geäußert – nicht einmal die winzigste Anspielung gemacht. Vor allem bei Jason wundert mich das. Aber in gewisser Weise bin ich doch nicht so überrascht. Ich schätze, es ist normal, dass sie davon ausgingen.

»Wie kamt ihr dazu?«

Ich stelle diese Frage natürlich rein rhetorisch.

»Ihr steht euch so nah, dass uns das Gegenteil eigentlich gar nicht in den Sinn kam«, antwortet Ethan.

»Sie ist meine beste Freundin. Wir hätten es besser nicht ...«

Müde fahre ich mir mit der Hand durch die Haare. Ich erkenne in Ethans Augen, dass er es nicht hundertprozentig gutheißt, was für mich noch schlimmer ist. Obwohl ich seine Zustimmung nicht brauche, ist er ein ähnlicher Typ wie ich. Er hätte so etwas sicher nicht getan.

»Reue nützt dir nichts«, rät er mir und klopft mir mit einer männlichen, aber tröstenden Geste auf die Schulter. »Sag dir, dass es erledigt ist, dass es schön war – hoffe ich zumindest – und dass ihr weiterleben könnt wie bisher. Nimm es dir nicht zu Herzen.«

Aber wenn es nun nicht mehr so wäre wie früher?

»Außerdem hat sie doch einen Freund, oder?«

Ich wende den Blick ab und atme mit einem Kloß in der Kehle heftig aus. Violette hatte schon einmal einen Freund.

Émilien. Und doch ist es das erste Mal, dass ich die Fäuste balle, wenn ich die beiden zusammen sehe. Vielleicht, weil es dieses Mal ernst ist. Vielleicht … weil ich dieses Mal spüre, dass sie ihn sehr gern hat. Viel zu gern.

Verdammt nochmal. Ich habe Angst, dass er mir meinen Platz streitig macht.

»Ja … *Clément*.«

»Dann wird es sicher nicht mehr vorkommen.«

Ja. Nur, dass ich es unbedingt wieder tun will. Meine Gedanken wandern zurück in Violettes Zimmer, wo ich sie im Dunkeln geküsst habe … ihre nackten, weichen Beine lagen um meine Taille … ich hielt ihre kleinen Brüste in meinen Händen …

»Hoffentlich«, flüstere ich abwesend.

Ethan schaut mich mit strengem Blick aufmerksam an.

»Du denkst doch hoffentlich nicht daran, es noch mal zu tun, oder?«

Ich würde gern Nein sagen, aber ich kann nicht. Ethan seufzt und blickt sich um. Mit stoischer Miene warte ich darauf, dass er mir Vorhaltungen macht.

Mir ist egal, was er sagt, ich vertraue immer auf meinen Instinkt. Aber ich muss zugeben, dass Violette leider dazu neigt, mich völlig durcheinanderzubringen. Eine zweite Meinung wäre nicht schlecht.

»Loan … Ich kenne dich. Du bist ein guter Kerl. Du verrennst dich nicht blind in irgendwelche Dinge, du denkst nach, und das bewundere ich an dir. Aber in diesem Fall«, fährt er fort und tippt mit dem Finger auf seinen Oberschenkel, »wissen wir beide, dass es eine blöde Idee wäre. Einmal – das kann passieren. Aber zweimal wäre ein Fehler.«

Dabei wäre ich nur allzu gern bereit, jeden Tag solche Fehler zu machen …

»Violette ist vergeben«, fährt er fort. »Und sie ist sichtlich glücklich. Sie unbewusst zu benutzen, weil du dich allein fühlst, ist gar nicht gut.«

Er redet mit mir wie ein Psychiater mit einem Patienten. Ich murmle ein hastiges »Ja« und nicke, während ich mich wieder auf das Basketballspiel konzentriere. Vielleicht ist sein Gedanke ja gar nicht so abwegig. Benutze ich Violette und ihre Naivität, um mich sexuell zu befriedigen? Gott, ich hoffe nicht.

»Du hast recht«, unterbreche ich ihn, ohne den Blick vom Fernseher abzuwenden. »Es wird nicht wieder vorkommen.«

Schließlich war das auch der Deal.

Gegen acht Uhr abends mache ich nachdenklich Feierabend. Ethan hat recht, es ist nicht meine Art, mich blind in etwas zu verrennen. Ich neige eher dazu, alles zu kontrollieren, einfach weil es das ist, was ich schon immer kenne. Als ich klein war, bestand mein gesamter Alltag aus nichts anderem als Unvorhersehbarkeit und Überraschungen. Heute bin ich froh, einigermaßen vorhersagen zu können, was mit mir passieren wird, und genau aus diesem Grund macht Violette mir Angst. Sie ist nämlich das absolute Gegenteil.

An einer roten Ampel hole ich mein Handy heraus und wähle die Nummer, vor der mir immer graut. Mein Herz rast, ohne dass ich sagen könnte, warum. Ich wollte schon mittags anrufen, aber ich fand keine Gelegenheit dazu, da ich nie allein war. Die Männerstimme, die ich erwartet habe, meldet sich nach viermaligem Klingeln:

»Hallo.«

»Ich bin's.«

»Ah. Warum rufst du so spät an?«

Ich atme tief durch. Die Ampel springt auf Grün um. Diese

Freundlichkeit! Welch angenehmes Vater-Sohn-Gespräch! Warum rufe ich wohl nicht häufiger an?

»Es ging nicht früher. Schließlich arbeite ich.«

»Wir wollten gerade essen. Geht es dir gut?«

Ich bin überrascht, dass er danach fragt. Aber es freut mich auch. Ein bisschen zumindest.

»So weit okay«, antworte ich lakonisch. »Und wie geht es … Mama?«

Die Stille am anderen Ende der Leitung spricht für sich. Gereizt schließe ich kurz die Augen. Ich kenne die Antwort.

»Nicht so gut. Es wird immer schwieriger, damit umzugehen.«

Das ist deine eigene Schuld, du Idiot! Du solltest etwas unternehmen, anstatt einfach nur abzuwarten. Aber natürlich will er nichts davon hören, ganz egal was ich sage. Er »liebt sie zu sehr, um ihr so etwas anzutun«. Auch wenn ich ihm erkläre, dass ich sie auch liebe und genau deshalb will, dass er etwas unternimmt, versteht er es nicht. Zu Hause geht es ihr einfach nicht gut.

»Ich wollte morgen vorbeikommen. Ich habe Nachtschicht.«

»Ich glaube, das ist keine gute Idee. So wie sie heute Abend drauf ist, wird morgen vermutlich keiner ihrer guten Tage.«

Es macht mir Angst. Seit einem Monat hat sie fast nie mehr gute Tage. Ich besuche sie immer seltener. Natürlich könnte ich trotzdem kurz vorbeischauen … aber ich schaffe es nicht. Diese schlechten Tage, von denen mein Vater spricht, habe ich als Kind viel zu oft erlebt.

»Okay. Sag mir Bescheid, wenn sich etwas ändert.«

»Mach ich. Bis dann, Loan.«

Ich beiße die Zähne zusammen. So ist mein Vater. Er hat sich schon immer mehr um die Frau gekümmert, die er liebt, als eine Beziehung zu seinem Sohn aufzubauen. Aber ich mache ihm keinen Vorwurf. Ich war nur ein Betriebsunfall, also … Logischerweise hat er nie Nähe zu mir aufgebaut. Unsere Beziehung ist weder warm noch kalt. Sie ist nicht unfreundlich, und das reicht.

Meine Mutter war die Einzige, die mich bedingungslos geliebt hat. Was irgendwie ironisch ist, wenn man darüber nachdenkt.

»Alles klar. Gib ihr einen Kuss von mir …«

»Wird gemacht. Schönen Abend«, wünscht er mir, ehe er auflegt.

Seufzend werfe ich mein Handy auf den Beifahrersitz. Ich habe mich immer gefragt, ob er mir vielleicht die Schuld daran gibt, dass sich der Zustand meiner Mutter so verschlechtert hat. Aber ich sollte lieber aufhören, seinen Befindlichkeiten Bedeutung beizumessen. Warum sollte es mir etwas ausmachen, dass er sich nicht um mich kümmert? Weiß er überhaupt, was aus mir geworden ist? Dass ich es nicht schaffe, mich öffentlich mit nacktem Oberkörper zu zeigen, dass ich keine Kinder haben will, dass ich Schwierigkeiten habe, Leuten in die Augen zu schauen und dass ich fast aus Überlebensinstinkt immer sehr leise spreche?

Alles nur seinetwegen.

Ich komme vor unserem Haus an und runzle die Stirn, als ich Zoé in einem figurbetonten schwarzen Kleid auf dem Bürgersteig stehen sehe. Mist, ich hatte ganz vergessen, dass wir heute weggehen. Als ob ich Grund zum Feiern hätte!

»Scheiße, es ist arschkalt«, beschwert sich Zoé, als sie neben mir einsteigt.

»Was machst du denn hier?«

»Ich setze mich mit meinem Bilderbuch-Hintern auf den Beifahrersitz deines Autos und drehe jetzt dein Uralt-Radio auf …«

»Hast du etwa auf mich gewartet?«
»Bravo, Sherlock. Mein Auto hat den Geist aufgegeben.«
»Wo ist Violette?«
»Mit Clément unterwegs.«

Wie benommen beiße ich die Zähne zusammen, lasse den Wagen wieder an und mache mich auf den Weg zum Club. Dieser Tag war in jeder Hinsicht beschissen … und er ist noch nicht vorbei.

16

Heute

Violette

Ich habe Bauchweh. Ernsthaft. Schon den ganzen Tag habe ich Bauchweh. Vielleicht sollte ich nach Hause gehen und Zoé sagen, dass ich krank bin …

Aber ich habe Angst davor, was Loan dann denkt. Ich will nicht, dass er sich Sorgen macht, geschweige denn sich schuldig fühlt. Ich kenne ihn zu gut! Er ist der Typ, der sich für etwas Vorwürfe macht, das er eigentlich nicht bereut – nur weil ich es vielleicht bereue. Schlimm ist nur, dass ich beim besten Willen nicht sagen kann, dass das der Fall ist. Und genau deshalb habe ich Bauchschmerzen.

Was, wenn Loan mir mehr bedeutet, als mir bewusst war?

Zoé: Wo bist du?! Jason klebt so an mir, dass ich Angst habe, er könnte mich versehentlich vergewaltigen.
Ich: Bin unterwegs! Und wenn schon, dann versuch wenigstens, dabei Spaß zu haben.
Zoé: Wow, ein Witz über Vergewaltigung … Zum Glück kann ich über so was lachen! :P
Ich: Schwarzer Humor klappt am besten mit Sarkasmus und sexuellen Anspielungen.

Ich habe mich von Clément verabschiedet, nachdem wir Sushi gegessen hatten – igitt, ich werde nie verstehen, wie man ein Vermögen für einen Löffel mit Seetang umwickeltem Reis ausgeben kann, der einen zum Kotzen bringt –, aber eigentlich hätte er mich auch fahren können.

Allerdings weiß ich nicht, ob ich seine Gegenwart noch eine Minute länger ertragen hätte. Nach dem, was letzte Nacht vorgefallen ist, habe ich nicht die geringste Lust, ihm in die Augen zu sehen und romantisch zu sein. In den unpassendsten Momenten kommt mir Loans Gesicht in den Sinn, und ich weiß nicht, wie lange ich das noch aushalte. Ich fühle mich so elend, dass ich fast geneigt bin, alles zu gestehen.

Nach meiner Panikattacke heute Morgen im Bad habe ich beschlossen, dazu zu stehen. Ich bin nicht wie meine Mutter, das muss ich endlich in meinen Kopf bekommen. Allerdings weiß ich im Moment nicht wirklich, worin ich mich von ihr unterscheide.

Ich inspiziere den Club, während ich mich an eiligen Leuten vorbeidränge, bis ich Loan entdecke. Er ist wie ein Magnet. Auch er sieht mich schon an. Ich bekomme eine Gänsehaut auf den Beinen, als ich mir ins Gedächtnis zurückrufe, wie sein Geschlecht sich in mir angefühlt hat … und dann bemerke ich fast automatisch Alexandras Hand auf seinem Knie. Mit Beklemmung in der Brust wende ich den Blick ab.

»Vio«, ruft meine bereits angeheiterte beste Freundin, ehe sie mich in die Arme nimmt.

Ich begrüße einen nach dem anderen mit Küsschen. Mein Herz klopft heftiger, als ich Loan gegenüberstehe, der mich geduldig unter seinen langen Wimpern hervor betrachtet. Guter Gott. Er ist zum Niederknien … Schwarze Jeans, schwarzer Pullover, Dreitagebart, sinnliche Lippen. Und die Militärmarke, die ich unter seiner Kleidung erahne. Ich hasse mich für meine Empfindungen.

Ich nehme seinen berauschenden Duft wahr, als ich mich hinunterbeuge, um ihm Hallo zu sagen, und zittere, als seine

Finger sanft nach meinen greifen, die sich wie gewohnt einfach um seine legen und ihre Wärme stibitzen. Ich weiß, was die Geste bedeuten soll: »Es ist nicht so, wie du denkst. Ich hoffe, du hattest einen guten Tag. Sag mir, dass zwischen uns alles in Ordnung ist.« Statt einer Antwort biete ich ihm ein kleines Lächeln an – etwas Besseres bringe ich im Moment nicht zustande –, setze meinen Weg fort und entschuldige mich für die Verspätung.

»Ach was! Wenn deine Verspätung deinem Outfit geschuldet ist, habe ich echt nichts dagegen«, neckt Jason mich mit verführerischem Blick.

Errötend schaue ich an mir hinunter. Ich trage Hosen, die bis zu den Fersen meiner High Heels reichen, und eine Korsage mit V-Ausschnitt.

»Allerdings sieht das Teil nicht gerade praktisch zum Ausziehen aus. Du solltest es nicht zu eilig haben«, meint Zoé.

Ich schlüpfe aus meinem Mantel und versuche, Loan nicht anzusehen. Aus dem Augenwinkel sehe ich, dass Alexandra alles daran setzt, auf seinem Schoß zu landen! Pff. Erbärmlich. Ich schnappe mir das Glas, das nur auf mich gewartet hat, und trinke so große Schlucke, dass Zoé anerkennend pfeift.

»Oh, da hatte aber jemand einen schlechten Tag. Bei deinem Vergewaltigungswitz hätte ich schon was merken müssen.«

Cléments Gesicht kommt mir plötzlich in den Sinn. Stimmt, dieser Tag war eine echte Katastrophe. Und doch ist das Einzige, was mir wirklich wichtig ist, meine Freundschaft mit Loan. Ich würde alles dafür geben, wenn es zwischen uns nicht mehr so komisch wäre wie heute Morgen. Ich wünsche mir, in seinen beruhigenden Armen zu liegen, während er mir das Haar streichelt und wir uns vor *Outlander* mit Schokolade vollstopfen. So wie immer.

Ich hätte wissen müssen, dass sich alles ändern würde.

»Trotzdem scheinst du eine wunderbare Nacht verbracht zu haben«, murmelt Zoé geheimnisvoll.

Ich pruste in meinen *Virgin Mojito* – eine ziemlich ironische Getränkewahl angesichts der Situation. Was passiert hier gerade? Weiß sie …? Nein, das kann nicht sein. Niemand weiß davon. Zoé lacht und kommt näher, damit uns niemand hört.

»Ich weiß es.«

»Was soll das heißen, du weißt es?«

»Du und Loan. Ihr habt Mama und Papa gespielt.«

Mit offenem Mund starre ich sie an und bringe kein Wort heraus. Das hat mir an diesen chaotischen Tag gerade noch gefehlt. Gott will mich bestrafen, ganz sicher, und das ist nur gerecht!

»Ich habe euch gestern gehört«, erzählt sie. Am liebsten würde ich im Boden versinken. »Ich habe zwar die Wohnung verlassen, aber mein Auto ist nicht angesprungen. Nach … sagen wir fünfzehn Minuten bin ich wieder hochgekommen. Ich wollte Loan bitten, mir seinen Wagen zu leihen. Aber im Wohnzimmer habe ich das Stöhnen aus deinem Zimmer gehört.«

»Oh … mein Gott …«, hauche ich mit brennenden Wangen.

Alles, nur nicht das! Abgesehen von meiner Untreue bin ich jetzt auch noch eine Exhibitionistin! So viel Glück habe wirklich nur ich. Ich würde gern zu Loan hinübersehen, aber ich spüre seinen auf mich gerichteten Blick und fürchte, er könnte jeden meiner Gedanken erraten, wenn ich dem Wunsch nachgäbe.

»Du sagst es«, kichert Zoé. »Erst dachte ich, du und dein Süßer wären endlich zur Sache gekommen, doch dann fiel mir ein, dass er nicht da war und auch nicht innerhalb einer Viertelstunde hergekommen sein konnte, ohne dass ich ihm begegnet wäre.«

Ich kneife die Augen zusammen und beiße mir auf die Lippen, zu beschämt, um auf den »Süßen« einzugehen. Bitte mach, dass das alles nur ein Traum ist, ich flehe dich an … Aber nein, es ist Wirklichkeit. Ich habe mit Loan geschlafen und Zoé weiß Bescheid. Schlimmer noch, sie hat uns gehört! Und der Himmel weiß, wie lange sie dabei Voyeurin war. Plötzlich kommt mir der Moment in den Sinn, als Loan meine Nippel geküsst hat, während ich vor Lust aufstöhnte. Ein Augenblick innigster Intimität, den meine beste Freundin mit uns geteilt hat.

Sie, der es nichts ausmacht, bei meinem ersten Mal dabei gewesen zu sein, und die Schlampe, die Loan ständig ins Ohr schnurrt, geben mir den Rest. Und die Tatsache, dass ich mich aufrege, ärgert mich noch mehr, denn ich weiß, dass ich kein Recht dazu habe.

»Ich bin sofort wieder gegangen, Ehrenwort«, lacht Zoé, als sie meinen entsetzten Ausdruck sieht.

»Noch nie im Leben habe ich mich so geschämt«, knurre ich sie an und kippe – ganz schön früh am Abend – den Rest meines Drinks hinunter.

»Ach, komm schon! Jetzt, wo du den Sprung gewagt hast, können wir endlich darüber reden, ohne dass es peinlich wird.«

Ich werfe ihr einen kühlen Blick zu, woraufhin sie mit Unschuldsmiene die Augenbrauen hebt.

»Aber es IST peinlich.«

»Kein bisschen!«, beruhigt sie mich und legt mir einen Arm um die Schultern. Ihr Atem riecht nach Alkohol. »Aber sag mir wenigstens, was passiert ist, unser Hübscher sieht nämlich aus, als würde er sich am liebsten in der nächsten Badewanne die Pulsadern aufschneiden. Seid ihr jetzt so was wie Fickfreunde? Und was ist mit Clément? Oh Gott«, schreit Zoé plötzlich, schlägt sich die Hand vor den Mund und erregt damit ein paar

Sekunden lang Jasons Aufmerksamkeit. »Sag nicht, dass er bei euren Sexspielchen mitmacht? Du hast offenbar wirklich deinen Spaß …«

Ungläubig stottere ich unverständliche Worte. Ihr Blick verliert sich ins Ungewisse. Als ich begreife, dass sie sich gerade den erwähnten flotten Dreier vorstellt, kneife ich ihr in den Arm, sodass sie schmerzlich aufstöhnt.

»Gnade, Zoé! Natürlich nicht! Ich schlafe nicht mit beiden, schon gar nicht zur gleichen Zeit!«

»Wie schade. Und weiter?«

»Nichts weiter. Ich habe Loan bloß gebeten, mir diesen Gefallen zu tun«, flüstere ich ihr ins Ohr und überschlage die Beine. »In aller Freundschaft, wie du mir geraten hast.«

Sie betrachtet mich einen Moment mit argwöhnischer Miene.

»Ich hätte nicht geglaubt, dass du es machst. War es wenigstens gut?«

Sie klingt wirklich ernst. Ich bin so überrascht, dass ich instinktiv nicke. Was für eine Frage.

»Ja«, antworte ich und schaue zu Loan hinüber, der mich intensiv fixiert. »Ja, es war gut.«

Ich erwidere kurz seinen Blick und frage mich, wann das Unbehagen vergeht. Zu wissen, dass ich die Einzige bin, die diesen göttergleich schönen Mann völlig nackt gesehen hat, ist schrecklich und erregend zugleich. Loan mag ruhig und diskret sein, aber es besteht kein Zweifel daran, dass er weiß, wie es geht.

Zoé zappelt neben mir herum, aber ich habe nichts von dem gehört, was sie gesagt hat.

»Was?«

»Ich habe gesagt …«

Aber wieder höre ich nicht hin. Alexandras Hand ist gerade

erneut ein Stück an Loans Oberschenkel hinaufgerückt. Er spielt mit seinem Handy, und ich sehe, wie er sich verspannt. Sie beugt sich zu seinem Ohr, schiebt ihm ihre Brüste direkt vor die Nase und flüstert ihm etwas zu, das ich wegen der Entfernung nicht verstehen kann. Allerdings konzentriere ich mich so intensiv auf diese Nervensäge, dass ich ihr die Worte von den Lippen ablesen kann: »Wollen wir tanzen?«. Eine Welle völlig ungerechtfertigter Wut erfasst mich.

Nein, er tanzt nicht. Natürlich nicht! Loan tanzt nie. Bevor ich auch nur weiß, was ich tue, stehe ich mit einem kalten Lächeln auf den Lippen und einer zärtlichen Hand in Loans Nacken vor ihnen. Er erbebt unter meinen Fingern, während er überrascht den Kopf hebt.

»Monsieur tanzt nie«, antworte ich an seiner Stelle. »Außer mit der, die ihm donnerstags seine Makkaroni macht. Dafür ist er seltsamerweise zu allem bereit.«

Mit meinem Daumen zeichne ich Kreise auf seinen Hals, was ihn unfehlbar sofort entspannt. Er reagiert auf meine Worte mit einem dezenten Augenzwinkern. Mein verwüstetes Herz erglüht. Es dauert ein paar Sekunden, bis ich mich davon erholt habe – genau die Zeit, die Alexandra braucht, um die Botschaft zu verstehen. Über Loans Schulter wirft sie mir einen vernichtenden Blick zu. Ich lächle freundlich.

»Aber Monsieur besitzt eine Zunge, Vio. Ich denke, er kann selbst antworten.«

Also eine Zunge, die hat er wirklich ..., antwortet mein Gewissen mürrisch. *Und du kennst sie nicht einmal ansatzweise, meine Große!*

Okay, ich habe kein Recht, mich in Loans Liebesleben einzumischen. Wenn Alexandra ihm gefällt und sie ihn anmacht, dürfte es mich kein bisschen kümmern. Aber ich weiß, dass er sie nicht leiden kann. Außerdem mag ich es nicht, dass er kaum vierundzwanzig Stunden, nachdem er mich entjungfert hat, mit einem anderen Mädchen flirtet. Ist das so falsch?

Ich bin drauf und dran, meine Denkweise zu erklären, als Loan meine Hand aus seinem Nacken nimmt, sie freundlich drückt und auf sein Bein legt.

»Entschuldige, Alexandra, aber Violette hat recht. Ich vermeide es, zu tanzen ... Glaub mir«, fährt er pragmatisch fort und verzieht das Gesicht, »ich erspare dir eine unvermeidliche Blamage.«

Ich kann dem nicht zustimmen. Ich finde, dass er im Gegenteil sehr genau weiß, was er auf einer Tanzfläche mit seinem Körper zu tun hat. Doch ich halte natürlich den Mund. Alexandra errötet bis zu den Haarwurzeln, lächelt aber verständnisvoll.

»Okay, schade. Dann frage ich eben Jason.«

Tu das. Ungerührt von ihrem bösen Blick trete ich ein Stück zur Seite, um sie vorbeizulassen, und setze mich auf ihren Platz. Mein Oberschenkel berührt den von Loan. Zoé beobachtet uns vergnügt aus einiger Entfernung. Ich werfe ihr einen abweisenden Blick zu, ehe ich mich auf Loans Hand in meiner konzentriere, die immer noch auf seinem Oberschenkel ruht. Er zeichnet kleine, zärtliche Kreise auf meinen Daumenballen.

»Danke«, sagt er.

Ich zucke mit einer Schulter, ohne ihm in die Augen zu sehen. Wir sind uns auch so schon nah genug.

»Ich habe erkannt, dass du Hilfe brauchtest und mich für dich geopfert.«

»Zu großzügig«, kommentiert er mit einem spöttischen Grinsen, ohne seine Liebkosungen zu unterbrechen.

Ich sehe ihm paar Sekunden dabei zu, ehe ich mich daran

erinnere, dass es unangebracht ist. Das scheint er zu bemerken, denn sein Lächeln wird breiter und spöttischer.

»Was willst du … So bin ich nun mal.«

Dazu schweigt er. Unsere Hände sind wie zusammengeschweißt und lassen einander nicht los, aber unsere Blicke kreuzen sich nie.

»Darf ich dich was fragen?«

Loan blickt mich misstrauisch an.

»Ich erinnere mich noch sehr gut, wohin es uns geführt hat, als du mich das letzte Mal etwas fragen wolltest.«

Errötend verdrehe ich die Augen. Ja, daran erinnere ich mich auch.

»Diesmal ist es nichts Unanständiges, versprochen.«

»Schade.«

»Halt die Klappe.«

»Na gut.«

Auch ich schweige ein paar Sekunden und bin froh, nach und nach unsere Komplizenschaft wiederzufinden.

»Ist mit uns beiden noch alles okay?«

Das hat er offenbar nicht erwartet.

»Diese Frage musst du mir beantworten«, gibt er mit neutraler Miene zurück.

Ich zögere, wende aber den Blick nicht ab. Wenn ich ihm gestehe, dass ich Probleme damit habe, muss ich ihm von meiner Mutter erzählen. Dazu bin ich noch nicht bereit.

»Für mich ist alles in Ordnung«, erkläre ich mit Nachdruck.

Er rührt sich zunächst nicht, aber schließlich nickt er sanft.

»Dann ist für mich auch alles in Ordnung.«

Ich lächle und lege den Kopf auf seine Schulter. Ich bin froh, dass wir uns Klarheit verschafft haben.

Auch wenn wir beide lügen. Und das wissen wir genau.

Ich bin überglücklich. Nach einigen Tagen, in denen mich Schuldgefühle geplagt haben, erhalte ich eine Nachricht von Clément, dass sein Vater tatsächlich jemanden bei Millesia kennt und es geschafft hat, mir ein Vorstellungsgespräch zu verschaffen. Als ich die gute Nachricht erhalte, laufe ich natürlich sofort ins Wohnzimmer und werfe mich Loan in die Arme, der gerade sein Krafttraining macht. Er fängt mich auf, und ich schlinge die Beine um seine Taille.

»Muss ich mich über etwas freuen?«

Als er auf dem Laufenden ist, umarmt er mich fester und gratuliert mir. Sein Gesicht strahlt vor Stolz.

»Du wirst sie umhauen, Violette-Veilchenduft.«

Ich verbringe einige Minuten damit, ihm zu erzählen, was ich bei dem Gespräch präsentieren will, als es an der Tür klingelt.

Loan in seinen weiten Shorts und einem grauen, ärmellosen Sporthemd setzt seine Liegestütze fort, während ich öffne. Überrascht sehe ich Clément vor der Tür. Er hat einen Strauß Veilchen in der Hand und ein bezauberndes Lächeln auf seinem attraktiven Gesicht.

»Hallo Süße.«

»Clément! Was machst du hier?«, frage ich und nehme ihm die Blumen aus der Hand. »Sie sind wunderschön, danke.«

Er kommt näher und zieht mich an sich, um mich zu küssen. Ich bitte ihn herein und mache mich auf die Suche nach einer Vase, die ich mit Wasser fülle. Hastig blicke ich zu Loan hinüber, der Clément keines Blickes würdigt. Er macht schwitzend weiter seine Liegestütze, aber ich erkenne sofort, dass er sich nicht mehr auf das konzentriert, was er tut.

»Clément, sicher erinnerst du dich an Loan«, sage ich mit zugeschnürter Kehle.

Es macht mich krank, die beiden im selben Raum zu sehen.

Clément geht mit einem verkniffenen Lächeln auf Loan zu und streckt ihm die Hand entgegen. Mein bester Freund steht auf und wischt sich die Stirn mit einem Handtuch ab, ehe er sie mit unergründlicher Miene ergreift.

»Hi.«

»Hi.«

Na toll. Ich stelle die Vase auf den Wohnzimmertisch und bin mir der männlichen Blicke hinter meinem Rücken sehr bewusst. Ich versuche Zeit zu gewinnen, aber es bringt nichts. Glücklicherweise kommt mir meine Freundin Mistinguette zu Hilfe. Sie hoppelt zu Loan und lässt sich von ihm hochnehmen. Er drückt ihr einen Kuss auf den Pelz, was mich zum Lächeln bringt.

»Eigentlich mag ich keine Tiere, aber dieses Kaninchen ist ganz süß«, sagt Clément und versucht sie zu streicheln.

Loan rührt sich nicht, im Gegensatz zu meinem Kaninchen. Es zappelt und versucht, meinen Freund in die Finger zu beißen. Verärgert zieht Clément seine Hand zurück. Ich sehe, wie Loan ein Lächeln andeutet, und räuspere mich.

»Keine Sorge«, beruhige ich Clément. »Sie liebt nur Loan, da ist nichts zu machen.«

»Das sehe ich.«

Stille macht sich breit. Loan fährt fort, Mistinguette zu streicheln, die seine Zuwendung in vollen Zügen genießt. Plötzlich stelle ich fest, dass Clément mich beobachtet. Voller Angst sage ich das Erstbeste, was mir in den Sinn kommt, um fliehen zu können:

»Also, wir gehen jetzt in mein Zimmer«, informiere ich Loan. »Das heißt nicht, dass wir uns langweilen oder dich allein lassen wollen, obwohl ich mir sicher bin, dass du jetzt lieber allein wärst, um zu trainieren! Wie auch immer, ich wollte nur sagen, dass wir dich in Ruhe lassen, um dich nicht zu nerven, und natürlich auch unseretwegen, um unseren Kram zu machen, also, wenn ich sage, unser Kram, dann meine ich natürlich Gespräche, nicht wahr, es war keine Metapher, die was anderes bedeutet, und mit ›was anderes‹ meine ich Dinge, die wir noch nie ...«

»Stopp, Violette.«

Ich verstumme, hole tief Luft und schäme mich fast zu Tode. Ich habe es wieder getan. Die beiden Männer in meinem Leben schauen mich an, jeder mit einem anderen Ausdruck.

»Macht, was ihr wollt, Violette-Veilchenduft. Ich halte niemanden zurück.«

Ich nicke mit verschlossenen Lippen, wie ein Roboter. Clément verabschiedet sich von meinem besten Freund, doch dieser konzentriert sich nur auf mich. Ich wende mich ab, um nicht schwach zu werden, und folge meinem Freund in mein Zimmer.

Mit unruhigem Blick lehne ich mich an die Tür, als mir bewusst wird, dass Clément mit mir spricht.

»... verkorkst.«

Ich hebe das Kinn und starre Clément an, als wäre es das erste Mal. Plötzlich finde ich es komisch, ihn auf demselben Bett sitzen zu sehen, auf dem ich mit Loan geschlafen habe.

»Tut mir leid, ich habe gerade nicht zugehört. Was hast du gesagt?«, frage ich und lege mich hin.

»Ich sagte, dass mir die Decke nicht besonders gefällt. Okay, er ist dein bester Freund, trotzdem ist es nicht gerade toll, oder?«

Ich öffne die Augen und mein Blick fällt auf ein Foto von Loan und mir Rücken an Rücken. Fröhlich halten wir uns an den Händen. Ich muss unwillkürlich lächeln. Er ist so selten wirklich entspannt, dass es ansteckend ist, wenn er lacht.

»Ich habe damit kein Problem.«

»Ich schon.«

Ich sehe Clément an, der sich rechts von mir ausstreckt und den Kopf auf den Ellbogen stützt. Er ist so süß ... Verlegen schaue ich ihm in die Augen. Vielleicht hat er recht. Loans und meine Beziehung ist schön, wenn wir beide solo sind. Andernfalls wird sie toxisch. Ich stelle mir die Decke von Cléments Zimmer vor und füge dann massenhaft Bilder von ihm und einem anderen Mädchen hinzu. Stimmt, das gefällt mir auch nicht besonders.

»Soll ich sie wegmachen?«

Lust dazu habe ich nicht, sie wecken viele schöne Erinnerungen. Außerdem waren sie ein Geburtstagsgeschenk – wie sollte ich Loan erklären, dass ich sie nicht mehr will? Trotzdem biete ich es an. Weil ich es verstehe.

»Du würdest mich hassen, wenn ich Ja sagen würde.«

Ich verstehe seine Befürchtungen, schließlich sind sie berechtigt. Ich wechsle das Thema, damit er nicht tatsächlich darauf besteht.

»Nächste Woche kommt mein Vater zu Besuch.«

Dieses Mal schaue ich ihn an. Er sieht ein bisschen sauer aus, fügt aber nichts hinzu.

»Super. Ich würde ihn gerne kennenlernen. Kommt deine Mutter auch?«

Autsch. Es tut immer noch weh.

»Nein.«

Clément streicht eine Haarsträhne beiseite, die meine Stirn kitzelt, und küsst mich leidenschaftlich. Ich erwidere seinen Kuss, allerdings schüchterner. Ich bin nicht in Flirtstimmung.

»Oh, sind sie getrennt?«

»Ja«, antworte ich entschlossen, damit er begreift, dass ich nicht mehr darüber reden will.

Leider scheint er es nicht zu verstehen.

»Entschuldige … Dann kommt sie also ein anderes Mal?«

Heiße Tränen verbrennen mir die Augen.

»Genau, so ist es. Sie kommt ein anderes Mal.«

17

Heute

Loan

Ich wusste, dass es eine schlechte Idee war. Von Anfang an roch die Sache nach einem faulen Kompromiss. Ich wollte unbedingt daran glauben, dass ich zu gegebener Zeit damit fertigwerden könnte, aber da lag ich wohl falsch. Sicher, ich habe die angenehme Seite genossen, aber für meinen Geschmack kommen die Nachteile etwas zu schnell zum Vorschein. Zum Beispiel hätte ich nie gedacht, dass es mich so sehr irritieren würde, Violette mit Clément zu sehen.

Ich tigere durchs Wohnzimmer und ignoriere Mistinguette, die mich fragend anschaut. Ich schnaufe, setze mich auf die Sofakante und erwidere ihren Blick.

»Ja, ich weiß«, sage ich zu ihr. »Das ist übel.«

Ich habe eine Grenze überschritten, der ich mich nicht hätte nähern sollen. Und wenn man dann auch noch Lucie dazunimmt … Die Erinnerung an Lucie sucht mich immer noch manchmal heim. Es ärgert mich, dass sie mir etwas vorwirft, wofür sie nie Beweise hatte, und vor allem seit mehr als sieben Monaten. Irgendwann könnte sie sich vielleicht mal anhören, was ich dazu zu sagen habe! Die eigentliche Frage ist allerdings: Was habe ich zu sagen? Ich bin mir nicht einmal sicher, ob sie unrecht hat, besonders jetzt. Die Wahrheit ist, dass mir die Nacht mit Violette hinsichtlich unserer Beziehung die Augen geöffnet hat. Sie ist alles andere als platonisch. Sie war es nie.

Ich bin es leid, auf irgendetwas Unbestimmtes zu warten, und fange in aller Stille an, das Abendessen zu machen. Jason wird jede Minute hier sein, genau wie Zoé.

»Ich glaube, er reist Freitagabend an«, höre ich Violettes Stimme im Flur, »du könntest also am Samstag zum Essen kommen.«

Ich schenke ihnen keine Aufmerksamkeit und gebe vor, mich aufs Kochen zu konzentrieren. Trotzdem sehe ich sie aus den Augenwinkeln auf die Wohnungstür zugehen. Gewaltsam hindere ich mich daran hinzuschauen, als Clément sie zum Abschied zärtlich küsst. Stattdessen schlage ich Eier in die Pfanne.

»Das sollte klappen. Noch ein letzter Witz, bevor ich gehe?«, schlägt Clément vor.

Mit unbewegter Miene spitze ich die Ohren. Violette ist die Königin der Witze.

»Okay«, sagt Violette, deren Stimme ein breites Grinsen verrät. »Warte mal … Ach ja! Kommt ein Pfarrer zum Arzt: ›Herr Doktor, bitte helfen Sie mir. Ich habe ständig ein schmerzhaftes Stechen unter meiner Vorhaut.‹ Der Arzt beginnt mit der Untersuchung. Nach einiger Zeit richtet er sich auf und verkündet stolz: ›Da haben wir ja den Übeltäter – ein Milchzähnchen!‹«

Unwillkürlich lache ich auf, bevor ich mich wieder zusammenreiße und mich räuspere. Violette kichert über ihren eigenen Witz, aber ich höre keine andere Reaktion. Ich hebe neugierig den Kopf. Clément lächelt ein wenig verkniffen. Der Junge scheint sich alles andere als wohlzufühlen. Violettes Lachen verstummt nach und nach.

»Habe ich irgendwas missverstanden oder war das wirklich ein Witz über Pädophilie?« Clément verzieht das Gesicht.

»Aber ja. Genau das ist doch zum Lachen. Ich meine, ich

mache mich nicht über so was lustig, ich bin schließlich kein Monster, es ist nur schwarzer Humor, weißt du, um damit umgehen zu können.«

»Hm. Ich finde ihn ganz schön fies, sogar aus deinem Mund.«

Sprachlos beobachte ich die Reaktion meiner besten Freundin. Sie steht da wie versteinert und wirkt überhaupt nicht mehr selbstsicher. Dieser Wichser. Sie schämt sich.

»Ja, schon klar. Ich meine, normalerweise erzähle ich solche Witze nicht.«

Ich runzle die Stirn. Was hat dieser Mist zu bedeuten? Als ich sie so hilflos, beschämt und meiner Anwesenheit bewusst dastehen sehe, will ich sie am liebsten in den Arm nehmen. Gereizt wende ich mich wieder dem Omelett zu. Ich kann diesen Kerl einfach nicht leiden. Und Violettes Verhalten in seiner Gegenwart macht mich wütend – aus dem einfachen Grund, weil sie nicht sie selbst ist.

»Ich muss los, meine Süße. Sehen wir uns Samstag?«

Kaum ist er fort, riskiere ich einen Blick in ihre Richtung. Unsere Blicke treffen sich. Sie sieht betreten aus, und das geht mir ans Herz. Ich schenke ihr ein möglichst charmantes Lächeln, um die Situation zu entschärfen. Sie braucht das jetzt.

»Ich fand deinen Witz lustig.«

Sie zuckt die Schultern. Auf der Treppe wird es laut.

»Clément hat recht, er war nur mittelmäßig. Ich will nicht, dass die Leute denken, ich nehme Missbrauch nicht ernst ...«

Sie hat ihren Satz kaum beendet, als Jason und Zoé laut streitend ins Wohnzimmer stürmen. Weder Violette noch ich rühren uns, sondern blicken einander weiter intensiv an. Mir fällt auf, dass Violette eine rote Bluse trägt, die ihre kleine Brust perfekt zur Geltung bringt. Ich muss schlucken. Im gleichen Moment befeuchtet Violette sich die Lippen. Ich frage mich, ob auch ihr plötzlich heiß geworden ist oder ob es nur mir so geht.

Zoé ist diejenige, die unseren stummen Austausch unterbricht.

»Ich habe diesen Mülleimer hier vor dem Haus gefunden und mit hochgebracht.«

Ich blinzle verwirrt. Beleidigt sorgt Jason für Klarheit:

»Irre ich mich, oder hat sie mich gerade mit Abfall verglichen?«

»Wow, ich dachte nicht, dass du die Metapher verstehen würdest«, kontert Zoé.

Ich schalte den Elektroherd aus und streue Pfeffer über das Omelett, das ich mit gekochten Paprikaschoten garniert habe. Jason legt seine Jacke ab, tätschelt mir den Rücken und flüstert, ohne den Blick von Zoé zu wenden, die sich ebenfalls auszieht:

»Mann, ich glaube, sie ist verrückt nach mir.«

Der Abend droht lang zu werden. Nicht nur, weil Violette neben mir sitzt und ich ihren Duft wahrnehme, der alle meine Sinne kitzelt, sondern, als ob das nicht genug wäre, gesellt sich Zoé auch noch dazu.

Ich gehe davon aus, dass Violette sich ihr anvertraut hat, denn ich glaube nicht, dass die Anspielungen, die sie beim Essen macht, unschuldig sind. Ich ärgere mich, weil ich keinesfalls wollte, dass jemand so Vertratschtes wie Zoé davon erfährt, aber ich habe kein Recht, Violette Vorwürfe zu machen. Schließlich habe ich Ethan ebenfalls ins Vertrauen gezogen.

»Okay, ich fasse also zusammen: Ich bin eine Krankheit …«

»Es ist weniger eine Krankheit als eine Infektion«, korrigiere ich und lege den Arm über meine Stuhllehne.

Ich bemühe mich, nicht über das Post-it auf Jasons Stirn zu lachen. Violette war wirklich einfallsreich. Nach dem Abendessen hatte Jason vorgeschlagen, ein personalisiertes »Wer bin ich?« zu spielen. Jeder suchte sich einen Begriff für sein Gegenüber aus. Violette schrieb »Chlamydien« auf das Post-it für Jason und bekam »Nutella« von Zoé (es war so vorhersehbar, dass sie die Einzige war, die ihren Begriff sofort herausfand), und ich wählte »Vibrator« für Zoé – Jasons Vorschlag, möchte ich hinzufügen. Was mein Post-it betrifft, um das sich Zoé gekümmert hat, habe ich ein ungutes Gefühl.

»Okay, also eine Infektion, die ich mir eingefangen habe, meint ihr das?«

»Das wissen wir nicht«, sagt Violette und erdolcht ihre beste Freundin mit Blicken.

»Blödsinn«, fügt Zoé mit hinterhältigem Lächeln hinzu. »Er ist genau der Typ, der sich so was einfängt.«

Jason denkt leicht verwirrt nach, doch dann scheint er endlich zu begreifen und wirft Zoé einen überheblichen Blick zu.

»Ha-ha, ich lache mich tot. Aids?«

»Wir haben dir doch gesagt, es ist eine Infektion und keine Geschlechtskrankheit, du Idiot.«

»Syphilis?«

»Denk nach.«

»Papillomviren?«

»Himmel, will er sie jetzt alle durchgehen?«, regt Zoé sich auf. Violette lacht laut. »Mich wundert nicht, dass du sie auswendig kennst.«

»Ich informiere mich eben«, knurrt Jason. Seine Wangen sind röter als sonst. »Chlamydien?«

»Masel tov!«

Er flucht leise vor sich hin, reißt sich das Post-it von der Stirn und wirft es verärgert weg. Jetzt sind nur noch Zoé und ich übrig. Zoé denkt nach, während Violette sich mein Glas Wein schnappt. Ich beobachte, wie sie ihre Lippen befeuchtet, ehe sie sich an mich schmiegt und ihre Beine über meine legt. Überrascht bleibe ich unbeweglich sitzen und zögere, die Arme um sie zu legen.

Das Blut fließt schneller durch meine Adern, wie jedes Mal, wenn sich die Wärme ihres Körpers mit meiner vermischt. Schließlich schlinge ich doch einen Arm um ihren Rücken und lege die Hand in ihren Nacken.

»Okay, ich muss zugeben, das ist lustig«, meint Zoé grinsend, die inzwischen erraten hat, was auf ihrem Post-it stand. »Jetzt bist du dran, Schönster«, fügt sie mit einem Raubtierlächeln hinzu.

Ich bin ein lebender Mensch, ein blonder Mann, den ich nicht leiden kann. Die Beschreibung lässt keinen Zweifel zu. Zoés Blick verrät, was ich mir bereits dachte: Ich bin sicher, dass auf meinem Post-it »Clément« steht. Aber in diese Falle tappe ich nicht. Wenn ich seinen Namen ausspreche, offenbare ich damit allen, dass ich ihn nicht mag, aber ein solches Geständnis würde mir schaden. Das kommt nicht infrage.

»Leute, ich komm nicht drauf, ich gebe auf.«

Ich nehme das Post-it von meiner Stirn. Zoé verdreht die Augen.

»Spielverderber.«

Ich lese den Namen auf dem Papier: »Clément«. Absolut vorhersehbar.

»Den Witz verstehe ich nicht, tut mir leid.«

Nach einer lastenden Stille ist es Violette, die das Eis bricht. Sie richtet sich auf:

»Hey, ihr seid alle Loser. Heute Abend habe ich gewonnen.«

Ich trinke den Rest aus meinem Glas und sehe zu, wie sie aufsteht, um abzuräumen. Dabei bemerke ich den unfreundlichen Blick, den sie Zoé zuwirft. Zoé zuckt die Schultern. Kein Zweifel: Violette hat ihr erzählt, was wir getan haben. Ich seufze innerlich. Das hat mir gerade noch gefehlt. Jason geht zu meiner besten Freundin in die Küche und unterhält sich mit ihr über die unterschiedlichsten sexuell übertragbaren Infektionen. Ich nehme die Gelegenheit wahr, mich an Zoé zu wenden und ihr gelassen und bestimmt zu erklären:

»Ich weiß, dass du es weißt, und es ist mir scheißegal. Allerdings fangen deine Anspielungen an, mich extrem zu nerven. Violette fühlt sich auch so schon schuldig genug, da brauchst du nicht noch ständig deinen Senf dazuzugeben.«

Zoé nickt missmutig und räumt fertig ab. Nach einem Espresso verkündet Jason, dass er langsam nach Hause gehen will. Er verabschiedet sich mit Küsschen und macht sich auf den Weg. Fast unmittelbar danach verschwindet auch Zoé. Ich vermute, dass sie uns allein lassen will.

»Gute Nacht«, antwortet Violette, ohne von der Spüle aufzuschauen.

Die Wohnung ist ruhig und friedlich. Man hört nur das Geräusch des Geschirrtuchs an den Gläsern. Ich lehne mich mit der Hüfte gegen die Küchenzeile, verschränke die Arme und kann nicht aufhören, sie anzuschauen.

»Würdest du mir einen Witz erzählen, um den Abend lustig zu beenden?«

Ich schnappe mir das zweite Geschirrtuch und helfe ihr abtrocknen. Dabei beobachte ich ihre Reaktion und erkenne den Anflug eines Lächelns in ihrem Mundwinkel.

»Nein. Keine Witze mehr.«

»Komm schon!«

Sie seufzt.

»Du nervst, Loan Millet. Ich rate dir, nicht weiter darauf zu bestehen, sonst …«

»Sonst?«

Mit rosigen Wangen und Lippen steht sie mir gegenüber. Ich muss mich zwingen, nicht ihren Mund anzustarren. Wie gern würde ich sie jetzt küssen.

»Sonst sage ich … das Wort.«

Ich verbeiße mir das Lachen. Das Wort. Sie weiß, dass ich es hasse. Keine Ahnung, ob ich der einzige Spinner bin, der ein bestimmtes Wort hasst, aber Violette benutzt diese Drohung oft, um mich zum Schweigen zu bringen.

»Sag das Wort nicht«, flehe ich sie leise an.

Ein freches Lächeln erhellt ihren sinnlichen Mund.

»Welches Wort?«

»Du weißt genau, welches Wort.«

»Das Wort, von dem du weißt, dass ich es kenne?«

»Ganz genau.«

»Dieses Wort?«

»Ja.«

»Dann sage ich dieses Wort nicht.«

»Danke«, lächle ich amüsiert.

Mit triumphierendem Gesicht wendet sie sich ab, ändert aber plötzlich ihre Meinung.

»Warte! Meinst du etwa das Wort ›Schlüpfer‹?«

Ich knurre, verdrehe die Augen zum Himmel und wünsche mir, ich könnte vergessen, dass sie es gesagt hat. Das Wort verursacht mir eine Gänsehaut.

»Violette«, brumme ich bedrohlich.

»Okay, noch mal, als kleiner Abschluss.«

Ich stürze mich auf sie, noch ehe sie ihren Satz beendet hat. Sie quietscht und rennt im Slalom zwischen den Wohnzimmermöbeln hindurch, um mir zu entkommen.

»Komm her!«

Sie lacht aus vollem Hals, und ich kann mein Herz nicht

davon abhalten, sich in dieses Lachen zu verlieben. Es klingt durch den ganzen Raum und hallt tief in meiner Brust wider.

»Schlüpfer, Schlüpfer, Schlüpfer, Schlüpfer, Schlüpfer«, ruft sie wie ein Kind durch die Wohnung.

Sie rennt den Flur entlang und öffnet gerade meine Schlafzimmertür, als ich sie endlich erwische. Ich packe sie um die Taille, hebe sie rasant hoch und wirble sie herum.

»SCHLÜPFER!«

Ich lasse uns auf mein Bett fallen. Sie lacht noch immer. Plötzlich scheint sie sich der Stellung bewusst zu werden, in der wir uns befinden. Ihr Lachen erstirbt und ihr Lächeln schwindet wie Schnee in der Sonne. Ich bleibe über ihr, unsere Finger hinter ihrem Kopf verschlungen, ein Knie zwischen ihren Schenkeln. Meine Augen fixieren ihre Lippen, die nur Zentimeter von meinen entfernt sind. Ihre Brust hebt und senkt sich und führt mich jedes Mal, wenn sie mich streift, in Versuchung.

Ich blicke ihr direkt in die Augen und flüstere auf ihren Mund:

»Ich bevorzuge das Wort ›Slip‹.«

Einige Sekunden bleiben wir unbeweglich liegen, bis ich meine Hände aus ihren löse und aufstehe. Violette bewegt sich nicht, sie bemüht sich wahrscheinlich, wieder zu Sinnen zu kommen. Ihr weicher Rock ist ein wenig hochgerutscht und enthüllt einen weißen Slip unter der Strumpfhose. Ich setze mich neben sie und schiebe ihren Rock zärtlich zurecht.

»Willst du einen Film anschauen?«, flüstere ich.

Mit Wangen, die so rot sind wie ihre Bluse, setzt sie sich ebenfalls auf und streicht sich eine blonde Haarsträhne hinters Ohr.

»Warum nicht …«

Sie lehnt sich an mein Kopfteil und kuschelt sich unter die Bettdecke, während ich nach einer DVD suche. Ich entscheide mich für *The King's Speech*, weil ich weiß, dass sie total auf Colin Firth (für die Unwissenden: Er spielt den Mr Darcy in *Stolz und Vorurteil*) steht.

Als der Vorspann beginnt, schalte ich das Licht aus, öffne meine Nachttischschublade und reiche Violette eine Tafel Milka-Schokolade. Ich habe mir angewöhnt, immer Schokolade in meinem Nachttisch zu haben, weil ich weiß, dass es für Violette undenkbar ist, ohne Schokolade einen Film anzusehen.

Sie schenkt mir ein strahlendes, naschhaftes, glückliches Lächeln.

»Ich warne dich, ich gebe dir nichts davon ab.«

»Stell dir vor, damit habe ich gerechnet«, antworte ich und lege ihr einen Arm um die Schultern.

Die erste Stunde vergeht in tiefem Schweigen. Trotz ihrer Warnung hebt sie manchmal den Kopf, um mir ein Stück Schokolade zwischen die Lippen zu schieben.

Ich bemerke kaum, dass in der Wohnung eine Tür geht. Ich höre es zwar, doch ich achte nicht darauf. Aber weniger als zehn Minuten später sind Violette und ich wie versteinert. Ich wage nicht, etwas zu sagen, aus Angst, mir etwas eingebildet zu haben, aber der Gesichtsausdruck meiner besten Freundin ist ziemlich eindeutig. Ich träume nicht.

»Liegt es an mir, oder …« flüstere ich. Ich will es aus ihrem Mund hören.

»Bestimmt nicht. Oder wir sind beide paranoid.« Violette greift nach der Fernbedienung und schaltet den Fernseher stumm. Jetzt ist im Zimmer so still, dass wir das Stöhnen aus dem gegenüberliegenden Raum hören können. Zoé hat Besuch. Natürlich ist es nicht das erste Mal, dass sie jemanden mitbringt. Violette schläft dann bei mir. Wir sind es sogar gewohnt, darüber zu lachen. Aber dieses Mal ist es anders. Denn

Zoé hat gleich nebenan Sex, und das macht mich nicht nur eifersüchtig (den hätte ich jetzt nämlich auch gern), sondern es geht mir auf die Nerven.

Das Stöhnen von der anderen Seite des Korridors ist immer schwieriger zu ignorieren.

»Mach den Ton wieder an!«, bitte ich Violette.

Sie nickt und will es gerade tun, als uns das, was wir hören, auf der Stelle erstarren lässt:

»Oh, Jason, ja … bitte … oh …«

Violette reißt die Augen auf und schlägt eine Hand vor den Mund. So. Eine. Scheiße. Der Mistkerl hatte recht! Meine beste Freundin und ich schauen uns schockiert an. Plötzlich überkommt mich ein solcher Drang zu lachen, dass ich es nicht mehr aushalten kann. Violette und ich platzen gleichzeitig heraus.

Das Stöhnen auf der anderen Seite geht unbeirrt weiter, aber ich versuche es zu ignorieren. Ich kann nur hoffen, dass sie kein Paar werden, denn dann könnte ich ihre Sexgeräusche in Violettes Anwesenheit nicht ertragen.

»Ich denke, irgendwann musste es so kommen …«, murmelt Violette mit leerem Blick.

»Wie meinst du das?«

Nachdenklich zuckt sie die Schultern. Ich würde gern den Ton wieder einschalten, damit ich Jason und Zoé nicht zuhören muss, aber ich bin neugierig, was Violette denkt.

»In gewisser Weise sind sie sich ähnlich, daher war klar, dass sie es versuchen würden. Gleich und gleich gesellt sich gern, oder?«

Es ist zu schön, um wahr zu sein. Ich war mir nicht sicher, ob ich das Thema ansprechen sollte, denn schließlich geht mich ihre Beziehung zu Clément nichts an, aber sie bietet mir hier eine Steilvorlage. Also lege ich los.

»Wenn ich deiner Argumentation folge, seid du und Clément euch also ähnlich?«

Überrascht hebt sie den Kopf. Ursprünglich hatte ich nicht die Absicht, mit ihr darüber zu sprechen. Aber ich hasse es, zusehen zu müssen, wie sie in eine Rolle schlüpft, die ihr nicht entspricht. Violette runzelt die Stirn und ich begreife sofort, dass mir der weitere Verlauf dieses Gesprächs nicht gefallen wird.

»Wie kommst du darauf?«

»Findest du, dass du und Clément euch ähnlich seid? Glaubst du, dass ihr datet, weil ihr zusammenpasst?«

Sie studiert mein undurchdringliches Gesicht. Sie hat erraten, worauf ich hinauswill, jetzt gibt es kein Zurück. Wenn sie aber die Bedeutung meiner Bemerkung verstanden hat, dann deshalb, weil sie genau weiß, dass sie stichhaltig ist. Ein erster, kleiner Sieg.

»Wo liegt das Problem?«, geht sie zum Gegenangriff über und löst sich von mir.

Sie ist in Verteidigungshaltung und kniet mit verschränkten Armen vor mir. Ihr Blick sprüht Funken und sie hat den Kiefer angespannt. Gott, sie ist wunderschön. Was, wenn ich nicht weiterrede, sondern jede einzelne Sommersprosse küsse?

»Es ist eine ganz einfache Frage, Violette«, fahre ich jedoch mit ruhiger Stimme fort.

»Nein, wir sind uns nicht sehr ähnlich. Ist es das, was du hören wolltest? Na und? Gegensätze ziehen sich an!«

Ich würde lachen, wenn mir nicht klar wäre, dass ich sie damit verärgern würde. Sie und ihre Sprichwörter …

»Ich stimme dir voll und ganz zu. Aber warum versuchst du dann, dich in jemand anderen zu verwandeln?«

Meine Bemerkung trifft ins Schwarze. Violette wird blass, während Zoé und Jason noch immer fröhlich zugange sind.

Himmel, können sie das nicht wenigstens woanders machen? Ich schätze, Violette weiß nicht, was sie sagen soll, also hake ich noch einmal nach. Ich bin wirklich neugierig.

»Sag es mir bitte. Warum engst du dich so ein?«

Sie weiß, dass sie das Offensichtliche nicht leugnen kann und dass ich sie zu gut kenne, als dass sie mich täuschen könnte. Sie seufzt und lässt besiegt die Arme sinken.

»Wenn ich es lange genug mache, geht es mir vielleicht in Fleisch und Blut über, und ich werde irgendwann ganz normal: ruhig, unauffällig und etwas weniger komisch.«

Ihre Offenbarungen verblüffen mich. Es ist tatsächlich ernster, als ich dachte. Ich öffne den Mund, ohne zu wissen, was ich sagen soll, und mache schließlich das Licht wieder an.

Mir wird klar, dass wir in dieser Situation den Film nicht zu Ende schauen werden. Schade, ich fand ihn gut.

»Aber warum? Warum willst du normal werden?«

Sie hebt eine Augenbraue.

»Ist das eine echte Frage?«

»Ja, das ist eine echte Frage. Warum willst du normal werden, wo du doch einzigartig bist? Also ich möchte nicht, dass du normal wirst. Ich wünsche mir, dass du weiterhin ganz die echte Violette bist: seltsam, spontan, lustig und ungeschickt, und dass du Witze über Pädophilie machst. Normal macht doch keinen Spaß«, seufze ich und schüttle den Kopf. »Das kannst du mir ruhig glauben.«

Ungläubig mustert Violette mich. Als wäre ich verrückt, aber ich weiß, dass ich es nicht bin. Gerade dass sie nicht so ist wie alle anderen, hat mich an diesem Silvesterabend angezogen. Auch wenn Clément kein UFO wie Violette will, wünsche ich mir, dass sie versteht, dass viele andere gerne jemanden wie sie hätten. Ich zum Beispiel.

»Hörst du dir eigentlich selbst zu, Loan?«

»Aber es ist die Wahrheit!«, rege ich mich auf. »Du versteckst dich hinter dieser geträumten ›Normalität‹, aber in Wirklichkeit weiß ich, dass du nicht das Mädchen sein willst, das du zu sein versuchst. Dir gefällt schwarzer Humor? Nur zu! Du magst kein Sushi? Na und? Die Wahrheit, die wirkliche Wahrheit ist, dass du eigentlich nur eines erwartest: so akzeptiert zu werden, wie du bist. Eben nicht normal.«

Nachdem ich einmal losgelegt habe, kann ich mich nicht mehr bremsen. Sie soll erfahren, dass es mich verrückt macht, wenn sie sich für einen solchen Idioten ändert. Clément ist es nicht wert … Niemand ist es wert! Fehler zu verbessern oder Zugeständnisse zu machen ist okay, aber seine Persönlichkeit zu verändern? Nie und nimmer. Wenn dein Partner dich so nicht mag, dann ändere den Partner, denn es ist nicht der richtige.

»Ich will mit dir nicht über Clément reden«, kontert sie mit kalter, zitternder Stimme.

»Wenn ich das sage, will ich doch nur …«

»Ich brauche deine Hilfe nicht!«, unterbricht sie mich laut. Sie ist jetzt wirklich wütend. »Du kannst es nicht verstehen, also hör auf, mich damit zu nerven. Ich komme auch ohne dich sehr gut zurecht!«

»So gut, dass du mich bittest, mit dir zu schlafen, anstatt es mit deinem Freund zu tun«, entfährt es mir höhnisch.

Und natürlich bedauere ich es sofort. Violette nimmt es stumm hin, doch ich sehe in ihren schönen Augen, dass ihr die Bemerkung wehtut. Sie steht auf und will das Zimmer verlassen. Während sie an mir vorbeigeht, versuche ich, sie zurückzuhalten.

»Warte, das wollte ich nicht sagen. Ich verstehe nur nicht, warum du versuchst, jemand zu sein, der du nicht bist …«

»Weil die, die ich bin, nicht genug ist!«, schreit sie mich

Tränen in den Augen an. »Sie war noch nie genug! Ich war schon immer komisch, und jetzt reicht es. Wäre ich anders gewesen, hätte meine Mutter mich vielleicht mitgenommen, hm? Hätte sie sich um mich gekümmert?«

Oh, Violette ... Ich schlucke und stehe da wie ein Idiot. Sie sieht mich an, und ich weiß, dass es jetzt kein Bollwerk mehr gibt, das sie beschützt. Sie schluchzen zu sehen bricht mir fast das Herz. Ich zögere, sie in den Arm zu nehmen, ihr zu sagen, dass ich sie genau deshalb küssen will, weil sie ein kleines bisschen komisch ist und genau das in meinem Leben fehlt. Die Leichtigkeit.

Sie hat noch nie mit mir über ihre Mutter gesprochen und ich habe nie nachgefragt, weil ich selbst nicht über meine sprechen wollte. Trotzdem hätte ich nie gedacht, dass sie so unter ihr gelitten hat.

Aus einem Reflex spreche ich noch leiser als sonst und hebe die Hände, um sie zu beruhigen. Wie man so etwas macht, weiß ich genau.

»Violette ... Was auch immer deine Mutter getan hat, du darfst es nicht durcheinanderwerfen. Du darfst nicht dir die Schuld für ihr Handeln oder ihre Entscheidungen geben.«

»Ich habe ihr Scheißgeheimnis bewahrt«, schreit sie mich an und wird von Schluchzern geschüttelt. »Sie ist meine Mutter, sie war mein Vorbild, und ich hätte alles für sie getan ... Ich habe ihr Geheimnis mehr als zehn Jahre für mich behalten, und sie hat mich trotzdem alleingelassen. Warum, glaubst du, ist das so?«

Ich möchte ihr sagen, dass sie nichts dafür kann, auch wenn ich kein Wort von dem verstehe, was sie da sagt. Stattdessen gehe ich langsam auf sie zu und strecke die Hand nach ihr aus. Und dann nehme ich sie in den Arm. Zuerst kämpft sie, hämmert gegen meine Brust, um sich zu befreien, aber ich halte sie fest wie in einem Schraubstock und drücke mein Kinn auf ihren Kopf.

»Ich bin hier, Violette … Und ich lass dich nicht los, hörst du?«

Langsam lässt ihr Widerstand nach, sie schluchzt hemmungslos und macht mein T-Shirt ganz nass. Ich könnte mich ohrfeigen, dass ich das Thema angeschnitten habe. Offensichtlich gibt es einen tieferen Grund dafür, dass sie mit aller Kraft versucht, Clément zu gefallen. Dass sie sich so sehr wünscht, »normal« zu werden. Ich weiß nichts über ihre Mutter und was sie Violette angetan hat, aber eines ist sicher: Ich hasse sie.

Violette weint lange in meinen Armen und zerdrückt mein T-Shirt in ihren Händen. Als ihre Tränen versiegen, wirkt sie erschöpft. Ich drücke ihr einen Kuss auf die Haare, bin jedoch nicht in der Lage, meine Umarmung so zu lockern, dass ich sie wieder in mein Bett bringen kann.

Wir lassen uns auf den Boden sinken und schlafen ein.

18

Heute

Violette

Als ich am Mittwochmorgen aufwache, habe ich höllische Kopfschmerzen. Trotz der geschlossenen Fensterläden brennen meine Augen. Mit einem Mal fällt mir alles wieder ein.

Ich habe geweint. Deshalb tut mir der Kopf weh. Ich habe die halbe Nacht in Loans Armen geheult. Und er hat mich nicht losgelassen, noch nicht einmal, als wir gegen drei Uhr morgens doch noch ins Bett umgezogen sind. Immer noch im Dunkeln setze ich mich auf und werfe einen Blick auf den Wecker. Es ist neun Uhr. Ich habe die erste Vorlesung verpasst. Loan ist wahrscheinlich zur Arbeit gegangen.

Erschöpft reibe ich mir die Augen und greife nach dem Zettel auf dem Nachttisch.

Ich habe deinen Wecker ausgeschaltet, damit du ausschlafen kannst … Schreib mir, wenn du wach bist.
P. S.: In der Küche sind Schokocroissants.

Ich seufze, und ein leichtes Lächeln huscht über mein Gesicht, auch wenn mir nicht danach ist. Loan ist einfach bezaubernd. Und ich bin gestern Abend vor seinen Augen ausgerastet. Was habe ich mir bloß dabei gedacht? Offenbar hat es mir nicht gefallen, etwas zu hören, was ich eigentlich längst weiß. Umso weniger, als es aus dem Mund meines besten Freundes kam – ist dieser Begriff überhaupt noch gültig?

Ich schäme mich, dass ich in Cléments Gesellschaft nicht ganz ich selbst bin, denn schließlich hätte er es verdient. Aber ich kann einfach nicht aufhören, an meine Mutter zu denken und daran, was ich bin. Schon als ich klein war, hat sie sich bemüht, vor ihren Freundinnen gut dazustehen, wenn ich irgendwas anders gemacht habe als die anderen Mädchen. Und später war da die andere Familie. Diejenige, die sie sich ausgesucht hat.

Ich: Ich bin gerade aufgewacht. Danke für gestern.

Ich sitze im Wohnzimmer und esse ein Schokocroissant, als Loan mir antwortet:

Loan: Bist du mittags zu Hause? Jason will vorbeikommen und wir bestellen was beim Inder.
Ich: Geht klar.

Schnell ziehe ich eine Jeans mit hoher Taille an, in die ich im Stil der Neunziger ein weißes Sweatshirt stecke. Ich habe keine Lust, mich zu stylen, deshalb binde ich meine wilden Locken zu einem Pferdeschwanz zusammen und verzichte auf jegliches Make-up außer einem pflaumenfarbenen Lippenstift.
In der Metro auf dem Weg zu ESMOD beantworte ich die Nachrichten von Clément. Er fragt mich, ob wir zusammen essen wollen, aber ich schreibe ihm, dass ich bereits mit Freunden verabredet bin. Vor der Uni treffe ich Zoé, die auf ihrem Telefon tippt. Sofort fällt mir die Sache mit Jason ein. Ich ahne, dass wir viel Spaß haben werden …
»Hi, du.«
»Hey.«

Ich gebe ihr einen Kuss auf die Wange und schaue sie lange und geduldig an, ohne etwas zu sagen. Wird sie es mir erzählen? Sie stellt keine Fragen. Ich auch nicht. In gegenseitigem Einvernehmen. Wir betreten den Kursraum. Erst jetzt wage ich mich behutsam vor:

»Also, gestern Abend …«

»Was, gestern Abend?«

»Tu doch nicht so! Glaubst du, du bist die Einzige, die an fremden Türen lauscht? Wie du mir, so ich dir, Alte!«

Lächelnd verdreht sie die Augen. Wir setzen uns ganz nach hinten und sie lehnt sich an mich. Ihre Augen funkeln.

»Tratsche.«

»Sorry, aber du warst nicht gerade leise. Jason übrigens auch nicht.«

Angewidert verzieht sie das Gesicht. Ich schmunzle vor mich hin und versuche das Bild meiner beiden Freunde unter den Laken aus dem Kopf zu bekommen … in meinem Zimmer … Igitt. Das brauche ich wirklich nicht.

»Sprich diesen Namen bitte nicht aus«, faucht Zoé und tut so, als schäme sie sich. »Ich kann nicht glauben, dass ich so tief gesunken bin. Was ist bloß mit mir los, Vio?«

»Jason ist ein Guter. Mit dir ist los, dass du endlich mal die richtige Entscheidung getroffen hast. Bravo.«

»Keine voreiligen Schlüsse, Süße. Ich suche nichts Festes und er auch nicht. Ich meine, es ist eben Jason. Er ist und bleibt so nervig, blöd und machohaft wie immer, da hat sich nichts geändert. Aber er ist ziemlich gut im Bett«, räumt sie ein, »also gönne ich es mir. Bin ich jetzt eine Schlampe?«

Ich sehe sie mit einem traurigen Lächeln an. Und was wäre dann ein Mädchen, das mit seinem besten Freund schläft, während es mit einem anderen zusammen ist?

»Aber nein«, flüstere ich schließlich.

Ich verliere das Interesse an unserem Gespräch und hänge meinen Gedanken nach. Die Aussicht auf das kommende Wochenende deprimiert mich. Mein Vater und Clément im selben Raum, das kann nicht gut gehen. Was würde mein Vater sagen, wenn er es wüsste? Enttäuscht würde er feststellen, dass ich mich wie meine Mutter verhalte. Ich hasse mich für das, was ich getan habe. Immer öfter denke ich daran, meine Dummheit zu gestehen. Allerdings würde mir das auch nicht helfen herauszufinden, was ich für Loan empfinde oder ob es sich lohnt, deshalb die Sache mit Clément zu ruinieren.

Ich dachte, es wäre platonisch, aber da habe ich mich geirrt. Dafür denke ich viel zu oft an ihn.

Kurz vor Mittag stelle ich fest, dass Zoé seit mindestens drei Minuten auf ihr Handy starrt. Sie ist so blass, dass ich mir Sorgen mache.

»Was ist los?«

Meine beste Freundin schaut zu mir auf, und plötzlich weiß ich Bescheid. Dieses bleiche Gesicht kenne ich. Ihre Nasenflügel beben und ihre Augen sind geweitet, was mich bis ins Innerste berührt. Selten sehe ich Zoé so verängstigt. Wenn es aber passiert, weiß ich sofort, worum es geht. Es wiederholt sich etwa alle drei Monate.

»Nichts, keine Sorge.«

»Wieder dein Bruder?«, flüstere ich, damit unsere Kommilitonen mich nicht hören.

Sie seufzt, wendet den Blick ab und wirft ihr Handy in die Tasche.

»Was will er denn jetzt schon wieder?«

Sie stößt ein kaltes Lachen aus, das mir eine Gänsehaut über den Rücken jagt. Ich kann es mir zwar schon denken, aber ich muss sie fragen.

»Abgesehen von seiner Dosis, meinst du? Na ja, zum Beispiel das Geld, um das Zeug zu bezahlen. Nur, dass ich im Moment total blank bin. Ich kann ihm nicht helfen.«

Es ist immer dasselbe. Zoés älterer Bruder hält sie für seine persönliche Bank, und das macht mich wütend. Ich balle die Fäuste, um mich zu beruhigen. Ich weiß nicht genau, was in der Vergangenheit zwischen ihnen vorgefallen ist, ebenso wenig wie Zoé meine Mutter-Tochter-Geschichten kennt, aber das Wichtigste weiß ich: Zoé ist daheim ausgezogen, weil sie von etwas Besserem geträumt hat – jedenfalls besser als die Familie, in die sie hineingeboren wurde. Sie hat keinen Vater, und ihre Mutter hat immer ihren Bruder bevorzugt, genau den, der jedes Vierteljahr zu Zoé kommt und unter dem Vorwand, die Miete nicht bezahlen zu können, um Geld bettelt. Immer wieder hat sie versucht, ihm zu helfen, endlich clean zu werden. Vergeblich.

Zoé weiß, dass er von dem Geld, das sie ihm gibt, seine Drogen kauft. Und jedes Mal sagt sie, dass er nichts mehr von ihr bekommt. Aber dann tut sie es doch wieder. Weil Blut eben dicker ist als Wasser, wie es so schön heißt.

»Dann gib ihm nichts. Du bist weder seine Mutter noch sein Bankier.«

»Ich weiß.«

»Hallo ihr«, rufe ich freudig, als ich mit Zoé im Schlepptau die Wohnung betrete.

Die Jungs liefern sich ein Match an der Xbox. Jason chillt im Wohnzimmersessel, Loan sitzt an die Couch gelehnt auf dem Boden und hat seine langen Beine vor sich ausgestreckt. Ich stelle meine Tasche auf dem Küchentresen ab, während meine beste Freundin unser indisches Essen aufwärmt.

»Ach übrigens! Mir fällt da gerade was ein … Seid ihr beide

eigentlich jetzt zusammen?«, erkundige ich mich bei Jason und Zoé, während ich meinen Mantel aufhänge.

»Mal langsam, wir wollen nichts überstürzen«, meint Zoé empört und setzt sich aufs Sofa.

Mit meinem Teller in der Hand lasse ich mich neben ihr nieder. Die Jungs haben mit dem Essen nicht auf uns gewartet.

»Es ist nur Sex«, bestätigt Jason.

Zum ersten Mal, seit ich nach Hause gekommen bin, dreht sich Loan zu mir um und schaut mich an. Mein bester Freund tut so, als müsse er kotzen, was mich zum Lachen bringt.

»Das ist ekelhaft«, sage ich.

»Echt, es widert mich an«, fügt Loan ungerührt hinzu.

Jason versetzt ihm einen Tritt und triumphiert über seinen Sieg. Tatsächlich hat Loan gerade kläglich verloren.

»Du Opfer!«, lacht Jason.

Loan akzeptiert seine Niederlage hoheitsvoll mit unbewegter Miene. Er zuckt die Schultern.

»Das liegt nur daran, dass meine Glücksbringerin gerade damit beschäftigt ist, sich zu ernähren.«

Ich lasse mich nicht lange bitten, höre auf zu essen, gehe zu Loan und lege mich, ohne zu zögern, auf ihn, während er und Jason sich die Revanche liefern. Er spielt weiter und bewegt den Joystick über meinem Po, während ich mein Gesicht an seinem Hals vergrabe. Und ich entschuldige mich bei ihm.

»Tut mir leid wegen gestern.«

Mehr ist nicht nötig. Ich weiß, dass er es versteht. Genau genommen konzentriert er sich weiter auf sein Match an der Xbox, während er meine Schläfe küsst. Ich erschauere und bin beruhigt.

»Ach was, ich bin doch derjenige, der die Grenze überschritten hat. Nächstes Mal haust du mir eine runter, okay?«

Ich nicke und lächle an seinem Hals. Er riecht so männlich … Plötzlich erinnere ich mich an seine Arme, die mich die ganze Nacht festgehalten haben. Ich habe seinen Duft noch an mir, auf meiner Haut und in meinen Haaren. Ob die anderen das auch wahrnehmen?

»Du magst mich zu sehr, oder?«, necke ich ihn. Es ist so offensichtlich, dass es mich blendet.

Ich spüre, wie er leise unter mir lacht, während er Jason fertigmacht. Dieser knurrt unzufrieden.

»Ganz und gar nicht«, antwortet Loan locker. »Eigentlich bin ich nur aus Eigeninteresse mit dir befreundet. Du kochst schlecht, hast einen dicken Hintern und redest bei jedem Atemzug. Wirklich nicht gerade sexy.«

Ich lache laut auf und bewege mein Hinterteil unter seinen Händen, ehe ich ihm sanft in den Hals beiße.

»Autsch! Und offensichtlich bist du eine kleine Kannibalin. Warum überrascht mich das nicht?«

Ich entferne mich ein paar Zentimeter von ihm, damit er meinen Schmollmund sehen kann. Aber er ignoriert mich und konzentriert sich auf den Bildschirm. Neben ihm schimpft Jason, weil er verliert. Sieht aus, als würde ich Loan wirklich Glück bringen.

»Dann magst du mich also nicht?«

»Nein«, antwortet er ganz natürlich, ohne mich anzuschauen.

»Nicht schlimm. Du kannst ja nichts dafür, dass du einen beschissenen Geschmack hast.«

Dieses Mal lacht er wirklich. Und es ist ein so aufrichtiges, so spontanes Lachen, dass ich für den Bruchteil einer Sekunde verstumme. Ich beobachte, wie sich ein Grübchen bildet – wie ein unendlicher Brunnen, aus dem tausendundein Geheimnis entspringt. Loan lächelt nicht oft, aber wenn es passiert, ist es immer die reinste Magie. Ich kann nicht anders und beuge mich vor, um mit klopfendem Herzen dieses Grübchen zu küssen, das mich verspottet. Loan zittert, sagt aber nichts.

Plötzlich wirft Jason seinen Joystick von sich und Loan reckt eine Faust in die Luft und wirft den Kopf zurück. Ich gehe davon aus, dass er gewonnen hat. Ich lächle, und Zoé verdreht mit vollem Mund die Augen. Jason beschwert sich und geht zu Zoé, um einen Kuss für seine Niederlage einzufordern, doch sie schiebt ihn weg und schimpft:

»Hau ab, du Loser!«

Loan richtet sich auf, drückt mich an sich und dankt seiner Glücksbringerin. Ich lache und er umarmt mich.

»Nein, ich mag dich nicht«, flüstert er mir ins Ohr.

»Ich liebe dich, Violette-Veilchenduft. Kennst du die Synonyme für das Wort ›lieben‹?«

»Nein, du Wörterbuch, sag sie mir.«

»Anbeten, lobpreisen, bewundern, hochachten, vergöttern, verherrlichen und jemanden auf Händen tragen.«

Ich halte den Atem an, während er mich auf dem Boden absetzt, ohne mich loszulassen. Er ist ein gutes Stück größer als ich. Schließlich schenkt er mir ein Augenzwinkern, das mich endgültig fertig macht, und streicht eine Haarsträhne zurück, die an meinen feuchten Lippen klebt.

»Aber bilde dir bloß nichts drauf ein!«

Seine Stimme ist weich, warm und wie Honig. Plötzlich erröte ich bis über beide Ohren und kneife verlegen die Lippen zusammen. Ich muss dieses Chaos beenden.

»Wenn du mich so vergötterst«, flüstere ich, »macht es dir doch sicher nichts aus, mich loszulassen?«

Überrascht hebt er eine Augenbraue. Ich senke den Blick auf seinen Gürtel, wo sich seine Erektion gegen meinen Bauch drückt. Als er versteht, macht er große Augen und zieht sich sofort zurück. Fast bereue ich, etwas gesagt zu haben.

»Scheiße, tut mir leid«, sagt er mit einem leichten Lächeln.
»Nicht schlimm.«

Ich lächle in das lastende Schweigen und sehe zu, wie Zoé Loans Platz vor dem Fernseher einnimmt.

»Ach, übrigens«, sagt Loan heiser. »Soll ich Samstagmorgen deinen Vater abholen?«

»Loan, das ist echt lieb von dir, aber das brauchst du nicht.«

»Ich bin dann ohnehin schon wach«, meint er achselzuckend. »Es macht mir nichts aus. Du hast mir doch gesagt, dass du am Samstagmorgen Vorlesung hast.«

»Oh, stimmt ja!«, erinnere ich mich plötzlich. »Hm … bist du sicher?«

»Klar. Ich bringe ihn hierher und du triffst ihn dann mittags.«

Ich nicke stumm. Die ersten Befürchtungen melden sich.

»Super. Passt.«

19

Heute

Loan

Es ist Freitag, der Tag vor der Ankunft von Violettes Vater, als es passiert.

Ich beende meinen Dienst in der Feuerwache gegen zweiundzwanzig Uhr, denn ich habe keine Bereitschaft. Ich binde mir im Umkleideraum die Schuhe. Meine Haare sind noch nass vom Duschen. Ethan leistet mir Gesellschaft und beschwert sich, dass er auf der Wache übernachten muss.

»Und sonst? Wie läuft es mit Vio?«

Ungerührt zucke ich die Schultern. Ich weiß nur, dass ich, seit wir miteinander geschlafen haben, Gefühle für sie empfinde, die ich zuvor immer ignoriert hatte.

»Gut. Wir sind vor allem Freunde«, erkläre ich, als würde ich etwas auswendig Gelerntes aufsagen. »Und das bleiben wir auch, ganz gleich was passiert.«

Er will weitere Fragen stellen, aber ich lenke das Gespräch auf seine Freundin, an deren Namen ich mich nie erinnern kann. Er erzählt mir, dass er überlegt, ihr vorzuschlagen, bei ihm einzuziehen. Das überrascht mich, denn sie sind erst seit ein paar Wochen zusammen. Ganz schön schnell, finde ich … Das sage ich ihm, aber er lächelt nur.

»Wozu warten, wo ich mich doch auf den ersten Blick in sie verliebt habe?«

»Ich erinnere mich an einen gewissen Ethan, der noch vor Kurzem gezögert hat, sie zu daten, weil sie Feministin ist.«

»Falsch! Diese Seite von ihr hat mir zwar zuerst ein bisschen Angst gemacht, aber mir wurde schnell klar, dass Feministin durchaus nicht gleichbedeutend mit ›Ich hasse Männer‹ ist. Weißt du, Ophélie ist einfach unglaublich.«

Stimmt, sie heißt Ophélie. Ich nicke und freue mich ehrlich für ihn. Um mich herum bilden sich immer mehr Paare. Und was ist mit mir? Ich warte immer noch auf eine Frau, die mich nicht mehr will. Dabei bin ich dieses Warten längst leid.

Nachdem ich fertig angezogen bin, verabschiede ich mich von Ethan und den anderen, setze mich ins Auto und fahre nach Hause. Ich bin sehr müde. An das bevorstehende Wochenende zu denken hilft mir nicht gerade weiter. Ich habe Violettes Vater, einen sympathischen und sehr einfühlsamen Mann, bereits kennengelernt, aber zu wissen, dass er nun auch Clément treffen wird, lässt mich mit den Zähnen knirschen.

Was übrigens Violette angeht, bin ich mir jetzt einiger Dinge ganz sicher:

1) Ich will mit ihr schlafen. Und zwar immer und immer wieder.
2) Dieser Clément mit seinen sexistischen Bemerkungen hat sie nicht verdient.
3) Ich möchte einen Weg finden, sie dazu zu bringen, über ihre Vergangenheit zu sprechen.
4) Ein Viertens gibt es nicht, aber ich denke weiter darüber nach.

Wenn ich Violette richtig verstanden habe, hat ihre Mutter sie verlassen. Aber ich bin mir sicher, dass mehr dahintersteckt und glaube daher, dass sie mit Clément nicht aus Liebe, sondern aus einem ganz anderen Grund zusammen ist.

Mit der Sporttasche über der Schulter öffne ich die Wohnungstür.

»Hallo ihr …«

… und erstarre in der Bewegung. Feuer fließt mit Höchstgeschwindigkeit durch meine Adern, entzündet meine Eingeweide, verzehrt mich ganz und gar. Ich werde Zeuge des großartigsten Schauspiels, das es vermutlich an diesem Abend gibt. Violette steht vor der offenen Kühlschranktür und trägt eine Yogahose, die so eng sitzt wie eine zweite Haut, und eine rosa Korsage. Ihre blonden Locken ringeln sich um ihr anmutiges Gesicht, das sich mir mit einem schuldbewussten Ausdruck zuwendet. Sie hat einen Esslöffel im Mund. Ich hebe eine Augenbraue. Sie wird knallrot. Ich brauche nicht lange, um das radikal geleerte Nutella-Glas zu entdecken, das auf dem Wohnzimmertisch steht.

»Soll ich nochmal reinkommen und wir vergessen, was ich gerade gesehen habe, oder ist das nicht nötig?«

Mit einer Sinnlichkeit, die mich erzittern lässt, nimmt sie den Löffel aus dem Mund und antwortet in neutralem Ton:

»Du kannst ruhig reinkommen. Allerdings muss ich dich dann alle machen. Du siehst ja, wie es dem armen Nutella ergangen ist. Du willst doch sicher nicht genauso enden, oder?«

Na ja, vielleicht doch. Ich halte ein Lächeln zurück, kapituliere und gehe wieder hinaus. Ich knalle die Tür zu, warte einen Moment, grinse vor mich hin und stelle mir vor, wie sie die Küche in Ordnung bringt. Dreißig Sekunden später stecke ich den Schlüssel ins Schloss und wiederhole mein Heimkommen. Im Wohnzimmer findet sich nicht die Spur eines Nutella-Glases, der Kühlschrank ist zu und der Löffel vermutlich gespült. Schade eigentlich.

Violette lehnt an der Küchenzeile und hebt in einer gespielt aufreizenden Bewegung das Bein.

»Willkommen, schöner Mann.«

Ich lächle amüsiert. Ich glaube nicht, dass ich jemals erfahren werde, woher dieses verrückte Mädchen kommt, aber das macht nichts. Wichtig ist, dass es sie gibt.

»Nicht schlecht, nicht schlecht«, kommentiere ich.

»Diese Art heimzukommen gefällt dir besser, oder?«

»Irgendwie war mir die andere lieber.«

Von allen Hosen, die sie besitzt, gefällt mir diese definitiv am besten, obwohl ich auch eine Schwäche für ihre Röcke habe. Es ist, als trüge sie nichts, und ich weiß, wovon ich rede. Schließlich habe ich sie nackt gesehen.

»Welche andere?«, fragt sie unschuldig. »Ich wüsste nicht, dass es eine andere gegeben hätte.«

Vermutlich denkt sie, dass wir uns necken und spielen wie jeden Tag. Doch dieses Spiel, während sie so aufreizend gekleidet ist, fühlt sich für mich ganz anders an. Es ist ein gefährliches Spiel, aber mir gefällt es. Und gerade weil ich es so sehr mag, ist es gefährlich. Ich bewege mich vorwärts und versenke meinen Blick in ihren, aber als ich nahe genug bin, um sie küssen zu können, bleibe ich stehen. Sie hebt das Kinn, um meinen Blick zu erwidern, wirkt allerdings plötzlich viel weniger wagemutig.

Ich lächle und wische einen Rest Nutella aus ihrem Mundwinkel.

»Natürlich ... es gab keine andere«, flüstere ich.

Ohne sie aus den Augen zu lassen, lecke ich meinen Daumen ab. Violette schaut mir zu und schluckt schwer. Ihre Arme sind mit Gänsehaut bedeckt. Auch bei mir pocht es an Stellen, die ich lieber nicht erwähne. Wir sollten besser aufhören, und zwar sofort.

»Wo ist Zoé?«

»Bei ... bei Jason. Sie schläft heute Nacht bei ihm.«

Der Kerl macht wirklich keine halben Sachen. Einerseits freue ich mich für die beiden. Andererseits hoffe ich sehr, dass Zoé nicht mit Jason spielt. Ich weiß, das hört sich an wie verkehrte Welt, aber so seltsam es auch klingen mag, ich glaube, er mag sie wirklich.

»Ich möchte mit dir reden.«

Ich bin wild entschlossen, dass es ihr dieses Mal nicht gelingen darf, meine Aufmerksamkeit abzulenken. Falls sie weinen sollte, habe ich Vorkehrungen getroffen. Ich mache jedenfalls keinen Rückzieher. Für alle Fälle habe ich Taschentücher dabei.

»Reden?«

Violette verschließt sich wie eine Muschel um ihre Perle und kreuzt die Arme vor der Brust. Damit habe ich gerechnet, deshalb blinzle ich nicht einmal. Ich halte durch.

»Ja, reden.«

»Worüber?«

»Zum Beispiel über das, was du mir neulich abends gesagt hast, als du dich in meinen Armen ausgeweint hast.«

Sie wirft mir einen giftigen Blick zu und ich schätze, dass es nicht leicht wird. Sie ist stur. Aber das bin ich auch, mindestens so sehr wie sie.

»Ich will nicht darüber reden, Loan. Bitte.«

Sie versucht mir zu entkommen, wahrscheinlich um in ihr Zimmer zu flüchten, aber ich blockiere sie mit meinem Arm am Tresen. Sie geht nirgendwo hin, bis wir die Angelegenheit geklärt haben.

»Aber ich will dich verstehen. Und dir helfen.«

»Es ist längst Vergangenheit«, murmelt sie mit gesenktem Blick. »Alles ist okay, ganz ehrlich. Warum reitest du darauf herum?«

»Weil du mir wichtig bist. Und weil du Clément offensichtlich benutzt, um eine Lücke zu füllen, die mit deiner Mutter zu tun hat.«

»Hör auf mit deiner Psychoanalyse! Wir haben doch schon darüber gesprochen«, regt sie sich auf und schubst mich heftig. Ich bewege mich keinen Zentimeter. »Für wen zum Teufel hältst du dich? Hulk?!«

»Liebst du ihn?«

Ich hatte eigentlich nicht vor, ihr diese Frage zu stellen. Aber ich ziehe sie nicht zurück, denn ich muss zugeben, dass mich die Antwort sehr interessiert. Violette blinzelt überrascht. Sie braucht nicht einmal zu antworten, ich weiß, dass die Antwort Nein lautet. Sofort bin ich erleichtert.

»Ich könnte ihn vielleicht lieben«, antwortet sie schließlich beschämt.

Ihre Sturheit erstaunt mich ebenso wie ihre Unehrlichkeit, die sie dazu drängt, mir zu widersprechen, obwohl sie die Wahrheit kennt. Ihre Haltung schockiert mich.

»Du irrst dich …«

»Nicht heute, Loan, bitte.«

»Du weißt, dass ich recht habe«, gebe ich zurück. Ich werde lauter, weil ich mich jetzt wirklich ärgere. »Jedes Mal, wenn ich dich in seiner Gegenwart sehe, bist du anders als sonst. Du spielst eine Rolle, die absolut nicht zu dir passt, Violette. Aber das hast du nicht nötig, verdammt nochmal! Du bist wie eine Blume, die sich öffnen und aufblühen sollte – nicht sich in ihre Blütenblätter zurückziehen. Willst du dich dein ganzes Leben lang bremsen? Sag mir die Wahrheit: Kannst du dir vorstellen, Tag für Tag mit ihm zu leben und dabei ständig auf jede spontane Geste und jedes unbedachte Wort zu achten? Ich kenne dich. Vielleicht kenne ich dich besser als du dich selbst. Und ich akzeptiere dich wie du bist, ohne falsche Zugeständnisse, weil ich es toll finde, dass du dich an meiner Seite nicht zurücknimmst und weil ich es liebe, dass du mir deine Fehler ohne jede Einschränkung direkt ins Gesicht wirfst.«

Sie schweigt und betrachtet mich erstaunt. Ich hoffe, sie versteht es, denn langsam reicht es mir. Ihre großen Augen mustern mich wie zwei Schokokugeln, umgeben von Wimpern, die so lang und geschwungen sind wie die eines Rehs, und ich weiß jetzt schon, dass ich doch wieder schwach werde. Dass ich nicht stark genug bin, um durchzuhalten. Das Herz rutscht mir in den Bauch, blind von dem heftigen, brandgefährlichen Verlangen, das von uns beiden ausgeht.

»Danke«, scheinen ihre Lippen zu hauchen.

Sie ist zu nah, zu leicht erreichbar. Ich werde etwas Dummes tun! Ich drehe mich um, um dem Bann ihres Blickes zu entkommen, und atme tief durch. Erst jetzt wird mir klar, dass ich schon eine ganze Weile den Atem angehalten habe. Ich will gerade frustriert in mein Zimmer zurückkehren, als ich spüre, wie sich ihre Hände unter mein T-Shirt tasten. Sofort erstarre ich. Mein erster Gedanke ist absurd: »Mein Rücken!« Ich will sie aufhalten, aber ich verharre bewegungslos, während sie mein T-Shirt wie in Zeitlupe bis zum Hals anhebt. Sie lässt mir Zeit, sie zu unterbrechen.

Aber ich tue es nicht.

Ich schlucke heftig. Das Herz pocht mir bis zum Hals. Ich weiß, dass sie es jetzt sehen kann. Meine Verbrennung ist ihren Blicken preisgegeben und ich habe keine Ahnung, wie sie darauf reagiert. Ekelt sie sich? Ganz bestimmt. Mir geht es jeden Tag vor dem Spiegel so. Ich spüre, wie sich ihre Hand nach oben bewegt und ich ahne, dass sie die Narbe streichelt. Natürlich kann ich nicht fühlen, wie ihre Finger über meine verbrannte Haut streichen, doch ich zittere heftig und mein Atem stockt. Noch nie hat eine Berührung eine solche Wirkung auf mich gehabt; eine Berührung, die ich noch nicht einmal spüren kann.

»Ekelst du dich?«, flüstere ich.

Jetzt ist es ihre Stirn, die über meinen Nacken streicht. Ich kneife die Augen fest zusammen, während Violette die Ursache meines schlimmsten Komplexes küsst. Es ist zu viel … zu viel … Mir ist, als ob alles in meinem Kopf und in meinem Körper explodiert. Ich bin ein Minenfeld, und Violette ist mein Untergang. Violette, die mich nun zwingt, mich wieder zu ihr umzudrehen. Ich halte die Augen geschlossen und versuche, mein Herzklopfen zu beruhigen, als ich sie sagen höre:

»Nichts an dir ekelt mich, Loan. Du solltest dich wirklich nicht schämen … bitte.«

Ihre Finger berühren meine Augenlider und bringen mich dazu, Violette anzuschauen, ehe die Berührung zu meiner linken Brust wandert. Ich gehorche stumm. Unsere Blicke treffen sich wieder. Sie betrachtet mich, als wäre ich der einzige Mann auf der Welt. Und verdammt, es gefällt mir.

»Violette …«

Ich brauche nicht mehr zu sagen. Sie greift nach meiner Militärmarke und zieht fest daran, um ihre wundervollen Lippen auf meine zu drücken. Mir entfährt ein kehliges Stöhnen, als ich den feuchten Geschmack ihres Mundes koste. Meine Zunge zwingt ihre Lippen, sich zu öffnen. Ich liebkose ihre Zunge und glühe in einem Fieber, das ich nicht mehr kontrollieren kann. Violettes Hände graben sich in mein Haar. Es ist ein anderer Kuss als diejenigen, die wir bisher getauscht haben. Tierischer, fieberhafter, wilder.

Ich verbrenne. Ich umfasse Violettes Schenkel und hebe sie an, um sie auf den Tresen zu setzen. Ich gleite dazwischen, wo ich hingehöre, und küsse sie weiterhin leidenschaftlich. Es fühlt sich so gut an, dass ich verstehe, warum es verboten ist.

Ich packe ihre Hüften, während mein Mund zu ihrer Halsbeuge hinabgleitet. Ich küsse, lecke und beiße die zarte Haut. Ich begehre Violette so sehr, dass mein Schwanz schmerzt. Zu erleben, wie sie keucht und sich mir entgegenwölbt, macht die Sache nicht besser. Zum Teufel mit Clément, zum Teufel mit der Erinnerung an ihre Mutter. *Ich muss in ihr sein. Sofort.*

»Darf ich?«, hauche ich zwischen zwei drängenden Küssen. Violette nickt fieberhaft und greift unter mein T-Shirt, um meine Bauchmuskeln zu streicheln.

»Gott sei Dank.«

Wir verlieren keine Zeit mehr. Ich lasse zu, dass sie mir das T-Shirt auszieht, und will ihr die Korsage abstreifen. Als ich versuche, sie über ihren Kopf zu ziehen, beißt sie mir zärtlich in die Lippen und flüstert:

»Der Verschluss ist vorn …«

Jetzt geht es besser. Ich öffne den Verschluss und enthülle ihre Brust. Ihre Brüste sind klein, perfekt gerundet und wunderschön. Sie schaudert. Vielleicht schämt sie sich. Ich umfasse ihr Gesicht mit meinen Händen und flüstere ihr zu:

»Du bist perfekt, Violette-Veilchenduft. Eine herrliche Feldblume.«

Sie lächelt, und ich widme mich wieder ihrer Haut. Mir scheint, dass der Abstand zwischen ihren Brüsten genau für meine Zunge gemacht ist. Ich lasse sie um ihre Nippel kreisen und fühle mich wie kurz vor der Explosion.

»Das hier brauchst du nicht«, murmle ich.

Ich packe ihre Hose und streife sie mit einem gewissen Bedauern an ihren Beinen hinunter – die Unterhose gleich mit. Sie ist jetzt völlig nackt, und wenn ich sie so anschaue, frage ich mich, wie ich hunderte Nächte neben ihr schlafen konnte, ohne in Versuchung zu geraten. Trotz meiner Erregung nehme ich mir die Zeit, sie von Kopf bis Fuß zu betrachten, ehe ich mich wieder ihrem Mund zuwende. Ich lecke ihre Mundwinkel, bis sie vor Lust stöhnt.

»Bitte, Loan ...«

»Hände hinter den Rücken und nicht bewegen.«

Zu wissen, dass alles, was ich mit ihr mache, für sie das erste Mal ist, schmeichelt meinem Ego ganz erheblich, auch wenn das Gegenteil nichts ändern würde. Sie tut, was ich sage, während ich eine Spur feuchter Küsse von ihrem Nacken bis zu ihrem Bauchnabel ziehe, in dem ich schließlich meine Zunge kreisen lasse. Die kleinen erregten Geräusche, die ich ihr damit entlocke, lassen mich noch härter werden. Schließlich lege ich mir ihre Beine über die Schultern und wiederhole das Gleiche noch einmal, ausgehend von ihren Kniekehlen bis hin zu ihrer intimsten Stelle. Als ich sie dort küsse, verkrampft sich ihr ganzer Körper. Ich sage ihr, sie soll sich entspannen, während ich ihre Schenkel streichle. Ich bin sicher, dass sie es lieben wird. Ich hätte so gern, dass sie es liebt.

»Oh mein Gott ...«, haucht sie, als meine Zunge in sie eindringt.

Ich bemühe mich, sie zu beruhigen, indem ich ganz langsam vorgehe. Himmel, ist das gut. Ich verweile mit meiner Zunge an strategischen Stellen und necke ihre Klitoris, während sie immer lauter stöhnt. Nächstes Mal, nehme ich mir vor, tue ich das mit ihr auf meinem Bett.

»Loan ... oh Gott ...«

Ich beiße sie spielerisch und sie spannt sich noch mehr an. Mit meiner Zunge necke ich sie, bis sie anfängt zu zittern, und hebe gerade rechtzeitig den Kopf, um zu sehen, wie sie die Augen verdreht. Als sie kommt, stößt sie nur ein Wort hervor: meinen Namen. Und das ist das Erregendste, das ich je erlebt habe. Ich lasse ihre Beine los und lege die Arme um ihre Taille, um sie näher an mich heranzuziehen. Ihre Brüste schmiegen sich an meine nackte Haut.

»Das war …«, flüstert sie mit geschlossenen Augen.

»Ich weiß.«

Ich küsse sie mit aller Zärtlichkeit, zu der ich fähig bin, und lasse sie den Geschmack entdecken, den sie auf meiner Zunge hinterlassen hat. Plötzlich wird unser Kuss intensiver und sie umschließt meine Pobacken fest mit den Händen.

Nur widerstrebend lasse ich sie los, um meinen Gürtel zu öffnen. Mit geweiteten Pupillen sieht Violette mir dabei zu.

Die Geste scheint sie zu erregen. Kaum habe ich meine Jeans aufgeknöpft, als ihre Hände sie bereits über meine Oberschenkel hinunterziehen. Ich kann es kaum noch aushalten, streife sie ab, ohne Violette aus den Augen zu lassen, und überlasse es ihr, mich meiner Boxershorts zu entledigen. Jetzt trennt uns nichts mehr.

Ich ziehe sie an mich und sie legt mir die Beine um die Taille. Ihre kalten Füße kitzeln meinen nackten Hintern. Wir küssen uns lange Sekunden und genießen den Moment, diesen schicksalhaften Moment, in dem wir beide nackt sind und das Gleiche wollen. Dieser Moment, meine Damen und Herren … in dem die oberste Regel gebrochen wird:

»Wir machen es nur einmal.«

»Du hast keine Ahnung, welche Wirkung du auf mich hast, oder?«, flüstere ich ihr ins Ohr.

Violette ist bei mir, mit nichts am Leib als ihren Sommersprossen, und ich hebe sie hoch wie eine Feder. Auf dem Boden rutschen wir zur Küchenwand. Sie liegt auf mir, schöner als die Sonne und alle Sterne der Milchstraße zusammen, ihre goldenen Locken streicheln die Spitze ihrer Brüste.

Ich möchte sie unbedingt auf diese Art nehmen und ihr dabei zusehen, wie sie mich selbstbewusst und sinnlich liebt.

»Komm her.«

Ich setze sie bequem rittlings auf mich und streichle ihre Wange.

»Denk immer daran, dass ich dich anbete, Violette-Veilchenduft.«

»Immer.«

Sie beugt sich über mich und küsst mich keusch auf die Lippen, und ich schwöre bei Gott, es ist der beste Kuss, der je ausgetauscht wurde. Ich nehme die Gelegenheit wahr und greife mit einer Hand nach meinem Penis, halte Violette mit der anderen an der Hüfte und führe ihn sehr sanft ein. Während ich spüre, wie ich in sie eindringe, öffnet sie die Lippen.

Ich unterdrücke einen Seufzer vollkommenen Glücks. Ich glaube nicht, dass Frauen verstehen können, wie es ist, in ihnen zu sein. Ich könnte es auch nicht erklären. Es ist einfach das lustvollste Gefühl der Welt.

»Oh là là«, seufzt sie. »Es ist … Wahnsinn.«

Ich stütze ihren Rücken. Sie errötet, bewegt sich aber nicht.

»Loan, ich … ich weiß nicht, was ich tun soll.«

Noch nie habe ich etwas so bezauberndes wie dieses Geständnis gehört.

Ich lächle ihr zu und umfasse ihre Hüften, um ihr Mut zu machen.

»Tu einfach, was dir in den Sinn kommt … Ich helfe dir.«

Violette nickt und beugt sich langsam über mich, ohne meinen Blick loszulassen. Ekstatisch schließe ich die Augen. Ich bin tief in ihr und dort geht es mir gut. Das ist der Ort, wo ich hingehöre. Wie in einem Kokon, geschützt und gut verpackt.

Dann passiert plötzlich etwas Unglaubliches: Sie übernimmt die Kontrolle. Violette legt die Handflächen auf meine Brust, beginnt einen hypnotischen Tanz um meinen Penis und bewegt sich auf und ab. Mein Atem wird schneller, während ich spüre, wie sie über meine Männlichkeit gleitet. Schließlich entscheide ich mich, ihr entgegenzukommen und sie zu begleiten, wobei die Lust immer größer wird. Wir stöhnen gemeinsam in perfekter Symbiose. Unsere Körper und Seelen werden eins, und ich habe das Gefühl, jeden Moment zu kommen. Ich beschleunige den Rhythmus, versuche aber, auf sie zu warten.

Ich weiß nicht, wie mir geschieht. Violette ist bei mir, genau wie damals im Fahrstuhl, aber mir ist, als würde ich sie zum ersten Mal sehen. Sie sitzt auf mir und hat mit geschlossenen Augen die Kontrolle übernommen. Fasziniert beobachte ich sie. Und angesichts ihrer geschlossenen Augen und ihrer zu einem O geöffneten Lippen wirkt die Magie.

Ich verliebe mich unsterblich in diese Frau.

»Scheiße«, entfährt es mir.

Was ist das bloß? Ich habe keine Zeit, darüber nachzudenken. Ich halte mich nicht mehr zurück, als ich spüre, wie Violette sich um meinen Penis zusammenzieht, und fast panisch bei der Vorstellung, etwas zu verpassen, flehe ich sie an:

»Bitte, Violette, sieh mich an. Sieh mich an! Sieh mich an!«

Meine beste Freundin gehorcht mir genau in dem Augenblick, als wir gemeinsam einen überwältigenden Orgasmus erleben, enger verbunden als je zuvor. Ich seufze vor Wohlbehagen und genieße diesen Moment tiefster Zufriedenheit, während Violette ihre Stirn gegen meinen Hals drückt.

Es war ... Sie hat ... So etwas habe ich noch nie erlebt. Eine derartige Perfektion von Körper und Geist. Ich könnte mich sogar dazu durchringen, einfach nur das zu nehmen, was sie mir zugesteht, selbst wenn sie sich entscheidet, bei Clément zu bleiben. Denn das hier zu beenden wäre ein Sakrileg.

Wir verharren noch einige Zeit mit schwitzenden Körpern und schnellem Atem. Meiner beruhigt sich allmählich, während der von Violette sich merkwürdig beschleunigt. Ich streichle ihren Hals, küsse sie hinter dem Ohr und lasse sie zur Besinnung kommen. Je mehr Sekunden allerdings vergehen, desto aufgeregter pocht ihr Herz an meiner Brust.

»Violette …?«

Sie reagiert nicht. Ich werde unruhig und zwinge sie, sich aufzurichten. Als sie aus meinen Armen auftaucht, sehe ich eine von Schluchzern geschüttelte Violette. Zunächst glaube ich, dass sie weint und verharre einen Moment fassungslos. Doch ich sehe keine Tränen.

Als ich sehe, wie sie nach Atem ringt, bekomme ich es mit der Angst zu tun. Sie hält sich die Hand an die Kehle und schnappt nach Luft. Sofort verstehe ich. Violette hat eine Panikattacke. Meine Reflexe als Feuerwehrmann übernehmen, und ich springe auf die Füße. Sie erhebt sich schwerfällig. In ihren schönen Augen stehen Tränen.

»Atme ein und aus, Violette. Immer daran denken – bis zehn zählen und ruhig atmen.«

Hilflos streichle ich ihr Haar und warte, dass sie ruhiger wird. Ich habe erst einmal eine Panikattacke bei ihr erlebt: an dem Tag, als wir uns kennenlernten. Aber diese hier ist viel heftiger als damals im Aufzug. Und sie begann, nachdem ich mit ihr geschlafen hatte.

Man muss kein Genie sein, um zu verstehen, dass das nicht unbedingt angenehm ist.

»Violette … Was ist los?«

Sie schüttelt den Kopf und stottert Unverständliches. Ich runzle die Stirn, verstehe aber nichts und hole die Decke vom Sofa, um Violette darin einzuwickeln. Endlich begreife ich, dass sie sich entschuldigt.

»Nicht traurig sein«, sage ich sanft.

Sie schweigt und atmet tief, um sich zur Ruhe zu zwingen.

Noch immer hat sie mir nicht in die Augen gesehen. Also lege ich meinen Daumen unter ihr Kinn und zwinge sie, mich anzuschauen. Ihr beunruhigter Blick bringt mein Herz aus der Fassung. Aber dieses Mal auf die falsche Art.

»Ich muss es wissen, Violette … Was ist los? Ist es wegen … Clément?«

Sie schüttelt heftig den Kopf. Ich seufze und ziehe meine Boxershorts an, ehe ich sie auf die Couch trage.

»Du kannst mir alles sagen.«

Sie macht sich ganz klein und legt ihr Kinn auf die Knie. Ich ahne, dass sie endlich rückhaltlos mit mir reden wird. Ich setze mich auf den Rand des Wohnzimmertischs und nehme ihre Hände in meine, um sie zu trösten. Ich muss zugeben, dass es sich für mich gleich nach diesem wunderbaren Sex ein wenig wie eine kalte Dusche anfühlt. Aber was soll man machen? Sie ist Violette und eben nicht so wie die anderen.

»Bitte sprich mit mir.«

Dieses Mal muss ich sie nicht lange bitten. Sie weiß, dass es zu spät ist und dass ich Dinge gesehen habe, die es ihr nicht mehr gestatten, ihre Geheimnisse vor mir zu verbergen. Sie seufzt und heftet ihren Blick auf unsere verschlungenen Hände, während sie spricht:

»Ich bin mit meiner Mutter und meinem Vater aufgewachsen. Ich erinnere mich, dass ich eine glückliche Kindheit hatte, auf jeden Fall bis ich sechs war. Meine Eltern liebten sich und wir waren glücklich. Zumindest dachte ich das. Meine Mutter war … eine sehr schöne Frau. Eine Hausfrau, die viel unternahm und viele Freundinnen hatte. Ich habe sie so bewundert!«

Sie hält inne, und ich präge mir jedes Detail ihres Gesichts ein – ihre zitternden Lippen, ihre dichten Wimpern und die kleine Ader, die an ihrer Schläfe pocht. Ich ahne, dass mir die Fortsetzung der Geschichte nicht gefallen wird.

»In unserem damaligen Haus lag mein Zimmer gleich neben der Eingangstür. Man musste daran vorbei, um hinauszukommen. Eines nachts weckte mich ein Geräusch. Ich stand auf, um nachzusehen, was los war … Als ich meine Schlafzimmertür öffnete, sah ich, wie meine Mutter einen Mann ins Haus ließ, den ich nicht kannte. Sie sahen mich nicht und küssten sich«, flüstert Violette verzweifelt. Ich senke den Blick. »Ich habe es nicht sofort verstanden, ich wusste nur, dass der Mann nicht mein Vater war. Dann entdeckte meine Mutter mich. Sie sagte ihm, er solle draußen warten und kam zu mir, um mich zurück ins Bett zu tragen.«

Mit einem bitteren Geschmack im Mund höre ich genau zu. Ich stelle mir ein kleines Mädchen mit rundem Gesicht und dichtem blonden Haar vor, ein hübsches kleines Mädchen, das sieht, wie seine Mutter seinen Vater betrügt, ohne wirklich zu verstehen, was es bedeutet. Es weiß nur, dass das nicht normal ist.

»Ich fragte sie, wer der Mann war. Sie lächelte mich an, strich mir über die Haare … und flüsterte: ›Das bleibt unser kleines Geheimnis‹.«

Bei diesen Worten zittere ich heftig und balle unwillkürlich die Fäuste. Violette fährt mit ihrer Erzählung fort, ohne die Tränen abzuwischen, die ihr über die Wangen rinnen.

»So hat es angefangen. Sie hat meinen Vater zehn Jahre lang betrogen, Loan. Zehn Jahre lang hörte ich mitten in der Nacht ihre Schritte im Flur. Und ich habe sie die ganze Zeit gedeckt, ohne ein Wort zu meinem Vater zu sagen, der sie liebte und respektierte. Wie hätte ich es auch tun können?«, lacht sie freudlos auf und schnieft in die Decke. »In den ersten Jahren kam sie jedes Mal in mein Zimmer, bevor sie wegging. Sie wusste, dass ich nicht schlief, und sprach immer wieder von ›unserem kleinen Geheimnis‹. Mag sein, dass sie es so sah. Aber für mich war es ein enorm großes Geheimnis, das Geheimnis meines Lebens. Und es hat mich von innen zerfressen.«

Ich kann kaum glauben, dass es wirklich so grausame Menschen gibt. Und zwar nicht nur gegenüber ihren Partnern (was an sich schon schrecklich ist – offenbar ist Untreue weit verbreitet), sondern sogar gegenüber den eigenen Kindern. Wie kann jemand das Gehirn seiner Tochter missbrauchen, um die eigenen Fehler zu decken? Da hört für mich jede Toleranz auf.

»Es tut mir so leid …«

»Als ich älter wurde, wollte ich meinem Vater alles beichten. Ich konnte es einfach nicht mehr für mich behalten. Aber meine Mutter hat es mir ausgeredet. Sie sagte, wenn ich es ihm verriete, wüsste er sofort, dass auch ich ihn jahrelang angelogen hätte. Ich wollte nicht, dass er mich hasst.«

Ich streichele Violettes Gesicht, um die feuchten Spuren ihrer Vergangenheit zu vertreiben.

»Und was geschah dann?«

»Als ich sechzehn war, teilte sie uns plötzlich mit, dass sie uns verlassen würde. Die Wahrheit war viel brutaler, als ich vermutet hatte. Sie hatte nicht nur meinen Vater zehn Jahre lang betrogen, sondern sie hatte bereits eine andere Familie. Wenn sie fortging, war es immer, um bei ihnen zu sein. Und nun entschied sie sich für sie, nicht für uns. Für meinen Vater war es ein ungeheurer Schock, als er die Wahrheit erfuhr. Ich fühlte mich so elend … und so verraten von dieser Mutter, der ich zehn Jahre lang blindes Schweigen geschenkt hatte.«

Plötzlich verstehe ich alles. Ihre Angst vor dem Alleinsein, ihre Panikattacken, ihre innige Beziehung zu ihrem Vater und natürlich ihren Wunsch, normal zu sein. Ich schaue Violette an und mir ist, als sähe ich das kleine Mädchen in ihr. Ihre Mutter hat ihr eine andere Familie vorgezogen, vielleicht sogar eine andere Tochter. Und sie glaubt, dass es an ihr liegt, weil sie ein bisschen anders ist …

»Hat dein Vater erfahren, dass du Bescheid wusstest?«

»Ja … Ich glaube, es war schwierig für ihn«, fährt sie fort und runzelt die Stirn, versunken in Erinnerungen, aus denen ich naturgemäß ausgeschlossen bin. »Aber er ließ sich mir gegenüber nichts anmerken. Ich bin sicher, er tat es, weil er nicht wollte, dass ich mich noch schuldiger fühle.«

»Es war nicht deine Schuld, Violette. Es ging um Erwachsenengeschichten – Geschichten, in die du hineingezogen wurdest, obwohl du nichts damit zu tun hattest. Mach dir deswegen keine Vorwürfe.«

Ich ziehe sanft an ihren Händen, um sie näher heranzuholen. Sie lässt es zu und setzt sich auf meinen Schoß, einen Arm um meinen Hals. Die Wärme ihres Körpers umgibt mich und lässt mich nicht mehr los.

»Danach bauten wir unser Familienleben als zweiköpfige Familie wieder auf, und alles lief perfekt. Manchmal muss ich an meine Mutter denken, aber ich glaube, das wird mein Leben lang so bleiben.«

»Hast du sie nie wiedergesehen?«

»Nur einmal, sechs Monate später. Sie erklärte uns, dass sie mit ihrer neuen Familie nach Paris ziehen würde und behauptete, sie würde mich vermissen – so ein Quatsch. Hätte sie mich wirklich vermisst, wäre sie doch geblieben! Seitdem herrscht Funkstille. Aber ich weiß, wo sie wohnt.«

»Warte, verstehe ich gerade richtig, dass deine Mutter, die du seit vier Jahren nicht gesehen hast, hier in Paris wohnt und dass du nie wieder versucht hast, Kontakt mit ihr aufzunehmen?«

»Genau«, antwortet Violette wie selbstverständlich. »Als sie ging, habe ich mir geschworen, nie wieder irgendjemandes Liebe nachzulaufen.«

Ich nicke. Sie hat natürlich recht, trotzdem bin ich der Meinung, sie müsste einige Dinge klären. Wenn sie keinen Seelenfrieden findet, wird es sie irgendwann innerlich auffressen.

»Im Grund stimme ich dir zu, Violette, aber vielleicht wäre es sinnvoll, sie doch einmal zu besuchen. Nicht, um wieder zusammenzukommen – es sei denn, du willst es –, sondern um dir selbst zu helfen, mit der Geschichte abzuschließen. Du musst diesen Teil deines Lebens hinter dir lassen … findest du nicht?«

Sie denkt nach und streichelt dabei meine Finger. Ich habe ihr den Vorschlag gemacht, ohne wirklich zu wissen, ob es eine gute Lösung wäre. Eigentlich will ich nur, dass sie ihren Frieden findet. Sie hat das Recht, auf ihre Mutter wütend zu sein. Das will ich ihr auch nicht ausreden, denn sie wurde ebenso betrogen wie ihr Vater.

»Kann schon sein. Ich weiß es nicht und ich habe keine Lust, darüber nachzudenken.«

»Okay, reden wir nicht mehr darüber.«

Ich drücke ihr einen Kuss auf die Stirn. Sie sieht in meinen Armen sehr klein und zerbrechlich aus. Ich bin unendlich gerührt, dass sie sich mir anvertraut hat, und habe das Gefühl, in unserer Beziehung ein Stück weitergekommen zu sein. Noch nie haben wir uns so nahegestanden, und das nicht nur körperlich. Ich meine … Sie ist Violette. Ich liebe sie so, wie sie ist, seit dem ersten Abend. Aber weiter ist es nie gegangen.

Weil da Lucie war.

Jetzt ist Lucie weg, dafür ist Clément aufgetaucht, und Violette hat die weichste Haut, die ich je berührt habe. Als sie auf mir gesessen und mich geritten hat, habe ich wirklich so etwas wie einen Auslöser in mir gespürt. Als wäre das Gefühl schon seit ewigen Zeiten da, hätte mich aber erst jetzt getroffen. Ich liebe Violette. Trotzdem weiß ich nicht, ob ich das Recht habe, sie zu bitten, sich für mich zu entscheiden. Ich weiß auch nicht, ob ich die Hoffnung auf Lucie aufgeben soll, denn ich habe Angst vor dem, was passieren könnte, wenn ich es tue.

Ich weiß nicht warum, aber ich wünsche mir plötzlich, dass Violette mich besser kennenlernt. Deshalb wage ich mich vor:

»Weißt du, ich habe auch eine komplizierte Geschichte mit meiner Mutter … deshalb verstehe ich dich nur zu gut.«

»Du redest nie darüber«, wundert sie sich.

»Aus dem gleichen Grund wie du. Es ist schwierig, darüber zu sprechen.«

Sie fragt mich, ob ich meine Eltern noch besuche oder ob wir den Kontakt abgebrochen haben, und ich gestehe ihr, dass ich ab und zu hinfahre. Sie ist überrascht, dass sie es nie bemerkt hat, und fragt mich, ob sie das nächste Mal mitkommen darf. Ich runzle die Stirn.

»Lieber nicht.«

Enttäuschung zeichnet sich auf ihrem Gesicht ab. Sie versteht meine Ablehnung nicht, aber wenn wir einen schlechten Tag erwischen, könnte die Situation eskalieren. Wir bleiben kurz stumm, gestärkt, weil wir uns einander anvertraut haben.

Doch unser verbotener Moment an der Küchenwand kehrt zurück und verfolgt uns.

Ich werfe Violette einen Seitenblick zu, um herauszufinden, woran sie denkt. Angesichts ihrer aufgelösten Miene gehe ich davon aus, dass sie das Gleiche denkt wie ich. Nach gut fünf Minuten sitzen wir immer noch auf dem Couchtisch im Wohnzimmer, ich in meinen Boxershorts und sie nackt unter ihrer Decke.

»Was machen wir jetzt, Loan?«

Ich habe keine Ahnung.

20

Heute

Violette

Ich habe mich ziemlich schuldig gefühlt, nachdem Loan und ich das erste Mal miteinander geschlafen hatten. Aber gestern ... gestern war etwas ganz anderes. Das gestern gehörte nicht zu unserem Kompromiss.

Ich habe nicht eine Sekunde an Clément gedacht und halte das für ein sehr schlechtes Zeichen ... Als Loan mich fragte, ob ich Clément liebe, konnte ich nicht lügen. Nein, ich bin nicht in ihn verliebt. Hingegen bin ich mir ziemlich sicher, dass ich jemand anderen liebe. Okay, definitiv sicher. Ich liebe Loan. Ich weiß nicht, seit wann – vielleicht seit unserem sinnlichen Tanz oder vielleicht auch schon, seit ich ihn vor einem Jahr um ein Päckchen Mehl gebeten habe –, aber das spielt auch keine Rolle. Ich weiß nur, dass ich es nach unserem ersten Mal erkannt habe. Ich konnte die Augen nicht mehr davor verschließen.

Nachdem ich mir endlich darüber im Klaren bin und nach diesem zweiten Sex habe ich vor, Clément alles zu sagen. Das, was ich ihm ohne sein Wissen antue, hat er nicht verdient. Meine Entscheidung ist gefallen. Jetzt muss ich nur noch den richtigen Zeitpunkt finden.

»War es gestern nett?«

Verdutzt schaue ich Zoé an, die mit mir zum Auto geht. Wir verlassen gerade ESMOD und wollen nach Hause, um meinen Vater zu begrüßen, den Loan am Bahnhof abgeholt hat. Ich setze einen möglichst unschuldigen Ausdruck auf – Zoé soll nicht erfahren, dass Loan und ich es wieder getan haben.

»Gestern? Was soll da besonders nett gewesen sein? Alles war wie immer.«

Okay, an der Verschwiegenheit müssen wir noch arbeiten.

»Entspann dich, ich frage doch nur. Falls es dich interessiert, bei mir war es …«

»Nein, es interessiert mich nicht«, meine ich grinsend und setze mich auf den Beifahrersitz. »Trotzdem vielen Dank.«

Maulend fährt sie los. Sie und Jason zusammen zu sehen gefällt mir, das gebe ich zu, aber ich habe keine Lust, alle Details zu erfahren. Es tut mir ohnehin leid, dass ich eine so lebhafte Fantasie habe.

»Gut, dann sage ich eben nichts. Aber falls es dich tröstet, wir haben uns gut geschützt. Bist du jetzt wenigstens stolz auf mich?«

Ich will sie gerade angrummeln, weil sie mir Bilder aufgezwungen hat, die ich wieder stundenlang nicht vergessen kann, als mir das Blut in den Adern gefriert.

Warte mal. *Stopp*. Welt, hör für zwei Minuten auf, dich zu drehen.

Haben wir …? Tatsächlich. Loan und ich haben vergessen, zu verhüten. Ich kann nicht fassen, dass ich nicht daran gedacht habe. Gott, bin ich blöd! Wie konnte ich den Unterschied zwischen »mit« und »ohne« Kondom nicht bemerken?

Ich zittere heftig, teils vor Angst, teils wegen der Erinnerung, die unwillkürlich zurückkommt. Fieberhaft denke ich nach und weiß nicht, was ich tun soll. Ob Loan sich dessen bewusst ist?

Nach kurzem Zögern schreibe ich ihm:

Ich: Loan ...
Loan: ??
Ich: Wir haben gestern nicht verhütet.

Warum soll ich ein Blatt vor den Mund nehmen? Tatsächlich dauert es zwei endlose Minuten, bis er mir antwortet. Ich frage mich, was er wohl denkt. Ein bisschen schuldig fühle ich mich schon, auch wenn ich mir keine Vorwürfe machen muss. Endlich vibriert mein Handy.

Loan: Ich bin gesund. Nimmst du die Pille?
Ich: Ja.
Loan: Gut. Vio, es tut mir leid ... Ich habe es völlig vergessen.

Ich lächle mein Handy an. Mir hätte klar sein sollen, dass er sich entschuldigen würde.

Ich: Lass gut sein, es ist auch meine Schuld. Wir hatten es ... zu eilig.
Loan: Das war meine Aufgabe. Ich hätte es nicht vergessen dürfen.

Darauf antworte ich nicht. Wir fahren zu unserer Wohnung. Es ist wirklich ein Glück, dass ich die Pille nehme. Nicht nur, weil Loan und ich nicht zusammen sind, sondern ich kenne auch seine Ansicht zu diesem Thema ...

Als ich die Wohnungstür öffne, sitzt mein Vater auf einem der Küchenhocker und unterhält sich mit Loan.
»Papa!«, rufe ich fröhlich. »Willkommen in unserer Wohnung!«

Mein Vater steht auf und nimmt mich in den Arm. Ich genieße den für ihn charakteristischen Nadelholzduft, einen Geruch nach frischer Luft und Weite.

»Hallo, Kleines. Ich habe dich vermisst«, sagt er lächelnd, wie es seine Art ist.

Ich schließe die Augen und lasse mich mit einem Gefühl von Erleichterung in seine Umarmung fallen. Es tut so gut, dass ich am liebsten weinen möchte. Ich wusste gar nicht, wie sehr er mir gefehlt hat.

»Ich bin so froh, dass du da bist. Hast du schon gegessen?«, frage ich ihn, während ich meinen Mantel ausziehe.

Anschließend begrüße ich Loan. Er richtet sich auf und legt mir die Hand ins Kreuz, was mich elektrisiert. Anstelle meines Vaters antwortet er:

»Nein, wir haben auf dich gewartet.«

Ich frage meinen Vater nach der Familie und wie seine Arbeit läuft – die übliche Routine. Zoé und Loan essen mit uns zu Mittag, die Atmosphäre ist gelöst und entspannt. Mein Vater stellt Loan viele Fragen über seine Arbeit, die er sehr bewundert. Zoé und ich unterhalten uns über unsere Hausaufgaben für ESMOD. Zum Glück haben wir ab heute zwei Wochen Ferien.

»Dann erzähl mal«, fragt mein Vater lächelnd nach dem Kaffee, »wie willst du die nächsten zwei Tage mit deinem schrulligen alten Vater genießen?«

»Sie sind absolut nicht schrullig«, widerspricht Zoé sofort.

»Schleimerin«, ziehe ich sie auf.

»Ich habe gehört, du willst mir jemanden vorstellen?«

Ich beiße mir auf die Lippen, ehe ich antworte. Ich hatte völlig vergessen, dass Clément heute Abend zum Essen kommt… War es Loan, der es meinem Vater gesagt hat? Ich wage es nicht, ihn anzusehen, um es herauszufinden. Nach dem gestrigen Ereignis erscheint mir die Idee völlig grotesk, aber jetzt kann ich nicht mehr zurück.

»Äh, ja ... Aber nimm es nicht zu ernst, okay?«

Er nickt, während ich angespannt lächle. Jetzt muss ich mich nur noch motivieren und davon überzeugen, dass wir alle einen schönen Abend verbringen werden! Mein Optimismus gerät jedoch ins Wanken, als ich meinen Vater und Loan bei einem verstohlenen Blickwechsel überrasche, der nur einen Sekundenbruchteil andauert ... Er ist so kurz, dass ich am Ende fast überzeugt bin, ihn mir nur eingebildet zu haben.

Gestresst schaue ich noch einmal in den Spiegel. Verdammt, ich muss mich beruhigen, bevor ich meine Zunge mal wieder nicht im Zaum halten kann und schon vor dem Nachtisch allen mitteile, dass ich (zweimal!) mit Loan geschlafen habe.

»Du siehst sehr schön aus.«

Ich hebe den Blick zu Loans Spiegelbild. Er lehnt mit verschränkten Armen am Türrahmen. Ich taxiere mich noch einmal und versuche verzweifelt zu verstehen, wie er darauf kommt. Heute Abend trage ich einen ärmellosen schwarzen Rollkragenpullover, der bis kurz unter die Brust reicht, zu einem hoch geschnittenen grauen, knielangen Rock. Klassisch und sexy zugleich.

»Danke.«

»Komm schon. Der Süße ist sicher gleich da.«

Ich werfe ihm einen vernichtenden Blick zu.

»Was habt ihr bloß alle mit diesem blöden Spitznamen?«

Loan verkneift sich ein Lachen und zupft mich an den Haaren.

»Zoé hat ihn so getauft. Achte einfach nicht drauf.«

Mit Loan im Schlepptau betrete ich das Wohnzimmer. Mein Vater sitzt auf der Couch und wendet sich uns zu, während Loan zur Tür geht und seine Jacke anzieht.

»Ich lasse euch den heutigen Abend im Familienkreis geniessen.«

Ich drehe mich nicht zu ihm um und vermeide es, meine Verunsicherung zu zeigen. Angesichts der Situation stört es mich, dass Loan gehen will, um die Begegnung mit Clément zu vermeiden – schließlich ist hier auch sein Zuhause …

»Was?«, empört sich mein Vater. »Du bleibst doch hoffentlich nicht den ganzen Abend weg! Meinetwegen brauchst du ganz sicher nicht zu gehen. Komm schon, bleib zum Essen. Je mehr Verrückte beisammen sind, desto lustiger wird es!«

Wie bitte? Langsam wende ich mich zu ihnen um. Loan öffnet den Mund und scheint ablehnen zu wollen, bremst sich aber sofort. Er wirft mir einen flüchtigen Blick zu. Ich reiße grimmig die Augen auf. Er zuckt die Schultern. *Oh, dieser Verräter.*

»Wenn Sie darauf bestehen«, nimmt Loan die Einladung an und zieht seine Schuhe wieder aus.

Beide blicken mich um Zustimmung bittend an. Besiegt hebe ich die Hände und zwinge mich, Begeisterung vorzutäuschen:

»Je mehr Verrückte, desto lustiger!«

Könnte mich bitte jemand erschießen?

Als ob das noch nicht genug wäre, klingelt Clément genau in diesem Moment. Wir alle erstarren auf der Stelle. Fast scheint es mir, als hätte ich alle gestresst – eigentlich wäre es echt zum Lachen, wenn mir davon nicht beinahe übel würde. Um mir Mut zu machen, kippe ich ein Glas Champagner auf ex.

Ich flüstere meinem Vater zu, er soll mich nicht in Verlegenheit bringen, und bedenke Loan mit einem letzten Blick. Ich weiß, dass er verstanden hat, denn er verdreht die Augen. Ich gehe zur Wohnungstür und öffne.

Clément steht da, gutaussehend, schick gekleidet, einen Blumenstrauß in der Hand. Für ein paar Sekunden vergesse ich meine Angst.

»Hallo.«

»Bin ich auch nicht zu spät?«, fragt er, nachdem er mich auf die Wange geküsst hat.

»Nein, genau richtig. Danke.«

Er reicht mir die Blumen und ich nehme seinen Arm und führe ihn zur Couch. Jetzt ist es so weit.

»Papa, das ist Clément. Clément, das ist mein Vater André.«

»Schön, Sie kennenzulernen, André«, sagt Clément lächelnd und offenbar ohne jegliche Nervosität. »Violette spricht oft von Ihnen.«

»Also das würde mich überraschen«, scherzt mein Vater.

Ich nehme Clément den Mantel ab, während Loan ihn seinerseits mit zusammengebissenen Zähnen begrüßt. Mir ist klar, dass Clément sich ärgert, dass Loan dabei ist, aber ich tue so, als wäre alles normal. Nachdem die Höflichkeiten ausgetauscht sind, lege ich am Tisch ein weiteres Gedeck auf und lasse alle Platz nehmen. Ich sitze neben Clément und gegenüber von Loan, mein Vater hat die Schmalseite des Tisches gewählt – den besonders imposanten Platz des Oberhaupts.

»Also Clément«, beginnt mein Vater. »Wie haben Sie und Violette sich kennengelernt?«

Ich überlasse es Clément, die Geschichte vom Restaurant zu erzählen, nicke an bestimmten Stellen, bin aber viel zu sehr mit meinem Glas Champagner beschäftigt, um mich einzubringen. Loan hingegen wirkt sehr interessiert und stellt hier und da Fragen. Dabei lässt er mich nicht aus den Augen.

Das Abendessen geht ganz gut über die Bühne. Mein Vater und Clément tauschen Banalitäten aus und unterhalten sich über Studium, Arbeit und Familie. Loan hingegen schweigt und beobachtet, wie es seine Art ist. Und ich – nun, ich beteilige mich dann und wann am Gespräch, trinke ziemlich viel und pendle zwischen Wohnzimmer und Küche hin und her. Clément nutzt eine kurze Unaufmerksamkeit meines Vaters, um mir ins Ohr zu flüstern:

»Was hat Loan hier zu suchen?«

»Er wusste nicht, wohin.«

Clément wirft mir einen schiefen Blick zu, als wolle er sagen: »Von dem lasse ich mich doch nicht verarschen.« Das nehme ich ihm übel. Er hat nicht den richtigen Zeitpunkt für eine solche Feststellung gewählt.

»Er wohnt hier, Clément. Wenn er bleiben will, bleibt er.«

Er seufzt irritiert, belässt es aber dabei. Bis jetzt klappt noch alles reibungslos. Erst beim Nachtisch kippt die Stimmung …

Ich komme mit dem Kuchen aus der Küche. Der Alkohol hat meine Reflexe verlangsamt. Beinahe lasse ich das Dessert fallen, doch Loan stabilisiert mich mit einer Hand am Ellbogen.

»Mmmh, eine Himbeercremetorte!«, ruft mein Vater.

»Ja, ich habe sie gestern Nachmittag gekauft.«

»Beim Bäcker?«, fragt Clément.

Ich will gerade antworten, als ich den spöttischen Blick bemerke, den Loan und mein Vater wechseln. Ich fixiere Loan, doch er achtet nicht auf mich. Mein Vater kommt mir zuvor und antwortet lachend:

»Nein, in der Reinigung.«

Loan lacht auf, sieht aber weg, um meinem bitterbösen Blick nicht zu begegnen. Clément, der nicht weiß, was er davon halten soll, schaut sie abwechselnd an.

»Ich meinte: beim Bäcker oder beim Konditor?«

Ich lege ihm die Hand auf die Schulter, um ihn zu beruhigen.

»Ja, beim Bäcker.«

Von diesem Moment an beginnt die Volksbelustigung. Loan und mein Vater kennen sich schon eine Weile und verstehen sich ausgezeichnet. Ihre subtilen Scherze werden auf ganz natürliche Weise immer häufiger. Manchmal merkt Clément etwas, manchmal nicht. Nach einer Weile trete ich Loan gereizt gegen das Schienbein, um ihn zum Schweigen zu bringen.

»Autsch!«, ruft mein Vater zu meiner Rechten und sieht mich mit großen Augen an.

»Oh, pardon, das war nicht für dich gedacht«, entschuldige ich mich hastig. »Also, ich meine, es war für niemanden gedacht, ich habe nur gerade meine Füße bewegt und es hat dich getroffen, es tut mir wirklich leid, Papa, ich habe nicht gesehen, dass wir so wenig Platz unter dem Tisch haben; außerdem, wie hätte ich es wissen sollen? Ich verbringe schließlich mein Leben nicht unter dem …«

»Vio, ich glaube, wir haben es verstanden«, unterbricht mich Loan amüsiert.

Ich nicke und bin ganz froh, dass er mich in meinem Wortschwall unterbrochen hat. Er konfisziert mein Glas und trinkt es leer. So ist es also, Geheimnisse zu haben … Man trinkt und trinkt und merkt es nicht mal. Plötzlich bekomme ich Schluckauf. Die drei Männer blicken mich erstaunt an.

Dieses Essen ist eine Katastrophe.

»Alles in … HICKS! … Ordnung. Loan: Ab in die … HICKS! … Küche. Sofort!«

»Die ›HICKS! Küche‹? Kenne ich nicht.«

Der Blick, den ich ihm zuwerfe, beschleunigt seinen Entschluss. Er entschuldigt sich bei unseren Gästen, steht auf und folgt mir hinter den Küchentresen. Mein Schluckauf lässt nicht nach, doch ich verschränke die Arme vor der Brust, um ihm meine Unzufriedenheit zu zeigen. Loan hebt eine Augenbraue und nimmt die gleiche Haltung ein.

»Gibt es ein Problem?«

»Ein Problem? Du hörst sofort auf, dich über … HICKS! … ihn lustig zu machen, okay? Du und mein Vater! Das ist wirklich … HICKS! … nicht nett von euch.«

»Schon gut, Violette, wir machen doch nur Spaß.«

»Ich weiß, Loan. Aber das jetzt war zu viel. Stell dir doch mal vor: Er kommt … HICKS! … und muss feststellen, dass mein bester Freund zum Abendessen bleibt. Dann merkt er, dass du und Papa … HICKS! … unter einer Decke steckt! Das ist stressig und nicht gerade nett.«

Plötzlich habe ich das Gefühl, dass Loan beleidigt ist. Er runzelt die Stirn, beißt die Zähne zusammen und wirft mir einen unfreundlichen Blick zu, der mich sofort einschüchtert.

»Du willst also, dass ich nett zu ihm bin?«, knurrt er.

»Ja. Du bist mein bester Freund«, sage ich leiser. »Obwohl ich nach allem, was passiert ist, vorh…«

»Schon kapiert«, unterbricht er mich in einem trockenen Ton, der mich überrascht. »Aber wenn du willst, dass ich nett zu deinem ›HICKS! … Freund‹ bin, solltest du vielleicht aufhören, ihn zu betrügen.«

Mir ist, als bekäme ich einen harten Schlag ins Gesicht. Erstaunt und ohne zu blinzeln starre ich Loan an. Wie kann er es wagen, so etwas zu sagen. Sogar mein Schluckauf verschwindet angesichts solcher Grausamkeit. Ich weiß, dass ich für das, was ich Clément antue, Strafe verdient habe, aber die Kälte in Loans Stimme bringt mich zum Verstummen. Ich wollte ihm gerade sagen, dass ich beschlossen habe, mit Clément Schluss zu machen, doch jetzt lässt Loan mich wie eine Idiotin dastehen.

»Das stimmt«, hauche ich und bemühe mich, nicht zu weinen.

Er hat recht. Es macht mich krank, es zuzugeben, aber er hat recht. Und plötzlich verspüre ich einen solchen Drang, mich zu verteidigen und ihm alles zu erklären, dass mein Herz rast. Ich sollte ihn ein für alle Mal fragen: Liebt er mich? Will er mit mir zusammen sein? Ich weiß, dass er immer noch an Lucie denkt. Und was würde passieren, wenn wir es versuchen und scheitern würden? Was würde aus unserer Freundschaft? Sie ist alles, was in meinem Leben zählt; unsere Komplizenschaft, seine Unterstützung, seine Anwesenheit. Dennoch will ich es wissen.

Ich glaube, er ahnt, was ich sagen will, denn sein Blick wird heiß und ungeduldig.

»Loan«, flüstere ich und nehme meinen ganzen Mut zusammen. »Glaubst du, dass …?«

Sein Telefon unterbricht mich. Na toll. Super Timing, Leute! Ich reiße mich so gut es geht zusammen und räuspere mich. Loan entschuldigt sich und wirft einen Blick auf sein Handy auf dem Tresen. Ich ebenfalls. Und es ist wie eine kalte Dusche.

LUCIE.

Mit baumelnden Armen stehe ich da und starre den Namen auf dem Display an. Lucie ruft an. Scheiße. Eigentlich erwarte ich, dass Loan das Gespräch zumindest aus Höflichkeit nicht annimmt, aber er greift mit bestürzter Miene nach dem Telefon. Mir verschlägt es die Sprache.

»Tut mir leid, Vio, ich muss da rangehen. Wir reden später weiter, okay?«, sagt er und verschwindet eilig Richtung Tür.

Zutiefst entsetzt von dem, was gerade passiert ist, bleibe ich wie versteinert stehen. Ich war drauf und dran, ihn zu fragen, ob er mich liebt, und habe meine Antwort bekommen. Ja, es brauchte nur eine Sekunde mit Lucies Namen vor Augen, und schon gibt es mich nicht mehr.

21

Heute

Loan

Der intensive Blick, den Violette mir zuwarf, ehe sie begann, ihre Frage zu formulieren, brachte mich ziemlich durcheinander. Aber als mein Handy klingelt und ich über Lucies Namen stolpere, wird mein Herz von einem Adrenalinschub erfasst. Ich zögere einen Moment, als hätte ich zu lange darauf gewartet, als dass es noch wahr werden könnte. Dann aber siegt meine Neugier.

»Tut mir leid, Vio, ich muss rangehen. Wir reden später weiter, okay?«

Ich nehme das Gespräch an und kann immer noch nicht glauben, was da gerade passiert. Lucie ruft mich an. Lucie, die Frau, von der ich vor einem Jahr noch dachte, dass ich mit ihr mein Leben verbringen würde – Lucie, die mich verlassen und sich seitdem nie wieder bei mir gemeldet hat.

»Hallo?«

Ich schließe die Wohnungstür hinter mir und gehe die Treppe hinunter. Lucies Stimme erreicht mich sanft und zögernd genau in dem Moment, als ich auf einen Mann treffe, der vor dem Aufzug wartet.

»Loan? Ich bin es … Lucie.«

Als ob ich das nicht wüsste! Als ob ich nicht auf ihren Anruf gewartet hätte, seit sie mich wie einen Versager sitzen lassen hat!

»Ja, ich habe deinen Namen gesehen«, erkläre ich lakonisch.

Aufhorchend runzle ich die Stirn, als der Unbekannte über den langsamen Aufzug flucht. Erst jetzt scheint er sich meiner Anwesenheit bewusst zu werden, schaut mich vorwurfsvoll an und flucht noch einmal, ehe er sich für die Treppe entscheidet.

»Bist du noch da?«, fragt Lucie am anderen Ende der Leitung.

Ich bestätige mit einem »Ja«, konzentriere mich aber auf den Mann, der schnell verschwindet. Ich bin mir hundertprozentig sicher, dass er keiner unserer Nachbarn ist. Er sieht jung aus, ungefähr so alt wie ich, und scheint nicht ganz auf der Höhe zu sein. Wieder mal so ein Typ, der nur rumgammelt …

»Tut mir leid, ich habe gerade nicht zugehört.«

»Störe ich dich?«, fragt Lucie und klingt dabei nicht gerade selbstsicher. »Ich habe ferngesehen und musste an dich denken, also habe ich mir erlaubt, dich anzurufen.«

Eigentlich ja. Violette wollte mir etwas sagen, und ich war sehr neugierig, worum es ging. Trotzdem lüge ich.

»Nein. Ich war beim Abendessen.«

»Oh.«

Ich würde sie gern fragen, warum sie sich entschieden hat, die Anruftaste zu drücken, aber ich halte mich zurück. Ich will sie nicht vor den Kopf stoßen. Sie hat es getan, und ich schätze, das ist die Hauptsache. Als sie mich jedoch fragt, wie es mir geht, stottere ich jämmerliche Banalitäten.

Genau genommen bin ich mit den Gedanken woanders. Es ist wie … wie etwas Merkwürdiges, das mich ablenkt … aber ich kann den Finger nicht darauflegen. Ich beschäftige mich nicht zu sehr mit dieser Idee, sondern lasse sie langsam und sicher ankommen, und sie sickert sanft in mich ein.

Und zwar ganz selbstverständlich.

Plötzlich weiß ich, worum es geht. Es war ihr Blick. Violettes Blick, traurig und bernsteinfarben, Zeuge meiner Flucht.

Ich habe sie allein gelassen, obwohl wir mitten in einem Gespräch waren, und das nur, um mich einer Frau zu widmen, die ich zwar einmal geliebt habe, die mich jedoch monatelang vergessen hat. Ich bin echt blöd!

»Wie kommt es, dass du um diese Zeit isst?«

Ich zucke mit den Schultern, ehe mir einfällt, dass sie mich nicht sieht.

»Ich esse mit Violette.«

Ich weiß nicht, warum ich das gesagt habe. Es ist keine Antwort auf ihre Frage ... Ich musste nur bei meiner besten Freundin etwas wiedergutmachen, auch wenn sie mich nicht hören kann. Sie wegen Lucie im Stich zu lassen war unverzeihlich und geschmacklos.

Ich steige die Treppe wieder hinauf und wappne mich bereits gegen die Enttäuschung in ihren Schokoladenaugen, als Lucie trocken weiterspricht:

»Verstehe. Eigentlich habe ich dich angerufen, um ...«

Ein Geräusch von zerbrechendem Glas unterbricht sie. Hellwach blicke ich mich um. Eine böse Vorahnung gepaart mit den Reflexen eines Feuerwehrmanns treibt mich an, die Treppe mit Höchstgeschwindigkeit zu erklimmen und Lucie kommentarlos wegzudrücken. Ich weiß nicht wieso, aber ich habe sofort erraten, was los ist. Trotzdem bleibe ich cool, obwohl mir das Herz bis zum Hals schlägt. Ein einziger Gedanke lenkt meine Schritte: *nicht bei uns, nicht bei uns ...*

Als ich im zweiten Stock ankomme, steht unsere Wohnungstür weit offen. Ich zögere nur den Bruchteil einer Sekunde, dann stürme ich los.

Das Erste, was ich sehe, war der Grund für meine Eile: Die Vase mit Cléments Blumen liegt in tausend Stücke zersplittert zu Füßen meiner besten Freundin. Violette steht vor Angst wie versteinert mit verstörtem Gesicht da. Ein Blick in die Runde zeigt mir, dass Clément und André reglos neben ihren Stühlen verharren. Ich habe kaum Zeit zu verstehen, was los ist. Der Fremde aus dem Treppenhaus bewegt sich bedrohlich auf Violette zu.

»Sag mir, wo sie ist, verdammt! Sie ist meine Schwester!«

Ich mache mich bereit, ihn wutentbrannt anzuspringen, als Violettes Vater mir zuvorkommt und den Mann am Kragen packt. Überrascht lässt dieser sich gegen die Wand drängen. Noch nie habe ich André so erlebt. Sein Gesicht ist hochrot und sehr wütend.

»Hör mir gut zu, Junge! Ich weiß weder, wer du bist noch was du hier willst, aber wenn du nicht sofort verschwindest, rufe ich die Polizei. Und ich bin sicher, die würde dich in deinem zugedröhnten Zustand ziemlich interessant finden.«

Eine bleierne Stille senkt sich über den Raum. Ich stehe völlig neben mir und weiß nicht, was ich tun soll. Mir schwant, dass dieser Mann Zoés Bruder ist ... und dass er das Geld einfordert, das Zoé ihm nicht geben wollte.

»Sie haben ja keine Ahnung, mit wem Sie reden«, faucht Bryan mit zitternden Händen.

Er ist eindeutig auf Entzug. André, der es erkannt hat, packt fester zu und schaut ihm direkt in die Augen, um auf jeden Fall richtig verstanden zu werden.

»Komisch, ich wollte gerade dasselbe sagen. Los Junge, verschwinde.«

Er schubst ihn unsanft zur Wohnungstür, nur ein paar Zentimeter von mir entfernt. Bryan sieht sich hektisch um und scheint die Möglichkeiten abzuwägen, die ihm noch bleiben. Zwar hat André ihn heute Abend zu Tode erschreckt, aber ich weiß genau, dass er zurückkommt, wenn er wieder auf Turkey ist. Die Drohung mit der Polizei interessiert ihn nicht. Er kommt, weil er Geld braucht. Und obwohl Zoé mir unendlich leid tut, darf sie Violette um keinen Preis in ihre Schwierigkeiten hineinziehen. Der Kerl kennt unsere Adresse, verdammte Scheiße! Was, wenn heute Abend weder André noch ich da gewesen wären?

Ich habe den Gedanken nicht einmal zu Ende gedacht, als ich auch schon in mein Zimmer laufe. Ganz ruhig hocke ich mich hin, ziehe eine Schachtel aus ihrem Versteck und nehme mehrere Hundert-Euro-Scheine heraus. Ich stecke sie in meine Hosentasche und kehre mit zusammengebissenen Zähnen ins Wohnzimmer zurück. Ich kann nicht glauben, dass ich das wirklich tue, verdammt.

»Los, verschwinde.«

»Sagen Sie Zoé, ich warte auf mein Geld«, knurrt Bryan und zieht sich mit stetigem Blick auf Violette langsam zurück.

Mir stockt das Blut in den Adern.

»Schau woanders hin.«

Ich schiebe ihn vorwärts und schließe die Tür hinter uns. Draußen, in der Intimität des Treppenhauses, packe ich ihn brutal am T-Shirt und ziehe ihn an mich heran, bis seine Nase meine berührt.

»Ich weiß, wer du bist. Und ich weiß auch, dass du nicht aufgibst, bis du dein Geld hast. Also hier«, füge ich hinzu und ziehe die Scheine aus meiner Tasche. »Nimm das und verschwinde möglichst weit weg. Vergiss diese Adresse.«

Bryan zuckt nicht mit der Wimper und nimmt das Geld. Er bedankt sich nicht einmal, aber das war mir klar. Ihm dieses Geld tatsächlich zu geben macht mich krank. Nach unzähligen Vorfällen mit Junkies, die ich in meinem Beruf erlebt habe, weiß ich, dass ich ihn damit umbringe. Aber mir geht es um Violette.

Ich packe sein schäbiges T-Shirt mit der Faust. Ich überrage ihn um einige Zentimeter.

»Wenn du je wieder einen Fuß in diese Wohnung setzt – *meine* Wohnung – oder dich Violette auch nur auf zehn Meter näherst … dann finde ich dich und poliere dir die Fresse.«

Ohne auf eine Antwort zu warten, lasse ich ihn los und kehre in die Wohnung zurück. Erst drinnen stelle ich fest, dass mein Herz wie wild pocht. Ich ignoriere es und suche Violettes Blick. Immer noch fassungslos hat sie sich nicht vom Fleck gerührt. André fegt Glasscherben weg, während Clément den Tisch abräumt.

Ohne zu zögern, gehe ich mit großen Schritten auf meine beste Freundin zu. Sie reagiert nicht auf meine Annäherung. Ich nehme ihr Gesicht zwischen die Hände und blicke ihr direkt in die Augen.

»Hey … Kleines, bist du okay?«

Wie betäubt starrt sie mich an. Ich weiß, dass die anderen mich gehört haben, aber das ist mir egal. Jetzt und hier will ich nichts vortäuschen. Meine Daumen streicheln ihre Wangen. Endlich bewegt sie sich und stößt meine Hände von sich.

»Lass mich.«

Schnell kommt sie wieder zu sich, doch in ihren Augen zeigt sich neuer Ärger. Ich lasse sie gewähren, denn jetzt ist nicht der richtige Zeitpunkt, um mich bei ihr zu entschuldigen.

Letztlich war dieses Abendessen ein wahres Fiasko. André wischt den Boden auf, während Clément nach Hause geht und Violette vor der Tür küsst. Sie kümmert sich nicht um uns, sondern ist damit beschäftigt, Zoé anzurufen und ihr die Situation zu erklären. Nach einer Weile bitte ich sie, mir Zoé zu geben. Violette kneift die Augen zusammen, stellt aber keine Fragen.

Ich entferne mich ein paar Schritte und erkläre Zoé, dass ich ihrem Bruder Geld gegeben habe.

»Du hast … Warum hast du das getan?«, keucht sie verwirrt.

»Weil er sonst zurückgekommen wäre.«

Zoé antwortet nicht, aber ich spüre, wie bewegt sie ist. Sofort fühle ich mich schuldig, weil ich sie damit belastet habe. Sie kann schließlich nichts dafür. Man sucht sich seine Familie nicht aus, das weiß ich selbst nur allzu gut.

»Inzwischen hat er sich sicher wieder eingedeckt.«

»Bestimmt. Ich weiß sogar, woher er das Zeug bekommt«, sagt sie beschämt.

Mir ist klar, dass sie es nicht hören will, aber Zoé muss verstehen, dass ihr Bruder gefährlich ist. Im Moment ist er zwar noch nicht so weit, aber Drogen können ihre Opfer zu den schlimmsten Verbrechen treiben. Irgendwann wird auch bei ihm die Sicherung durchbrennen. Und wenn dieser Tag kommt, will ich auf gar keinen Fall, dass er sich daran erinnert, wo wir wohnen.

»Zoé, er darf nicht zurückkommen.«

»Ich weiß«, antwortet sie verbittert. »Ich habe versucht, ihm zu helfen, weißt du … ich liebe ihn … aber vielleicht ist es wirklich Zeit, ihn zu einer Reaktion zu zwingen … Sobald ich aufgelegt habe, rufe ich bei der Polizei an und gebe ihnen seine Adresse.«

Zu wissen, dass sie ihren Bruder melden will, schmerzt mich. Nicht seinetwegen, sondern wegen Zoé, denn ich weiß, dass es schwer sein wird, damit zu leben. Aber sie und ich wissen, dass es die beste Lösung ist.

»Okay, umso besser. Gute Nacht, Zoé.«

»Loan?«

Sie zögert.

»Danke.«

Ich sage ihr, dass es dafür nichts zu danken gibt, dann lege ich auf. Es mag banal klingen, so etwas zu sagen, aber ich fühle mich Zoé heute Abend näher. Manchmal ist sie wirklich eine Nervensäge, aber sie hat nicht nur Schönes erlebt. Letzten

Endes ist tatsächlich Jason der Normalste in unserem Freundeskreis – welche Ironie.

Ich schreibe Lucie, dass es mir leid tut, aber es hätte einen Notfall gegeben. Sie antwortet nicht. Egal.

Eine halbe Stunde später liege ich in meinen Boxershorts auf der Couch und starre an die Decke. Schon bald nach dem Vorfall hat Violette sich in ihr Zimmer geflüchtet. Meines habe ich André überlassen. Ich frage mich, ob sie schon schläft … Ich mache mir wirklich Vorwürfe, weil ich so abscheulich zu ihr war. Erst schlafe ich mit ihr, sage ihr dann, sie soll sich nicht schuldig fühlen, schlafe wieder mit ihr und werfe ihr auch noch Untreue vor.

»Loan, Loan, Loan …«, seufze ich. »Du bist ein hoffnungsloser Fall. Und obendrein redest du mit dir selbst.«

Ich greife nach meinem Handy auf dem Couchtisch und schreibe Violette. Es ist mir wichtig, dass wir uns wieder versöhnen, und zwar schnell.

Ich: Schläfst du …?
Violette: Nein.
Ich: Ich muss mit dir reden. Bitte … Komm zu mir …

Es dauert einige Minuten, bis sie mir antwortet. Ich hoffe, sie denkt nicht, dass ich Sex haben will, denn das ist nicht der Fall. Ich will nur mit ihr zusammen sein.

Violette: Ich bleibe in meinem Bett, Loan.
Ich: Darf ich zu dir kommen?
Violette: Nein.

Beunruhigt beiße ich mir auf die Lippen. Warum sind wir Männer nur so dumm?

Ich: Warum?
Violette: Du hast es selbst gesagt. Vielleicht sollte ich lieber aufhören, mit dir zu schlafen.

Autsch. Das hast du super hingekriegt, Loan. Du bist wirklich ein Riesenidiot.

So weit ist es also gekommen? Ich lege mein Handy weg und starre wieder an die Decke. Unsere Freundschaft wird immer erdrückender. Ich weiß nicht, in welche Richtung wir unterwegs sind, ich weiß nur, dass ich, ohne es zu merken, von einem Tag auf den anderen aufgewacht bin … und in meine beste Freundin verliebt war.

Die Wahrheit ist: Ich scheue mich, Violette zu lieben, und zwar aus dem einfachen Grund, dass ich eine Heidenangst davor habe, Lucie endgültig loszulassen. Manche würden das vielleicht lächerlich finden, aber für mich ist es ganz natürlich. Lucie bedeutet für mich meine Jugend, meine Vergangenheit und vier schwierige Jahre meines Lebens. Es fällt mir schwer, das alles aufzugeben. Umso mehr, als es eigentlich nie eine richtige Trennung gab. Ich frage mich immer wieder, was passiert wäre, wenn ich um sie gekämpft hätte. Vielleicht wären wir wieder zusammen. Oder auch nicht.

Ich knurre frustriert und stehe auf, um Jogginghose und Turnschuhe anzuziehen. Ich nehme meine Schlüssel und meinen iPod mit und verlasse die Wohnung. Draußen in der dunklen Nacht ziehe ich mir die Kapuze über den Kopf. Es regnet in Strömen. Ich erinnere mich an einen Abend, an dem Violette und ich auf einem Schiff auf der Seine aßen. Auf dem Heimweg regnete es heftig. Ich fing an, meinen Regenschirm herauszuholen, als ich sah, wie sie sich im Regen drehte. Es sah so natürlich aus, als würde sie die Elemente kontrollieren. Überwältigt von so viel Leidenschaft verstaute ich den Regenschirm wieder, ohne sie aus den Augen zu lassen, ließ mir das Haar nass regnen und sah zu, wie sie tanzte und dabei lachte. Nie zuvor hatte es mir so gut gefallen, in einer solchen Sintflut draußen zu sein.

Ich nehme den iPod aus der Tasche und laufe mit wirren Gedanken los.

Playlist Vio (weil Loan einen beschissenen Geschmack hat).

Ich muss grinsen, als ich mir vorstelle, wie sie der Liste den Namen gegeben hat, dann beschließe ich, sie anzuklicken. Und mich gehenzulassen ... zumindest beim Joggen.

22

Heute

Violette

Am Sonntagmorgen wache ich mit miserabler Laune auf, was mich nicht im Geringsten wundert. Alle scheinen noch zu schlafen, deshalb verlasse ich mein Zimmer so leise wie möglich. Auf dem Sofa liegt Loan auf dem Rücken, einen Arm im Nacken. Nur seine Oberschenkel sind zugedeckt. Er schläft nicht.

Ich ignoriere seinen Blick und gehe in die Küche, als ob nichts wäre. Ich bin immer noch enttäuscht von seinem Verhalten. Mir ist klar, dass ich selbst nicht schuldlos bin, trotzdem habe ich das Recht, auf ihn wütend zu sein. Immerhin wollte ich ihm gerade reinen Wein einschenken, Scheiße! Noch nie habe ich mich so gedemütigt gefühlt.

Ich nehme Butter und Marmelade aus dem Kühlschrank und spüre seinen Blick, der jede meiner Bewegungen beobachtet. Ich bin noch im Schlafanzug und setze meine Tätigkeit auch dann fort, als ich ihn aufstehen höre. Loan nähert sich mit der Decke über dem Rücken, umarmt mich von hinten und wickelt uns beide ein. Sein Körper, der sich an mich schmiegt, strahlt Wärme aus, während er sein Gesicht an meinem Hals verbirgt.

Ich versuche mich zu befreien, aber er hält mich fest und flüstert:

»Es tut mir leid.«

Ich kann ihn beim besten Willen nicht wegstoßen, aber

ich antworte nicht. Bis morgen will ich noch schmollen. Loan scheint damit zufrieden zu sein und bewegt sich nicht, sondern atmet nur den Geruch meines Halses ein. Unwillkürlich zittere ich. Unbeweglich lasse ich ihn gewähren, aber ich erwidere weder seine Umarmungen noch seine Küsse. Loan macht unbeirrt weiter und küsst meinen Nacken, meinen Hals und mein Kinn. Meine Augen bleiben geschlossen. Ich bin ihm hoffnungslos verfallen, und dieses Wissen bringt mich um.

»Ich hoffe, der Anruf war es wenigstens wert.«

»Wir haben kaum miteinander geredet. Sie hat mich gefragt, wie es mir geht und ich habe zurückgefragt. Das war's.«

Irgendwie bin ich erleichtert, dass sie nicht lange geredet haben. Loan erwartet keine Antwort von mir – er weiß, dass er keine bekommen wird.

Plötzlich drehe ich mich zu ihm um. Wir sind einander so nah, dass unsere Nasen sich fast berühren. Er scheint überrascht, sagt aber nichts. Dann fällt mein Blick auf seine Brustmuskeln, auf denen das Licht spielt. Sein Tattoo »Warrior« zwinkert mir zu.

Mein tapferer Krieger.

»Wie ist es passiert?«, frage ich geradeheraus. Seine Augen verschleiern sich und er beißt die Zähne so fest zusammen, dass seine Wangen schmal werden. Er weiß, wovon ich rede, auch wenn seine Verbrennung für mich in diesem Moment nicht sichtbar ist.

»Das ist keine Geschichte für heute«, sagt er.

»Wenn du sie mir erzählen würdest, würde es mir vielleicht helfen, mit dem Schmollen aufzuhören«, bohre ich skrupellos weiter.

Er scheint das nicht lustig zu finden. Und alles, was ich wahrnehme, ist sein Mund – schön und verführerisch und nur zwei Zentimeter von meinem entfernt. Nach dem, was er mir gestern Abend angetan hat, würde ich ihn zwar gern küssen, aber ich würde ihm auch liebend gern den Mund zunähen. Leider taucht mein Vater auf und durchkreuzt meine Pläne.

Er betritt das Wohnzimmer und tut, als hätte er uns nicht gesehen. Ich ziehe mich sofort zurück, während Loan sich mit frustrierter Miene gleich einige Meter entfernt.

»Gut geschlafen, Loan?«

Verlegen reibe ich mir den Arm. Ich weiß, dass mein Vater uns gesehen hat. Was um alles in der Welt denkt er jetzt?

»Sehr gut, danke.«

Ich meide Loans Blick, aber er erscheint mir vollkommen ruhig. Mein Vater schenkt sich Kaffee in eine Tasse und fährt fort:

»Natürlich auf dem Sofa.«

Das klingt eher nach einer Frage. Ich verstehe sofort und erröte bis zum Haaransatz.

»Natürlich, Monsieur.«

Mein Vater nickt und greift nach einem Kaffeelöffel von der Spüle. Loan nutzt die Gelegenheit, um sich zu mir umzudrehen und mir komplizenhaft zuzuzwinkern.

Ich frühstücke allein mit meinem Vater, während Loan duscht und sich fertig macht. Wir reden ein wenig über gestern, über Bryan, und ich erkläre ihm die Hintergründe. Mein Vater ist zwar verständnisvoll, aber auch ein ziemlicher Helikoptervater, deshalb bin ich nicht überrascht, als er mir sagt, dass ich immer mein Pfefferspray in der Tasche haben sollte.

Wir sitzen noch am Tisch, als jemand an die Tür klopft. Ich stehe auf und öffne, während mein Vater seine Sachen packen geht.

»Hallo, Süße.«

»Jason«, sage ich und lächle ironisch. »Und Ethan. Hey, Leute.«

Tatsächlich steht Ethan hinter Jason, aber von Zoé entdecke ich keine Spur. Ich frage die Jungs, wo sie steckt, woraufhin Jason eine lässige Geste heuchelt:

»Auf der anderen Straßenseite. Wir brauchen Geld und ich habe gehört, dass man hier welches bekommt.«

Ich versetze ihm einen Knuff gegen die Schulter und sage: »Spinner.«

»Was denn?«, begehrt er auf. »Es ist ein Notfall!«

Ich hake so lang nach, bis er mir ernst antwortet, dass Zoé allein sein wollte und er ihr daher angeboten hat, in seiner Wohnung zu bleiben. Ich lächle boshaft.

»Du magst sie, richtig?«

Ethan beobachtet ihn, denn auch er ist neugierig auf Jasons Antwort. Dieser weicht unseren Blicken aus und lässt uns ein paar Sekunden warten, bevor er die Schultern zuckt. Wie ein kleines Kind.

»Schon möglich.«

»Aber?«

»Aber sie will nur Sex«, fügt er augenrollend hinzu.

Ethan und ich lachen gleichzeitig auf, was unserem Freund nicht zu gefallen scheint. Er wirft uns einen vernichtenden Blick zu. Ich werde sofort ernst, was Ethan nicht gleich gelingt.

»Und seit wann missfällt dir das, Chlamydien?«, spotte ich.

»Chlamydien?«, wiederholt Ethan verwirrt.

»Halt die Klappe«, mault Jason, während ich Ethan die Erklärung liefere:

»Das ist sein Spitzname.«

»Sehr treffend«, gratuliert er mir und klatscht mich ab.

Erst jetzt kümmern wir uns wieder um Jason, der das längst nicht so witzig findet wie wir. Mir fällt ein, dass er dabei war, uns ein Geständnis zu liefern, und ich reagiere nachsichtig.

»Entschuldige. Was hast du gesagt?«

»Ich sagte: Es missfällt mir durchaus nicht, und wenn es das ist, was sie will, gebe ich es ihr. Ehrlicherweise muss ich zugeben, dass ich anfange ... mehr zu wollen. Aber sie ist und bleibt eben Zoé, weißt du. Es gefällt mir, wenn sie mich zum Teufel schickt.«

Ich weiß, ich sollte mich für die beiden freuen. Aber das Erste, was mich in diesem Moment überkommt, ist Eifersucht. Ich beneide sie um ihre einfache Beziehung.

»Wow«, kommentiert Ethan. »Du bist wirklich ein Masochist.«

»Kann schon sein. Hier«, sagt Jason zu mir, »hau mir auf den Arsch, um es auszuprobieren. Ich bin sicher, es wird mir gefallen.«

Er dreht sich um und präsentiert mir sein Hinterteil. Ich nutze die Gelegenheit, um ihm einen ordentlichen Klaps zu versetzen. Er schüttelt mit ernster Miene den Kopf.

»Dachte ich's mir doch.«

Ethan und ich müssen lachen. In diesem Moment taucht Loan in einer schwarzen Jogginghose und einem khakifarbenen T-Shirt auf. Er begrüßt die Jungs, legt mir eine Hand ins Kreuz und flüstert mir zu:

»Ist mit uns beiden alles in Ordnung? Bitte sag mir, dass es zwischen uns okay ist.«

Ich seufze und nicke, bevor mir klar wird, dass Ethan mich anstarrt. Ich werfe ihm einen unbehaglichen Blick zu, aber er lächelt. Man könnte fast meinen, er sähe mich zum ersten Mal. Seltsam. Ich lächle ihm ebenfalls zu, bis Jason uns unterbricht.

»Komm schon, lass uns gehen! Bis später, Schätzchen.«

»Bis später.«

Loan runzelt die Stirn und sagt ihm, er solle immer schön nach vorn schauen. Als ich die Tür schließe, bemerke ich meinen Vater im Flur. Ich lächle, und er fragt mich leise, wie es mir geht.

»So weit ganz gut.«

»Clément ist ein sehr netter Junge«, stellt er unvermittelt fest. Ich schließe die Augen. Das riecht nach einem »Aber«.

»Aber?«

»Aber ich bin ein wenig überrascht.«

Neugierig frage ich, wieso. Mein Vater hebt langsam eine Schulter, als müsse er nach den richtigen Worten suchen. Er entschließt sich zu einem halb verlegenen, halb amüsierten Grinsen.

»Ehrlich gesagt dachte ich immer, du wärst heimlich mit Loan zusammen.«

Verblüfft reiße ich die Augen auf. Das kann doch nicht wahr sein.

»Ernsthaft?«

»Ja. Immerhin wohnt ihr zusammen.«

»Das schon, aber … Weißt du, Loan ist mein bester Freund!«

Hör bloß mit diesem Mist auf, spottet mein Gewissen. Innerlich knalle ich ihm eine, aber er zeigt sich unbeeindruckt und schaut mich trotzig an. Schweinerei.

»Loan ist ein prima Kerl.«

Ich senke den Blick und denke über das nach, was Loan ausmacht. Er ist der Mann, der mir morgens ein Schokocroissant besorgt, der Mann, der mich bei Regen zu ESMOD bringt, der Mann, der meinen Vater vom Bahnhof abholt, der Mann, der mir eine Paracetamol auf den Nachttisch legt, wenn ich am Abend davor feiern war …

Der Mann, der mich so akzeptiert, wie ich bin.

Der Mann, in den ich mich an einem Silvesterabend verliebt habe.

»Ich weiß.«

23

Heute

Loan

Nach dem katastrophalen Wochenende verläuft das Leben seltsamerweise wieder ganz normal. Da sie Ferien haben, schlafen Zoé und Violette jeden Morgen aus, während ich Tag für Tag mit Ethan auf der Feuerwache Dienst schiebe. Meine Beziehung zu Violette ist nicht mehr wie vorher; zwar beantwortet sie meine Fragen, aber ich habe das Gefühl, dass sie nach der Sache am Samstag noch immer sauer auf mich ist. Ich kann es ihr nicht verübeln.

Zunächst versuche ich mich davon zu überzeugen, dass es mir die Chance gibt, etwas Abstand zwischen uns zu bringen. Nach zwei Tagen merke ich jedoch, dass es nicht das ist, was ich will, und dass ich es auch nicht fertigbringe. Warum also sollte ich damit weitermachen?

Heute besuche ich meine Eltern. Violettes Frage, ob sie mitkommen könnte, hat mich überrascht. Aber ich finde es nur fair: Sie hat mir von ihrer Mutter erzählt, jetzt ist es an mir, ihr meine vorzustellen, oder? Ich hoffe, dass sie mir danach nicht mehr so böse ist.

Ich beschließe, es ihr zu sagen, während sie am Küchentisch frühstückt und Zoé fernsieht. Mit Violette zu sprechen, wenn sie gerade Nutella-Toast isst, hat sich bewährt: Sie ist dann immer gut gelaunt.

»Ich habe einen Vorschlag.«

»Hat dir nie jemand beigebracht, dass man einen Hund

nicht stören soll, wenn er seine Nase im Napf hat?«, unterbricht Zoé.

Vio wirft ihr einen ärgerlichen Blick zu. Regel Nummer 1: Niemals den Schokoladenkonsum einer Frau kommentieren, sonst setzt man sich ernsthaften Konsequenzen aus, besonders als Mann. Dann denken sie nämlich alle, dass man sie fett findet. Wirklich.

»Klappe, Zo. Was willst du, Loan?«

Das fängt ja gut an …

»Ich besuche heute meine Eltern und wollte dich fragen, ob du mitkommen magst.«

Ihr Gesicht leuchtet plötzlich auf. Ich habe ins Schwarze getroffen. Ich widerstehe dem Drang zu lächeln, als sie mit einem Nutella-Klecks am Kinn überrascht die Augen aufreißt.

»Du willst mich zu deiner Mutter mitnehmen?«, wiederholt sie.

Ich verziehe das Gesicht.

»Nicht in diesem Zustand.«

Sie springt von ihrem Hocker und drückt mir mit entschlossenem Blick das Nutella-Glas in die Hand.

»Gib mir fünf Minuten.«

Sie hüpft bereits in ihr Zimmer. Kritisch schaue ich ihr nach.

»Violette …«

»Okay, vielleicht dreißig!«, ruft sie und verschwindet aus meinem Blickfeld.

Ich wende mich an Zoé, die mit den Schultern zuckt und das Nutella wegräumt, ehe sie ihr folgt. Ich wusste, dass mein Vorschlag sie freuen würde, obwohl sich mir bei der Aussicht auf ein Zusammentreffen zwischen ihr und meinen Eltern die Kehle zuschnürt. Ich betrete ihr Zimmer, schließe die Tür hinter mir und lehne mich dagegen. Sie durchwühlt den Klamottenberg auf ihrem Bett, und ich erkenne glücklich, dass sie wieder ganz sie selbst geworden ist. Überdreht textet sie mich zu, ohne auch nur daran zu denken, zwischen den Sätzen Luft zu holen.

Lächelnd beobachte ich sie. Plötzlich bittet sie mich, ihr mit dem Reißverschluss ihres Kleides zu helfen, ohne ihr Geplapper zu unterbrechen. Innerlich lachend gehorche ich und spiele voll und ganz mit, weil ich so erleichtert bin, die Komplizenschaft wiederzufinden, die uns immer verbunden hat.

»Deine Monologe machen mich echt an, Violette. Weiter so.«

Sie lacht und wechselt ihr Unterhemd. Ich erhasche einen Blick auf einen lachsfarbenen BH mit einer grauen Tüllschleife zwischen den Körbchen.

»Wirklich? Gefallen sie dir?«

»Oh ja …«, sage ich theatralisch nickend. »Jetzt fehlt nur noch ›das Wort‹ und ich tue alles, was du willst.«

Violette lacht laut auf. Es ist so ansteckend, dass ich ebenfalls lächeln muss. Verspielt hebt sie eine Augenbraue und schaut mich an.

»Du willst wirklich, dass ich ›das Wort‹ sage?«

Sie testet mich. Wild entschlossen halte ich ihrem Blick stand und bereite mich psychisch vor.

»Gut, probieren wir es.«

Ich starre auf ihre Lippen, die das Wort »Schlüpfer« aussprechen. Ich unterdrücke die Schauder, die mich überlaufen, und scherze:

»Ganz wie ich dachte. Wenn du es sagst, bin ich zu allen Schandtaten bereit.«

Meine beste Freundin hebt den Blick zum Himmel, setzt eine freche und charmante Miene auf und kommt übertrieben katzenhaft auf mich zu.

»Oh … Schlüpfer … Schlüpfer …«

Ich lache so sehr, dass ich mir den Bauch halten muss, und stelle überrascht fest, dass ich schon lange nicht mehr so herzlich gelacht habe. Die Tür geht in dem Moment auf, als Violette das Wort »Schlüpfer« mit einem lustigen russischen Akzent schnurrt. Zoé bleibt stehen, scheint aber nicht im Geringsten überrascht. Sie ist es wohl gewohnt.

»Geht es hier um das Drehbuch für einen schlechten Porno oder muss ich mir Sorgen machen?«

Violette errötet, fällt dann aber in meinen Lachanfall ein. Schließlich schüttelt Zoé den Kopf, nennt uns »geistig zurückgeblieben«, nimmt sich das auf dem Bett liegende Ladekabel und lässt uns wieder allein. Ich werde als Erster wieder ernst und wische mir die Augen.

»Violette, wenn ich mich recht erinnere, haben wir von dreißig Minuten gesprochen.«

»Ich bin fertig!«

Ich mustere sie von Kopf bis Fuß und versuche nicht zu zeigen, welche Wirkung ihr kleines Schwarzes auf mich hat.

»Los geht's.«

Als ob der Tag nicht schon schlimm genug angefangen hätte, ruft mich mein Vater an, während wir im Auto sitzen. Ich fahre rechts ran, um dranzugehen, während Violette schweigend die Passanten betrachtet.

Unter dem Vorwand, meine Mutter sei eingeschlafen, bittet mein Vater mich, ein anderes Mal vorbeizukommen. Ich seufze, denn ich bin seine ständigen Ausreden leid.

»Sie hat in letzter Zeit viel Energie gebraucht … Es gibt mehr schlechte als gute Tage.«

Ich beiße die Zähne zusammen. Violette achtet nicht auf mich, ich weiß, dass sie mir meine Privatsphäre lassen will.

»Dann warte ich eben, bis sie wieder wach ist«, beharre ich.

Am liebsten würde ich ihn anschreien, ihm sagen, dass es seine Schuld ist, dass er endlich auf mich hören und darüber nachdenken soll, die Hilfe von Spezialisten in Anspruch zu nehmen. Aber das lehnt er immer wieder ab. Angeblich, »weil er nur noch sie hat«.

»Vergiss es, Loan. Komm einfach an einem anderen Tag.«

Er legt auf, bevor ich mich verabschieden kann. Einen Moment lang sitze ich mit dem Handy am Ohr sprachlos da. Dann werfe ich es auf das Armaturenbrett und packe das Lenkrad so fest, dass meine Knöchel weiß werden. *Beruhig dich, beruhig dich, beruhig dich.*

Zwischen meinem Vater und mir war es schon immer so, und ich verstehe nicht, warum ich überrascht bin. Ich atme tief aus, als ob ich so meinen ganzen Stress loswerden könnte, und sage Violette, dass wir heute nicht hinfahren können.

»Das tut mir leid«, antwortet sie leise und drückt sanft meinen Arm.

»Hm ... Worauf hättest du denn stattdessen Lust?«, frage ich, um das Thema zu wechseln. »Damit wir nicht ganz umsonst losgefahren sind.«

Lange Sekunden bleibt meine beste Freundin mir die Antwort schuldig. Plötzlich fordert sie mich auf weiterzufahren. Misstrauisch gehorche ich und folge ihren Anweisungen. Ihr Gesichtsausdruck ist so neutral, dass ich nicht erraten kann, was sie vorhat.

»Wo fahren wir hin?«

»Vielleicht ist es ja eine ganz schlechte Idee ...«

Das beantwortet meine Frage zwar nicht, aber ich halte den Mund. Ich fahre, wohin sie mich lotst, bis wir die Hauptstraße eines schicken Vorortes erreichen. Sie bittet mich, vor einem Spielplatz zu parken, wo viele Leute auf ihre Kinder aufpassen.

Meine beste Freundin wirkt abgelenkt. Eine stumme Minute später ertrage ich es nicht mehr.

»Violette?«

Ich wende ihr den Kopf zu, bin mir aber nicht sicher, ob sie mich überhaupt gehört hat. Ihre Augen starren leer auf einen Punkt jenseits der Windschutzscheibe und sie sitzt steif wie ein Pfosten. Ich erkenne, dass sie ein Haus anschaut, ein gelbes Gebäude am Ende der Straße. Neugierig betrachte ich es ebenfalls einen Moment lang. Der Rasen davor ist grün, und die Garage steht offen.

»Es war keine gute Idee, wir sollten lieber wieder fahren.«

Gerade will ich ohne weitere Fragen gehorchen, als ich durch das geöffnete Fenster plötzlich Gelächter höre. Violette neben mir erstarrt. Aus der Garage tritt eine Frau, die aus voller Kehle lacht. Sie öffnet den Kofferraum ihres in der Einfahrt geparkten Autos und wirft dann einen Blick auf ihr Handy. Abwesend lässt Violette sie keine Sekunde aus den Augen.

»Wer ist das?«, flüstere ich.

Im Grund weiß ich es bereits, aber ich will es hören. Mit blassem Gesicht antwortet sie sehr leise:

»Meine Mutter.«

Es fühlt sich an wie ein Schlag in die Magengrube. Ich widme der Frau meine ganze Aufmerksamkeit und beobachte sie ein paar Sekunden; sie hat die gleichen blonden Haare wie Violette, allerdings etwas dunkler.

Ich frage Violette, ob wir umdrehen sollen. Sie nickt zunächst langsam, ehe sie plötzlich ihre Meinung ändert. *Scheiße…*

Bevor ich etwas sagen kann, ist Violette bereits ausgestiegen. Ich fluche leise vor mich hin, schnalle mich ab und steige ebenfalls aus, um sie auf den Gehsteig zu begleiten. Ein kleines Mädchen, das der Frau sehr ähnlich sieht, läuft auf Violettes

Mutter zu. Es trägt ein hübsches blaues Kleidchen und weiße Strumpfhosen. Ein bezauberndes Kind, und mit Sicherheit ihre Tochter. Ich wünschte, ich könnte Violette über das hinwegtrösten, was sie sieht. Ihre kleine Halbschwester.

»Vio ...«

»Ich möchte sie fragen, warum«, flüstert sie mit versagender Stimme. »Ich will nur wissen, was an diesem Kind besser ist als an mir ...«

Oh, meine Violette. Ich lege ihr den Arm um die Schultern und streichle zärtlich ihre Wange. Alle Anspannung, die noch vor zehn Minuten zwischen uns geherrscht hat, ist verschwunden.

»Sie ist nicht besser als du, Violette-Veilchenduft. Deine Mutter hat diese Entscheidung zwar getroffen, aber das bedeutet doch nicht, dass sie gut ist. Du hast dir nichts vorzuwerfen.«

Unentschlossen versenkt Violette ihren Blick in meinen. Ich glaube, es ist ihr sehr wichtig und sie will wirklich hingehen, aber sie hat schreckliche Angst. Also nehme ich ihre Hand und halte sie fest in meiner, um ihr so all das mitzuteilen, was ich nicht laut aussprechen kann. Dass ich bei ihr bin. Immer. Und zwar was auch immer sie vorhat. Sie scheint zu verstehen, denn sie atmet tief durch, überquert die Straße und geht auf Mutter und Tochter zu. Mit einem dicken Kloß in der Kehle lasse ich zu, dass sie mir fast die Hand zerquetscht.

Schon ehe wir den gegenüberliegenden Bürgersteig erreichen, blickt ihre Mutter in unsere Richtung. Als sie Violette erkennt, wird sie sehr blass. Die Kleine mustert mich schüchtern. Sie ist süß, viel zu süß, um ihr irgendetwas übel zu nehmen; sie ist nur ein Kind. Sie dürfte etwa fünf Jahre alt sein und ihr strahlendes Gesicht ist noch ganz arglos.

Sowohl Violette als auch ich verstehen sofort. Ihre Mutter war also schwanger, als sie ihren Vater verließ. Plötzlich tritt sie einen Schritt vor und nimmt ihre kleine Tochter bei der Hand.

»Komm, Léna. Wir müssen einkaufen gehen.«

Violette und ich sind verblüfft. Ich weiß nicht, was meine beste Freundin denkt, aber ich kann ihren Schmerz fast spüren. Er trifft mich hart. Meiner Ansicht nach ist das Schlimmste nicht einmal das schreckliche und beschämende Geheimnis, das Mutter und Tochter all die Jahre geteilt haben. Viel schlimmer ist es, zu sehen, dass die Mutter ihre Tochter erkannt hat ... und so tut, als wäre sie eine Fremde. Eine Fremde, obwohl sie sie geboren hat. Eine Fremde, der sie abends Geschichten vorgelesen und Pflaster aufs aufgeschlagene Knie geklebt hat.

Trotz allem erkenne ich aber auch, dass die Begegnung sie nicht gleichgültig lässt, denn sie zittert am ganzen Körper und weicht Violettes Blick aus. Sie will sich gerade umdrehen, als Violettes klare und beherrschte Stimme uns beide überrascht:

»Eigentlich wollte ich dir sagen, dass ich dir nicht mehr böse bin.«

Die Frau dreht sich langsam um. Sie sieht beschämt und ... traurig aus.

»Violette, bitte ...«

»Ich dachte, ich wäre dazu bereit.«

Stille verschlingt uns, während sich die Welt um uns herum weiterdreht. Mutter und Tochter schauen sich an. Endlich wird mir klar, dass es wirklich eine schlechte Idee war und wahrscheinlich übel enden wird. Auf keinen Fall darf Violette erneut in dieses Entsetzen abtauchen. Ich will sie gerade mit mir fortziehen, als sie endlich den Kopf schüttelt.

»Aber ich kann nicht. Ich kann es nicht, es ist stärker als ich. In Wirklichkeit ...«, sinniert sie und runzelt die Stirn, »in Wirklichkeit hasse ich dich.«

Ihre Mutter bleibt eine ganze Weile wie versteinert stehen, aber ich nehme an, dass der Satz sie getroffen hat. Violette hat meine Hand losgelassen – ein Zeichen, dass sie sich stark genug fühlt, um allein weiterzumachen. In diesem Augenblick bin ich richtig stolz auf sie.

Endlich öffnet die Frau den Mund. Sie sieht müde aus.

»Dir auch einen guten Tag, Violette. Ich habe gehört, dass du zum Studium nach Paris gekommen bist und bin stolz auf dich …«

Lieber Himmel, macht sie das mit Absicht? Für den Bruchteil einer Sekunde verdüstert ein Schleier unendlicher Schuld ihr Gesicht. Es schmerzt mich zutiefst.

»Ich finde es sehr traurig, dass du mich hasst. Das wollte ich nicht …«

»So wirkst du aber ganz und gar nicht«, antwortet Violette mit einem Hauch Verbitterung.

»Vielleicht verstehst du es, wenn du älter bist, mein Schatz. Jetzt magst du mich vielleicht hassen, aber du wirst bald erkennen, dass eine Frau manchmal nicht das Leben führt, das sie gerne leben würde. Das Leben, das ich mit dir und deinem Vater geführt habe, war nicht meins, verstehst du? Ich muss zugeben, dass ich vieles hätte anders machen sollen. Aber … es gibt keinen Weg zurück.«

Ich bin sprachlos. Mag sein, dass sie unglücklich war. Aber ist das ein Grund, die eigene Tochter zu verlassen und sie dafür büßen zu lassen?

»Ich bin sicher, dass dein Vater darüber hinweg ist, Violette. Und auch du wirst dich davon erholen, das verspreche ich dir.«

»Nein«, schreit Violette so plötzlich, dass ihre Mutter zusammenfährt.

Meine beste Freundin scheint unter Schock zu stehen. Mit

halb geöffnetem Mund und unter Tränen, die ihr über die rosigen Wangen laufen, explodiert sie förmlich:

»Nein, nein und nochmals nein! Scheiße! Du kannst mir doch nicht meine Kindheit ruinieren und mich im Stich lassen, um mir dann zu sagen, dass ich darüber hinwegkomme! Ich kann nicht darüber hinwegkommen. Eines Tages wird es vielleicht ein bisschen besser werden, aber das, was du mir angetan hast, bleibt für immer in meinem Herzen, verstehst du, Mama? Denn das warst du mal – du warst meine Mama und du hättest mir helfen müssen, erwachsen zu werden. Aber du hast mich auf egoistische Weise benutzt und mich dann weggeworfen, als ob ich nichts bedeute. Du kannst sagen, was du willst: dass du nicht glücklich warst, dass du Papa nicht geliebt hast, dass ich dich in Verlegenheit gebracht habe – es ist mir egal! Weil du vor allem eine Mutter warst. Du hattest tausend und eine Möglichkeit, deinem Alltag zu entfliehen, aber du hast die gemeinste davon gewählt.«

»Violette …«, flüstere ich und greife nach ihrem Handgelenk.

Diese Frau verdient nichts von dem, was Violette sich antut. Ich denke darüber nach, meine beste Freundin einfach hochzuheben und ins Auto zu verfrachten, während sie fortfährt:

»Jedenfalls bin ich wirklich froh, dass ich heute gekommen bin und eine Antwort auf die Frage erhalten habe, die ich mir seit vier Jahren stelle. Ich dachte immer, es hätte daran gelegen, dass ich nicht so war, wie es sich gehört, ich dachte, es hätte einen Grund gegeben, einen wirklich triftigen Grund … Aber nein. Du bist einfach nur schrecklich egoistisch. Und unter diesen Umständen bin ich eigentlich doch froh, dass du abgehauen bist. Ich hoffe nur, dass du es eines Tages bitter bereust und dass dieses kleine Mädchen«, sie zeigt weinend auf Léna, »die Kindheit haben wird, die du mir nicht gegeben hast.«

Ihre Stimme bricht in einem herzzerreißenden Schluchzen. Ich lege ihr einen Arm um die Taille und wische ihre Tränen mit meinen Daumen ab.

»Komm, Liebes, lass uns gehen.«

Ihre Mutter, deren Augen gegen ihren Willen in Tränen schwimmen, mustert mich, als sie diese Worte hört.

»Hör auf deinen Freund, Violette ... Du bist meine Tochter und ich liebe dich, aber mein Leben war woanders.«

»Aber so behandelt man niemanden, den man liebt.«

Ich kann nicht anders, als einzugreifen. Es ist zu viel. Wie kann diese Frau nur so platt auf alles reagieren, was ihre Tochter zu ihr gesagt hat! Violette wendet sich ab, um in die Sicherheit des Autos zurückzukehren. Dabei wirft sie einen letzten Blick auf Léna, die ein Stück entfernt friedlich spielt.

Kaum sitzt Violette auf dem Beifahrersitz, als ich mich mit zusammengebissenen Zähnen erneut ihrer Mutter stelle.

»Vermutlich hältst du mich für ein Monster«, sagt sie und verzieht das Gesicht. »Aber ich liebe Violette. Ich habe ihr das Haar gestreichelt, ehe sie einschlief, ich habe für sie gesungen ...«

»Sie hätten sie mehr lieben müssen.«

Und ich bin noch nicht fertig. Ich trete einen Schritt auf sie zu und schaue ihr direkt in die Augen:

»Sie verdienen nicht, was Gott Ihnen geschenkt hat. Und Sie sollten sich schämen, dass Sie Ihrer Tochter ein so schändliches Geheimnis aufgezwungen haben, als sie kaum sechs Jahre alt war. Ich hoffe, Sie sind glücklich mit Ihrer perfekten kleinen Familie, denn so leid es mir tut – das wird nicht lange anhalten. Gott ist sehr nachtragend. Ich vertraue darauf, dass er Sie irgendwann bitter dafür bestraft, dass Sie dieses schöne Mädchen, das dort im Auto auf mich wartet, so mies behandelt haben.«

Ich bin wütend. Und »wütend« ist noch ein schwacher Ausdruck dafür, wie ich mich fühle. Es ist eher ein immenses und sehr starkes Gefühl großer Ungerechtigkeit, das in meinen Adern kocht. Ich kann nicht verstehen, warum jemand nicht alles Erdenkliche für ein Mädchen wie Violette getan hat, und dass sich Menschen wie diese Frau einfach nur ein schönes Leben machen. Aber sich selbst zu rächen ist sinnlos. Um so was kümmert sich Gott, und das immer sehr gut. Man muss nur Geduld haben.

Ich wende ihr den Rücken zu und gehe zum Auto.

»Du hast doch nicht die geringste Ahnung!«, ruft sie plötzlich und zwingt mich, stehen zu bleiben. »Du kennst mich nicht, junger Mann. Du bist doch selbst noch ein Kind und weißt nichts über das Leben.«

Ich lächle ironisch und bin froh, dass ich offenbar einen Schwachpunkt gefunden habe.

»Jedenfalls weiß ich, dass Violette eine bessere Mutter werden wird als Sie, mehr muss ich nicht wissen. Und wenn Sie nicht bereit sind, wiedergutzumachen, was Sie zerbrochen haben … Nun, darum kümmere ich mich.«

Ich warte nicht auf ihre Antwort, sondern lasse sie mitten auf dem Gehweg stehen und kehre zu meinem Auto zurück. Meine Hände zittern, es kribbelt in meinen Adern und mir blutet das Herz. Schweigend setze ich mich hinters Lenkrad. Violette tastet nach meiner Hand. Sie beobachtet Léna. Einige Minuten vergehen.

»Glaubst du, die Kleine wird glücklich?«, haucht Violette.

»Ja, ich glaube schon … ich hoffe es.«

»Ich auch.«

Ich blicke dieses Mädchen an, das ich seit einem Jahr kenne, aber das meine Seele schon seit Jahrzehnten zu lieben scheint, dieses Mädchen, das ich von der ersten Minute an so akzeptiert habe, wie es ist. Immer noch rollen Tränen über ihr Gesicht, schöne Perlen, die ihr den Hals hinuntertropfen. Ich wische sie nicht ab. Ich lasse sie weinen, weil sie es braucht, weil sie schön ist, wenn sie weint, aber vor allem, weil ich mich an diesen Moment erinnern will.

An diesen Moment, als ich verstehe, dass ich sie niemals gehen lassen will.

Dritter Teil

Der Absturz

24

Heute

Violette

»Alles okay?«, erkundigt sich Loan schon zum zweiten Mal, seit wir wieder losgefahren sind.

Ich zucke die Schultern. Nein. Ich würde ihm gern sagen, nein, es ist nicht okay. Aber ich fürchte, ich breche in Tränen aus, wenn ich das tue. Seit ich Loan alles über meine Mutter erzählt habe, ist mir die Idee, sie zu besuchen, nicht mehr aus dem Kopf gegangen. Als er irgendwann den Mut fand, mir seine Mutter vorzustellen, dachte ich, warum nicht? Ich wollte geheilt werden – jetzt bin ich es.

Es ist nicht nur falsch, mich an meine Mutter zu klammern, sondern Loan hatte auf der ganzen Linie recht. Ich bin mit Clément zusammen, weil ich ein Ideal suche. Ein Ideal, das nach diesem Wiedersehen in tausend Stücke zersplittert ist. Eigentlich wusste ich es schon, aber jetzt ist es mir wirklich klar. Clément ist nicht der Richtige für mich.

Er weiß nicht mal, wer ich bin.

Als ich nicht antworte, wendet Loan sich mir zu. Seine Gesichtszüge entgleisen, und ich begreife, dass ich weine.

»Oh, Violette …«

An einer roten Ampel bleibt er stehen und nimmt mich in die Arme, in die ich mich flüchte und hemmungslos schluchze.

»Es macht mich wahnsinnig«, schluchze ich in seine Halsbeuge. »Nach allem, was ich heute gesehen und gehört habe, sollte sie mir nicht mehr wichtig sein. Und trotzdem bin ich ihr immer noch böse! Das ist doch Blödsinn. Und das Schlimmste ist, dass ich sie trotz meiner Abscheu immer noch irgendwie liebe. Aber ich will sie nicht lieben! Ich will nur … dass sie mir egal ist.«

Ich rücke ein Stück zur Seite, um das Taschentuch zu nehmen, das er mir reicht, und putze mir die Nase. Seine Finger schieben mir eine Haarsträhne hinters Ohr. Dann nimmt er mein Gesicht in seine großen Hände und küsst mich auf die Nase. Ich halte den Atem an und betrachte ihn durch den Tränenschleier, der meine Sicht trübt.

»Du darfst ruhig wütend sein, das ist völlig legitim«, sagt er schließlich. »Du solltest dich nicht schuldig fühlen, dass du ihr wegen etwas böse bist, das sie dir als Kind angetan hat. Aber du solltest dich auch nicht schuldig fühlen, dass du sie immer noch liebst, schließlich ist sie deine Mutter. Immerhin hast du schöne Erinnerungen, und das bedeutet, sie war eine gute Mutter, bevor alles schiefging. Sie hat sich um dich gekümmert.«

Ich höre aufmerksam zu. Es ist verrückt, aber er sagt mir genau das, was ich hören will. Loan hebt eine Schulter und nimmt meine Hand. Ich beruhige mich sofort.

»Sie hat Fehler gemacht«, sagt er. »Große Fehler. Aber du solltest dir vor Augen halten, dass es sinnlos ist, sie zu hassen oder dich selbst zu verabscheuen, denn das würde dich nur innerlich zerfressen. Du musst nach vorne schauen – nicht vergessen, sondern weitermachen, ohne dich selbst zu quälen. Verstehst du?«

Er lässt seine Worte sanft wirken, ehe er gefasst weiterspricht:

»Weißt du, deine Familie kannst du dir nicht aussuchen. Deine Freunde schon. Und wir – Zoé, Jason, Ethan … und ich – wir sind deine Familie. Wir werden immer für dich da sein, Violette. Weil wir dich lieben.«

Bei diesen Worten schlägt mein Herz schneller. »Weil wir dich lieben.« Es ist kein »Weil ich dich liebe«, aber es genügt mir, und ich nehme es gern an. Loan hat genau das ausgesprochen, was ich unbedingt hören wollte. Ich schenke ihm ein Lächeln, lege ihm die Arme um den Hals und drücke das Gesicht gegen seine Schulter. Seine Arme umschlingen mich fest und sein Parfüm kitzelt meine Nase.

Dort, in seinen Armen, bin ich zu Hause.

An meinem Platz.

25

Heute

Loan

An diesem Abend beschließe ich in der Hoffnung, dass Violette sich darüber freut, die ganze Bande zum Essen einzuladen.

Als wir das Restaurant betreten, blicke ich sie kurz an. Unsere Finger sind noch immer miteinander verflochten. Verglichen mit meiner Körpertemperatur sind ihre Hände sehr kalt, als würden wir uns ergänzen. Man kann sehen, dass sie geweint hat, denn ihre Augen sind gerötet, aber ich habe die anderen schon vorgewarnt: Niemand hat Fragen zu stellen und alle sind fröhlich.

»Hi Violan!«, ruft Zoé und ich werfe ihr einen finsteren Blick zu.

Jason streitet sich mit einem rothaarigen Kellner. Wenn ich richtig verstanden habe, will mein Freund an den Tisch am Fenster, den der Mann ihm jedoch verweigert.

»Wenn ich Ihnen doch sage, dass er reserviert ist!«, sagt der Kellner gereizt.

Überrascht und verärgert runzelt Jason die Stirn.

»Hey, immer mit der Ruhe, Ron Weasley.«

»Wir nehmen, was Sie uns anbieten können«, mische ich mich ein.

Jason knurrt etwas in seinen Bart, folgt aber wie alle anderen dem Kellner und setzt sich schließlich neben Zoé. Als er Violette und mich endlich anschaut, lautet sein erster Kommentar:

»Mann, ihr guckt ja wie sieben Tage Regenwetter.«

Mist, das macht er doch mit Absicht, dieser Idiot. Welches Wort in dem Satz: »Keiner redet über den heutigen Tag!« hat er nicht verstanden? Zoé wirft mir einen entmutigten Blick zu und kneift Jason in den Arm.

»Was gibt's Neues, Ethan?«, erkundige ich mich bei meinem Freund, um das Thema zu wechseln.

Ethan versteht sofort und ergreift die Gelegenheit beim Schopf. Er spricht über seine Eltern, die er bald besuchen will, und erzählt, dass er sie aus Zeitmangel schon fast ein Jahr nicht gesehen hat.

»Sie wohnen in Poitiers«, erklärt er, während Zoé und Violette ein kleines Zweiergespräch führen.

Der Abend fängt gut an. Wir unterhalten uns über Gott und die Welt und freuen uns über einen Abend ohne Kopfzerbrechen. Violette entspannt sich immer mehr und bringt hier und da sogar ein Lächeln zustande. Es ist fast schon ein Sieg.

Sie schwankt so lange zwischen Nudeln mit Trüffelöl und einer Ofenkartoffel, dass ich ihr vorschlage, ich könnte doch das eine und sie das andere Gericht bestellen und anschließend würden wir teilen. Als ich von der Speisekarte aufblicke, sehe ich, dass sie mich interessiert mustert. Ich hebe eine Augenbraue und frage, ob alles in Ordnung ist. Sie lächelt aufrichtig.

»Schon. Mir ist nur gerade eingefallen, dass ich enttäuscht bin, dass ich deine Eltern nun doch nicht kennengelernt habe.«

Nachdenklich verstumme ich für ein paar Sekunden. Sie hat recht. Ganz gleich, was mein Vater sagt und ob es ein guter Tag ist oder nicht, ich werde mit Violette meine Mutter besuchen. Ich war schon viel zu lange nicht mehr bei ihr und sollte mich wirklich schämen. Aber manchmal ist es zu schwierig.

»Bald gehen wir hin«, flüstere ich.

Wir zucken beide zusammen, als Jasons Stimme uns abrupt unterbricht:

»Hört ihr jetzt endlich mal auf zu tuscheln? Man könnte wirklich meinen, ihr hättet jemanden umgebracht. Das geht jetzt schon so seit Wochen so. Ihr seid echt peinlich.«

Mir bleibt keine Zeit, auf seinen Spott zu reagieren, als Zoé bereits herausplatzt:

»Das machen sie, seit sie miteinander geschlafen haben.«

Ich erstarre. Es ist, als würden wir alle gleichzeitig den Atem anhalten. *Verdammte Kacke.* Violette wird blass und reißt die Augen auf. Der ganze Tisch ist plötzlich verstummt. Alle Blicke sind auf uns gerichtet. Zoé presst die Lippen zusammen, weil ihr klar wird, dass sie einen Fehler gemacht hat.

»Mist …«

Niemand wagt etwas zu sagen. Als wäre eine Bombe explodiert. Schließlich bricht Ethan eher überrascht als unangenehm berührt das allgemeine Schweigen:

»Du hast es gewusst?«

Ich möchte im Erdboden versinken. Schockiert blickt Zoé zu Ethan. Ich wage keinen Mucks, um nicht unbeabsichtigt irgendwas loszutreten.

»Ja! Du auch?«

»Ja«, antwortet Ethan lässig, »ich habe es gleich am nächsten Morgen erfahren.«

Verärgert öffnet Zoé den Mund, ehe sie sich an ihre beste Freundin wendet. Ich verfolge die Reaktion, die die Neuigkeit bei unseren Freunden hervorruft, und warte ängstlich auf den Moment, in dem alles auf mich zurückfällt.

»Ihr habt es Ethan vor mir gesagt?!«

Violette weiß nicht, was sie antworten soll. Dann schaut sie mich halb entnervt, halb benommen an.

»Du hast es Ethan erzählt?«, meint sie vorwurfsvoll.

»Und du Zoé!«

»Nein, ich habe es Zoé nicht gesagt! Sie hat uns gehört. Das ist ein Unterschied.«

»Was?!«

Bestürzt und etwas verlegen muss ich die Nachricht erst mal verdauen, während sich Ethan zu meiner Rechten offenbar köstlich amüsiert. Eigentlich ist es zum Totlachen, fast wie eine verrückte Szene aus *Friends*. Nur für mich nicht, weil ich erfahren muss, dass unser erstes Mal nicht mehr ausschließlich uns gehört. Ich schaue Zoé an, die den Vorfall mit einer flapsigen Handbewegung beiseitewischt.

»Keine Sorge, gesehen habe ich nichts.«

Mein Blick wandert zurück zu Violette, die sich offensichtlich am liebsten ins nächste Mauseloch verkrümeln würde. Es ist ein Albtraum.

»Sie hat uns gehört und du hast mir nichts gesagt?«

Ethan prustet los. Meine beste Freundin, die sich zu Tode schämt, will mir gerade antworten, als Jason völlig verloren ausruft:

»Und keiner hat daran gedacht, mich auch einzuweihen? Warum nicht?«

Alle Köpfe wenden sich überrascht in seine Richtung. Mit beleidigtem Gesicht breitet er die Arme aus und scheint zutiefst verletzt darüber, dass wir ihn außen vor gelassen haben. Die Situation ist so urkomisch, dass wir alle loslachen – alle bis auf Jason, der uns vernichtende Blicke zuwirft.

»Was soll das denn heißen? Seit wann übt ihr beide euch darin, Babys zu machen?«

»Hör auf mit dem Quatsch. Ethan hat mir gesagt, dass ihr beide längst dachtet, dass wir miteinander schlafen.«

»Echt jetzt …«, stöhnt Violette und verbirgt ihr Gesicht in den Händen.

Ich lache leise und reibe ihr liebevoll den Nacken.

»Okay, Redebedarf«, beharrt Jason sichtlich gegen mich aufgebracht. »Warum hast du es diesem Weichei Ethan gesagt, aber nicht mir, deinem besten Kumpel?«

»Fragst du das wirklich?«

»Vielleicht, weil ich verschwiegener bin«, mischt Ethan sich ein.

Violettes Gesicht ist immer noch nicht aus ihren Händen aufgetaucht, obwohl Jason Witze macht, um sie zu beruhigen, und ihr sagt, dass niemand sie verurteilt.

»Ich meine es ernst, Vio, wir alle haben unsere Macken. Vor allem wir! Schau dir Zoé an: Sie war eine echte Schlampe, ehe sie sich in mich verliebt hat.«

Statt einer Antwort gibt Zoé ihm eine schallende Ohrfeige. Bei dem Geräusch hebt Violette den Kopf. Ethan stößt einen bewundernden Pfiff aus, während mich Zoés Kühnheit verblüfft. Jason zuckt nicht einmal; er hat es offensichtlich kommen sehen. Ohne den Blick von Violette zu wenden grinst er schließlich:

»Hast du das getan, weil ich gesagt habe, dass du eine Schlampe warst oder dass du in mich verliebt bist?«

»Idiot.«

»Das war doch nur ein Witz, meine Schöne«, entschuldigt er sich und legt einen Arm um ihre Schultern, aber sie schüttelt ihn ab.

Zu seinem Glück ist Zoé nicht nachtragend. Sie weiß, dass Jason verrückt nach ihr ist, aber dass er eben einen sehr fragwürdigen Sinn für Humor hat. Weil sie so tut, als würde sie ihn ignorieren, fährt er fort:

»Also, wie ich gerade sagte …«

»Lass es lieber, ich glaube, das wäre besser«, rate ich ihm.

Endlich wechselt Ethan das Thema, wofür ich ihm sehr

dankbar bin. Unsere Gerichte kommen, und während des Essens vergessen wir die ganze Geschichte. Als Zoé und Ethan noch einen Kaffee bestellen, winkt mir Jason, ihm nach draußen zu folgen.

»Wir gehen nur schnell eine rauchen und sind gleich zurück«, sagt er zu den anderen.

Ich stehe auf und folge ihm.

»Dir ist hoffentlich klar, dass wir beide nicht rauchen und dass deine Entschuldigung ziemlich blöd ist?«

»Ist doch egal.«

Jason lehnt sich an die Wand und zieht wegen der Kälte die Schultern hoch. Dabei betrachtet er mich ohne ein Wort. Es ist fast beunruhigend. Als ich ihn frage, was los ist, lässt er sich viel Zeit, ehe er antwortet.

»Ich kann einfach nicht glauben, dass du mit Violette geschlafen hast, obwohl sie mit Clément zusammen ist. Das ist überhaupt nicht deine Art.«

Schon kapiert. Ich nicke und suche nach einer Antwort. Schließlich kommt er mir zuvor und fragt mich, ob wir ein Paar wären. Ich seufze. Die Antwort fällt mir schwer:

»Sie ist mit Clément zusammen. Aber wie stehst du dazu? Glaubst du, es wäre eine gute Idee?«

»Warum nicht? Du bist der ideale Typ für eine Beziehung. Unser Loan taugt nicht für One-Night-Stands, absolut nicht. Nein, Loan steht mehr auf Glücksbärchis und Rosenblätter auf dem Bett. Oh Mist …« Plötzlich scheint ihm etwas einzufallen. »Gnade – bitte sag mir, dass du für ihr erstes Mal keine Rosenblätter auf ihr Bett gestreut hast!«

»Keine Sorge. Und hör auf, in der dritten Person von mir zu reden.«

»Mit anderen Worten, du bist nicht bereit für eine Beziehung mit Violette. Ist es das?«

»Ich bin für überhaupt keine Beziehung bereit.«
»Aber das stimmt doch nicht.«
»Wie meinst du das?«
»Oh bitte! Du und Violette … Loan, wach endlich auf … Ihr sagt ›zu Hause‹, wenn ihr über die Wohnung redet, ihr schlaft in einem Bett, sie leiht sich deine Zahnbürste – was ich ehrlich gesagt ziemlich eklig finde – und du fährst sie zur Uni, bevor du zur Arbeit gehst. Ernsthaft, hat es bei dir wirklich noch nicht geklingelt? Ihr habt sogar ein Baby namens Mistinguette.«

Wie versteinert höre ich ihm zu. *Verdammt.*

»Euch hat nur noch der Sex gefehlt, um wirklich ein Paar zu werden. Das ist jetzt auch erledigt. Ihr seid ein Paar, herzlichen Glückwunsch!«, ruft Jason mit breitem Lächeln, ehe er so schnell wieder ernst wird, dass es mir Angst macht. »So, und jetzt lass uns über das Wesentliche reden: Ich gebe dir einen Zehner – okay, einen Zwanziger –, und du wirfst dafür Zoé aus der Wohnung. Sie kommt dann weinend zu mir, so nach dem Motto: ›Ich hasse diesen Loan und jetzt weiß ich nicht, wo ich schlafen soll‹, und dann PAFF! biete ich ihr Unterschlupf und wir machen eine Menge …«

»Bitte, halt die Klappe.«

»… Blaubeer-Muffins!«, beendet er kopfschüttelnd seinen Satz und blickt zutiefst schockiert. »Mann, du bist ja echt besessen. Sie liebt Blaubeer-Muffins, du Spinner. Hör endlich auf, ständig an Sex zu denken. Du hast ja nichts anderes mehr im Kopf, es ist wie verhext …«

Ich achte schon längst nicht mehr auf das, was er sagt, denn in meinem Kopf kreist nur noch ein Gedanke: *Was, wenn er recht hat?*

26

Heute

Violette

Heute ist der Tag, an dem ich mit Clément Schluss mache.

Nicht etwa aus einer Laune heraus, sondern weil ich gründlich darüber nachgedacht habe. Schon als wir uns das erste Mal trafen wusste ich, dass ich Gefühle für Loan hegte, und doch habe ich ihnen nicht nachgegeben. Weil ich Angst hatte.

Aber das ist jetzt vorbei. Ich will mit ihm zusammen sein, nur mit ihm.

Und eines ist ganz sicher: Die Sushi mit den unaussprechlichen Namen werde ich nicht vermissen.

Heute ist Samstag. Ich hatte Clément angerufen, um ein Treffen auszumachen. Er sagte, er wäre bei Freunden, aber ich ließ nicht locker und deshalb stehe ich jetzt nervös vor der Tür einer Pariser Wohnung. Natürlich kam es nicht infrage, am Telefon Schluss zu machen, ich bin schließlich kein Arsch – hast du gehört, Joe Jonas?!

Ich klingle. Die Blondine vom letzten Mal öffnet mir mit einem Gesichtsausdruck, den sie vermutlich für herablassend hält.

»Clément ist im Wohnzimmer«, sagt sie statt einer Begrüßung.

Ich folge ihr in besagtes Wohnzimmer und entdecke ein Grüppchen von fünf Leuten, die rauchen und Karten spielen. Die meisten reagieren nicht, als ich hereinkomme.

Was für eine Bombenstimmung. Schön, euch wiederzusehen …

»Vio!«, begrüßt Clément mich mit einem breiten Lächeln. »Wie geht's dir, Süße?«

Er küsst mich auf den Mund. Ich lächle geduldig und frage, ob wir vielleicht woanders reden können. Er nickt und verkündet den anderen, dass wir ein bisschen Privatsphäre brauchen. Hm. Das klingt etwas nach einer offiziellen Ankündigung.

Clément nimmt meine Hand und zieht mich einen hell erleuchteten Flur entlang. Schließlich öffnet er eine Tür. Wir stehen in einem Mädchenzimmer. Das Bett ist nicht gemacht. Ich räuspere mich und habe ein mieses Gefühl. Meine Vorahnung erweist sich als berechtigt, als Clément seine Lippen auf meinen Mund drückt und meine Hüften an sich zieht. Überrascht bleibe ich einen Moment in seinen Armen. Bis er mich aufs Bett legen will.

»Clément!«

Er weicht ein Stück zurück und küsst mich sanft, um sich zu entschuldigen. Ein spöttisches Lächeln liegt auf seinem Gesicht.

»Ich muss … ich muss mit dir reden.«

»Ich habe dich eine ganze Woche nicht gesehen und du hast mir gefehlt. Können wir nicht später reden?«

Ich muss mich zurückhalten, um ihn nicht darauf hinzuweisen, dass er mich zwar eine Woche nicht gesehen hat, ich jedoch diejenige war, die um ein Treffen gebeten hat. Aber das ist jetzt ohnehin egal. Ich schiebe ihn sanft beiseite und setze mich auf die Matratze.

»Nein, es muss es jetzt sein.«

»Okay«, seufzt er und setzt sich mit ernstem Gesicht neben mich. »Ich höre.«

Jetzt ist es so weit, Violette. Du bist in keinem Film und es klingelt auch kein Telefon, um dich zu unterbrechen. Klar, denn diese Verräter klingeln natürlich nur, wenn es gerade am schönsten ist! Sonst ist es schließlich nicht lustig.

Ich atme tief durch und wage den Sprung ins kalte Wasser:

»Clément, du bist wirklich ein toller Mensch. Du siehst gut aus, bist süß, freundlich und klug, und ich sage das nicht nur so, sondern ich schwöre, ich meine es ernst. Ich lüge nie, frag Loan! Kurz und gut, du bist all das und noch viel mehr, und ich habe es wirklich genossen, Zeit mit dir zu verbringen – außer vielleicht, wenn wir Sushi gegessen haben, da muss ich zugeben, dass ich manchmal am liebsten gekotzt hätte –, aber die Sache ist die, dass du und ich nicht füreinander bestimmt sind. Also …«, fahre ich fort, ohne zu wissen, wie ich enden soll. »Tja, es ist vorbei. Die Sache mit uns beiden. Also das mit dir und mir, meine ich. Es tut mir leid.«

Himmel, das ist ein Bereich, in dem ich mich nicht gerade auskenne.

Clément sitzt mir stumm und wie betäubt gegenüber. Er scheint die Bedeutung meiner Worte nicht zu verstehen … Seine Sprachlosigkeit geht mir nahe. Der Ärmste. Und ich habe ihn mit Loan betrogen! Das hat er nicht verdient.

»Warte … Ist das dein Ernst?«

Ich öffne den Mund, um zu antworten, aber es kommt nichts heraus. Es ist wie ein Schlag ins Gesicht. Clément klingt schroff und überheblich. Diesen Ton kenne ich nicht aus seinem Mund, schon gar nicht mir gegenüber. Etwas verunsichert über seine veränderte Haltung fange ich an zu stammeln:

»Nun … ich … also ja. Es tut mir leid. Alles.«

Ich mache einen Schmollmund, was ihn nicht im Geringsten zu erweichen scheint, sondern ihm offenbar im Gegenteil bewusst macht, was hier gerade geschieht. Er fährt sich mit der Hand durch die Haare und steht mit einem kalten Lachen auf.

»Scheiße, ich träume wohl. Willst du mich echt abservieren?«

»Clément …«

»Ja oder nein? Ich warne dich, Violette: Wenn du gehst, brauchst du nicht zurückkommen.«

Verwirrt hebe ich eine Augenbraue. Für wen hält der Kerl sich? Ich bin so schockiert, dass ich nicht weiß, was ich sagen soll. Wenn ich dich verlasse, dann bestimmt nicht, um zurückzukommen, du Idiot! Ich räuspere mich und wiederhole mit fester Stimme und wild entschlossen, es hinter mich zu bringen:

»Es tut mir wirklich leid, dass es so gekommen ist … Ich mag dich sehr, aber ich bin nicht in dich verliebt.«

»Du hast mir von Anfang an etwas vorgemacht«, meint er mit einem gezwungenen Lachen.

»Absolut nicht!«

»Oh doch«, beharrt er und schüttelt angewidert den Kopf. »Du hast zwar geflirtet, aber du hast dich immer geziert, wenn es ernst wurde. Scheiße, ich mochte dich wirklich! Und jetzt beendest du es einfach? Ja, ja, erst heiß machen, aber dann kneifen.«

Ich bin wie versteinert und spüre Wut über diese Ungerechtigkeit in mir aufsteigen. Und irgendwie schäme ich mich auch. Denn so was hat auch Émilien zu mir gesagt, als er mit mir Schluss gemacht hat: Erst heiß machen, aber dann kneifen.

»Ich verbiete dir, so mit mir zu reden. Ich dachte, wir wären erwachsen und du würdest wie ein Erwachsener reagieren! Du bist doch nur sauer, weil ich nicht mit dir schlafen wollte … Das ist lächerlich, Clément. Und offen gesagt ziemlich erbärmlich.«

Ich greife nach der Klinke und will gehen, da packt er mich am Handgelenk und zwingt mich, ihn anzusehen.

»Glaubst du allen Ernstes, ich hätte auf dich gewartet?«

Er lacht freudlos auf. Ich kann nicht glauben, dass das wirklich passiert ... Er hat also die ganze Zeit andere Mädchen gevögelt. Ich sehe ihn lange an und verstehe, dass ich einen Typen wie ihn nicht verdient habe. Okay, ich habe ihn auch betrogen. Aber ich bin verliebt. Ich denke, das macht einen Unterschied. Und zwar einen großen.

»Weißt du was, Clément? Belassen wir es dabei. Ich denke, es ist richtig, dass wir uns trennen.«

Erneut packt er mich am Arm und zieht mich an sich. Er tut mir weh.

»Bitte warte! Vio, es tut mir leid ...«

»Lass mich los, Clément.«

»Nein, unser Gespräch ist noch nicht beendet. Sag mir wenigstens, warum du Schluss machst«, verlangt er misstrauisch. »Den wahren Grund.«

»Warum? Habe ich etwa dein übergroßes Ego verletzt?«, spotte ich und versuche mich zu befreien.

Ich weiß, dass er mir nichts tun würde, ein solches Arschloch ist er nicht. Trotzdem.

»Mein Ego? Ja logisch, verdammt! Immerhin wirfst du mich weg wie ein Stück Scheiße!«

Er versucht, mich zu schütteln, damit ich aufhöre, mich zu wehren, und fleht mich an, ihm zuzuhören, aber ich habe das Gefühl zu ersticken. Ich muss hier raus, und zwar schnell.

»Lass mich los oder ich schreie!«

»Du hast mich tatsächlich die ganze Zeit verarscht und die Unschuld vom Lande gespielt ...«, murmelt er kopfschüttelnd. »Und ich habe dich respektiert.«

Ich spüre die Vorboten einer Panikattacke, und das macht mir Angst. Ich bin ganz allein mit einem Mann, der mich für eine Schlampe hält. In meiner Verzweiflung tue ich das Erste, was mir in den Sinn kommt – und das Einzige, was ich laut meinem Vater nie vergessen darf.

Ich versetze ihm einen Tritt zwischen die Beine. Clément stöhnt vor Schmerz auf, sinkt zu Boden und lässt mich endlich los. Mit geschlossenen Augen hält er sich die Kronjuwelen.

»Scheiße, meine Eier …«

Ich finde mein Gleichgewicht wieder und atme langsam aus, um mich zu beruhigen. Atmen, atmen, atmen. Während ich meiner inneren Stimme gehorche, schaue ich angewidert auf Clément hinunter. Wie habe ich mich nur so täuschen können?

»Was glaubst du, wer du bist?«, jammert Clément. »Du hast keine Ahnung, was du verpasst, das kannst du mir glauben.«

Mit erhobenen Augenbrauen bleibe ich an der Tür stehen. Ernsthaft? Ich drehe mich um und beobachte ihn, den kleinen verletzlichen Clément, der sich mit schmerzverzerrter Grimasse den Schritt hält.

»Soll ich dir mal was sagen, Clément?«

Er wartet mit gequältem Blick. Ich spreche in einem neutralen und völlig ruhigen Ton.

»Erinnerst du dich an Loan?«

Mein Exfreund runzelt die Stirn und versteht nicht, worauf ich hinauswill. Ich lächle und halte meine beiden Zeigefinger in einem nicht zu verachtenden Abstand auseinander. Plötzlich begreift er, auf welche Art von Länge ich mich beziehe, denn seine Augen weiten sich vor Überraschung. Stolz auf meinen Einfall rühre ich mich nicht.

Das Schlimmste ist, dass ich nicht mal übertreibe.

»Dreckige Nutte!«, schreit er. »Ich wusste es!«

»Du solltest mit ein paar Eiswürfeln kühlen«, rate ich ihm, ehe ich die Tür öffne und ihn allein lasse.

Ich gehe den Flur entlang, durch den wir gekommen sind, und durchquere das Wohnzimmer.

»Hallo Leute«, sage ich zu dem Grüppchen, das mich erstaunt anblickt. »Clément braucht jemanden, der ihm mit seinem Penis hilft. Er jammert, und ich glaube, sein Vorhautbändchen ist gerissen, weil er es besonders gut machen wollte.«

Auf allen Gesichtern zeichnet sich Bestürzung ab, und das lässt mich diesen kleinen Sieg genießen. Ich verdrehe sarkastisch die Augen und zucke die Schultern.

»Ich weiß, das ist übel.«

Ohne auf eine Antwort zu warten, verlasse ich die Wohnung. Das Herz schlägt mir bis zum Hals. Ich eile die Treppe hinunter, öffne die Haustür und atme tief die frische Luft ein. Draußen kann ich nicht länger an mich halten und fange an zu flennen. Ich weiß, ich sollte Freudensprünge machen, aber sobald die Anspannung von mir abfällt, kommt alles wieder hoch.

Ich wische mir die Tränen weg und versuche, mich zu beruhigen. Ich fühle mich frei und ruhig, als ob ich wüsste, dass von nun an alles gut gehen wird. Ich möchte es mit Loan versuchen. Unsere Freundschaft wird dabei natürlich auf eine harte Probe gestellt, aber ist es nicht immer so im Leben? Ich *will* das Risiko eingehen, wenigstens dieses eine Mal. Ich würde mir nie verzeihen, es nicht zumindest versucht zu haben.

Auf dem Heimweg beginnt mein Telefon wie ein Wink des Schicksals zu vibrieren. Es ist Loan. Ein dämliches Lächeln huscht über mein Gesicht … ein Lächeln, das sofort schwindet, als ich seine Nachricht lese.

Loan: Ich habe gerade mit Lucie zu Mittag gegessen. Ich glaube, wir müssen reden.

Er weiß es.

27

Heute

Loan

Also damit habe ich wirklich nicht gerechnet. Alles war in bester Ordnung. Die Situation mit Violette hatte sich wieder eingerenkt, und bevor sie heute Morgen ging, hat sie mich sogar mit einem warmen Lächeln auf ihren schönen Lippen umarmt.

Ich fahre also zur Arbeit und fühle mich glücklich und entspannt. Bis zu dem Moment in der Umkleide, als mein Telefon klingelt. Ich gehe dran, ohne zu schauen, wer anruft.

»Hallo?«

»Hallo Loan … Hier ist Lucie. Schon wieder.«

Ich runzle die Stirn. Natürlich ist es Lucie. Ich habe ihre Stimme schon beim ersten Wort erkannt. Und natürlich freue ich mich, von ihr zu hören. Das wird wohl immer so sein. Aber zwei Anrufe in weniger als einer Woche sind eher ein Wunder.

»Hi. Wie geht es dir seit neulich?«

»Ganz gut«, sagt sie und räuspert sich. »Arbeitest du heute?«

»Ja, ich bin schon auf der Wache. Wolltest du etwas Bestimmtes?«, hake ich nach und binde mir dabei die Schuhe.

Sie schweigt lange, ehe sie endlich zögernd antwortet:

»Eigentlich wollte ich vorschlagen, dass wir uns heute zum Mittagessen treffen.«

Verblüfft halte ich inne. Zusammen essen? Sie redet sieben Monate nicht mit mir, und auf einmal fällt ihr ein, dass sie mit mir zu Mittag essen möchte? Das nehme ich ihr übel. Weil ich nämlich den Eindruck nicht loswerde, dass sie mich für dumm verkauft. Aber vor allem: weil ich keine Lust mehr darauf habe.

»Zusammen essen? Aus welchem Anlass?«

Ich spüre, dass meine Frage sie verwirrt. Offenbar hat sie so etwas nicht erwartet.

»Ich … Ich meine, ich weiß nicht. Ich möchte dich sehen.«

»Ich wollte dich sieben Monate lang sehen. Also …«

Ich beiße mir auf die Lippen und bedaure bereits, dass ich es ausgesprochen habe. Lucie schweigt ins Telefon. Ich habe sie verletzt und mache mir Vorwürfe. Normalerweise ist es nicht mein Stil, die Schwächen anderer Leute auszunutzen.

»Ich verstehe nicht, warum du sauer auf mich bist, Loan«, seufzt sie. »Das wollte ich nicht.«

»Wie bitte?«

Das ist jetzt wirklich die Höhe. Trotzdem denke ich, dass es nicht die schlechteste Idee wäre, sie zu treffen. Ich will der Sache endlich auf den Grund gehen, will verstehen, warum es so gekommen ist und der ganzen Angelegenheit ein Ende setzen.

»Okay, gehen wir essen. Wir treffen uns beim Chinesen.«

»Dem, wo wir früher immer waren?«

»Ja.«

»Einverstanden. Ich bin froh, dass du dazu bereit bist«, sagt sie. »Wir brauchen das.«

Ich nicke und lege auf. Nach all der Zeit sehen wir uns also wieder. Sieben Monate lang habe ich wegen dieser unvollendeten Geschichte ständig an sie denken müssen, und jetzt kommt sie einfach zurück, als wäre nichts geschehen. Ich muss mit ihr reden, ich will den Grund dafür wissen.

Vielleicht, um das Kapitel endlich abschließen zu können.

Ich hoffe es.

Lucie hat sich nicht verändert. Ich bleibe noch ein paar Sekunden im Auto sitzen, um sie zu beobachten. Sie fixiert ihren Handybildschirm, während sie auf mich wartet. Sie ist sehr schön. Eine klassische dunkelhaarige Schönheit, die man lieben muss – eine dieser zeitlos schönen Frauen wie Natalie Portman.

Ihr schwarzes Haar liegt glatt auf ihren schmalen Schultern, sie trägt eine weiße Bluse unter einem Dufflecoat und Jeans, die ihren Kurven schmeicheln. Diese Kurven, die ich so lange gekannt habe. Ich höre auf, mich mit der Erinnerung zu quälen, steige aus und gehe zu ihr. Als sie mich sieht, röten sich ihre Wangen.

»Hey.«

»Hallo Loan«, sagte sie und beugt sich vor, um mir einen Begrüßungskuss auf die Wange zu hauchen.

Etwas überrascht lasse ich es zu und küsse sie dann ebenfalls auf beide Wangen. Sie benutzt noch immer das gleiche Parfüm, einen Hauch von Eau des Merveilles. Tatsächlich gibt es nichts Eigenartigeres, als eine Frau, mit der man vier Jahre lang zusammen war, mit Wangenküsschen zu begrüßen. Ich stecke die Hände in die Jackentaschen und gehe ihr voraus. Der Kellner weist uns einen Tisch am Erkerfenster an, was Lucie zum Lachen bringt. Es ist unser Lieblingstisch, oder zumindest war er es.

»Ich freue mich, mit dir hier zu sein … nach all der Zeit«, flüstert sie lächelnd.

Auf dem Tisch legt sie ihre Hand auf meine. Ich ziehe sie sanft zurück, was sie zu verletzen scheint. Das hält mich jedoch nicht davon ab, interessiert zu fragen:

»Woher dieser Sinneswandel?«

Lucies Lächeln schwindet und sie weicht meinem Blick aus. Auch sie scheint nervös zu sein.

»Du bist ziemlich direkt.«
»Ist das nicht besser so??«
»Finde ich nicht. Es ist kein Sinneswandel«, antwortet sie ohne zu blinzeln. »Du fehlst mir. Du fehlst mir schon lange, aber ich habe mich nicht getraut, dich anzurufen. Außerdem muss ich zugeben, dass ich sauer auf dich war.«

Ich runzle die Stirn, während sich mein Magen verkrampft. Sauer auf mich? Das hört sich ziemlich merkwürdig an von einer Frau, die mir das Herz gebrochen hat. Bereits mit siebzehn war Lucie extrem eifersüchtig. Als ich aber anfing, mich ab und zu mit Violette zu treffen, wurde es die reinste Hölle. Damals habe ich es nicht verstanden, heute jedoch weiß ich, dass sie durchaus Grund hatte, misstrauisch zu sein. Aber obwohl Violette mich anzog, wäre ich Lucie nie untreu geworden.

Eines Abends, als ich wie so oft meine beste Freundin von ESMOD abholte und nach Hause brachte, flippte Lucie völlig aus. Sie beschuldigte mich, sie zu betrügen, was ich vehement verneinte. Ich schwor ihr, dass ich sie liebte, sie und keine andere, was sie mir schließlich auch glaubte … bis sie den Küchenschrank öffnete und die fehlenden Mehlpäckchen bemerkte.

Als ich ihr sagte, dass ich sie Violette gegeben hatte, rastete sie vollends aus. Sie weinte, schrie, und dann war sie plötzlich von einem Tag auf den anderen verschwunden. Ohne ein Wort, ohne Lebenszeichen.

»Könntest du mir bitte genauer erklären, warum du sauer auf mich warst? Ich habe es dir damals gesagt, und ich sage es dir gern noch einmal: Zwischen Violette und mir war nie etwas vorgefallen.«

Sie schenkt mir ein strahlendes Lächeln, das mein Herz mit einer süßen Liebkosung umhüllt. Genau wie damals. Gerade will sie mir antworten, als der Kellner unser Essen bringt. Nachdem er wieder fort ist, schweigen wir uns an, während ich meine Lachsspieße probiere. Lucie verzehrt einige Bissen ihrer chinesischen Nudeln, ehe sie mit ernster Miene ihre Gabel hinlegt.

»Ich glaube dir, Loan. Du bist nicht der Typ, der lügt und betrügt, und das hätte ich wissen müssen. Aber … ich hatte diese ständige Angst. Überall habe ich ›Violette‹ gesehen, es war stärker als ich. Ich glaube, ich hatte Angst, du würdest mich ihretwegen verlassen. Also bin ich gegangen, bevor du mir das Herz brechen konntest.«

Ich nicke, denn ich verstehe ihre Beweggründe. Heute weiß ich, dass meine Beziehung zu Violette keineswegs platonisch ist. Ich mache Lucie keinen Vorwurf mehr, obwohl ich mir wünsche, sie hätte damals einen sauberen Schnitt gemacht. Ich versuche ihr das zu erklären und hoffe auf eine plausible Entschuldigung ihrerseits:

»Mag sein. Ich verstehe dich, auch wenn du kein einziges Mal angerufen hast, damit wir uns aussprechen konnten. Ich finde, das ist kein sehr erwachsenes Verhalten …«

Nach und nach schwindet ihr Lächeln. Sie schaut mir tief in die Augen und behauptet dann, dass ich ungerecht bin.

»Ungerecht?«, wiederhole ich lachend. »Du bist doch diejenige, die mich verlassen hat, Lucie, erinnerst du dich?«

Ich bin sprachlos. Mit welchem Recht macht sie mir solche Vorwürfe? Meine Argumente scheinen sie nicht zu erreichen, sie antwortet im Gegenteil ganz ruhig:

»Ja, aber dann habe ich es bereut. Erinnerst du dich?«

»Nein, tut mir leid, da klingelt nichts.«

Kopfschüttelnd lehne ich mich auf dem Stuhl zurück. Wie oft wollte ich ihr schon ihre Feigheit vorwerfen! Endlich habe ich Gelegenheit dazu, aber leider scheint sie ihr Verhalten nicht zu bereuen. Schlimmer noch, ich habe das seltsame Gefühl, dass sie mich für alles verantwortlich macht.

»Also ich erinnere mich daran. Ich habe mich zwei Wochen bei meiner Tante vergraben, Trübsal geblasen und meinen Entschluss bedauert. Schließlich habe ich dich angerufen. Du warst bei Violette.«

Etwas verloren runzle ich die Stirn. Aber mir bleibt keine Zeit, sie um eine Erklärung zu bitten, denn sie fährt bereits fort:

»Ich weiß es noch ganz genau, denn es war St. Patrick's Day. Mir war klar geworden, dass ich einen Fehler gemacht hatte, und ich habe dich angerufen, um mich zu entschuldigen ...«

»Du hast mich bestimmt nicht angerufen«, widerspreche ich ihr absolut sicher.

»Doch.«

»Nein, bestimmt nicht.«

Wenn sie angerufen hätte, wüsste ich es. Mit Sicherheit hätte ich mich auf das Telefon gestürzt und sie angefleht, wieder nach Hause zu kommen. Und das ist ganz gewiss nicht passiert.

»Ich habe dich angerufen, Loan.«

Ich betrachte Lucie und kehre in die Realität zurück. Ganz gleich, wie oft ich die Wochen nach unserer Trennung noch einmal Revue passieren lasse, ich erinnere mich nicht, einen Anruf von Lucie verpasst zu haben. Denn sonst wäre alles anders gekommen. Plötzlich scheint meine Exfreundin die Quelle des Missverständnisses ausfindig gemacht zu haben. Sie lacht freudlos.

»Ich glaube, ich hab's begriffen. Wir brauchen nicht länger zu überlegen.«

»Nämlich?«

»Violette«, faucht sie. »Mit ihr habe ich telefoniert. Ich habe ihr gesagt, dass ich mit dir reden und mich entschuldigen will. Aber sie hat behauptet ... du wolltest mich nicht mehr sehen. Dass ich dich schon unglücklich genug gemacht hätte. Dass ich meine Entscheidung schließlich getroffen hätte und dass es zu spät wäre, wieder mit dir zusammen zu kommen.«

Mein erster Impuls ist zu sagen, dass sie lügt. Denn das tut sie, oder? Ich meine – das kann einfach nicht wahr sein. Violette hätte so etwas nie getan. Das würde sie mir nicht antun. Nicht mir.

Ich fühle mich wie gelähmt, weiß nicht, was ich denken soll. Ich kann, ich will es nicht glauben.

»Daraus schloss ich, dass ich recht gehabt hatte … und dass du inzwischen mit ihr zusammen warst.«

Ich höre ihr nicht mehr zu. Ich denke an Violette, an ihre schönen, haselnussbraunen Augen und an ihre Hände, die meinen Körper streicheln, wenn wir uns lieben. Lucie lügt, ich weiß es, ich kenne meine beste Freundin. Würde das, was Lucie behauptet, stimmen, hieße das, dass die gesamten sieben Monate, in denen ich mich für diese Trennung verantwortlich gemacht habe … völlig bedeutungslos waren. In Wirklichkeit wollte Lucie mich von Anfang an zurück und hat mich nur deshalb nicht angerufen, weil sie dachte, ich hätte mich Violette zugewandt.

Scheiße.

»Loan?«

Fassungslos blicke ich Lucie an. Nicht nur, dass sie mich wegen Violette sitzen lassen hat, sondern Violette ist es auch zu verdanken, dass ich monatelang auf ihre Rückkehr gewartet habe. Und die ganze Zeit hat sie nichts gesagt. Nichts. Ich hätte nicht übel Lust, etwas gegen die Wand zu schleudern. Das Wort »Verrat« trifft mich brutal mitten ins Herz.

»Du hast von diesem Anruf nie erfahren, oder?«

Das stimmt.

»Nein.«

»Verstehe.«

Sie hebt eine Augenbraue, steckt ihre Gabel in die Nudeln

und lässt ihr Schweigen für sich sprechen. Ich muss kein Hellseher sein, um zu wissen, was sie denkt, und das ärgert mich mehr als alles andere.

»Was wirst du tun?«, fragt sie mich.

Unter ihren überraschten Blicken ziehe ich meine Jacke an und lege einen Fünfzig-Euro-Schein auf den Tisch, ehe ich aufstehe.

»Nichts.«

Ich habe keine Lust, ihr mehr sagen; erstens geht es sie nichts an, und zweitens weiß ich es selbst nicht. Sie runzelt die Stirn und greift als letzten Ausweg nach meinem Handgelenk. Ich bleibe stehen und schaue sie an.

»Und was ist mit uns?«

»Wir wissen doch, warum es zwischen uns nicht geklappt hat.«

»Aber das alles war doch nur ein großes Missverständnis!«, wehrt sie ab. »Wir könnten uns eine zweite Chance geben. Ich habe mich verändert, Loan.«

»Hör zu«, seufze ich, »ich muss ein wenig über all das hier nachdenken.«

Sie nickt, lässt meine Hand los, lächelt und sagt schüchtern: »Ich liebe dich, Loan. Ich habe dich immer geliebt.«

Es sind die Worte, von denen ich geträumt, die ich mir so gewünscht und auf die ich monatelang hingelebt habe. Als ich sie höre, erbebt mein Herz. Ich nicke stumm, küsse sie auf die Wange und verlasse das Restaurant. Ich gehe zu meinem Auto und will zurück zur Feuerwache fahren. Ehe ich jedoch den Motor starte, atme ich tief durch und schicke eine Nachricht an Violette:

Ich: Ich habe gerade mit Lucie zu Mittag gegessen. Ich glaube, wir müssen reden.

28

Heute

Violette

Nachdem ich darüber nachgedacht habe, den Rest der Woche bei Jason zu verbringen und Loan vorzumachen, dass ich meinen Vater besuche, ergebe ich mich doch in mein Schicksal. Ich muss mich der Sache stellen. Es kann einfach nicht so katastrophal sein, wie ich denke. Schließlich sind wir erwachsene Menschen.

Nach dieser weisen Entscheidung verbringe ich den Nachmittag damit, mich vor dem schicksalhaften Moment zu fürchten, wenn Loan heimkommt. Ich antworte nicht auf seine Nachricht, denn ich schätze, dazu gibt es nicht viel zu sagen. Sie ist klar genug. Ich habe verstanden. Ich weiß zwar nicht, warum und wieso er mit Lucie zu Mittag gegessen hat, aber es ist auf jeden Fall etwas, womit ich hätte rechnen müssen.

Gegen sieben kommt Zoé endlich nach Hause. Sie erschrickt, als ich verängstigt auf sie zustürze.

»Zoé!«

»Was ist los?«, erkundigt sie sich besorgt. »Ist jemand gestorben?«

»Noch nicht, aber ich räume mir keine große Chance mehr ein. Loan hat mir heute Mittag eine schreckliche Nachricht geschickt. ›Wir müssen reden‹, hat er geschrieben. Jeder weiß, was das bedeutet, besonders bei Paaren, und auch wenn wir kein Paar sind – schau nicht so, wir haben nur miteinander geschlafen! –, sagt es so gut wie alles. Du kannst dir sicher vorstellen, wie es mir schon den ganzen Nachmittag geht. Gut, dass du endlich da bist, er kommt bestimmt gleich, und ich weiß immer noch nicht, wie ich da lebend rauskomme; er hat geschrieben, dass er mit Lucie mittagessen war, und ich fürchte, sie hat ihm was über mich erzählt, irgendwas richtig, richtig Blödes. Verstehst du?«

Ich bekomme fast Herzrasen und hole Luft. Zoé schaut mich mit erhobenen Augenbrauen an. Erst Sekunden später sagt sie:

»Ich habe absolut nichts verstanden.«

Ich stöhne auf und vergrabe das Gesicht in den Händen. Ich habe Angst, denn ich weiß, wie einschüchternd Loan sein kann. Er und ich haben uns noch nie gestritten. Wirklich noch nie. Die einzigen Spannungen, die es jemals zwischen uns gab, waren die in den letzten Wochen.

»Loan hat mir eine Nachricht geschickt«, fasse ich ruhiger zusammen. »Er hat mit Lucie gegessen und will jetzt mit mir reden.«

»Oh Scheiße«, reagiert Zoé endlich.

»Genau.«

Wir mustern uns stumm und komplizenhaft. Zoé weiß ebenso gut wie ich, was das bedeutet. Nur sie weiß, was ich getan habe. Um ehrlich zu sein war es Zoés Idee, denn so was ist eigentlich nicht mein Stil. Sie war diejenige, die das Gespräch angenommen hat. Sie war diejenige, die mir das Telefon weitergereicht und mir gesagt hat, dass Lucie dran wäre und dass ich dafür sorgen sollte, dass sie endgültig verschwindet. Und der Himmel möge mir verzeihen – ich habe nicht lange gezögert.

In meine Erinnerungen versunken überhöre ich fast den Schlüssel im Schloss. Mir bleibt das Herz stehen. Zoé schaut zur Tür und zwinkert mir aufmunternd zu. Mit der Tasche über der Schulter erscheint Loan. Er sieht schlecht gelaunt aus.

»Hey du«, säuselt Zoé fröhlich.

Ich ahne, dass sie die Begeisterung nur vortäuscht, um Spannung abzubauen. Leider lässt Loan seine Sporttasche auf den Boden fallen, ohne die Wohnungstür zu schließen. Er hat mich noch keines Blickes gewürdigt, als er zu meiner besten Freundin sagt:

»Zoé, könntest du uns heute Abend allein lassen? Danke.«

Ich schlucke. Zoé sucht in meinem Blick nach Zustimmung. Ich schätze, sie wäre bereit, ihren Teil der Verantwortung an dieser Geschichte zu übernehmen. Ich nicke flüchtig. Es ist sinnlos. Ich hätte mich nie einmischen dürfen.

»Okay ... Ruf mich an.«

Sie steht auf, gibt mir einen Kuss und rafft ihre Sachen zusammen, ehe sie die Tür hinter sich zuzieht. Ich stehe stocksteif und fast geduckt neben der Couch. Loan greift zur Fernbedienung, schaltet den Fernseher aus und taucht uns in absolute Stille. Plötzlich habe ich keine Lust mehr zu lachen. Auch nicht, irgendetwas zu relativieren. Ich erkenne an seinem verschlossenen Gesicht, dass es ernst ist. Dass er wütend auf mich ist. Um Himmels willen, das bin ich nicht gewohnt.

»Hallo«, sage ich sehr leise.

Endlich blickt er mich an. Ich zittere am ganzen Körper, als ich das wütende Funkeln in seinen Augen erkenne. Das Schlimmste ist, dass er dabei so unglaublich sexy aussieht. Sein Haar ist zerzauster als sonst, sein kantiger Kiefer wirkt angespannt und seine nachtblauen Augen sind so dunkel wie Gewitterwolken. Das verheißt nichts Gutes.

»Hallo.«

Er zieht seine Jacke nicht aus. Er steht vor mir, starrt mich verständnislos an und scheint sich zu fragen, wie er an das

Thema herangehen und womit er anfangen soll. Ich beschließe, den ersten Schritt zu machen. Mir geht es in jedem Fall an den Kragen, also …

»Wie war dein Mittagessen?«

Nur das Ticken der großen Wohnzimmeruhr antwortet mir. Noch nie im Leben habe ich mich so unbehaglich gefühlt. Endlich beschließt Loan zu antworten.

»Mies.«

Ich warte darauf, dass er ins Detail geht. Doch stattdessen sagt er:

»Darf ich dir eine Frage stellen?«

»Was du willst«, hauche ich sofort.

Zumindest das schulde ich ihm. Loan schluckt mit bebendem Adamsapfel. Ich kann nicht sagen, ob ich es mir nur einbilde oder ob sich seine Wut wirklich steigert.

Seine Frage klingt wie Donner inmitten eines grauen Himmels:

»Hast du Lucie vor sieben Monaten gesagt, dass ich sie nicht mehr sehen will?«

Es ist so weit. Ich wusste, dass die Wahrheit eines Tages ans Licht kommen würde. Manchmal hatte ich es zwischendurch vergessen und fühlte mich weniger schuldig. Jetzt ist alles aus. Loan weiß es und Lucie weiß es. Bestimmt hasst er mich. Wie soll ich ihm erklären, dass es stimmt? Und dass ich wirklich gelogen habe. Lieber soll mich auf der Stelle der Blitz treffen, als dass ich zusehen muss, wie das bisherige blinde Vertrauen in seinen Augen zerbricht.

Leider ist mein zu langes Schweigen Antwort genug. Loan schließt die Augen mit einer schmerzlichen Grimasse, die mir schier das Herz abdrückt. Mit zitternder Stimme antworte ich hastig:

»Bitte, lass es mich erklären.«

»Scheiße …«

»Es ist komplizierter, als es sich anhört.«

»Sei still«, unterbricht er mich kalt.

Er öffnet die Augen. Sein Gesicht ist hart und anschuldigend. Ich fühle mich wie verurteilt und kann fast den Rauch unserer Freundschaft sehen, der düster und bedrohlich seine Miene erfüllt.

Alles kommt irgendwann raus. Ich hätte es wissen müssen. Ich hätte es ihm gleich sagen sollen.

»Und ich habe Lucie für eine Lügnerin gehalten …«

Er wirft den Kopf zurück, greift sich in die Haare und läuft zwischen Wohnzimmer und Küche hin und her. Ich sehe ihm mit halb geöffnetem Mund dabei zu, ohne zu wissen, was ich tun oder sagen soll. Plötzlich holt er aus und fegt den Mixer von der Küchenzeile. Das Gerät kracht ein paar Meter von mir entfernt auf den Boden. Ich zucke zusammen, als ich höre, wie es in mehrere Teile zersplittert.

»Wie konntest du das nur tun?«, schreit er wütender denn je.

Mit flackerndem Blick tritt er auf mich zu. Er reißt sich zusammen, und das tut mir weh.

»Sie hat dich weggeworfen und …«

»Aber es ging dich verdammt nochmal nichts an!«

Ich zittere, bestürzt von seinem Ton. Ich begreife, dass ich dieses Mal nicht mit einer einfachen Entschuldigung davonkomme. Mein Herz verkrampft sich und mein Selbstbewusstsein verlässt mich. Jetzt bin ich ganz allein. Obwohl es mir enorm schwerfällt, widerstehe ich dem starken Drang, davonzulaufen und mich heulend im Bett zu verkriechen.

Es ist an der Zeit, mich zu erklären. Und dabei Zoé aus der Sache herauszulassen.

»Ich weiß. Aber ich war zornig, okay? Sie wirft dich weg wie ein Stück Scheiße und ruft dich dann an, um dir zu sagen, dass es ihr jetzt doch leid tut, während du die ganze Zeit getrauert hast. Vielleicht verstehst du ja, dass ich nicht unbedingt ein Fan von ihr war.«

Stumm ballt er die Fäuste, um seine Gefühle im Zaum zu halten. Trotz des unangenehmen Schauders, der mich überläuft, fahre ich fort:

»Ja, es stimmt, ich habe statt dir geantwortet. Ich war völlig außer mir und wollte, dass sie endlich versteht, dass sie nicht alles entscheiden kann, ohne darüber nachzudenken, wie es dir damit geht. Später habe ich es bereut, aber es war nun mal geschehen.«

Ich verstumme einen Moment und lasse ihn dieses Geständnis verdauen. Weil ich aber möchte, dass er meine Beweggründe versteht, füge ich hinzu:

»Allerdings hat sie danach sieben lange Monate nicht ein einziges Mal angerufen … Hätte sie dich wirklich geliebt, glaubst du nicht, dass sie gekämpft hätte? Ich hätte bestimmt nicht nach einem Anruf aufgehört. Sie hat sich für den Weg des geringsten Widerstands entschieden …«

»Ich verbiete dir das«, droht er mit wütendem Blick. »Was mit Lucie passiert, regle ich mit Lucie. Du bist nicht Lucie. Was dich betrifft, so hast du mich monatelang angelogen und komplett verarscht!«

Mir fällt nichts mehr ein, was ich noch sagen könnte, um mich zu rechtfertigen. Warum versteht er meine Beweggründe nicht? Habe ich mich die ganze Zeit geirrt? Liege ich falsch, wenn ich denke, dass ich das Richtige getan habe? Loan geht um mich herum und direkt zu seinem Zimmer. Angesichts von so viel Gleichgültigkeit fühle ich mich wie versteinert. Fast automatisch folge ich ihm.

»Bitte verzeih mir.«

Er ignoriert mich und zieht Jacke und Hemd aus. Unwillkürlich wandert mein Blick zu seiner Verbrennung.

»Und wie soll ich das anstellen?«, erwidert er giftig.

»Versuch wenigstens, mich zu verstehen. Hättest du etwa nicht dasselbe getan?«

»Alles, was recht ist, aber deinen Exfreund kann man nicht wirklich mit meiner Exfreundin vergleichen.«

Ich bleibe so abrupt stehen, als hätte er mich geohrfeigt. Jetzt fühle ich mich nicht mehr schuldig. Ich will, dass er mir verzeiht, aber ich weigere mich zuzugeben, dass ich etwas falsch gemacht habe. Lucie verdient Loan nicht. Sie waren vier Jahre zusammen, aber das heißt nicht, dass sie ihr ganzes Leben lang zusammenbleiben müssten. Sie ist kein schlechter Mensch, sie ist einfach nicht die Richtige für ihn. Ich muss an die vielen Male denken, als sie mir absichtlich ihre Beziehung zu Loan unter die Nase gerieben hat, mal am Briefkasten, mal im Hausflur. Sie mochte mich nicht. Von der ersten Sekunde an hat sie nicht einmal versucht, mich zu mögen. Warum sollte ich mir Mühe geben?

»Ich bereue es nicht.«

Loan lacht so böse, dass es mir kalt den Rücken hinunterläuft.

»Wie schön für dich, Violette. Ich freue mich, dass du nachts gut schläfst.«

»Hör auf.«

»Das alles ist deine Schuld. Von Anfang an.«

Er spricht ruhig, so ruhig, dass mein Herz versucht, sich irgendwo in meiner Brust zu verstecken. Ich mag diesen Ton nicht. Ich mag diese Vorwürfe nicht. Und auch nicht die Wendung, die dieses Gespräch nimmt. Wir hätten uns eine Weile anschreien und dann zu anderen Dingen übergehen sollen. Nur, warum zittern dann meine Knie unter seinem traurigen Blick?

»Sag so was nicht«, flehe ich ihn an. Meine Augen füllen sich mit Tränen.

»Aber es stimmt«, beharrt er. »Deinetwegen hat Lucie mich verlassen.«

Ich falle aus allen Wolken.

»Was …?«

»Warum bist du gekommen und hast mich um Mehl gebeten? Warum hast du an meiner Tür geklingelt?!«

Ich kann ihn nicht deutlich genug sehen, um seinen Gesichtsausdruck zu deuten. Tränen trüben meine Sicht und laufen mir über die Wangen. Zu bestürzt, um zu reagieren, wische ich sie nicht fort. Loan wendet sich von mir ab und streift durchs Zimmer wie ein Raubtier im Käfig.

»Ich wusste von Anfang an, dass du gefährlich bist, aber ich ließ es geschehen, weil ich dachte, ich stünde darüber … Also ja«, schließt er und dreht sich mit hartem Gesicht wieder zu mir um. »Es ist deine Schuld, dass ich Mehl gekauft habe, es ist deine Schuld, dass ich dich so attraktiv fand, obwohl ich kein Recht dazu hatte, es ist deine Schuld, dass ich Lust hatte, Émilien zu verprügeln, und es ist auch deine Schuld, dass ich dich geküsst habe und dass Lucie mich verlassen hat!«

Also wirklich … Ich weiß nicht, was ich sagen soll. Meint er das ernst, oder hat er sich nur in Rage geredet? Entsetzt wische ich mir endlich die Tränen ab. Ich schniefe, Loan seufzt. Vermutlich weiß er, dass er zu weit gegangen ist.

»Du bist grausam.«

»Ich weiß …«

Und das soll es gewesen sein? Ich habe einen Fehler gemacht, ich stehe im Mittelpunkt seiner sämtlichen Gefühlsprobleme, und das ist das Urteil?

Ich will das, was wir haben, nicht verlieren. Ja, es hat ziemlich lange gedauert, bis ich erkannte, dass ich ihn liebe. Ja, vermutlich hasst er mich, weil ich seine Beziehung zu Lucie ruiniert habe. Aber ich habe nicht die geringste Lust, ihn gehen zu lassen. Ich will, dass er bei mir bleibt. Als mein bester Freund und mehr.

»Seit du mich gebeten hast, dir diesen blödsinnigen Gefallen zu tun, läuft es nicht mehr zwischen uns«, fährt er fort und schüttelt weiter den Kopf.

»Niemand hat dich gezwungen, anzunehmen …«

»Aber natürlich musste ich annehmen«, schreit er plötzlich, worauf ich erneut in Tränen ausbreche. »Ich musste es tun, weil es um dich ging, Violette!«

Darauf weiß ich nichts zu antworten. Eigentlich hatte ich ihm sagen wollen, dass ich ihn liebe, dass ich wieder Single bin und dass ich auf mehr hoffte … Und plötzlich geht alles in Flammen auf.

»Es tut mir leid.«

Langsam beruhigt sich seine Atmung ebenso wie die Wut in seinen Augen. Aber die Wunde, die er in meinem armen Herzen hinterlassen hat, schließt sich nicht. Im Gegenteil, jetzt gibt er mir endgültig den Rest:

»Es ist aus.«

Mir stockt der Atem. Ich bin kreidebleich.

»Was …?«

Nein. Nein, nein. Das ist unmöglich.

»Du und ich, das hier. Die Küsse, die Zärtlichkeiten, die zweideutigen Scherze, *Violan* … Du weißt, dass ich dich vergöttere. Aber das, was passiert ist, kann ich nur schwer verdauen. Jedenfalls im Moment. Ich brauche Abstand. Also lass mich in Ruhe«, schließt er und wendet den Blick ab.

Ich stehe vollkommen still. Der Himmel scheint über mir einzustürzen. Das war es also? Ist es wirklich vorbei? Er will nicht mehr mit mir reden, weil ich versucht habe, ihn zu schützen? Weil ich, ohne es zu wissen, ohne es auch nur zu wollen, für seine Trennung von Lucie verantwortlich gewesen sein soll? Loan dreht mir den Rücken zu, während ich ungläubig den Kopf schüttle.

»Du bist ungerecht.«

Er antwortet nicht. Niedergeschlagen starre ich seinen Rücken an. Schließlich wische ich mir ohne Rücksicht auf mein Aussehen die Augen und gehe zur Tür, um ihn allein zu lassen. Ich weiß nicht, ob das das Ende unserer Freundschaft bedeutet. Ich weiß auch nicht, wessen Schuld es ist. Aber eines ist sicher:

»Seit diesem Tag im Aufzug sind wir mehr als nur Freunde«, sage ich, ohne ihn anzusehen. »Wir sind vielleicht kein Paar … aber wir sind mehr als nur Freunde. Aber gib mir nicht die Schuld dafür.«

29

Heute

Loan

Nur selten in meinem Leben habe ich mich derart schlecht gefühlt. So elend und schuldig.

Kein Wunder, schließlich habe ich die ganze Nacht nicht geschlafen. Ich war viel zu aufgewühlt, aber auch zu angewidert von mir selbst für das, was ich meiner besten Freundin an den Kopf geworfen hatte.

Aber ist sie überhaupt noch meine beste Freundin?

»Seit diesem Tag im Aufzug sind wir mehr als nur Freunde.« Ich weiß, dass sie recht hat und dass Lucie mich auch deshalb verlassen hat. Schließlich war ich derjenige, der dieses verdammte Mehl gekauft hat. Und geküsst habe ich sie auch. Mich trifft die ganze Schuld in dieser Geschichte. Aber ich war so wütend, dass ich mich entlasten wollte, indem ich alles ihr in die Schuhe schob.

Ich habe Dinge gesagt, die ich nicht wirklich gemeint habe, wie immer, wenn man wütend ist. Meine Worte waren schneller als meine Gedanken, und ich mache mir deswegen Vorwürfe, seit sie meine Zimmertür hinter sich geschlossen hat. Trotzdem bin ich immer noch viel zu wütend auf die ganze Welt – auf Violette, weil sie mich angelogen hat, auf Lucie, weil sie sich nicht mehr angestrengt hat und auf mich selbst, weil ich nicht weiß, was ich tun soll – um ihr nachzulaufen und mich zu entschuldigen.

Am nächsten Abend sitzen Violette und Zoé im Wohnzimmer, als ich von der Arbeit komme. Keine von beiden blickt auf. Ich begreife schnell, dass ich mich auf gefährlichem Terrain bewege; weibliche Überzahl verpflichtet. Trotzdem versuche ich es mit einem höflichen »Hallo«. Lediglich Zoé antwortet mir mit einer Geste. Sie folgt mir bis in mein Zimmer, wo sie die Tür hinter uns schließt. Mit gerunzelter Stirn drehe ich mich zu ihr um. Sie wirkt irgendwie verunsichert – das ist mal was ganz Neues!

»Loan, ich muss dir etwas sagen.«

Ich verstehe, dass es um Violette geht. Unwillkürlich mache ich mir Sorgen.

»Was ist?«

Zoé verzieht das Gesicht und verschränkt defensiv die Arme vor der Brust.

»Tja … also vielleicht habe ich einiges mit dieser Lucie-Sache zu tun.«

Interessiert betrachte ich sie. Warum ist mir der Gedanke nicht schon früher gekommen?

»Inwiefern?«

»Ich war diejenige, die an diesem Tag drangegangen ist«, gibt sie zu. »So was ist nicht Violettes Art. Sie hätte es nie getan, wenn ich ihr nicht das Telefon in die Hand gedrückt und ihr gesagt hätte, sie solle Lucie nahelegen, sich zu verpissen. Gib ihr bitte nicht die Schuld daran.«

Ich hätte es wissen müssen. Klar, dass Zoé dahintersteckte. Aber ändert das etwas? Violette ist schließlich kein Kind mehr. Außerdem hat sie mir sieben Monate lang die Wahrheit verschwiegen. Ich finde, ich habe das Recht, eine Weile sauer auf sie zu sein. Nur eine kleine Weile.

»Okay. Danke, Zoé.«

Sie scheint überrascht zu sein, nickt zufrieden, bleibt aber an der Tür stehen, als hätte sie etwas vergessen.

»Loan, ich meine es ernst«, sagt sie. »Mach bitte keinen Scheiß.«

Ich widerstehe dem Drang, ihr zu sagen, dass es dafür schon zu spät ist.

Bereits nach vier Tagen bin ich die Situation mehr als leid.

Ich meide sie, sie meidet mich. Wir streiten uns weder, noch werfen wir uns böse Blicke zu oder beleidigen uns. So ist es nicht zwischen ihr und mir. Wir tun einfach nur so, als existiere der andere nicht. Was meiner Meinung nach schlimmer ist. Ich höre ihre Stimme nur, wenn sie beim Essen mit Zoé spricht. Zum ersten Mal scheine ich nicht mehr Teil dieses seltsamen Zusammenlebens zu sein.

Trotzdem erfahre ich durch mein Schweigen eine ganze Menge … Zum Beispiel, dass sie sich von Clément getrennt hat.

Als ich das höre, muss ich mich zwingen, sie nicht anzuschauen. Mein Herz spielt verrückt und eine gewaltige Erleichterung macht sich in mir breit. Sie hat ihn endlich verlassen! *Wann war das? Warum wusste ich nichts davon? Wie geht sie damit um?*

Trotzdem bin ich noch viel zu wütend, um sie danach zu fragen. Stattdessen gehen mir tausendundein Szenarien durch den Kopf: Was, wenn ich vor sieben Monaten selbst ans Telefon gegangen wäre, wenn Lucie sich entschuldigt hätte und wir wieder zusammengekommen wären … wie würde mein Leben heute aussehen? Hätte ich mich trotzdem in Violette verliebt? Lucie behauptet, sich verändert zu haben, und ruft mich seit Tagen immer wieder an. Ich gehe nicht dran, weil ich nicht weiß, was ich ihr sagen soll.

Am Donnerstag treffe ich mich mit Ethan in der Sporthalle der Feuerwehr zum Training. Mein Freund ist bereits da und klettert am Seil. Ich zögere ein paar Sekunden, ehe ich tief durchatme und mein T-Shirt ausziehe. Mit nackter Brust und einem Kloß im Hals packe ich das nächste Seil und klettere mit Leichtigkeit. Ethan ist viel zu sehr auf sich selbst konzentriert, um mich anzusehen, was mein Selbstvertrauen stärkt. Schon bald achte ich nicht mehr auf eventuelle Blicke.

Wir absolvieren das übliche Krafttraining, danach spielen wir Basketball. Auch Ethan zieht sein T-Shirt aus, bevor er endlich das Schweigen bricht:

»Du lässt die Hüllen fallen, Millet?«

Erleichtert über seinen Scherz lächle ich. Verdammt, ich liebe meine Freunde. Ich nehme ihm den Ball aus den Händen und antworte im gleichen Ton:

»Na, beeindruckt?«

»Und wie. Du bist echt heiß.«

Ich schüttle den Kopf und wir fangen an, ernsthafter zu spielen. Nach einer Stunde sind wir total verschwitzt. Mit meinem T-Shirt wische ich mir die Stirn ab und checke gleichzeitig meine Nachrichten. Eine ist von Lucie, die mich fragt, warum ich ihr ausweiche. Ich seufze und antworte ihr, dass es nicht das ist, was sie denkt, sondern dass ich gerade wichtige Dinge zu tun habe. Ich hoffe, das verschafft mir Zeit, um herauszufinden, was ich tun soll.

Ethan setzt sich zu mir auf die Tribüne. »Habe ich dir eigentlich schon erzählt, dass ich Zugtickets nach Poitiers gekauft habe? Ich fahre nächstes Wochenende zu meinen Eltern.«

Ich blicke ihn mit kaum verhohlenem Neid an. Ich wünschte, ich hätte das Glück, meine Eltern sehen zu können. Ein normales Wochenende mit ihnen zu verbringen und über die Arbeit, meine Freundin, meine zu hohe Miete oder den nächsten Urlaub zu reden … Ich fürchte nur, dazu wird es nie kommen.

»Toll«, antworte ich. »Fährst du allein?«

»Nein, mit Ophélie. Ich möchte, dass sie meine Eltern kennenlernt«, gesteht er mit verlegenem Grinsen.

Ich nicke gleichmütig.

»Freut mich für dich, Kumpel.«

Und das meine ich aufrichtig. Ethan lächelt vage und macht eine leichte Kopfbewegung in meine Richtung. Ich weiß jetzt schon, was er sagen will – Ethan ist sehr aufmerksam.

»Du siehst übrigens ganz schön daneben aus.«

»Weil ich es bin …«

»Du darfst Onkel Ethan ruhig alles erzählen.«

Ich seufze. Ich weiß nicht einmal, wo ich anfangen soll. Schließlich sage ich ihm nur eines. Das Wichtigste. Das, was den Krieg ausgelöst hat.

»Lucie ist zurückgekommen.«

Ethan starrt mich ungläubig an, dann pfeift er kurz. Er kennt sie nicht sehr gut, aber er weiß, wer sie ist.

»Ach ja.«

»Ja.«

»Du brauchst gar nichts zu sagen. Du weißt nicht, was du tun sollst, weil inzwischen Violette aufgetaucht ist, oder?«

»Genau …«

Ethan sagt lange nichts, als denke er angestrengt nach. Natürlich weiß er nicht alles. Er weiß weder, dass Lucie für Sicherheit in meiner turbulenten Vergangenheit steht, noch dass Violette und mich der Schmerz einer unglücklichen Kindheit verbindet. Und dass in meinem Kopf ein Riesenchaos herrscht.

»Ich kann keine Entscheidung für dich treffen«, sagt Ethan schulterzuckend. »Aber eines kann ich dir sagen: Wenn du dir deiner Wahl ganz sicher sein willst, brauchst du dir nicht allzu viele Fragen zu stellen. Tatsächlich sind es nur drei.«

Ich schaue ihn aufmerksam an. Ethans Ratschläge sind immer gut, daher höre ich ihm genau zu. Er schaut mir in die Augen und zählt an den Fingern ab.

»Erstens: An wen denkst du, wenn du aufwachst? Zweitens: Bei welcher von beiden kannst du du selbst sein? Und drittens, das Wichtigste: Welche ist diejenige, ohne die du nicht leben kannst?«

Ich kann den Blick nicht von Ethan abwenden, der geheimnisvoll lächelt und aus seiner Wasserflasche trinkt. Ich bleibe stumm. Drei Fragen genügen also. Drei Fragen, die zu stellen ich mich fürchte.

Was, wenn mir die Antwort nicht gefällt?

30

Heute

Violette

Die Woche nach unserem Streit ist nur schwer zu ertragen. Ich ignoriere ihn, wenn er den Raum betritt, und beiße mir fast die Zunge ab, um ihm bloß nicht zu sagen, wie super ihm seine neue Jeans steht … Wenn unsere Blicke sich versehentlich kreuzen, bin ich die Erste, die sich abwendet. Trotzdem bereue ich nicht, was ich neulich Abend zu ihm gesagt habe. Er hat meine Gefühle verletzt.

Und jetzt warte ich darauf, dass er auf mich zugeht. Bisher allerdings vergebens.

Manchmal befürchte ich, dass es nie dazu kommt.

31

Heute

Loan

In der Nacht, in der es passiert, schläft Zoé bei Jason.

Ich esse allein am Wohnzimmertisch zu Abend, während Violette sich Videos anschaut. Weil sie mich nicht sieht, kann ich sie gut beobachten. Sie trägt ein weißes Tanktop zu roten Shorts und kuschelt sich an die rechte Armlehne des Sofas. Wieder einmal hat sie keinen BH an. Bedauernd wende ich den Blick ab und konzentriere mich frustriert auf meine Nudeln.

Wie lange das wohl noch so weitergeht?

Nachdem ich gespült habe, setze ich mich ans andere Ende der Couch. Unsere Blicke fixieren zwar den Bildschirm, aber ich würde die Hand dafür ins Feuer legen, dass Violette sich nicht im Geringsten auf das konzentriert, was vor ihr über den Fernseher flimmert. Ebenso wenig wie ich. Ich spüre ihre warme und starke Präsenz an meiner Seite. Diese Frau betört mich wie eine Sirene. Verlockend und gefährlich.

Scheiße.

Meine Gedanken wandern weiter, während Violette durch die Kanäle zappt. Nichts scheint ihr zu gefallen. Ich denke gerade an Lucie, als die beunruhigende Stimme einer Nachrichtensprecherin meine Aufmerksamkeit fesselt.

»… im Industriegebiet von Paris, in Gennevilliers, der unseren Quellen zufolge bereits vor zehn Minuten ausgebrochen ist.«

Ich runzle die Stirn. Eine Eilmeldung des Senders BFMTV.

Ich will Violette gerade bitten, den Ton lauter zu stellen, als sie es bereits von selbst macht und sich alarmiert aufrichtet. Die Atmosphäre scheint sich plötzlich rapide abzukühlen.

»Allem Anschein nach handelt es sich um ein zufälliges Übergreifen der Flammen, nachdem eine Gruppe Jugendlicher ein Auto angezündet hatte. Nähere Angaben dazu erhalten wir jedoch erst, wenn das Feuer unter Kontrolle ist.«

Das Bild der Sprecherin weicht plötzlich einem verheerenden Flammeninferno. Ein Amateurvideo zeigt das brennende Industriegebiet von Paris – ein deprimierendes Schauspiel. Violette neben mir erstarrt und schlägt erschrocken die Hand vor den Mund. Sie weiß ebenso gut wie ich, was das bedeutet. Ein Gebäude ist schon schlimm genug. Aber das Industriegebiet ist wirklich das Letzte, was in dieser Stadt brennen darf.

»Soeben erfahren wir, dass alle Pariser Feuerwehren ihre Mitglieder vor Ort berufen.«

Eine schier endlose Sekunde vergeht in fast andächtigem Schweigen. So plötzlich wie das letzte Stündlein schlägt, vibriert mein Handy auf dem Couchtisch.

32

Heute

Violette

Mir ist, als hätte ich bei den Worten der Reporterin, alle Pariser Feuerwehrleute würden zum Brandort gerufen, aufgehört zu atmen. Als dann Loans Handy auf dem Couchtisch vibriert, bleibt mein Herz fast stehen. Zum ersten Mal in dieser Woche blicken Loan und ich uns an. Und wir verstehen.

Ich bleibe wie versteinert sitzen und mir wird übel, während er sofort reagiert und aufspringt. Im Handumdrehen hat er sein Handy am Ohr und ist bereits auf dem Weg in sein Zimmer.

»Ja? Nein, ich habe meinen Pager in meiner Tasche gelassen…«

Ich lasse die Fernbedienung los und folge Loan mit großen Schritten. Mein Herz ist wieder aufgewacht und pocht mir bis zum Hals. Innerlich bete ich, während ich zusehe, wie er sich in aller Eile anzieht. Bitte, er soll nicht gehen, lass ihn nicht gehen…

»Was ist?«, frage ich gepresst.

Plötzlich ist nichts mehr wichtig. Weder unser Streit, noch Lucie, nichts. Es gibt nur noch ihn und mich.

»Das war mein Chef. Ich muss sofort los.«

Ich sehe zu, wie er sich beeilt und wie ein Tornado durch sein Zimmer fegt. Erschüttert und reglos stehe ich einfach da. Es ist nicht das erste Mal, dass ich miterlebe, wie er zu einem Einsatz die Wohnung verlässt. Aber dieses Mal habe ich eine böse Vorahnung. Dieser Blick, den er mir zuwarf, ehe er nach dem Handy griff ... Ich hasse ihn.

»Loan, es ist zu gefährlich. Können sie nicht jemand anders schicken?«, flehe ich ihn an, während er in seine Stiefel schlüpft.

Mit gerunzelter Stirn blickt er zu mir auf.

»Jemand anders? Das ist mein Job, Violette.«

»Ich will nicht, dass du gehst«, hauche ich kaum hörbar.

Plötzlich blickt er mir tief in die Augen. Er versteht, dass ich einen Trost brauche, ein Versprechen. Nämlich dass er zurückkommen wird. Zu wem auch immer – ich will nur, dass er zurückkommt. Danach darf er mir ruhig weiter böse sein – ganz egal.

Sein Gesicht wird weich. Mit rauer Stimme sagt er:

»Wird schon gut gehen, Violette-Veilchenduft.«

Instinktiv schließe ich die Augen und genieße diesen Kosenamen, den ich schon eine Weile nicht mehr gehört habe. Viel zu lang. Ich nicke und öffne die Augen wieder. Er ist bereit.

Loan steckt sein Handy in die Tasche und lässt mich hilflos mitten im Wohnzimmer stehen. Doch als er gerade die Wohnungstür hinter sich schließen will, flucht er und dreht sich um. Mit besorgtem Blick kommt er auf mich zu. Als er so nah bei mir ist, dass unser Atem sich vermischt, nimmt er seine Halskette ab und legt sie mir um den Hals. Ich bemühe mich nach Kräften, nicht zu schluchzen, und greife mit beiden Händen nach der Militärmarke. Er lässt sie nicht sofort los, sondern klammert sich daran wie an sein Leben.

»Pass heute Abend für mich darauf auf, okay?«

Ich habe keine Ahnung, was da gerade passiert. Ich versenke meinen Blick in das umwerfende Blau seiner Augen und nicke. Er bleibt so kühl wie immer, aber ich spüre, dass seine

Maske Risse bekommt. Ich wünschte, sie würde zerbrechen, ich wünschte, ich dürfte sein wahres Gesicht sehen. Nur für alle Fälle. Für den Fall, dass ich ihn nie wieder sehe.

»Also dann.«

Plötzlich liegt seine Hand in meinem Nacken und seine Lippen pressen sich hart auf meinen Mund. Sein Kuss ist fest, ganz anders als die Zärtlichkeit, die ich bisher von ihm kannte. Es dauert nur ein paar Sekunden, aber in diesem kurzen Moment kann ich auch jene Gefühle erkennen, die sein Gesicht nicht preisgibt. Dringlichkeit und Angst.

Ich habe kaum Zeit, den Kontakt seiner vollen Lippen zu genießen, denn er löst sich bereits von mir und eilt davon, ohne mich ein letztes Mal anzusehen. Ich habe weiche Knie und meine Lippen brennen. Ich halte die Finger daran, weil ich hoffe, so ihre Wärme bewahren zu können. Doch die Erinnerung an seinen Mund verschwindet ebenso wie er selbst: schnell und ohne Vorwarnung. Ein bisschen so, wie wenn man sich verliebt. Oder wenn man stirbt.

Ich zwinge meinen Körper, sich zu bewegen, gehe zurück zur Couch und mache den Fernseher lauter. Alle bisherigen Informationen werden noch einmal wiederholt, dennoch höre ich aufmerksam zu. Warum zum Teufel habe ich mich nicht an ihm festgebunden?!

Mein Handy vibriert. Ich stürze mich geradezu darauf.

»Violette!«, schreit Zoé mir ins Ohr. »Schalte auf BFM!«

»Ich weiß, es läuft schon seit einigen Minuten. Loan ist gerade gerufen worden.«

»Scheiße«, flucht sie erschrocken. »Das klingt nach einer ziemlichen Katastrophe.«

Ich will nicht, dass sie mich auf etwas hinweist, was mir ohnehin zu schaffen macht. Mir ist längst klar, was Sache ist. Loan wollte eigentlich nicht sagen: »Pass heute Abend für mich darauf auf«, sondern »Behalte sie, falls ich nicht zurückkomme«. Ich schlucke meine Tränen hinunter und stelle fest, dass ich die Marke nicht losgelassen habe. Meine Hände umklammern sie so fest, dass meine Fingerknochen weiß hervortreten.

Zoé stellt das Gespräch auf Lautsprecher, damit auch Jason mithören kann.

»Das wird schon, Vio«, beruhigt er mich. »Er lässt sich nicht unterkriegen.«

Tief im Inneren weiß ich, dass die beiden recht haben. Loan hat so etwas Dutzende Male gemacht, vermutlich öfter. Er ist mutig, stark und vernünftig. Er macht keine Dummheiten. Er ist ein ausgezeichneter Feuerwehrmann. Ich beruhige das Pochen meines Herzens und atme langsam.

»Soeben wurden wir informiert, dass sich derzeit mehrere Einsatzteams bemühen, das Feuer unter Kontrolle zu bringen, das sich innerhalb weniger Minuten rasant ausgebreitet hat«, sagt die Reporterin mit dem blonden Bob. »Laut Brandinspektor Martins von der Pariser Feuerwehr erweist sich der Einsatz als besonders heikel, weil in den Lagerhäusern brennbare Flüssigkeiten aufbewahrt werden.«

Ich höre, wie Jason leise flucht und Zoé ihn anfährt, er solle den Mund halten. Sie will nicht, dass ich in Panik gerate. Nur leider ist es schon zu spät.

Das Fernsehen zeigt jetzt Bilder vom Brandort und Feuerwehrleute, die kaltblütig ihrer gefährlichen Arbeit nachgehen. Ich beobachte jedes Detail. Die Flammen, die bereits aus dem Dach lecken, der dichte schwarze Rauch, der sich überall ausbreitet, das knisternde Geräusch des Todes, das bei mir Beklemmung verursacht. Je mehr Zeit vergeht, desto mehr rote Einsatzfahrzeuge versammeln sich auf dem Gelände.

Die Journalistin berichtet mit stoischer Ruhe, dass sich niemand auf dem Gelände aufhielt, als das Feuer ausbrach. Das ist immerhin eine gute Nachricht. Andererseits lodern die Flammen mehr als dreißig Meter hoch, was ziemlich heftig ist.

»Das gesamte Gebiet wurde weiträumig gesperrt, um die Löscharbeiten nicht zu beeinträchtigen. Guten Abend, Monsieur, Sie haben den Alarm ausgelöst. Können Sie uns mehr erzählen?«

Ich höre Zoé nicht mehr zu, sondern lausche dem Augenzeugen. Plötzlich fällt mir ein, dass Loan gegangen ist, ohne dass ich ihm meine Liebe gestehen konnte, und verfalle in Panik. Ich habe noch nie »Ich liebe dich« gesagt. Niemals. Weder zu Émilien noch zu Clément. Ich wollte es erst tun, wenn ich mir ganz sicher wäre, denn es sollte endgültig sein.

Und ich liebe Loan. Aber ich habe nichts gesagt. Er ging sein Leben riskieren und dachte, ich würde ihn hassen.

»Zoé ... Zoé, er muss zurückkommen«, flüstere ich und verdränge meine Tränen.

»Ich weiß, Vio. Er kommt zurück, da bin ich mir ganz sicher.«

»Nein, du verstehst nicht. Er *muss* zurückkommen. Ich habe ihm nicht gesagt, dass ich ihn liebe!«, gestehe ich in die verdutzte Stille und füge hastig hinzu: »Er muss wissen, dass ich ihn liebe, bevor er stirbt, er kann doch nicht einfach so davonlaufen, um den Helden zu spielen, während er denkt, dass ich ihm böse bin, dass ich ihn hasse, das ist unmöglich, es ist unmöglich, weil ich nämlich in ihn verliebt bin und er es nicht einmal weiß! Was, wenn er stirbt? Mein Gott, wenn er jetzt stirbt! Ich will nicht, dass er stirbt und denkt, ich wäre nur eine egoistische Blondine, oder eben nur das Mädchen, das seine Beziehung zu Lucie versaut hat, verstehst du? Ich will nicht, dass sein letztes Bild von mir das eines dummen Kindes ist, das immer für zwei isst und redet ohne nachzude...«

»Violette«, unterbricht mich Jason mit ruhiger Stimme, die ich so nicht von ihm kenne.

Ich umklammere die Kette um meinem Hals noch ein wenig fester und hole Luft. Die Stille am Telefon spricht für sich. Tatsächlich bin ich viel zu verunsichert, um zu begreifen, dass ich mich gerade verraten habe.

»Er weiß das alles«, beruhigt Jason mich. »Zumindest weiß er, dass du nicht die egoistische Blondine bist, die seine Beziehung zu Lucie versaut hat. Tatsächlich hat es in ihrer Beziehung schon lange vor deinem Auftauchen ziemlich gekriselt, und ich kann dir auch versichern, dass Loan bestimmt zurückkommt. Er kommt immer zurück.«

Ich antworte nicht und klammere mich an seine beruhigenden Worte. Ich würde mich gern bei ihm bedanken, aber ich fürchte, ich breche in Tränen aus, sobald ich den Mund öffne. Die Journalistin berichtet weiter, während ich nervös mit dem Fuß wippe.

»… in der Tat Ähnlichkeiten mit dem noch nicht lang zurückliegenden Brand in Cergy, wie …«

Plötzlich wird die Journalistin von einer heftigen Explosion brutal unterbrochen. Ich fahre zusammen, während sich die Flammen zu einem geradezu perfekten Kreis ausbreiten, viel heller und höher als zuvor. Ich reiße erschrocken die Augen auf. Meine Hand fährt zu meinem Mund.

»Heilige Scheiße«, keucht Zoé am Telefon.

Die Journalistin hat sich reflexartig zusammengekauert, richtet sich aber sofort mit der Hand am Kopfhörer wieder auf.

»Offenbar ist gerade ein Benzintank explodiert.«

Schreckensstarr verfolge ich die Szene. Weitere Feuerwehrleute hasten mit Schläuchen zum Explosionsort.

»Soeben erfahre ich, dass sich Feuerwehrleute im Gebäude

aufhielten, als der Tank explodiert ist. Mehr wissen wir im Augenblick nicht.«

Ich merke nicht sofort, dass ich weine. Erst als die Tränen mir die Sicht nehmen, werde ich mir dessen bewusst. Ich halte Loans Militärmarke so fest, dass es weh tut. Ich würde sie gerne loslassen, doch das würde bedeuten, Loan im Stich zu lassen. Das kann ich nicht tun.

»Die Einsatzleitung befürchtet, dass es bei der Explosion Opfer gegeben haben könnte«, verkündet die Journalistin mit neutraler Stimme.

Ich erstarre, meine Atmung setzt aus und mein Herz bleibt fast stehen. Selbst Zoé und Jason wagen nicht, die neuen Ereignisse zu kommentieren. Ich weine noch immer, als ich höre, dass Zoé mit mir zu reden versucht.

»Vio …?«

Ich kann ihr nicht antworten.

»Ich muss jetzt allein sein«, murmle ich elend und beende das Gespräch, ohne den Blick vom Fernseher abzuwenden. Reglos und stumm sitze ich da, Tränen laufen mir über die Kehle. Zum ersten Mal in meinem Leben bete ich. Ich bete darum, dass der Name meines besten Freundes nicht ausgesprochen wird.

Nach weniger als einer Stunde fällt endlich der erlösende Satz:

»Nach Angaben von offizieller Seite ist das Feuer jetzt vollständig unter Kontrolle. Die angrenzenden Gebäudekomplexe sind nicht mehr in Gefahr …«

Tatsächlich zeigen die Bilder das eingedämmte Feuer. Zwar steigen weiterhin schwarze Rauchsäulen in den Himmel, doch die rötlichen Gluthorde sind verschwunden.

»… eine heftige Explosion mit sechs Verletzten, darunter einer schwer, sowie zwei Toten.«

…
…
…
Und ich
sterbe
innerlich.

Nur Sekundenbruchteile später klingelt mein Telefon. Unwillkürlich berge ich das Gesicht in den Händen, um ein Schluchzen zu ersticken. Ich weiß, dass die Reporterin keine Namen genannt hat – es ist vielleicht nicht Loan, aber ich kann nicht anders, als mit dem Schlimmsten zu rechnen. Ich habe ein mieses Gefühl. Ich spüre, dass er nicht in Sicherheit ist. Ich fühle es in meinem Bauch. Zoé versucht wieder, mich anzurufen, aber ich reagiere nicht, weil ich damit beschäftigt bin, das Schluchzen zu beruhigen, das mich schüttelt.

Endlich greife ich mit zitternden Händen nach meinem Telefon und schreibe ihr, dass sie sich keine Sorgen machen soll. Gleich darauf rufe ich Loan an. Ich irre durchs Zimmer. Meine Knie drohen nachzugeben. Es klingelt und klingelt. Ich habe Angst, ohnmächtig zu werden.

»SCHEISSE, JETZT ANTWORTE ENDLICH!!!«, rufe ich laut beim sechsten Versuch.

Es gibt noch so viel, das ich dir nicht gesagt habe … Zum Beispiel, dass du öfter lächeln solltest, dass ich die Zärtlichkeit deiner Finger in meinen Haaren liebe, dass ich immer mit dem Blick auf die Decke und auf uns einschlafe, dass du mich im Aufzug mit deinem Bericht von deinem schlimmsten Einsatz in dich verliebt gemacht hast.

Aber ich erreiche immer nur seine Mailbox. Bei jedem Versuch.

Eine Stunde vergeht. Ich weine, führe Selbstgespräche und rufe Loan an.

Eine weitere Stunde vergeht. Ich habe Zoé und Jason gebeten, die Feuerwache anzurufen, um mehr zu erfahren. Ich *muss* es wissen.

Nach der dritten Stunde bin ich fast so weit, dass ich hoffe, dass er tot ist, damit die Folter endlich vorbei ist.

»Auf der Wache geht niemand dran, Violette, ich weiß nicht, was ich sonst noch tun soll!«, sagt Zoé verzweifelt.

Plötzlich, als ich es schon längst nicht mehr erwarte, höre ich einen Schlüssel im Schloss. Hastig wende ich den Kopf und mein Herz setzt einen Schlag aus. Als ich Loan wie eine göttliche Erscheinung eintreten sehe, spüre ich, wie das Leben in mich zurückkehrt.

»Verfluchte Scheiße«, keuche ich.

Ich weiß nicht, ob es der Stress ist, der langsam nachlässt, oder das Blut, das aus seiner Augenbraue sickert, aber ich heule wieder los.

»Er ist da, er ist wieder zu Hause!«, verkünde ich Zoé.

Ich lege sofort auf, eile auf Loan zu und falle ihm um den Hals. Ich lande an seiner harten Brust und vergrabe das Gesicht an seiner Schulter. Meine Tränen durchnässen sein T-Shirt, aber das ist mir egal. Er ist da. Er ist zu Hause. Er ist nicht tot. Er hat sein Versprechen gehalten.

Aber mein bester Freund reagiert nicht. Er fängt mich nicht auf, er umarmt mich nicht. Er steht da wie versteinert. Und plötzlich taucht mein alter Groll wieder auf. Ich trete einen Schritt zurück, schaue ihn an und versetze ihm einen Schlag auf die Brust.

»Du Arsch! Seit drei Stunden versuche ich, dich anzurufen, verdammt! Weißt du, was ich durchgemacht habe, während du dir Zeit gelassen hast? ICH DACHTE, DU WÄRST TOT!«

Ich schreie ihn an, aber er sieht mir einfach nur in die Augen.

»Tut mir leid«, entschuldigt er sich dumpf und fast unhörbar.

Ich betrachte ihn genauer. Er hat eine Verletzung an der Augenbraue und sein Gesicht ist mit einer Mischung aus Ruß und Schweiß bedeckt. Viel schlimmer ist jedoch, dass in seinen Augen ein ungeheurer Schmerz liegt. Sofort fällt meine Wut in sich zusammen.

»Loan …?«, flüstere ich bestürzt.

Seine Augen füllen sich mit Tränen, die ihm stumm über die Wangen laufen. Geradezu fasziniert beobachte ich, wie sich helle Spuren in dem Ruß bilden, der sein Gesicht bedeckt. Er weint. Loan weint.

Immer noch blickt er mir direkt in die Augen und versucht mit keiner Bewegung, den Beweis seiner Trauer fortzuwischen. Und endlich sagt er mit einer Stimme, die wie von tausend Dolchen durchbohrt klingt:

»Ethan ist tot.«

Er lässt mir keine Zeit zu reagieren. Er schließt die Augen, als hätte allein die Tatsache, dass er es ausgesprochen hat, ihn vernichtet. Er legt den Kopf an meinen Hals, als wolle er sich verstecken. Ich fühle mich wie gelähmt.

Ich war so auf Loan konzentriert, dass ich keine Sekunde an Ethan gedacht habe.

»Nein …«

»Er ist tot«, wiederholt Loan und seine Tränen laufen in mein Dekolleté. »Ethan ist tot, ich nicht …«

Nun kommen auch mir die Tränen. Ich kann sie nicht zurückhalten. Heute Abend ist mein Freund gestorben. Ethan. Ethan, der nächste Woche seine Eltern besuchen wollte. Ethan, der mit Ophélie zusammenziehen wollte, in die er sich erst vor Kurzem verliebt hatte. Ethan, der Klügste und Gelassenste von unseren Freunden.

Ich nehme Loan in die Arme und fahre ihm mit den Händen durchs Haar. Er zittert am ganzen Leib. Ich stelle fest, dass auch ich zittere. Ich stehe unter Schock. Ich empfinde gar nichts. Nichts außer einer unendlichen Trauer, die mir den Atem raubt. Mein Bauch schmerzt, mein Herz ist leer und meine Kehle fühlt sich an wie von einem gewaltigen Schraubstock zusammengeschnürt.

Es ist das erste Mal, dass ich jemanden verliere. Mein Gott.

»Es tut mir leid … Es tut mir so unendlich leid …«

Ich weiß nicht, mit wem ich spreche. Vielleicht mit Loan, weil er einen seiner besten Freunde verloren hat. Vielleicht auch mit Ethan, weil ich gar nicht erst auf die Idee gekommen bin, dass er unter den Opfern sein könnte. Alles tut mir einfach nur unendlich leid. Loan hebt den Kopf, seine Nase streift meine Wange, und er drückt mir einen federleichten Kuss auf den Mund. Dann küsst er mir eine neue Träne von den Lippen und verweilt dieses Mal länger. Erschüttert hebe ich das Gesicht.

»Violette …«, flüstert Loan. Seine Stimme ist voller Qual.

Ich spüre, wie seine Hände langsam die Träger meines Tanktops hinunterschieben. Ich schließe die Augen, um nicht in Tränen auszubrechen, während ich an Ethans lächelndes Gesicht denke. Als ich sie wieder öffne, betteln mich die tränenverschleierten, geröteten Augen meines besten Freundes an, während mein Oberteil zu Boden fällt.

»Bitte … Ich … ich brauche dich …«

Es zerreißt mir immer mehr das Herz. Ich umschließe sein Gesicht mit den Händen, nicke und streichle seine Wangen. Er flüstert ein ersticktes »Danke«, das sich in dem Kuss verliert, den er mir gibt. Seine Hände packen gierig meine Hüften. Ich lasse ihn gewähren. Meine nackten Brüste pressen sich gegen seine Brust. Ich weiß, dass er es braucht, und ich weiß auch, dass es alles ist, was ich ihm im Moment geben kann.

Ebenso, wie ich es brauche. Um sicherzugehen, dass er wirklich und nicht tot ist. Aber auch, um zumindest für ein paar Minuten diejenigen zu vergessen, die es sind.

Wir sprechen nicht mehr. Unsere Seufzer und unsere bebenden Herzen kommunizieren für uns. Ich ziehe ihm das T-Shirt aus, während er fieberhaft meinen Hals küsst, beißt, leckt und ihn skrupellos misshandelt. Ich weiß, dass man es morgen sehen wird. Loan hört nicht auf, sondern verschlingt meinen Mund mit so viel Hunger, dass es fast schmerzt. Ich weiß, dass er in diesem Moment seine gesamte Wut und Verzweiflung in diese Umarmung legt. Ich mache mit. Mitten im Wohnzimmer verflicht sich meine Zunge in einem fieberhaften Tanz mit seiner, während meine Hände nach seinem Gürtel greifen. Ich öffne ihn. Mit einem dumpfen Geräusch fällt er zu Boden.

»Du bist wirklich«, flüstert Loan und streichelt meine Brust. »So wirklich…«

Ich erbebe und stöhne, als er eine meiner Brüste in den Mund nimmt. Seine Zähne schließen sich darum und beißen leicht zu, was eine explosive Welle der Begierde in mir auslöst. Er küsst weiter meine Brust, während er mir schnell die Shorts und den Slip auszieht. Ich weiß sofort, dass die Umarmung nicht lang dauern wird. Er muss nur abladen und den Ballast seiner Wut, seiner Trauer und all jener Gefühle abwerfen, die dafür sorgen, dass er jetzt einfach am Ende seiner Kräfte ist.

»Ich werde immer für dich da sein, Loan … immer«, verspreche ich ihm.

Ich knöpfe seine Jeans auf und ziehe sie samt seinen Boxershorts zu den Knöcheln hinunter. Er schiebt sie mit dem Fuß beiseite und presst sich an meinen Körper. Meine Hände berühren ihn. Sein perfekter Körper besteht nur aus schwellenden Muskeln. Seine Haut elektrisiert meine, mein Herz pocht wie wild unter seiner Berührung. Ich lege die Hand auf seine Brust, um seinen Herzschlag zu spüren.

Sein Herz rast mit irrer Geschwindigkeit unter meinen Fingern.

Als ich seine Erektion spüre, packt Loan meine Schenkel und hebt mich ohne jegliche Anstrengung hoch. Ich lasse mich in sein Zimmer bringen, das nur vom Mondlicht erhellt wird. Mein bester Freund legt mich auf die Laken und öffnet seine Nachttischschublade, um ein Kondom herauszuholen. Keuchend sehe ich zu, wie er es über seinen Penis streift. Mein Herz blutet, aber mein Körper brennt vor Verlangen nach Loan. Ich weiß ganz genau, dass es fragwürdig und irgendwie eigenartig ist. Eigentlich sollten wir weinen und sonst nichts – einfach nur weinen. Trotzdem.

Loan legt sich auf mich und küsst mich hart. Noch nie war er so leidenschaftlich ... aber er war auch noch nie so am Boden zerstört.

»Nur zu«, sage ich zu ihm.

Er lässt sich nicht lange bitten. Er stützt einen Ellbogen neben mein Gesicht und versenkt seinen gequälten Blick in meinen, ehe er meine Schenkel spreizt und sich eines meiner Beine über die Schulter legt. Mit einer Hand streichle ich seine Hüfte, die andere lege ich auf seine Wange. Ich will, dass er erkennt, dass ich ihn liebe. Ich will, dass er es *fühlt*.

Schließlich dringt er grob in mich ein. Ohne Vorspiel, mit einem tiefen, kalkulierten Stoß, der mir ein Stöhnen entreißt. Ich behalte meine Hand auf seiner Wange und verziehe vor Schmerz und Lust das Gesicht. Es ist gleichzeitig quälend und köstlich. Loan küsst meine Handfläche und zieht sich kurz zurück, ehe er noch tiefer eindringt. Seine Muskeln spannen sich an und sein Hintern zieht sich zusammen. Er ist überwältigend.

Schöner denn je. Seine Stöße werden immer tiefer und stärker, bis ich vor unbändiger Lust aufschreie.

Meine Glut wächst von Sekunde zu Sekunde, während er mich auf diesem Bett nimmt, in dem wir so viele Male einer in den Armen des anderen geschlafen haben.

»Gleich explodiert mein Herz…«, flüstere ich außer Atem.

Bald bin ich ebenso verschwitzt wie er. Wir bilden ein Ganzes. Zwei Körper, zwei Herzen und zwei Seelen, vereint in der gleichen Trauer. Unermüdlich bewegt er sich in mir, bis ich das Gefühl habe, dass ich mich um ihn herum zusammenziehe. Seine Finger graben sich in meine Haut, in seinen Augen stehen Tränen und seine Beine zittern so stark, dass ich es kaum glauben kann.

Hastig umschlinge ich seinen Hals und küsse ihn, während uns inmitten unserer gemeinsamen Tränen ein gewaltiger Orgasmus überwältigt. Loan verharrt bewegungslos in mir und lässt sich von der Lust durchdringen, während ich leise »Ich liebe dich« in sein Ohr flüstere. Es ist wie ein unkontrolliertes Geständnis, das er nicht gehört hat – ich weiß es.

Mit dem Abebben der Lust kommt die Trauer wieder hoch. Loan liegt schwer auf mir, eine Hand an meiner Taille, die Stirn an meiner Schulter. Ich weiß, dass er weint. Ich höre es. Ich streiche ihm mit einer zärtlichen Geste übers Haar und weine ebenfalls. In aller Stille.

Lange bleiben wir reglos und ineinander verschlungen liegen und beweinen den Verlust eines gemeinsamen Freundes. Nur das herzzerreißende und ununterbrochene »Es tut mir leid« meines besten Freundes stört die Stille der Nacht.

33

Heute

Loan

Das ist das erste Mal, dass jemand stirbt, der mir nahesteht. Wirklich. Das erste Mal, dass ein winziger Teil von mir für immer erlischt. Der Teil, der einem meiner besten Freunde gehörte, ein Teil von mir, den ich mir zu teilen erlaubte, obwohl ich wusste, dass er mich eines Tages leiden lassen würde. Ich habe Ethan geliebt. Ich habe ihn respektiert. Ich hoffe, er wusste das.

An diesem Morgen ziehe ich mich vor meinem Spiegel an und stelle mir die eine und einzige Frage, die mich seit mittlerweile vier Tagen am Schlafen hindert: Warum sollte man sich den Menschen öffnen, wenn sie einen schließlich doch zerstören?

Weil es sich lohnt, meldet sich mein Herz.

Stumm betrachte ich mich im Spiegel, als stünde ich neben der Wirklichkeit. Ich sehe ziemlich hinüber aus. Dunkle Ringe um meine Augen zeugen von den schlaflosen Nächten. Zum dritten Mal versuche ich, mir die Krawatte zu binden, bis ich vor Verzweiflung stöhne und aufgebe.

»Soll ich dir helfen?«

Ich drehe mich nicht zur Tür um, die aufgegangen ist, ohne dass ich es gemerkt habe. Ich erkenne Zoés niedergeschlagene Stimme. Sie stellt sich vor mich, ehe ich antworten kann, und verdeckt mein Spiegelbild. Ich lasse zu, dass sie mir sorgfältig die Krawatte bindet. Ihr Gesicht ist traurig. Ich habe sie noch nie so gesehen. Ihr Anblick ruft mir ins Gedächtnis, warum wir an einem so sonnigen Tag schwarz gekleidet sind.

Scheiße.

Ich habe Angst, nicht durchzuhalten. Seit vier Tagen ist er jetzt nicht mehr bei uns. Seitdem lebe ich in fast sakraler Stille. Das Schwierigste war, es den anderen zu sagen. Vor allem Jason und Zoé. Es war Violette, die sie gegen ein Uhr morgens anrief, um ihnen die tragische Nachricht mitzuteilen. Ich sah mich nicht in der Lage, es zu tun.

Was Ethans Eltern und Ophélie anging, so hat sich unser Arbeitgeber darum gekümmert. Ich möchte mir ihre Reaktion nicht vorstellen. Ich versuche immer noch, meine eigene unter Kontrolle zu bekommen. Was nicht immer einfach ist.

»Danke«, flüstere ich Zoé zu. Sie nickt.

»Wir sind so weit.«

Sie drückt mir die Schulter und wir gehen zu den anderen ins Wohnzimmer. Violettes Blick ist mir bewusst, aber ich ignoriere ihn. Ich habe nicht die Kraft, mich dieser Baustelle zu widmen, auch wenn sie in ihrem dunklen Kleid wunderhübsch aussieht. Jedes Mal, wenn ich ihr in die Augen sehe, muss ich an diese Nacht zurückdenken, und Gott allein weiß, dass ich alles tun würde, um sie zu vergessen. Erst heute fange ich ganz langsam an zu akzeptieren, was geschehen ist; aber mit großen Schwierigkeiten.

Ich bin innerlich zerstört, und doch lebe ich weiter. Weil es nämlich das ist, was man uns hier beibringt. Zu überleben. Ethan und ich wussten, worauf wir uns einließen. Wir hatten keine echte Angst vorm Tod. Wir fürchteten ihn ein wenig, mehr aber auch nicht. Darauf hatte man uns konditioniert.

»Wann geht es los?«, fragt Jason.

Zoé antwortet, während wir ins Auto steigen. Ich setze mich

auf den Rücksitz neben Violette. Die Atmosphäre ist sehr angespannt. Keiner spricht. Plötzlich spüre ich die kalte Haut meiner besten Freundin. Ihre schmalen Finger verflechten sich tröstend mit meinen auf meinem Oberschenkel. Ich zögere ein paar Sekunden, ehe ich sie so fest wie möglich drücke.

Vor der Kirche stehen unzählige Autos. Zwei glänzende Leichenwagen parken in der Nähe. Ethans Eltern und Ophélie stehen dicht dabei. Mit einem Kloß im Hals bleibe ich ein paar Schritte entfernt stehen. Ich muss daran denken, dass mein Freund nicht der Einzige war, der in dieser Nacht sein Leben verlor. Auch Maxime hat es erwischt. Ich mochte ihn. Er war zurückhaltend, aber sehr kompetent. Meine Kollegen sind bereits da und begrüßen mich distanziert.

»Wir suchen uns einen Platz«, sagt Jason. »Viel Glück.«

Ich nicke langsam und beiße die Zähne zusammen. Zoé und er gehen vor, während Violette mich noch ein paar Sekunden lang traurig anschaut. Ich verziehe ein wenig das Gesicht und hoffe, das genügt. Schließlich dreht sie sich um und folgt den anderen.

Natürlich spürt sie, dass ich ihr aus dem Weg gehe, sie ist nicht dumm. Und offensichtlich versucht sie, mich irgendwie zu trösten. Eigentlich müsste ich es ihr sagen. Ihr sagen, dass ich im Moment von Trauer erfüllt bin, aber dass ich es morgen vielleicht etwas weniger sein werde. Und übermorgen noch weniger.

»Wir sind dran«, kündigt David an.

Es dauert ein paar Minuten, bis ich wieder zu mir komme und mich kerzengerade aufrichte. Die Jungs öffnen den Leichenwagen und enthüllen den Sarg meines Freundes. Es ist ein sehr schöner Sarg aus glänzendem Holz, bedeckt mit der französischen Flagge. Ich helfe dreien meiner Kollegen, ihn zu tragen, während sich vier andere den zweiten Sarg auf die

Schultern laden. Die Leute, die aus Platzmangel draußen stehen müssen, schauen uns mit traurigen Gesichtern zu.

Es ist das Schwerste, was ich je getan habe.

Und doch gehe ich vorwärts.

Weil ich im Gegensatz zu Ethan das Glück habe, noch am Leben zu sein.

Die Trauerfeier ist herzzerreißend.

Vor allem die Reden der Verwandten sind schwer zu ertragen. Ethans Mutter kann ihren Text nicht beenden und lässt Ophélie für sie ausreden. Ophélie erweist sich als stärker als gedacht. Sie erzählt von ihrer ersten Begegnung und sorgt damit für ein leichtes Lächeln im Publikum. Mir kommt das Gespräch in den Sinn, das ich erst vor ein paar Wochen mit Ethan hatte. »Wozu warten, wo ich mich doch auf den ersten Blick in sie verliebt habe?«, hat er lächelnd zu mir gesagt. Es bricht mir fast das Herz.

Bis zum Ende der Zeremonie halte ich den Blick auf den Boden gesenkt. Viel zu schnell wird es Zeit für den letzten Abschied. Mehrere Leute kommen nach vorne, um die Särge zu berühren. Sekundenlang zögere ich, bewege mich nicht vom Fleck. Plötzlich sehe ich Violette mit einer Rose in der Hand nach vorn kommen. Sie weint leise vor sich hin. Ich gehe auf sie zu.

»Du wirst für immer in meinem Herzen sein, Ethan«, murmelt sie und legt die Rose nieder.

Sie wischt sich die Tränen weg, ehe ich es tue. Im Bewusstsein der hinter mir wartenden Leute lege auch ich meine Hand auf den Sarg. Ich schaue ein letztes Mal auf das Foto von Ethan zu meiner Linken. Ein vages Lächeln huscht über meine Lippen.

»Danke für alles. Du wirst uns fehlen.«

Widerwillig wenden wir uns von ihm ab und machen Platz

für die nachfolgenden Trauergäste. Violette will mich zum Ausgang ziehen, aber ich bleibe stehen.

»Ich muss ihn noch tragen.«

»Ach ja ... richtig ...«

Nachdem sich alle von den Toten verabschiedet haben, tragen meine Kameraden und ich die beiden Särge wieder zu den Leichenwagen, während die meisten Leute schon auf dem Weg zum Friedhof sind. Meine Freunde warten auf der anderen Straßenseite am Auto auf mich. Ich nutze die Gelegenheit, um zu Ethans Eltern zu gehen und ihnen mein tiefstes Beileid auszusprechen.

»Wenn du irgendwas brauchst, ganz gleich was«, sage ich zu Ophélie, »du weißt ja, wo wir wohnen. Komm vorbei, wann immer du willst.«

»Danke, Loan«, sagt sie leise.

Wir kennen uns nicht besonders gut, aber sie hat meinem Freund viel bedeutet. Sie muss nicht allein durch diesen tragischen Abschnitt ihres Lebens gehen. Ich frage sie, ob sie vorhat, nach dem Friedhof mit in unsere Wohnung zu kommen; wir haben einen kleinen Empfang organisiert, weil Ethans Eltern lieber einen bescheidenen Rahmen wollten.

»Vielleicht ein andermal«, antwortet sie.

Ich weiß, ich sollte mich meinen Freunden anschließen und zum Friedhof gehen. Aber was ich gerade sehe, überrascht mich so sehr, dass ich einige Sekunden wie erstarrt stehen bleibe. Tatsächlich hatte ich nicht erwartet, sie heute hier anzutreffen. Sie steht auf dem Gehsteig gegenüber und beobachtet mich von fern. Sie ist ganz in Schwarz, als würde sie ebenfalls trauern.

Plötzlich steht Jason mit ernster Miene vor mir. An seinen geröteten Augen kann ich erkennen, dass er während der Trauerfeier geweint hat.

»Kommst du?«

Ich schaue hinüber zum anderen Bürgersteig. Dann blicke ich Jason an.

»Geht schon mal vor, ich treffe euch dort.«

Das Wohnzimmer und die Küche sind voller Menschen. Die meisten von ihnen sind Freunde von Ethan, einige kenne ich, manche auch nicht, außerdem sind einige Kollegen gekommen. Sogar unser Chef ist dageblieben. Die Atmosphäre ist herzlicher als auf dem Friedhof. Trotzdem flüchte ich nach einiger Zeit in mein Zimmer.

Ich mache Licht, setze mich breitbeinig auf die Bettkante und genieße die Stille. Auf keinen Fall will ich wieder an diese Nacht denken … und doch verfolgt mich unser letztes Gespräch.

Der Chef hatte mich ursprünglich mit ihm und Maxime zusammen eingeteilt. In letzter Minute jedoch wurden die Einsatzpläne wieder geändert. Ich erinnere mich, dass ich Ethan an der Schulter zurückgehalten habe, ehe er ging, und ihm sagte, er solle vorsichtig sein … Das Schlimmste war, dass ich in dem Moment, als ich zu Violette sagte, dass es schon gut gehen würde, genau wusste, dass das nicht stimmte. Aber ich wollte nicht, dass sie Angst hat.

Plötzlich gerät ein Paar Pumps in mein Blickfeld. Violette hat aus Angst, mich zu stören, die Tür ganz vorsichtig nur einen Spalt geöffnet. Sie zögert einen Moment, ehe sie leise auf mich zustöckelt. Sie setzt sich rechts von mir aufs Bett, nimmt meinen Arm und lehnt ihren Kopf an meine Schulter. Ihre Wärme geht auf mich über und ich fühle mich sofort besser.

So bleiben wir einige Minuten, bis sie nach meiner Hand greift und sie öffnet, um etwas hineinzulegen. Überrascht schaue ich es mir an. Es ist meine Militärmarke. Ehrlich gesagt hatte ich vergessen, dass sie immer noch bei Violette war.

»Hier … das ist deine.«

Ohne lang nachzudenken, nehme ich ihre Hand und lege die Kette wieder hinein. Fragend blickt sie mich an. Diese Marke ist mir sehr wichtig, denn sie stammt von meinem Großvater. Jeden Tag erinnert sie mich daran, was es bedeutet, ein Held zu sein. Mein Großvater war einer, auch wenn ich die Gründe, die zum Krieg in Algerien geführt haben, nicht gutheiße.

»Behalte sie«, flüstere ich und schließe ihre Finger darum. »Bitte.«

Ich hebe ihre Hand an meine Lippen und küsse jedes einzelne Fingerglied. Violette starrt mich an, als wolle sie mich etwas fragen, aber wir werden unterbrochen. Jason und Zoé kommen herein und schließen die Tür hinter sich. Der Lärm aus dem Flur wird sofort gedämpft.

»Hier findet also die richtige Party statt?«, witzelt Jason.

Zoé bleibt mit verschränkten Armen vor uns stehen, während Jason sich im Schneidersitz auf den Boden setzt. Ich lächle, antworte aber nicht. Ich bin zu erschöpft. Nach ein paar endlosen Sekunden der Stille ist es mein bester Freund, der das Eis bricht:

»Ob ihr es glaubt oder nicht, es war Ethan, der mich überzeugt hat, Zoé um ein Date zu bitten.«

Wir alle blicken ihn erstaunt an. Mit einem frechen Grinsen fügt er hinzu:

»Gut, eigentlich habe ich mit ihr geschlafen, statt sie um ein Date zu bitten, aber es lief auf dasselbe hinaus. Ich habe sie mir geschnappt.«

Zoé versetzt ihm einen Tritt, dass er vor Schmerz aufstöhnt. Aber mein bester Freund erholt sich schnell und benutzt seine Hände als Schutzschild.

»Schon gut, ich habe mich natürlich auch in sie verliebt.«

Die Frau, um die es geht, scheint zufrieden, denn sie hockt sich vor ihn und gibt ihm lächelnd einen Kuss.

»Ethan hat mir bewiesen, dass es auf dieser Welt tatsächlich noch süße Typen gibt«, sagt sie.

Jason nickt, hört aber schnell wieder damit auf und runzelt die Stirn. Er betrachtet Zoé und scheint darüber nachzudenken, was ihre Aussage zu bedeuten hat. Zoé jedoch legt ihm ihre manikürte Hand auf den Mund, als er ihn gerade öffnen will.

»Du bist nicht mehr dran.«

Ich nehme an, dass nun Violette und ich damit an der Reihe sind, etwas Nettes über Ethan zu sagen. Ich überlege einen Moment, was ich sagen soll. Meine beste Freundin beginnt:

»Nach meiner Trennung von Émilien bin ich auf der Feuerwache gewesen. Ich habe Loan gesucht und bin dabei Ethan begegnet. Weil ich geweint habe, bot er mir heiße Schokolade an. Er wusste eben, was mir guttut«, scherzt sie.

Ich schaue sie an, aber sie ignoriert mich. Ihr Blick verliert sich in der Ferne.

»Er fragte mich, was los wäre. Ich sagte ihm, dass Émilien mit mir Schluss gemacht hätte, und erklärte ihm, warum … Da lächelte Ethan mich an und sagte: ›Soll ich dir mal was verraten? Um unersetzlich zu sein, muss man sich von anderen unterscheiden. Wenn der Kerl das nicht kapiert, dann sei froh, dass er weg ist.‹ Inzwischen weiß ich, dass er absolut recht hatte. Es gibt Menschen, die mich lieben, weil ich so bin. Eben anders.«

Ich umarme sie fester, und Zoé lächelt fröhlich. Jason kratzt sich mit nachdenklichem Blick am Kinn.

»Ich wusste nicht, dass er ein Poet war.«

»He, du Idiot«, murrt Zoé, deren Lächeln verschwunden ist. »Kannst du nicht mal für fünf Minuten den Mund halten? Wir geben uns gerade alle der Rührung hin.«

Violette entspannt die Situation mit einem Lachen.

»Der Satz ist nicht von ihm, sondern von Coco Chanel. Er hat es mir ein paar Monate später gestanden, als ich wieder einmal davon sprach.«

»Ich wusste es«, sagt Jason kopfschüttelnd. »Was für ein Schleimer.«

»Sei bitte endlich still«, fleht Zoé, schließt die Augen und massiert sich die Schläfen.

Nun schauen meine Freunde mich an. Ich bin an der Reihe, habe aber absolut keine Ahnung, was ich sagen soll. Ethan hat mir in vielen Fragen einen Rat gegeben, besonders in letzter Zeit. Aber darüber will ich nicht sprechen. Ich seufze und denke lächelnd daran, wie wir uns das erste Mal begegnet sind.

»Es war mein erster Tag auf der Feuerwache. Ich hatte noch mit niemandem Freundschaft geschlossen … Um ehrlich zu sein, hatte ich auch nicht die Absicht, mir Freunde zu suchen. Nach Feierabend ging ich in den Umkleideraum, um mit den anderen Jungs zu duschen.«

Die kleinen Kreise, die Violette auf meinen Handrücken zeichnet, beruhigen mich und machen mir Mut. Mit einer gewissen Nostalgie sehe ich die Szene erneut vor mir, während die anderen auf die Fortsetzung warten.

»Ich betrat die Duschkabine im T-Shirt«, gestehe ich, ohne nachzudenken. »Den anderen fiel das natürlich sofort auf. Als ich es auszog und über die Tür hängte, hat es einer von ihnen lachend geklaut. Es war nicht böse gemeint, aber ich sah sofort rot. Oh ja, am liebsten hätte ich sie alle abgemurkst … Nur brachte ich es nicht über mich, die Kabine zu verlassen. Jedenfalls nicht mit nacktem Oberkörper. Also legte ich mir ein Handtuch um und ging hinaus, um dem Kerl gegenüberzutreten. Jetzt kam er sich nicht mehr ganz so schlau vor ...«

Ich lächle, als ich daran denke, wie es weiterging.

»Ethan nahm ihm das T-Shirt weg, bevor ich dazu kam, warf es mir zu, wandte sich an den Typen und sagte lässig: ›Wenn mein Schwanz aussehen würde wie deiner, würde ich mich in der Dusche nicht über andere lustig machen‹.«

Violette und Zoé lachen, während Jason seine Faust küsst und hochhält.

»*Big up*, Kumpel.«

»Ich brauche sicher nicht zu sagen, dass mir nach diesem Tag niemand mehr dumm kam. Ethan redete mit mir, als ob es völlig normal wäre, dass ich mein T-Shirt nie ausziehe. Er hat es nie kommentiert.«

Ich schließe die Augen und erinnere mich an unser letztes richtiges Gespräch. Es scheint nicht lang zurückzuliegen und ist doch schon so weit weg. Nichts wird mehr so sein wie früher.

»Ethan war ein wahrer Freund«, sage ich schließlich. »Er war loyal, konnte gut zuhören, war lustig und ein kluger Ratgeber. Er wird immer seinen Platz in unserer Mitte behalten.«

»Ganz sicher«, bestätigt Violette. Ich küsse zärtlich ihre Schläfe.

»Absolut«, sagt Jason feierlich nickend.

»Ohne jeden Zweifel«, schließt Zoé und legt ihren Kopf auf Jasons Schulter.

Ich drücke Violettes Hand, um mich zu überzeugen, dass sie wirklich da ist. Der heutige Tag wird in unseren Herzen für immer ein trauriges Datum bleiben.

Aber morgen kommt ein neuer Tag.

34

Heute

Violette

Es geht. Es könnte besser sein, aber es geht.

Es ist jetzt eine Woche her, dass Ethan nicht mehr bei uns ist. Auch wenn die ersten Tage ziemlich schwierig waren, scheint Loan seinen Tod inzwischen zu akzeptieren. Und das beruhigt mich ... Ihn in dem Zustand zu sehen, in dem er sich noch vor wenigen Tagen befand, tat mir in der Seele weh.

An diesem Morgen beschließe ich, meinen Mitbewohnern etwas Gutes zu tun, deshalb findet Loan mich in der Küche, wo ich zur Musik von Rita Ora die Hüften schwinge.

Er runzelt die Stirn, als er den köstlichen Geruch von Pfannkuchen à la Violette wahrnimmt. Sie sind das Einzige, was ich richtig zubereiten kann – wenn man das erste Mal außer Acht lässt, als meine Pfannkuchen eher wie sterbende Gespenster aussahen. Seitdem haben sie sogar einen eigenen Namen.

»Pfanntomes?«, wundert sich mein bester Freund. »Super!«

Ich lächle und reiche ihm einen Teller. Zu meiner großen Freude trägt er nur eine graue Jogginghose.

»Das Frühstück für Sieger.«

»Und vor allem das einzige, das du kannst, oder?«

Mit grimmigem Blick werfe ich ihm das Geschirrtuch ins Gesicht. Seine Lippen verziehen sich zu einem leicht spöttischen Grinsen, bevor er in seinen Pfannkuchen beißt. Verstohlen sehe ich ihm beim Essen zu. Seit dem Brand haben wir nicht mehr über den Vorfall mit Lucie gesprochen. Ich weiß, dass er mir meinen Fehler verziehen hat, ebenso wie ich ihm die verletzenden Worte verziehen habe, aber trotzdem haben wir das Thema vermieden.

Schon mehrmals wollte ich die Karten auf den Tisch legen, aber Zoé meinte, es wäre noch nicht der richtige Zeitpunkt.

»Was hast du heute vor?«, fragt er plötzlich.

Angesichts seiner ernsten Miene zucke ich die Schultern. Loan weicht meinem Blick aus, bis er seinen Pfannkuchen aufgegessen hat, dann seufzt er.

»Ich wollte nämlich meine Mutter besuchen.«

Oh. Ich gebe mich cool, auch wenn ich innerlich jule. Er hatte mir zwar versprochen, mich mal mitzunehmen, aber seitdem sind viele Wochen vergangen und ich hatte es vergessen.

»Super«, kommentiere ich, weil ich nicht weiß, was ich sagen soll.

»Ja. Nach allem, was in letzter Zeit passiert ist, habe ich das Bedürfnis, sie zu sehen. Auch wenn es kompliziert ist ... sie zumindest ist noch da, und ich will meine Chance nutzen.«

Ich verstehe zwar nicht alles, aber ich stimme trotzdem zu. Schließlich blickt er auf und fragt mich, ob ich ihn begleiten möchte. Ich will auf keinen Fall zu eifrig wirken.

»Mit Vergnügen.«

Er wirkt weniger begeistert als ich, vielleicht sogar ein wenig besorgt, aber das ist mir egal.

Mir bedeutet dieser Besuch sehr viel.

»Da ist es.«

Neugierig betrachte ich das Haus, in dem Loan aufgewachsen ist. Es ist weiß mit roten Fensterläden und einem Dachfenster und sieht so schnuckelig aus, dass ich mir keine Sekunde vorstellen kann, dass drinnen düstere Dinge passiert sein könnten. Eben.

»Sollen wir ... wieder umkehren?«, frage ich verunsichert.

Er schüttelt den Kopf und öffnet endlich die Fahrertür. Ich steige ebenfalls aus und greife nach seiner Hand. Ich weiß nicht, welche Beziehung er zu seinen Eltern hat, aber ich will ebenso für ihn da sein, wie er es für mich war. Wir überqueren die Straße. Meine Absätze klackern auf dem Asphalt. Alles ist ruhig.

An der Tür atmet er tief durch und wendet sich mit sehr ernstem Gesicht an mich.

»Pass auf ... Ich weiß nicht, wie es laufen wird. Aber was auch immer passiert, bitte reagier nicht.«

Misstrauisch durchforsche ich sein Gesicht. Nicht reagieren? Das könnte etwas schwierig werden, weil man mir alles, was ich denke, an der Nasenspitze ablesen kann.

»Das ist wichtig, Violette«, betont er.

»Okay ... ich reagiere nicht.«

Loan nickt bestätigend. Wir schweigen für ein paar Sekunden, dann drückt er die Klingel und nimmt meine Hand. Seine ist warm wie immer, und doch nicht so beruhigend wie sonst. Das ist heute ausnahmsweise mal mein Job, den ich gern annehme.

Mein Herz pocht wild, als sich die Tür öffnet und ein Mann in den Fünfzigern erscheint. Er scheint sehr überrascht, uns zu sehen, und ich erkenne sofort, dass Loan ihn nicht über unser Kommen informiert hat. Das fängt ja gut an ...

»Loan«, grüßt der Mann.

»Hallo, Papa.«

Loans Vater betrachtet mich neugierig, sodass ich ihm mein freundlichstes Lächeln schenke. Seltsam. Loan sieht ihm sehr ähnlich; sie haben den gleichen durchdringenden und undurchschaubaren Blick, der Leute wie mich einschüchtert, und auch die gleiche Statur.

»Das ist Violette. Meine Freundin.«

»Guten Tag.«

»Ich habe dir doch gesagt, dass du nicht kommen sollst«, belehrt Loans Vater ihn sanft.

Okay, ich schätze, die Vorstellungsrunde überspringen wir.

»Oh, so ist das«, meint Loan gereizt. »Und wann darf ich überhaupt mal kommen?«

Ich mache mich sehr klein neben den beiden Herren Millet. Ich versuche, mir einen Reim auf das zu machen, was ich höre, aber die Hälfte verstehe ich einfach nicht.

»Deine Entscheidung. Kommt rein.«

Loan seufzt tief und greift nach meiner Hand, ohne mich auch nur anzusehen.

Endlich betreten wir das Haus und Loans Vater schließt die Tür hinter uns. Der Flur ist recht schlicht, mit einem großen Spiegel über einem antiken Möbelstück, auf dem Familienfotos stehen. Auf einigen Bildern erkenne ich Loans Vater am Arm einer wunderschönen jungen Frau. Davon gibt es viele … aber nur eines, das Loan als Kind zeigt: ein Klassenfoto.

Ich komme nicht umhin zu bemerken, dass seine Mutter wie ein Engel aussieht.

»Roseline«, ruft Loans Vater auf dem Weg ins Wohnzimmer. »Dein Sohn ist hier, mein Schatz.«

Bei den Worten »dein Sohn« zucke ich zusammen, genau wie Loan. Doch der weicht meinem Blick aus und hat seine neutrale Maske aufgesetzt. Schritte nähern sich.

Eine Frau mit rabenschwarzen Haaren, die so schön ist wie auf den Bildern, erscheint im Türrahmen. Trotz ihrer Schönheit wirkt sie irgendwie müde. Gezeichnet. Sofort weiß ich: Das ist die Frau, die Loan zur Welt gebracht hat. Die Frau, die er am innigsten liebt. Die Frau, die ihn aufgezogen hat und die ihm half, ein Mann zu werden.

Nur, dass …

Als sie ihren Sohn sieht, geht sie ruhig auf ihn zu und ohrfeigt ihn mit aller Kraft. Jemand zuckt zusammen und schreit überrascht auf; ich glaube, das war ich. Loans Vater steht mit verschränkten Armen in einer Ecke des Zimmers, während Loan nicht mit der Wimper zuckt. Im Gegenteil, er starrt die Frau, die ihn gerade geschlagen hat, mit einer Mischung aus Schmerz und Scham an. Er schämt sich, dass ich das mit ansehen musste.

»Hallo, Mama.«

Ich halte mich im Hintergrund, weil er mich darum gebeten hat, aber leider kann ich mich nicht an einer Reaktion hindern. Ich bin mir bewusst, dass meine Augen weit aufgerissen sind und mein Mund offen steht. Das Verhalten der Frau scheint normal zu sein, aber ich habe das dringende Bedürfnis, einzugreifen und etwas zu tun. Doch genau das wollte Loan nicht. Also zwinge ich mich, einen gleichgültigen Ausdruck aufzusetzen, was mir sehr schwer fällt.

»Ich bin nicht deine Mutter«, sagt die Frau und mustert ihn von Kopf bis Fuß. »Warum ist er hier?«

Auf der Suche nach einer Antwort wendet sie sich an ihren Mann, und all das Gute, das ich auf den Fotos erkannt zu haben glaubte, verflüchtigt sich.

»Er kommt dich besuchen, Liebste.«

»Hör auf, hör auf, hör auf, so etwas zu sagen!«, empört sie sich. »Hältst du mich für blöd? Ihr seid Lügner. Hört auf, euch in meinem Kopf breitzumachen!«

Plötzlich unterbricht sie sich und zeigt ein Lächeln, bei dem sich mir der Magen umdreht, ehe ihr Gesicht wieder wütend wird. Es braucht nicht mehr, damit ich verstehe. Ich habe mal eine Doku über diese Krankheit gesehen. Gegensätzliche Gefühle, absurde Wahnvorstellungen … Mein Gott.

Sie zeigt auf Loan und schimpft:

»Verschwinde aus meinem Kopf, ich habe es dir schon einmal gesagt!«

Er schließt die Augen und wendet sich ab; offenbar ist er daran gewöhnt. Trotzdem ahne ich, dass es ihm wehtut, sehr weh sogar. Und ich habe absolut keine Ahnung, wie ich mich verhalten soll.

»Ganz ruhig, Mama. Weißt du noch, was wir neulich gesagt haben?«, spricht er sie mit klarer und gelassener Stimme an. »Ich bin es, Loan. Nur Loan. Ich will dir nichts tun, und Papa auch nicht.«

Sie blickt ihn vorsichtig an. In ihren Augen schimmern Zweifel. Sie will ihm gerade antworten, als sie mich plötzlich wahrnimmt. Ich zittere am ganzen Körper, als ich ihre riesigen Pupillen sehe, die mich wie eine Beute fixieren. Auch Loan erstarrt und dreht sich instinktiv zu mir.

»Und die da? Wer ist sie?«

»Eine Freundin. Violette. Sie tut dir auch nichts.«

Loans Mutter beäugt mich, runzelt die Stirn und murmelt vor sich hin:

»Sie ist hübsch ... Ja, aber bestimmt haben sie das absichtlich gemacht, um dich zu besänftigen ... Ich weiß ... Sei vorsichtig, glaub ihnen nicht ...«

Ich brauche ein paar Sekunden, bis ich begreife, dass sie mit sich selbst spricht. Klassisch. Argwöhnisch betrachtet sie mich von Kopf bis Fuß. Obwohl ich mir nichts vorzuwerfen habe, fühle ich mich unter dem Gewicht ihres Blicks seltsam schuldig.

Mit schmerzerfüllter Stimme fährt Loan fort:

»Ich will nur mit dir reden, Mama. Ich werde dich nicht einmal berühren.«

Er versucht, sie zu beruhigen, indem er die Hände hebt. Wir

weichen einen guten Meter zurück, um ihr Sicherheit zu geben. Fast sofort lässt ihre Unruhe nach, doch nach wie vor beäugt sie mich stur. Die Mutter meines besten Freundes nickt mehrmals – keine Ahnung, an wen sie sich richtet – und brabbelt vor sich hin. Schließlich rät Loan mir ganz leise, mich hinzusetzen. Ich lasse mich in einen Sessel gleich neben mir sinken, Loan bleibt stehen.

»Ich freue mich, dich zu sehen«, sagt er und spielt mit seinen Fingern. »Ich wollte neulich schon einmal vorbeikommen, aber Papa hat gesagt, dass du ein Nickerchen machst. Geht es dir besser?«

»Ja. Ich musste schlafen«, sagt sie ruhig, ohne den Blick von mir abzuwenden. »Nachts kann ich nicht schlafen.«

»Wieso? Warum schläfst du nachts nicht?«, erkundigt sich Loan besorgt.

»Weil ich beobachtet werde. Wenn ich einschlafe, werden sie das ausnutzen. Das weißt du doch.«

Loan fragt nicht, von wem sie spricht oder warum sie denkt, dass sie beobachtet wird. Ich schätze, er hat die Frage schon viel zu oft gestellt. Erschüttert verkrieche ich mich in meinem Sessel und rühre mich nicht. Das hier habe ich wirklich nicht erwartet … Aber warum ist sie nicht in Behandlung, wenn ihre Paranoia sie so erheblich beeinträchtigt?

»Niemand spioniert dich aus, Mama. Das sind nur unsichtbare Ängste. Darüber haben wir doch schon gesprochen. Du bist krank.«

»Wenn ich dir doch sage, dass ich sie gesehen habe!«, ruft sie den Tränen nah. »Und ich bin sicher, dass du dazugehörst. Deshalb versuchst du auch, mich vom Gegenteil zu überzeugen. Du gehörst zu ihnen. Du bist nicht der, als der du dich ausgibst. Sie haben mir meinen Sohn weggenommen, als ich fünfundzwanzig war … sie haben ihn mir weggenommen, das weiß ich, weil über Nacht plötzlich alles anders war. Von einem Tag auf den anderen warst du da und hast die Rolle meines Kindes übernommen! Ich hasse dich …«

Ihr Mann versucht sie mit leiser, flehender Stimme zu beruhigen, aber sie stößt auch ihn weg. Loan reagiert nicht, zumindest bemüht er sich.

»Sie haben meinen Sohn gegen dich ausgetauscht!«, wiederholt sie und zeigt mit dem Finger auf ihn. »Du siehst nicht aus wie mein Sohn! Er war so süß und so klein …«

»Ich bin immer noch derselbe, Mama, das siehst du doch.«

Mir ist klar, dass es sinnlos ist, zu argumentieren. Wenn sie tatsächlich unter Schizophrenie leidet, ist es unmöglich, sie von ihrem Irrtum zu überzeugen. Sie wird unbeirrbar an ihren Wahn glauben, auch wenn es keinerlei Sinn ergibt.

»Dann haben sie dir etwas in den Kopf getan! Und sie haben dich beauftragt, dasselbe mit mir zu tun. Ich habe sie gesehen, ich sage es dir! Und sie da, sie ist nur da, um mich zu besänftigen …«, fügt sie hinzu und spuckt in meine Richtung. »Ich bin sicher, sie kann erraten, was ich denke, ich spüre es.«

Loan seufzt und vergräbt sein Gesicht in den Händen. Ich habe plötzlich ein sehr schlechtes Gewissen. Was habe ich mir dabei gedacht, ihn dazu zu bringen, hierherzufahren und mich auch noch mitzunehmen? Er tut mir so leid … Ich will aufstehen, um beruhigend nach seiner Hand zu greifen, aber ehe ich ihn erreiche, stürzt seine Mutter sich auf mich.

»Nein!«, ruft Loan.

Ich spüre Fingernägel, die sich in meinen Arm krallen und mich mit so viel Kraft nach vorne ziehen, dass ich ins Stolpern gerate, während Loans Mutter aus voller Kehle schreit: »Gebt mir meinen Sohn zurück, ihr Schweine!« Loans Vater stürmt auf sie zu und versucht sie hochzuheben, aber ihre Nägel stecken tief in meinem Fleisch. Mir entfährt ein schmerzliches

Stöhnen. In ihren Augen kann ich erkennen, wie sehr sie mich hasst. Dass sie mir wehtun will. Dass sie mich am liebsten sofort töten würde. Ich sehe es so klar, dass ich mich nicht mehr rühren kann und zutiefst verängstigt in die Knie gehe.

»Das reicht!«

Plötzlich stößt Loan mich mit aller Kraft nach hinten. Seine Mutter lässt meinen Arm los und ich stürze mit einem dumpfen Schlag. Scheiße … Ich greife mir an den Kopf, der auf dem Boden aufgeschlagen ist, und ignoriere meinen brennenden Arm. Ich bin völlig benommen. Loan beugt sich voll Sorge über mich.

»Steh auf«, sagt er totenblass.

Mit schmerzendem Arm greife ich nach seiner Hand und richte mich fügsam auf. Meine Beine zittern. Ich weiß nicht, was ich tun soll. Loans Mutter tobt in den Armen ihres Mannes und überhäuft ihn mit Beleidigungen, während sie immer wieder klagt: »Gebt mir meinen Sohn zurück!« Die Szene ist so herzzerreißend, dass ich nicht weiß, ob ich die Frau fürchten oder bemitleiden soll.

»Los, verschwindet«, knirscht Loans Vater. »Ich habe dir doch gesagt, dass heute kein guter Tag ist.«

Loan bleibt ein paar Sekunden reglos mit ungläubigem Gesicht stehen. Er starrt seine Mutter noch einige Augenblicke an und flüstert ein »Entschuldigung«, das ich wahrscheinlich als Einzige höre. Schließlich dreht er sich zu mir um und zieht mich hinter sich her zur Tür:

»Wir gehen dann jetzt.«

Wir eilen hinaus. Hinter uns hören wir seine Mutter weinen. Loan geht so schnell, dass ich ihm nur im Laufschritt folgen kann. Immer noch bin ich zutiefst erschrocken über das, was sich gerade vor meinen Augen abgespielt hat. Mein Arm tut weh, aber ich verbiete mir, nachzuschauen. Am Auto wirbelt

Loan herum und tritt gegen die Karosserie. Ich stehe kaum einen Meter entfernt und zucke zusammen. Schließlich rutscht er an der Fahrertür hinunter in die Hocke und verbirgt sein Gesicht in den Händen.

Dieses Bild macht mir schwer zu schaffen. Mein Herz krampft sich zusammen. Nach der Sache mit Ethan hat er das nun wirklich nicht gebraucht. Er zittert am ganzen Körper. Ich würde ihm gern beistehen, aber ich weiß nicht wie. Schließlich gehe ich vor ihm auf dem Asphalt in die Knie und schließe ihn in die Arme. Ich halte ihn ganz fest und lege den Kopf auf seine Schulter, obwohl er meine Umarmung nicht erwidert. Meine Finger graben sich in seine Haare und versuchen, die Anspannung seines Körpers zu lindern.

»Alles wird gut …«

Ich küsse seinen Hals, sein Ohr, sein Kinn und warte darauf, dass er die Hände vom Gesicht nimmt. Er darf sich nicht für das schämen, was ich gerade gesehen habe. Niemals. Plötzlich fühle ich mich ganz elend. Ich stelle mir vor, wie oft er seine Mutter ohne unser Wissen besucht hat und danach darüber hinwegkommen musste. Allein. Ohne mich.

»Schau mich an … Bitte.«

Nach einigem Zögern öffnet er die Augen und versenkt seinen Blick in meinem. In diesem Moment ist es, als teilten wir den gesamten Schmerz des Universums. In perfekter Symbiose. Es ist eine traurige, fast düstere Perfektion, die uns einander aber zweifellos näher bringt.

Er verharrt in seiner verwundbaren Position, während ich sein Gesicht in beiden Händen halte.

»Du brauchst das nicht tun«, hauche ich.

»Ich weiß«, antwortet er leise.

Er zittert noch immer leicht, aber er weint nicht, als ob er schon letzte Woche alle Tränen verbraucht hätte.

»Sie war fünfundzwanzig, als bei ihr paranoide Schizophrenie diagnostiziert wurde. Ich war fünf.«

Oh, Loan … Ich hatte also recht. Die nicht existenten Stimmen, die Halluzinationen, die Überzeugung, dass alle einem nur Böses antun wollen, das unberechenbare Verhalten und so weiter.

»Meine Eltern haben mich sehr jung bekommen«, fährt Loan fort. »Ich war ein Unfall. Meine Mutter liebte mich abgöttisch, bis sie krank wurde, aber mein Vater war viel zu sehr damit beschäftigt, seine Frau anzubeten, um mir ebenfalls Liebe zu geben. Je älter ich wurde, desto mehr verschlimmerte sich die Krankheit. Die schweren Psychosen begannen, als ich fünf war. Sie glaubte, man hätte ihren Sohn gegen mich ausgetauscht. Aber dann … irgendwann war sie plötzlich wieder ganz sie selbst. Während ihrer Stabilisierungsphasen fand ich die liebevolle Mutter wieder, die mich in den ersten fünf Jahren meines Lebens umsorgt hatte«, murmelt er mit schmerzverzerrtem Gesicht. »Sie liebt mich, das weiß ich. Nur erinnert sie sich manchmal nicht mehr daran.«

Dieser Satz gibt mir den Rest.

»Nach einiger Zeit kam sie zur Behandlung in eine Klinik und alles wurde wieder gut. Bis mein Vater seinen Job verlor. Sie hörte auf, ihre Medikamente zu nehmen, und jetzt ist sie so.«

Plötzlich scheint es ihm schwerzufallen, weiterzusprechen. Er schließt einige Sekunden die Augen und atmet schwer, während ich warte. Wir kauern immer noch hinter dem Auto. Er greift nach meiner Hand. Ich hebe sie an meine Lippen und küsse sanft seine Handfläche.

»Du kannst mir alles erzählen, was du willst, Loan.«

Er öffnet die Augen wieder. Er sieht jetzt ruhiger aus, obwohl ihm die Furcht ins Gesicht geschrieben steht. Zum ersten Mal gesteht er mir seine dunkelsten Geheimnisse.

»Ich war elf«, beginnt er. »Meistens warf sie mir nur finstere Blicke zu, hat sich aber von mir ferngehalten. Es war schwer genug, aber ich habe es hingenommen.«

Ich nicke, damit er weiterspricht.

»Eines Abends kam ich aus der Dusche. Ich ging in die Küche, um sie zu fragen, was wir essen würden, als sie einen Topf mit heißem Öl nach mir warf.«

Dieses Mal kann ich nicht anders, als mein Entsetzen zu zeigen. Natürlich ist mir klar, dass sie krank und daher nicht in ihrem normalen Zustand war ... aber sie hätte ihren Sohn beinahe getötet! Schlimmer noch: Genau das war das Ziel.

»Mein Gott, Loan ...«

»Ich spürte, dass meine Haut wie Luftpolsterfolie aufplatzte, und schrie wie am Spieß. Mein Vater war sofort zur Stelle und schloss meine Mutter im Bad ein, während er mich ins Krankenhaus brachte. Er stellte es so dar, als wäre mir der Unfall aus Leichtsinn passiert. Es ist Vergangenheit.«

»War deinem Vater danach nicht klar, wie gefährlich es war, so weiterzumachen, ohne etwas zu unternehmen?«, frage ich betroffen.

Loan zuckt die Schultern und lacht unfreundlich. Ich kann nicht glauben, dass seine Mutter versucht hat, ihm so etwas anzutun. Ich stelle ihn mir mit elf Jahren vor, wie er kaum einschlafen kann, weil er Angst haben muss, im Schlaf erstickt zu werden. Es ist grauenhaft.

»Oh doch, das war ihm klar. Er zwang mich, ständig auf der Hut zu sein, schloss mich in meinem Zimmer ein und versteckte den Schlüssel und solche Dinge. Es war schrecklich. In der Schule habe ich mich ständig geprügelt, weil es für mich die einzige Möglichkeit war, aus mir herauszugehen. Nachts konnte ich nicht mehr schlafen, weil ich wusste, dass es meine eigene Mutter jede Minute ohne Vorwarnung überkommen und sie beschließen konnte, mich zu erwürgen, ohne dass es jemand bemerkte. Ich weinte unter der Dusche, weil ich mich dafür hasste, dass ich ihr böse war. Wenn sie mich anschrie, versteckte ich mich in meinem Kleiderschrank, damit sie nicht an mich herankommen konnte. Und am nächsten Tag, wenn sie wieder einigermaßen bei sich war, musste ich so tun, als ob ich mich in ihren Armen sicher fühlte … Auch meine Freunde log ich an. Ich erfand eine andere Familie, und anschließend schlug ich mich selbst, weil ich es gewagt hatte, so etwas zu tun. Noch heute schäme ich mich. Ich schäme mich so sehr, dass ich mir in der Öffentlichkeit nicht das T-Shirt ausziehen kann. Nicht mal vor meiner Freundin, verdammt.«

Mir blutet das Herz, aber ich will keinesfalls vor ihm weinen.

»Warum lässt dein Vater sie nicht einweisen?«

»Er war – und ist – kategorisch dagegen. Er will nicht, dass sie in die Psychiatrie kommt, nicht fort von ihm, nicht noch einmal. Natürlich ist das Quatsch, aber er hört nicht auf mich. Ich glaube … Ich glaube, er will nicht zugeben, dass sie ein Problem hat, obwohl er es genau weiß. Er empfindet es so, als würde man sie verurteilen und im Stich lassen.«

Mit unendlicher Traurigkeit nehme ich diese neuen Informationen zur Kenntnis. Und irgendwie auch mit Scham. Die ganze Zeit habe ich mich über meine Mutter beschwert, während er Tag für Tag gegen ein viel härteres Los kämpft! Zwar haben wir beide eine schlechte Mutter, nur hat seine sich nicht aus freien Stücken entschieden, so zu werden.

»Es tut mir so leid, Loan … Aber du darfst dir nicht die Schuld am Zustand deiner Mutter geben. Und vor allem musst du dich immer daran erinnern, dass sie dich liebt. Sie ist krank und muss jeden Tag gegen ihre Dämonen kämpfen, aber tief in ihrem Inneren liebt sie dich so wie früher. Weißt du, woran man das merkt? Obwohl sie denkt, dass du nicht ihr Sohn bist, erinnert sie sich an dich als kleines Kind.«

Er nickt mit gesenktem Blick. Ich fühle mich so hilflos! Ich schäme mich, dass ich nicht weiß, was ich zu ihm sagen soll, obwohl er es immer schafft, mich zu trösten, wenn es mir nicht gut geht.

»Ich weiß«, seufzt er. »Böse bin ich eigentlich nur auf meinen Vater, weil er nichts unternimmt.«

Ich kuschle mich an ihn. Er lässt sich zu Boden sinken und nimmt mich in die Arme. Ich lege meine Wange auf sein T-Shirt und schlinge meine nackten Beine um seine. Mein Kleid ist über den Hüften ein wenig hochgerutscht und enthüllt den Bund meines Slips, aber Loan streicht es glatt, um mich wieder zu bedecken. Wir schweigen ein paar Minuten, bis er sich an etwas zu erinnern scheint.

»Entschuldige, dass ich dich vorhin weggestoßen habe. Sie musste dich loslassen ... Habe ich dir wehgetan?«

»Nein, keine Sorge.«

Natürlich greift er sofort nach meinem Arm, um ihn zu untersuchen. Ich schaue ebenfalls hin und verziehe das Gesicht. Er ist ganz rot und Nagelspuren ziehen sich über meine Haut. Loans Augen werden dunkel, aber ich zwinge ihn, mich loszulassen. Ich will nicht, dass er sich schuldig fühlt – bloß das nicht.

Minutenlag liegen wir schweigend auf dem Boden.

Erst jetzt kann ich verstehen, warum er keine Kinder haben möchte. Und warum er den Blicken anderer Leute immer ausweicht. Warum er immer mit ruhiger und gemessener Stimme spricht, als ob er Angst hätte, eine unangenehme Reaktion auszulösen.

Und obwohl ich es kaum für möglich gehalten hätte, bricht es mir erneut das Herz.

35

Heute

Violette

Morgen früh findet mein Vorstellungsgespräch bei Millesia statt. Das Datum ist bereits seit zwei Monaten mit rotem Filzstift auf dem Kalender am Kühlschrank umkringelt. Ich bin so nervös, dass ich schon alles gerichtet habe: meine Tasche, meine Kreationen, mein Outfit … Ich will nichts dem Zufall überlassen. Für heute Abend haben Zoé und Jason japanisches Essen bei uns zu Hause vorgeschlagen und ich bin mit meinen Taschen in der Hand auf dem Heimweg.

Ich gehe den Bürgersteig entlang, als ich Loan von der Arbeit zurückkommen sehe. Gerade schlägt er seine Autotür zu. Als er mich erblickt, lächle ich ihn an und zittere dümmlich. Er ist so schön, dass es mich fast blendet.

In den letzten Tagen habe ich viel nachgedacht. Über uns. Nach der Sache mit Lucie, Ethans Tod und der Begegnung mit seinen Eltern hatten wir weder die Zeit noch die Kraft, darüber zu sprechen. Aber jetzt halte ich es nicht länger aus. Ich habe beschlossen, dass es wirklich reicht, dass ich lange genug gewartet habe und dass ich ihm alles erzählen will.

Wir kommen gleichzeitig vor der Haustür an. Er öffnet sie weit und macht mir ein Zeichen, einzutreten. Seine Hand liegt auf meinem Rücken.

»Damen haben Vortritt.«

»Ich sehe hier nur eine«, antworte ich und trete mit hoch erhobenem Kinn ein.

»Und was für eine.«

Ich schüttle den Kopf und verdrehe die Augen, während mein Herz sich in einer Pfütze aus geschmolzener Schokolade rekelt. Wie findet er immer die Worte, die mich tief in meinem Innern berühren? Ich wünschte, ich hätte diese Gabe. Ihm sagen zu können »Ich mag Käse« und PAFF!, verknallt er sich wahnsinnig in mich.

Loan drückt den Knopf des Aufzugs, der eine Weile braucht, um nach unten zu kommen. Wir sprechen nicht. Die Luft ist mit einer vertrauten und etwas peinlichen Spannung aufgeladen. Ich riskiere einen Blick in seine Richtung. Er starrt mich bereits an.

»Erdgeschoss«, verkündet der Aufzug. Mit halb geöffneten Lippen atme ich tief ein. Wir zucken nicht mit der Wimper, als sich die Türen vor uns öffnen. Die Luft hat sich verändert, aber meine Hormone versuchen es zu ignorieren. Ich weiß, dass er es weiß. Er weiß, dass ich im Begriff bin, das Gefährlichste überhaupt zu tun.

Mich ganz hinzugeben.

Ihm meinen Körper zu geben war eigentlich noch leicht. Aber alles zu geben, meinen Körper, mein Herz, meinen Geist und meine Seele, ist etwas ganz anderes. Es kann mich zerstören. Im wahrsten Sinne des Wortes.

Angespannt betrete ich die Kabine als Erste. Er stellt sich neben mich und drückt die Nummer unseres Stockwerks.

Die Türen schließen sich und wir warten. Wir warten. Und wir warten immer noch. Nach einer guten Minute wage ich es, Loan anzusehen. Er sieht verwirrt aus, was kein gutes Zeichen ist. Er drückt den Knopf zum Öffnen der Tür … er funktioniert nicht. Langsam lasse ich die Arme sinken.

Sagt mir bitte, dass das ein Witz ist.

»Versuch mal, die Türen aufzustemmen.«

Loan bemüht sich mit aller Kraft. Zwar bewegen sie sich ein wenig, halten ihm aber stand. Er flucht leise vor sich hin und wischt sich die Hände an seiner Jeans ab. Bestürzt schaue ich ihn an. Hoffentlich bestätigt er nicht, was ich sowieso schon weiß. Leider seufzt er und verzieht das Gesicht.

»Alles gut, Violette-Veilchenduft. Wir haben es einmal geschafft, wir werden es auch ein zweites Mal überleben.«

Fast ungeduldig warte ich auf die Panikattacke, die mich jede Sekunde überfallen dürfte. Aber so überraschend es auch klingen mag, ich bekomme keine. Im Gegenteil, ich bin sogar ziemlich gelassen. Und wenn das nun ein Zeichen ist?

»Zumindest gibt es uns die Möglichkeit, ungestört miteinander zu reden ...«

»Ah ...« Loans Stimme klingt etwas skeptisch. »Ich wusste nicht, dass wir reden müssen.«

Oh doch. Und in seinen Augen erkenne ich, dass er genau weiß, worum es mir geht. Wir haben diesen Moment hinausgeschoben, aber ich muss es ein für alle Mal hinter mich bringen.

Ich will für ihn da sein, wenn er einen Freund verliert, ich will ihn unterstützen können, wenn er sich endlich seinem Vater entgegenstellt. Deshalb sage ich hastig, ehe ich einen Rückzieher machen kann:

»Ich bin blöd.«

Okay, so hat der Text, den ich entworfen habe, eigentlich nicht angefangen.

Loan hebt die Augenbrauen. Ich verziehe das Gesicht und er verschränkt misstrauisch die Arme. In meinem Stress habe ich meinen perfekt ausgefeilten Monolog vergessen und muss improvisieren. Das Problem dabei ist: Es gibt Leute, die improvisieren können, und es gibt mich.

»Ich bin blöd, aber das weißt du ja schon – schließlich bin

ich blond; das Wichtigste ist, dass ich mir darüber im Klaren bin und mich dafür entschuldige, obwohl ich es hasse, mich zu entschuldigen, besonders dafür, dass ich blond bin, wofür ich wirklich nichts kann. Ich esse auch zu viel, besonders Schokolade, und ich weiß, dass ich mich bremsen sollte, wenn ich nicht irgendwann zu einem riesigen Nutella-Ball mutieren will, den du die Treppe hinunterrollen könntest und den du zwingen müsstest, sich fortzubewegen, indem du ihn mit Schokokeksrümeln köderst«, füge ich hinzu und verdrehe die Augen, ehe ich weiterspreche: »Aber es macht mich glücklich, weißt du? Essen macht mich glücklich, Schokolade macht mich glücklich und mit dir zusammen zu sein macht mich glücklich.«

Ich sehe ihn an, ich sehe ihn tatsächlich an, während er dasteht und mir mit gerunzelter Stirn zuhört. Die dunkle Farbe seiner Iris bringt mich durcheinander, aber ich mache weiter, koste es, was es wolle.

»Ich rede zu viel, ich nehme nicht viele Dinge ernst, manchmal bin ich egoistisch und häufig ziemlich ungeschickt ... Ich bin all das und noch viel mehr, ich habe so viele Fehler, dass ich nicht genügend Finger habe, um sie zu zählen, aber ich liebe dich!«, fahre ich hastig fort. Bei meinem Geständnis läuft mir ein Schauer über den Rücken. »Ich liebe dich wie die erste Schneeflocke im Winter, wie einen Löffel Nutella während einer Diät, wie die zarte Berührung einer Feder auf der Haut oder wie die Sonnenstrahlen, die jeden Morgen die Nacht beenden ... Ich liebe dich, Loan.«

Ich weiß, ich sollte aufhören, ich habe es ausgesprochen und das reicht, aber ich kann nicht.

»Der Plan war, miteinander zu schlafen und damit Schluss, nur habe ich mich mittendrin in den Menschen verliebt, der du bist, und das ist meine bisher beste Eigenschaft, denn was ich an mir am meisten liebe, ist meine Liebe zu dir. Ich hoffe, das genügt, denn selbst wenn ich riskiere, dich mit Pralinen zu ruinieren, kann ich dir versprechen, dass ich dich liebe. Ich habe dich geliebt, seit du mich das erste Mal in diesem Aufzug hier angelächelt hast. Ich habe dich geliebt, als du mir die Mehlpäckchen gereicht hast, als ob du mir den Himmel und die Sterne schenken wolltest, ich habe dich geliebt, als du dich so komisch vor mir zurückgezogen hast, und ich habe dich geliebt, als deine Lippen zum ersten Mal meinen Vornamen ausgesprochen haben. Und ich bin blöd, weil ich es dir nicht schon früher gesagt habe, aber heute tue ich es. Du bist der einzige Mensch in meinem Leben, bei dem ich mich so menschlich, schön, lebendig und unglaublich fühle.«

Ich schnappe nach Luft, wende aber keine Sekunde den Blick ab. Ich will, dass er die grenzenlose Liebe in meinen Augen sieht. Ich habe ihm so viel zu gestehen und zu sagen, aber ich fürchte, dass keine Sprache genügend Worte hat, um alles auszudrücken.

Ich habe gesehen, dass er in dem Moment die Augen schloss, als mir die Worte »Ich liebe dich« über die Lippen kamen, und ich frage mich, ob er das getan hat, um sie zu vergessen oder um sie zu genießen, sie im Flug zu erwischen und nie mehr loszulassen. Ich wünsche mir, dass er jetzt schnell näher kommt und das Echo dieser Worte auf meinen Lippen schmeckt, ich möchte mein »Ich liebe dich« direkt in seinen Mund flüstern, er soll es mir stehlen und in sich aufnehmen.

Aber er steht nur da, mit geschlossen Augen und unergründlicher Miene. Jetzt, wo ich losgelegt habe und das befreiende Gefühl in der Brust spüre, kann ich nicht mehr aufhören.

»Ich weiß, dass ich mir für mein Geständnis wahrscheinlich den schlechtesten Zeitpunkt ausgesucht habe, weil Ethan tot ist, weil du immer noch sauer auf mich bist wegen dem, was ich vor sieben Monaten getan habe, weil ich einen kleinen Text auswendig gelernt habe, um dir das alles zu beichten, aber nichts von dem gesagt habe, was ich geplant hatte, aber ich kann es nicht mehr für mich behalten, denn es wird zu viel und mein Herz läuft über. Also bitteschön … Ich habe es gesagt. Die schönsten Momente meines Lebens habe ich mit dir verbracht. Und ich will nicht, dass es aufhört«, schließe ich flüsternd, weil mir bewusst wird, dass ich viel zu viel geredet habe.

Ich spüre Tränen in den Augen, doch es sind keine Tränen der Trauer, sondern im Gegenteil Freudentränen. Pures Gefühl. Mir ist klar geworden, dass ich die ganze Zeit den Kopf in den Sand gesteckt habe. Das Einzige, was mir in meinem Leben fehlte, war, zu meinen Gefühlen zu stehen und zu akzeptieren, dass meine Liebe erwidert wird. Und genau das hat Loan mich gelehrt.

»Merk dir Folgendes«, füge ich noch hinzu, »du bist der beste Freund, den ich je hatte. Und ich will mehr, viel mehr. Ich will alles.«

Jetzt öffnet Loan die Augen. Sein Saphirblick kreuzt meinen und dessen Intensität macht mich fast fertig. Ohne Zögern scheint er mich zu mustern und einzuschätzen. Atemlos, mit hängenden Armen und pochenden Schläfen stehe ich vor ihm.

Loan reagiert immer noch nicht. Plötzlich sagt er mit leiser, rauer Stimme:

»Ich bin dir nicht mehr böse wegen Lucie … Nichts davon war deine Schuld. Der Fehler lag allein bei mir.«

Eine tragische Stille umgibt uns. Kaum zu glauben, dass ich erst vor wenigen Sekunden mein Herz auf dem Boden der Kabine ausgebreitet habe. Ist das etwa alles, was er dazu zu sagen hat? Schon gut, ich bin ja ganz froh, dass er nicht mehr sauer auf mich ist, aber das ist mir doch jetzt egal.

»Ich weiß, dass ich ziemlich viel geredet habe, aber hast du den Teil mitbekommen, in dem ich gesagt habe, dass ich in dich verliebt bin? Wenn nicht, kann ich es wiederholen.«

Ein Lächeln huscht über Loans Gesicht, als hätte er versucht, es zu unterdrücken, aber es wäre ihm dann doch entwischt. Er schüttelt sacht den Kopf und blickt mich fest an. In diesem Moment habe ich den Eindruck, dass auch er »Ich liebe dich« sagt.

»Ich habe es gehört ... Ich habe nichts anderes gehört.«

Ich ignoriere mein Herz, das kurz davor ist, mir aus der Brust zu springen, und nicke. Wie ein Volltrottel warte ich darauf, dass er mir antwortet. Kennt er seine Rolle überhaupt? Ich hätte ihm das Drehbuch geben sollen, damit er seinen Text zumindest ablesen kann. Im Augenblick fühle ich mich echt beschissen.

»Und ...?«, ermuntere ich ihn mit schwindender Zuversicht. »Das sollte der Moment sein, in dem du mich in den Arm nimmst, mich küsst und mir sagst, dass ich umwerfend bin ...«

Ein Blitz zuckt durch seine dunklen Augen. Ich sehe, wie er die Lippen zusammenpresst und sich dann gefährlich nähert. Plötzlich macht es Ping! und die Aufzugtüren öffnen sich für Zoé, die uns ungeduldig anschaut.

Loan und ich starren zurück, als hätte sie uns auf frischer Tat ertappt. Sieht aus, als wären die Götter gegen mich.

»Oh, sorry, findet hier im Aufzug etwa eine Pyjamaparty statt, zu der ich nicht eingeladen bin?«, fragt meine beste Freundin mit hochgezogenen Augenbrauen.

»Wie hast du es geschafft, die Tür zu öffnen?«, staune ich mit feuerroten Wangen.

Loan gibt sich schweigsam. Zoé schaut mich an, als wäre ich ein bisschen dumm.

»Ich habe auf den Knopf gedrückt, Einstein.«

»Ah. Eben hat er noch festgesteckt …«

Sie nickt extrem langsam und mir wird klar, dass sie mir nicht glaubt. Aber wozu erklären? Ich reiche ihr die Plastiktüten, die sie mir eilig aus der Hand nimmt.

»Du hast ganz schön lange gebraucht. Übrigens hast du mir noch nicht gesagt, was du morgen anziehen willst.«

Zusammen steigen wir die Treppe hinauf, Zoé redet für uns drei. Loan und ich tun so, als wäre nichts passiert, als hätte ich ihm nicht gerade eine Liebeserklärung gemacht. Lakonisch gebe ich Zoé ab und zu eine Antwort, während ich mir der Blicke Loans hinter mir sehr bewusst bin. Die Sache im Aufzug ist nicht unbedingt nach Plan verlaufen …

Noch immer hat er mir nicht gesagt, was er von alldem hält, ob er mich liebt oder ob er lieber will, dass wir Freunde bleiben. Und ich muss ehrlich zugeben, dass mich angesichts der zweiten Möglichkeit ein Anflug von Panik überkommt.

»Dreimal darfst du raten!«, ruft Zoé Jason zu, als wir die Wohnung betreten. »Sie haben in aller Ruhe im Fahrstuhl gestanden und sich angehimmelt.«

»Sehr betrüblich«, sagt Jason und wirft uns einen finsteren Blick zu.

Weil Zoé den Tisch deckt, nehme ich die Gelegenheit wahr, mich an Loan heranzuschleichen, der sich im Flur die Jacke auszieht. Als ich meine Hand auf seinen Arm lege, wirkt er angespannt.

»Sag … Du weißt, du … du musst mir nicht sofort antworten.«

»Violette …«

»Ich meine es ernst«, lüge ich. »Heute verbringen wir den Abend mit Freunden und morgen muss ich wegen dieses Vorstellungsgesprächs früh aufstehen. Danach hast du alle Zeit der Welt für eine Antwort. Okay?«

Er schaut mich mit undurchdringlicher Miene an, und einen Moment lang fürchte ich, dass ich seine Zuneigung fälschlicherweise für Liebe gehalten habe. Sollte das jedoch der Fall sein, will ich nicht, dass er vor der wichtigsten Präsentation meines Lebens alle meine Hoffnungen zerstört.

»Okay«, willigt er ein und küsst mich auf die Stirn.

Ich nicke und gehe ins Wohnzimmer, wo wir gut gelaunt zu Abend essen. Trotzdem muss ich ihn immer wieder anschauen … und stelle fest, dass irgendetwas nicht stimmt.

Als würde er darüber nachdenken, wie er am besten aus dieser Misere herauskommt.

36

Heute

Violette

Heute ist der Tag. Der Tag meines Vorstellungsgesprächs, der Tag, auf den ich monatelang, wenn nicht sogar mein ganzes Leben gewartet habe. Ich weiß, dass es keine große Sache ist, aber es bedeutet mir viel. Wenn sie mich für ein Praktikum nehmen und ich einen guten Eindruck mache, behalten sie mich vielleicht.

Gestern hat Jason bei Zoé übernachtet. Weil Loan zur Arbeit musste, als ich noch schlief, haben die beiden mir angeboten, mich mitzunehmen.

Während ich mich schminke, geht mir etwas durch den Kopf, was Loan zu mir gesagt hat: »Bestimmt zerreißt du versehentlich deine Kreationen.« Es war bei seiner Rückkehr aus Bali, als wir eng aneinandergekuschelt kurz vor dem Einschlafen waren. Vor einer halben Ewigkeit.

»Bist du fertig?«, ruft Zoé vor der Tür.

Ich mache ihr auf.

»Ja, ich muss mir nur noch die Zähne putzen. Hat Jason meine Modelle in den Kofferraum gepackt?«

»Hat er. Beeil dich, du solltest nämlich besser etwas früher da sein.«

»Das bin ich nicht gewohnt.«

»Was du nicht sagst.«

Vorsichtig gehe ich die Treppe hinunter, denn ich will nicht riskieren, mir auf den letzten Drücker den Knöchel zu verstauchen. Jason pfeift, als er mich kommen sieht, und begutachtet schamlos meinen Hintern. Zoé verdreht die Augen und setzt sich auf die Beifahrerseite.

»Ist es zu spät, um mir eine neue Freundin anzulachen?«, erkundigt er sich.

Ich trage ein marineblaues Kostüm mit einem goldenen Gürtel. Mit meinem Skizzenbuch unter dem Arm sehe ich wie ein echtes *working girl* aus.

»Viel zu spät.«

Er flucht vor sich hin und setzt sich hinters Steuer, während ich mich anschnalle. Seltsamerweise spüre ich keinerlei Stress. Gestern noch hatte ich Angst, beim Termin wie eine Bescheuerte loszuquatschen. Ich war schon fast so weit, alles abzusagen, mich krank oder gar tot zu melden. Nur damit sie mich in Ruhe ließen. Dann aber entdeckte ich beim Aufwachen eine Nachricht, und plötzlich war ich mir sicher, dass alles gut werden würde.

Loan: Mach dich nicht verrückt. Du bist die Beste.

Meine Freunde vorne unterhalten sich, aber ich schweige. Ich habe feuchte Hände. Als wir vor dem Gebäude ankommen, wünscht Zoé mir viel Glück und Jason hilft mir, den Rollständer aus dem Kofferraum zu holen. Ich hänge meine mit schwarzen Hüllen abgedeckten Modellstücke daran auf, schiebe ihn mit einer Hand und klemme mir das Skizzenbuch unter den anderen Arm. Jason lächelt mich arrogant an.

»Mach mich stolz, Kleine.«

»Hör auf damit.«

»Schon gut. Fick sie alle, kapiert? Rein metaphorisch natürlich. Damit ich den Champagner nicht umsonst gekauft habe.«

Ist das wirklich derselbe Mann, der einen Abschluss in Politikwissenschaft hat? Herr im Himmel, sei uns gnädig.

»Ich gebe mein Bestes, versprochen.«

Schon seit zehn Minuten warte ich in diesem leeren Raum und fühle mich inzwischen ziemlich gestresst. Was machen die bloß? Ich bin sicher, dass tun sie mit Absicht. Als ich aufstehe, um auf und ab zu gehen, öffnet ein Mann die Tür und lächelt mir zu. Er sieht jung aus und trägt einen sehr gepflegten Anzug.

»Sind Sie Violette?«

»Die bin ich«, antworte ich begeistert, während er mir die Hand schüttelt.

»Ich bin Quentin. Kommen Sie mit.«

Offensichtlich ist er kein Personaler, sonst würde er mich wohl kaum beim Vornamen nennen. Ich folge ihm durch einen langen Büroflur. Am Ende des Korridors zeigt er auf eine geschlossene Tür.

»Dort ist es. Viel Glück.«

»Danke sehr.«

Er lächelt mich an und überlässt es mir, den Leuten entgegenzutreten. Ich rücke den dezenten Ausschnitt meines Kleides zurecht und atme tief ein. *Komm schon, Violette! Du schaffst das!*

»Guten Tag«, grüße ich beim Eintreten.

Der Raum ist sehr groß und bietet genügend Platz für eine Präsentation. Drei Personen sitzen an einem ovalen Tisch, zwei Männer und eine Frau. Als sie mich sehen, blicken sie auf, aber nur einer von ihnen schenkt mir ein mitfühlendes Lächeln.

»Guten Tag, Mademoiselle.«

Sie stehen auf, schütteln mir die Hand und stellen sich vor. Ich lege mein Skizzenbuch auf den Tisch, als ich das Unbehagen erkenne, das sich auf dem Gesicht des Einfühlsamsten abzeichnet. Trotzdem lege ich los:

»Ich danke Ihnen sehr, dass Sie mir diese Gelegenheit geben, und hoffe, Sie überzeugen zu können.«

Monsieur Freundlich, wie ich ihn insgeheim genannt habe, lächelt angespannt und scheint nach Worten zu suchen. Ich habe ein ungutes Gefühl. Sogar ein ganz miserables Gefühl. Warum nur?!

»Mademoiselle, ich glaube, hier liegt ein Missverständnis vor.«

Ich verstumme, lächle aber weiterhin. Für sie oder für mich? Ich weiß es nicht.

»Ein Missverständnis?«, wiederhole ich.

»Wir haben Sie nicht erwartet.«

Oh, Scheiße. Ich Idiotin, bestimmt habe ich mir das falsche Datum aufgeschrieben. Was, wenn es schon gestern war? Ich schlucke und schäme mich zu Tode. Glücklicherweise fährt Monsieur Freundlich fort:

»Wir dachten, wir hätten Ihnen unsere Ansicht mitgeteilt. Es tut mir leid, dass Sie umsonst hierhergekommen sind.«

»Ich … Ich verstehe nicht ganz«, stammle ich mit brennenden Wangen.

Der Mann seufzt leise und offenbar wirklich verlegen, ehe er schließlich gesteht:

»Wir sind uns natürlich bewusst, dass ein Studium nicht immer einfach ist und dass die guten Hochschulen teuer sind. Unglücklicherweise können wir es uns nicht leisten, mit Ihrem Namen in Verbindung gebracht zu werden. Ich zweifle keineswegs an Ihrem Talent, aber leider wird eine Zusammenarbeit nicht möglich sein.«

Dieses Mal verschwindet mein Lächeln. Ich habe keine Ahnung, was er mir sagen will. Was zum Teufel ist hier los? Für ein paar Sekunden glaube ich, dass sie mich mit jemandem verwechseln. Dann stelle ich mich den Tatsachen. Sie meinen tatsächlich mich.

»Könnten Sie bitte etwas genauer werden? Ich glaube, hier liegt ein Irrtum vor.«

»Leider handelt es sich nicht um einen Irrtum. Ich ... ich hatte nicht die Absicht, so deutlich zu werden, aber wenn Sie mich dazu zwingen ... Es geht um Ihren Job als Designerin für Damenunterwäsche für Pornofilme. Ich verurteile Sie keineswegs«, fügt er hinzu, als er bemerkt, wie meine Gesichtszüge entgleisen. »Ich versichere Ihnen, ich verstehe Ihre Beweggründe, aber unsere Marke kann sich eine solche Werbung nicht leisten. Selbst bei einer einfachen Praktikantin.«

Ich habe keine Ahnung, wie ich reagieren soll. Im ersten Augenblick lache ich beinahe laut auf, weil es so absurd ist. Sexfilm? Ich? Wie kommen die auf so was? Als ich mir genau diese Frage stelle, vergeht mir das Lachen sofort.

Clément.

Wie konnte ich nur davon ausgehen, dass er mich in Ruhe lassen würde, nachdem ich ihn so behandelt habe? Er fühlte sich gedemütigt und wollte es mir heimzahlen. Und was das angeht, hat er wirklich ins Schwarze getroffen: Noch nie im Leben habe ich mich so geschämt.

»A-aber das stimmt doch gar nicht«, stottere ich, nachdem ich mich geräuspert habe. »Die Person, die Ihnen das weisgemacht hat, hat gelogen.«

Ich erkenne sofort, dass es nichts bringt. Meine Chance ist dahin, auf und davon. Selbst wenn sie mir glauben würden, wäre es alles andere als professionell, während eines Vorstellungsgesprächs schmutzige Wäsche zu waschen. Monsieur Freundlich ist der gleichen Meinung, denn er verzieht das Gesicht und breitet in einer ohnmächtigen Geste die Hände aus.

»Es tut mir wirklich leid, glauben Sie mir.«

Sprachlos stehe ich vor ihnen und weigere mich, es zu glauben. So endet es also. Clément hat entschieden, dass ich diese Chance nicht verdiene, und niemand widerspricht ihm. Das Studienjahr endet, und ich habe kein Praktikum ... Es ist eine Katastrophe.

Wie in Trance nicke ich, nehme meinen Rollständer und mein Skizzenbuch und wende mich zum Gehen. Tschüs, Violette-Veilchenduft. Ob ich nun wirklich die Beste bin oder nicht – es ist vorbei. Das Schicksal ist unerbittlich. Du hättest dich eben nicht verhalten sollen wie deine Mutter. Das Karma, Mädchen, das Karma!

Ich weiß, ich sollte schreien, empört sein oder vielleicht sogar weinen. Aber ich tue gar nichts. Vor dem Gebäude rufe ich mir ein Taxi. Ich bin völlig verwirrt und glaube nicht, dass ich wirklich begreife, was da gerade passiert ist. Im Auto, das mich nach Hause bringt, muss ich plötzlich laut lachen. Der Fahrer wirft mir im Rückspiegel einen fragenden Blick zu, aber ich achte nicht auf ihn.

Pornofilme? Und was sonst noch? Plötzlich finde ich es so lustig, dass ich mehrere Minuten lache. Ich versuche, Loan anzurufen und ihm alles zu erzählen. Trotz meines Lachkrampfes ist mir schwer ums Herz, aber nach zwei Rufzeichen werde ich auf seine Mailbox umgeleitet – als hätte er aufgelegt.

»Alles in Ordnung?«, fragt der Fahrer, als er vor dem Haus parkt.

»Völlig in Ordnung.«

Natürlich ist das eine Lüge. Alles läuft furchtbar schief. Aber das ist noch nichts im Vergleich zu dem, was ich durchs Fenster beobachte.

Mit der Hand am Türgriff erstarre ich. Da vorn steht Loan mit seinem Handy in der Hand ... und unterhält sich mit

Lucie. Ich starre die beiden an und kann es nicht glauben. Ich bete, dass er jetzt keine Dummheit macht, aber es passiert.

Lucie schweigt einige Sekunden, beugt sich zu ihm und küsst ihn. Loan wehrt sie nicht ab. Er weist sie auch nicht zurück. Er begnügt sich damit, ihr die Hand an die Taille zu legen und die Augen zu schließen.

Mir bleibt das Herz stehen. Meine Beine sind wie aus Gummi. Ich fühle nichts mehr. Jetzt verstehe ich natürlich, warum er nicht ans Telefon gegangen ist und warum er gestern Abend so schuldbewusst ausgesehen hat, als ich ihm gestanden habe, dass ich ihn liebe …

Er ist wieder mit Lucie zusammen. Nach allem, was wir durchgemacht haben, nachdem ich meinen Freund betrogen habe – der sich als Riesenarschloch herausgestellt hat, aber das wusste ich damals noch nicht –, nachdem ich ihm meine dunkelsten Geheimnisse enthüllt habe, nachdem er gerade so dem Tod entronnen ist und ich beinahe einen Herzinfarkt bekommen hätte, entscheidet er sich trotzdem für Lucie.

Ich liebe ihn, aber er wählt Lucie.

Ich liebe ihn, aber das genügt nicht. Ich bin nicht gut genug. Ich bin nie gut genug. Ich habe meine Mutter geliebt, aber auch ihr war ich nicht gut genug. Deshalb ist sie gegangen. Genau wie Loan.

Ohne weiter nachzudenken krame ich mein Handy wieder hervor und bitte den Fahrer, mich zum Gare de Lyon zu bringen. Ich drücke die Kurzwahl. Es klingelt einige Male, bis er endlich drangeht.

»Violette?«

»Papa?«, schluchze ich.

»Hallo mein Schatz!«, ruft er, ehe er mein erbärmliches Schniefen hört. »Was ist passiert?«

Ach, Papa, wenn du wüsstest …

»Ich möchte nach Hause kommen«, jammere ich und lasse den Kopf auf die Lederpolster sinken. »Ich will nicht mehr in Paris bleiben. Hol mich bitte nach Hause.«

Ich weine weiter. Ganz langsam lässt die Anspannung nach. Mein Vater klingt ein wenig hilflos.

»Beruhige dich, Schätzchen … Tief durchatmen … Was ist denn passiert?«

»Alles ist passiert!«, schreie ich in den Hörer.

»Pass auf, ich buche dir ein Zugticket und rufe dich gleich an, um dir die Abfahrtszeit durchzugeben. Alles wird gut, Liebes. Nicht weinen.«

Ich schließe die Augen und nicke, obwohl ich weiß, dass er mich nicht sehen kann. Ich weiß nicht, ob alles gut wird, aber eins weiß ich genau: Ich möchte nicht mehr hierbleiben.

37

Heute

Loan

Als ich zur Mittagspause ins Restaurant gehe, sitzt Lucie schön wie der Morgen schon an einem Tisch und wartet auf mich. Wir haben uns innerhalb einer Woche öfter gesehen als in sieben Monaten!

»Hi.«

Ich lächle sie unbeholfen an und bin froh, dass sie zugestimmt hat, mich zu sehen. Das letzte Mal war bei Ethans Beerdigung.

Wir unterhielten uns kurz. Sie sprach mir ihr Beileid aus, um mich anschließend zu bitten, zu ihr zurückzukommen. Weil sie mich immer noch lieben würde, weil sie mich nie vergessen hätte und weil wir »wie füreinander gemacht« wären.

Es war kein guter Tag, also sagte ich, ich müsse darüber nachdenken.

Bis gestern im Aufzug. Als ich Violette sagen hörte »Ich liebe dich, Loan«, wurde mein Herz von einer gewaltigen Flutwelle davongespült. Ich glaube, es ist sogar irgendwo unterwegs ertrunken oder Violette hat es mitgenommen, denn ich spüre es nicht mehr in meiner Brust. In der Hoffnung, diese Worte, nach denen ich mich so lang gesehnt habe, für immer zu behalten, musste ich sogar die Augen schließen.

Trotzdem konnte ich nichts dazu sagen. Ich musste Lucie vorher noch einmal sehen. Und zwar, um die Sache endgültig zu beenden.

»Hallo«, antwortet sie fröhlich. Ihr braunes Haar ist zu einem Pferdeschwanz gebunden.

Ich setze mich ihr gegenüber und seufze. Hoffentlich verläuft Violettes Vorstellungsgespräch wie geplant.

»Ich freue mich, dass du mich angerufen hast«, beginnt sie. »Das heißt wohl, dass du über uns nachgedacht hast.«

Ich sage nichts, sondern begnüge mich damit, zu nicken. Tatsächlich habe ich in den letzten Wochen viel nachgedacht. Die Entdeckung, dass Violette mich angelogen hatte, traf mich wie ein Schlag. Ich fühlte mich betrogen, aber vor allem verletzt. Weil es nämlich bedeutete, dass meine Geschichte mit Lucie noch nicht wirklich vorbei war. Ein tief in meinem Innern verschütteter Teil von mir hielt den Vorfall für eine Gelegenheit, herauszufinden, ob Lucie und ich noch eine Chance hatten.

Mein Herz jedoch bestand auf dem Gegenteil. »Welche ist diejenige, ohne die du nicht leben kannst?«, hatte Ethan mich gefragt. Die Antwort war nicht schwer. Ich konnte viele Monate ohne Lucie auskommen. Aber ohne Violette zu leben, und wäre es auch nur eine Woche, würde mir die Luft zum Atmen rauben. Sie gehört dazu wie die Strahlen zur Sonne, die Blütenblätter zur Blume und Nutella zu einer Brioche; sie ist unersetzlich.

Ja, ich mag Lucie. Ich mag sie wirklich. Sie war wichtig in meinem Leben. Sie gehörte auch einmal dazu … aber nur zu meinem alten Leben. Mein heutiges Leben habe ich mit Violette erschaffen.

Sie ist es.

»Hat es seit mir jemanden für dich gegeben?«, frage ich Lucie ohne Umschweife.

Lucie hebt sofort den Blick zu mir und erstarrt. Ich blicke sie weiter gelassen an. Sie kann mir nichts vormachen, ich bin felsenfest davon überzeugt, dass sie nach mir andere Männer hatte. So ist das Leben nun mal. Und nach so viel Zeit ist es auch durchaus verständlich. Ich will es nur hören, mehr nicht. Vielleicht, um mich weniger schuldig zu fühlen, vielleicht auch, um zu sehen, welche Wirkung ihre Antwort auf mich hat. Ich will ganz sicher sein.

»Nicht wirklich«, erwidert sie zögernd.

»Du hast seit unserer Trennung mit niemand anderem geschlafen?«, hake ich nach, ohne auch nur eine Sekunde daran zu glauben.

Sie seufzt, ihre Wangen werden rosig und sie senkt den Blick. Dachte ich es mir doch.

»Doch.«

In diesem Moment kommt ein Kellner, um unsere Bestellungen aufzunehmen, und gewährt ihr so ein paar Sekunden Atempause. Ich will nicht lügen, sie mir mit anderen Männern vorzustellen ist irgendwie komisch. Sie war keine Jungfrau mehr, als wir uns kennenlernten, aber ich war ihre erste große Liebe. Früher konnte ich sie mir nur mit mir vorstellen. Heute ... bin ich nicht einmal eifersüchtig.

»Okay«, sage ich, als der Kellner wieder weg ist. »Danke für deine Ehrlichkeit.«

Ich lehne mich auf meinem Stuhl zurück, während sie mich mit offenem Mund anschaut. Sie hat offenbar eine andere Reaktion erwartet.

»Bist du nicht sauer? Oder enttäuscht?«

Überrascht, dass sie das Thema nicht fallen lässt, zucke ich die Schultern.

»Wir waren schließlich nicht mehr zusammen.«

»Aber du hast mit niemandem geschlafen!«, gibt sie zurück. »Du hast auf meine Rückkehr gewartet und uns eine Chance gegeben. Ich leider nicht.«

Jetzt ist es so weit. Der entscheidende Moment ist da. Ich weiß nicht wirklich, wie ich mich dem Thema annähern soll ... Also wähle ich den ehrlichsten Weg.

»Ich habe lange mit niemandem geschlafen. Bis vor zwei Monaten.«

Ich beobachte ihre Reaktion sehr genau. Sie verharrt unbewegt in der lastenden Stille, verdaut meine Worte und nickt dann ein wenig mühsam. Ich kenne sie gut genug, um zu sehen, dass es sie stört; ich merke es an der Art, wie sich ihr Kinn strafft. Trotzdem weiß ich, dass sie nicht aus Liebe zu mir eifersüchtig ist ... es ist nur ihr Ego. Lucie ist auch nicht mehr in mich verliebt. Es ist klar erkennbar.

»Okay. Ich kann dir keine Vorwürfe machen«, sagt sie mit gemessener Stimme.

»Mit Violette.«

Die nun folgende Stille ist die dumpfste, die ich je erlebt habe. Die Wahrheit ist so eifrig aus mir herausgesprudelt, dass man glauben könnte, ich hätte sie seit ewigen Zeiten dort zurückgehalten.

Lucie und ich fordern einander mit Blicken heraus, ohne etwas zu sagen. Sie presst die Lippen zusammen und schluckt; ich weiß genau, dass sie gleich explodiert. Noch aber hält sie sich zurück. Seltsamerweise fühle ich mich befreit. Ich habe nichts mehr zu verbergen, zumindest fast nichts.

»Einmal?«, fragt sie mich mit kühler Stimme.

Ich schweige. Lucie atmet tief ein. Eine Ader pulsiert an ihrer Schläfe.

»Zweimal?«

Ich sage immer noch nichts. Sie schließt die Augen, seufzt und gibt sich geschlagen.

»Wie oft?«

»Oft genug.«

Endlose Sekunden verstreichen. Keiner von uns sagt etwas. In diesem Moment könnte ich mich elend und schuldig fühlen. Doch das Gegenteil ist der Fall. Ich habe nichts Falsches getan. Sie und ich, wir waren nicht mehr zusammen. Das Einzige, was meinem Herzen zu schaffen macht, ist, dass sie von Anfang an recht hatte, was Violette anging, und dass ich es trotz allem bis zum Schluss abgestritten habe.

Lucie öffnet die Augen, weicht meinem Blick aus, lacht freudlos und schiebt ihr Weinglas weg. Die Vorboten ihrer Wut.

»Ich kann es nicht glauben.«

Obwohl ihre Ungerechtigkeit mich stört, bleibe ich ruhig.

»Was glauben?«

»Dass du mit ihr geschlafen hast!«, faucht sie und schaut mich endlich an.

Ich runzle die Stirn, zucke aber nicht mit der Wimper. Ich beobachte sie, und alles, was ich sehe, ist eine Frau, die mich vor sieben Monaten verlassen hat, weil in unserem Schrank ein paar Mehlpäckchen fehlten.

»Ich schließe daraus, dass du wütend bist.«

»Nein, nicht wütend. Enttäuscht. Traurig.«

Enttäuscht.

Mit finsterer Miene beuge ich mich über den Tisch. Ich muss zugeben, dass ich Mühe habe, den Schlag mit der Enttäuschung zu verdauen. Was ich jedoch wirklich nicht fassen kann, ist, dass ausgerechnet sie mich kritisiert.

»Enttäuscht?«, wiederhole ich. »Darf ich dich daran erinnern, dass du ebenfalls mit anderen Männern geschlafen hast? Und zwar deutlich früher als ich. Wieso schiebst du also mir die Schuld in die Schuhe?«

Ich mache ihr keine Vorwürfe wegen ihrer Bettgeschichten. Wie schon gesagt, wir waren nicht mehr zusammen. Aber die

Tatsache, dass sie mir meine zum Vorwurf macht, ist wirklich die Höhe.

»Das ist nicht dasselbe«, sagt sie und überschlägt die Beine.

»Stimmt. Ich habe nicht einfach nur so mit einer Frau geschlafen. Violette und ich, wir…«

Ich halte plötzlich inne und lasse meinen Satz unvollendet. Oh. Wow. Ich hätte es fast gesagt. Ich hätte es tatsächlich fast gesagt.

Dass Violette und ich uns ineinander verliebt haben.

Ich seufze und schließe die Augen, was Lucie keineswegs entgeht. Sie starrt mich an und ein säuerliches Lächeln huscht über ihr engelsgleiches Gesicht. Sie sieht nicht überrascht aus, im Gegenteil. Gleich geht sie in die Luft.

»Genau das habe ich erwartet. Nur zu, rede weiter!«, fordert sie mich auf. »Du und Violette, ihr habt also was? Gefühle füreinander?«

Ich beiße mir auf die Zunge, um nicht zu antworten. Das alles habe ich nie gewollt. Die Wahrheit ist, dass es richtig war, dass wir uns vor sieben Monaten getrennt haben. Uns als Paar eine zweite Chance zu geben wäre keine gute Idee gewesen. Manchmal gehen Dinge einfach zu Ende. In solchen Fällen muss man es akzeptieren und weitermachen.

»Lucie…«

»Ich weiß«, murmelt sie.

Natürlich weiß sie es. Ich bemerke eine Träne in ihren Augen, als sie zu mir sagt:

»Tatsächlich hast du mich schon lange nicht mehr geliebt. Du bist aus reiner Gewohnheit bei mir geblieben. Deshalb hast du mich auch heute angerufen, richtig? Um die Sache ein für allemal zu beenden.«

Sie tut mir wirklich leid. Beruhigend lege ich meine Hand auf ihre.

»Entschuldige.«

»Entschuldige dich nicht. Ich glaube ... Ich glaube, bei mir ist es das Gleiche.«

Mit zugeschnürter Kehle lächle ich sie an. Ich mag sie wirklich sehr. Sie erwidert mein Lächeln, und während dieses Austauschs gehen uns tausend Erinnerungen durch den Kopf. Umarmungen, Streite, Vertrautheit, Blicke wie dieser ...

Und zum ersten Mal seit langer Zeit ist mir wirklich leicht ums Herz.

Lucie und ich gehen zu Fuß zu meinem Auto, das ich in der Nähe der Wohnung geparkt habe. Es ist Zeit, zur Arbeit zurückzukehren. Ich stelle fest, dass Violette mich anruft und bin überrascht, dass ihr Termin bereits beendet ist, aber ich lege auf und nehme mir vor, sie anzurufen, sobald ich wieder allein bin.

Vor dem Haus lächeln Lucie und ich uns traurig an.

»Nun ... tja, ich denke, es ist Zeit, dass wir uns verabschieden«, sagt sie verlegen.

»Du bist hier jederzeit willkommen. Ich möchte, dass wir Freunde bleiben, okay?«

»Aber sicher.«

Ich lächle ihr ein letztes Mal zu. Als ich mich gerade umdrehen will, beugt sie sich zu mir und küsst mich keusch auf die Lippen. Ich erstarre überrascht, lege dann aber eine Hand auf ihre Taille. Ich weiß, es ist kein letzter Rettungsversuch, sondern nur ein Abschiedsgeschenk, und deshalb akzeptiere ich es.

Es dauert nur drei Sekunden, dann ziehe ich mich zurück.

»Danke für das Mittagessen, Loan.«

Ich nicke und schaue ihr nach, wie befreit von einer Last, von der ich nicht einmal wusste, dass ich sie mit mir herumschleppte. Eine Sorge weniger.

Plötzlich vibriert mein Handy in meiner Tasche. Ich erinnere mich daran, dass Violette versucht hat, mich anzurufen und gehe eilig dran.

»Hallo?«

»Hallo.«

Ich bin etwas enttäuscht, Jason am anderen Ende der Leitung zu hören. Sein Ton ist sehr kühl, was mich überrascht.

»Wie geht's?«, frage ich ihn.

»Könnte besser sein, stell dir vor.«

Ich weiß nicht, ob ich es mir nur einbilde, aber ich habe das Gefühl, dass er sauer ist. Mit gerunzelter Stirn steuere ich auf mein Auto zu. Ich bin schon spät dran.

»Okay ... Kann ich dir irgendwie helfen?«

»Violette ist weg.«

Ein Herzschlag.

Zwei Schläge.

Als mein Gehirn die Information endlich verarbeitet hat, beginnt mein Herz wie verrückt zu rasen. *Weg.*

»Was soll das heißen: weg?«

Jason seufzt erneut und ich stelle mir vor, wie er mit den Schultern zuckt und Zoés an mich gerichtete Beleidigungen ignoriert. Ich bekomme ein paar Fetzen mit, einschließlich der Worte »deine Schuld«, »Vollidiot« und »Arschloch«. Nicht unbedingt in dieser Reihenfolge.

»Jason!« Meine Stimme wird panisch.

Hat sie mich deshalb angerufen? Und ich habe nicht geantwortet, weil ich mit Lucie zusammen war!

»Sie hat Zoé geschrieben«, antwortet er. »Dass sie im Zug sitzt und nach Hause fährt. Wir haben versucht, mehr herauszubekommen, aber sie hat ihr Telefon ausgemacht.«

Scheiße. Wenn sie nach Hause gefahren ist, bedeutet das, dass ihr Vorstellungsgespräch sehr, sehr schlecht gelaufen sein muss. Sie wollte mir davon erzählen, aber ich war nicht für sie da, sondern damit beschäftigt, mit Lucie zu essen. Ich schließe die Augen und versuche schnell nachzudenken. Mein erster Einfall ist, den nächsten Zug zu nehmen und sie zurückzuholen. Eine einzige Frage brennt mir noch auf der Zunge.

»Was genau ist passiert?«

Tief im Innern kenne ich die Antwort. Und es brodelt, es fließt in mir über. Obwohl ich es erwartet habe, versetze ich der Wand einen heftigen Faustschlag, als ich höre:

»Äh, ich weiß nicht, wo soll ich anfangen? Bei Clément, der ihr das Vorstellungsgespräch versaut hat, oder bei dir, der seine Ex abknutscht?«

38

Heute

Violette

Ah, die saubere Luft des Jura!

Die Sonne, der klare Himmel, die herrliche Ruhe, die endlosen Weideflächen, die Berge und die Spaziergänge auf schmalen Feldwegen ... All das hat mir gefehlt.

In Paris vergesse ich oft, dass ich vom Land komme. Ich liebe die Stadt, aber zu Hause ist nun mal zu Hause. Es gibt nichts Vergleichbares. Seit ich zum Studium nach Paris gegangen bin, habe ich es vermieden, herzukommen. Es ist immer mein Vater, der die Reise macht.

Seit ich aber wieder zurück bin, frage ich mich, wie ich es fertiggebracht habe, mich dieses Glücks so lange zu berauben. Und unter den jetzigen Umständen brauche ich es mehr denn je. Das wurde mir klar, als ich mich nach mehreren Stunden Zugfahrt meinem Vater in die Arme warf.

Mit geschlossenen Augen atme ich die Luft tief ein, die durch das geöffnete Fenster in mein Zimmer strömt.

Ich bin jetzt seit zwei Tagen hier. In diesen zwei Tagen hatte ich für vieles Zeit.

Erstens: aufhören zu weinen. Gut, ab und zu passiert es mir immer noch. Aber nur ein bisschen. Abends. Wenn niemand guckt.

Zweitens: nichts tun. Gestern habe ich den ganzen Tag in meinem alten Zimmer geschlafen – ich glaube, ich habe nicht mal geduscht. Ja, ich weiß; ekelhaft.

Mein Vater hat mein Zimmer genau so gelassen wie es war, bis auf ein paar Möbel weniger. Aber mein Himmelbett ist immer noch da und steht groß und majestätisch mit seinen elfenbeinfarbenen Schleiern mitten im Zimmer, genau wie mein Schreibtisch und meine Schatztruhe, in der ich früher alle möglichen Erinnerungen versteckt habe.

Ich entferne mich vom Fenster und strecke mich seufzend auf meinem Bett aus. Ich starre die Decke an, breite die Arme aus wie ein Seestern und genieße die Stille.

Ich fühle mich völlig verloren. Ich weiß nicht, was ich diesen Sommer machen soll, geschweige denn nächstes Jahr. Soll ich nach Paris zurückkehren? Meine beiden Studienjahre sind vorbei. Millesia sollte mein Einstieg in die Arbeitswelt werden. Ich versuche mich jedoch zu überzeugen, dass das nur eine verpasste Gelegenheit unter vielen war und dass es noch genügend andere gibt. Ich liebe einen Mann, der mich nicht will. Okay, na und? Solche Dinge passieren! Ständig und immer wieder.

Bei Licht betrachtet ist es eigentlich gut, dass er sich nicht für mich entschieden hat, wenn er zwischen Lucie und mir schwankte. Ich möchte keine Möglichkeit unter mehreren sein. Mit etwas Glück werde ich eines Tages für jemanden eine Gewissheit sein. Eine Selbstverständlichkeit, wie Loan es seit unserer ersten gemeinsamen Nacht für mich war.

Plötzlich werde ich sehr wütend. Ich hätte aus diesem Auto steigen und ihm entgegentreten sollen, anstatt so dämlich zu flüchten.

»Dumme Nuss!«, schimpfe ich und richte mich auf meinem Bett auf.

Mit einem erschrockenen Ausruf zucke ich zusammen. Loan steht an der Tür, eine Hand auf der Klinke und sichtlich zögernd. Was zum Teufel …

»Hallo.«

… soll das! Ich bin sprachlos und traue meinen Augen nicht. Spielt mein Unterbewusstsein mir etwa einen Streich? Ich sitze auf der Bettkante, Loan steht ein paar Meter von mir entfernt und sieht besser aus als je zuvor. Er trägt Jeans, die sich attraktiv an seine Hüften schmiegen, und ein nachtblaues T-Shirt, das eng genug sitzt, um seine kraftvolle Brust zu betonen.

»Dein Vater hat mir erlaubt raufzugehen«, bricht er immer noch etwas misstrauisch das Schweigen. »Die Tür muss natürlich offen bleiben.«

Heilige Scheiße! LOAN IST HIER!

»Was hast du hier zu suchen?«, schreie ich ihn an, ohne nachzudenken.

Er sollte in Paris sein. In Paris mit Lucie.

Loan, der erraten hat, wie mir zumute ist, seufzt beschämt, ehe er einen Schritt vortritt und leise die Tür hinter sich schließt. Entgegen den Anweisungen meines Vaters.

»Du gehst nicht an dein Handy …«

»Kannst du dir nicht vorstellen, dass es einen Grund dafür gibt?«

»Du musst mir zuhören«, sagt er ernst und blickt mir direkt in die Augen.

»Ich habe keine Lust dazu. Du hättest nicht kommen sollen, Loan.«

Wir fordern uns noch einige Sekunden mit Blicken heraus. Dabei stelle ich fest, dass er keine Tasche bei sich hat. Was wohl bedeutet, dass er in den erstbesten Zug gestiegen ist. Himmel, mein Herz pocht wie wild.

»Gib mir drei Minuten, dann erkläre ich dir alles«, bittet er und tritt einen weiteren Schritt näher.

Ich stehe auf und presse defensiv die Lippen zusammen. Selbstverständlich schuldet er mir eine Erklärung.

»Eine Minute.«

In seinem Mundwinkel zeigt sich ein Lächeln. Ich hasse ihn wegen der Wirkung, die das auf mich hat.

»Herausforderung angenommen.«

»Noch vierundfünfzig Sekunden.«

Er verschwendet keine zusätzliche Zeit und kommt nahe genug heran, um mich zu berühren, falls ihm danach wäre.

»Ich bin nicht mit Lucie zusammen«, beginnt er ohne weiteres Vorgeplänkel. »Seit sieben Monaten nicht mehr. Was du vor der Wohnung gesehen hast, war ein Abschiedskuss. An diesem Tag habe ich sie zum Essen eingeladen, um ihr zu sagen, dass es zwischen uns aus ist. Endgültig.«

Ich starre ihn an. Mein Herz schlägt so heftig, dass es mir aus der Brust zu springen droht. Er ist nicht mit Lucie zusammen. Er liebt Lucie nicht mehr. Es war nur ein Abschiedskuss. Und obwohl es eine Lüge sein könnte, glaube ich ihm. Ich spüre es tief in mir. Habe ich mich ganz umsonst aufgeregt?

Er kommt noch einen Schritt näher und seine vertrauten Finger streicheln meine. Mein ganzer Körper bebt. Ich nehme mich zusammen und sage mit heiserer Stimme:

»Noch dreißig Sekunden.«

»Vor drei Tagen hast du mir gesagt, dass ich dir nicht gleich antworten müsste. Und obwohl ich es auch da schon gewusst haben, sage ich es dir jetzt: Ich liebe dich, Violette.«

Meine Finger umschlingen seine. Tränen stehen in meinen Augen. Loan lächelt leicht, ehe er fortfährt:

»Du hattest neulich wirklich recht. Du und ich, das war nie platonisch. Und die letzten Monate an deiner Seite … sie haben mir die Augen geöffnet. Die Wahrheit ist, ich kann nicht mehr ohne dich leben. Lucie war meine erste Liebe und sie wird immer einen Platz in meinem Herzen haben, aber deines ist das erste Gesicht, an das ich morgens beim Aufwachen denke. Abends nach der Arbeit bist du diejenige, die ich fragen möchte, wie ihr Tag war. Du bist die einzige Frau, die ich zum Lachen bringen möchte, die einzige, der ich sagen will: ›Ich liebe dich‹. Denn nur das ist aufrichtig.«

Ich merke erst, dass ich weine, als seine Lippen eine Träne auffangen. Ich fühle mich einer Ohnmacht nahe bei diesen Worten, die zu hören ich mir tagelang – ach, was sage ich? – monatelang erträumt habe.

Auch seine Hände zögern. Ich versuche, meine Atmung zu kontrollieren, während sie langsam an meinem Körper entlang nach unten wandern. Ich erinnere mich, wie weich und besitzergreifend sie sind … wie genau sie wissen, wo und wie sie mich berühren können … und es ist so schwer, still zu bleiben! Ich halte meine Augen auf sein T-Shirt gerichtet, während ich mir seines durchdringenden Blickes bewusst bin. Meine Brust hebt sich im hektischen Tempo meines Herzens, das nicht mehr lang durchhalten wird, und streift seine Brust. Die Spannung ist auf ihrem Höhepunkt. Ich habe ihn vermisst, und das wird mir jetzt quälend klar.

Verdammt, es ist Loan.

Seine Hände setzen ihren Weg fort und halten an der Naht meines Tanktops, während seine Lippen mein Kinn liebkosen.

»Ich will nicht mehr dein bester Freund sein. Auch ich will mehr. Auch ich will alles.«

Die Schmetterlinge in meinem Bauch kommen wieder zum Vorschein, aber ich verjage sie sofort. Ich höre, was er zu mir sagt; er ist nicht mehr in Lucie verliebt und ich bin nicht mehr bei Clément. Nichts hält uns mehr davon ab, zusammen zu sein. Das war es, was ich vor drei Tagen wollte und auch immer noch will. Aber …

»Also, Violette-Veilchenduft«, flüstert er an meinen halb

geöffneten Lippen. »Was sagst du dazu? Du, ich und Mistinguette ... nur wir drei.«

Ich schlucke, mein Körper brennt. Ich spüre buchstäblich, wie mein Herz unter meiner Haut brutzelt, an all den sensiblen Stellen meines Körpers und ganz besonders *dort*. Ich möchte ihm sagen, dass ich bereit bin, nach Paris zurückzukehren, dass ich bereit bin, alles zu tun, was er will, aber ich habe Angst, dass er sich zurückzieht, wenn ich zu schnell nachgebe. Ich will ihn dort, lange, immer, und nirgendwo sonst.

Es ist meine verräterische Zunge, die sich spaltet und an meiner Stelle reagiert:

»Es wäre ein Traum. Aber ... nach allem, was wir gerade durchgemacht haben, fühle ich mich wie abgehetzt. Ich weiß nicht, ob ich mich sofort darauf einlassen möchte. Zwischen Ethan, der nicht mehr da ist, und meinem ins Schwanken geratenen Traum glaube ich, dass ich mich erst wieder selbst finden muss.«

Ein langes Schweigen antwortet mir. Ich höre nur den Rhythmus seines Atems.

»Ich verstehe«, seufzt er endlich und seine Nase streichelt meine Wange. »Ich will dir keinen Druck machen. Ich wollte nur, dass du weißt, dass ich für dich da bin, wie ich es immer war. Und dass ich mich nicht für Lucie entschieden habe. Ich brauchte keine Entscheidung zu treffen.«

Seine Finger verlassen die Wärme meiner Hände. Er zieht sich zurück und gibt mir damit die Fähigkeit zum vernünftigen Nachdenken wieder. Er macht einen Schritt rückwärts und fährt sich mit der Hand durch das Haar. Ich ahne, dass es ihm schwerfällt, sich von mir fernzuhalten, und ich verstehe ihn. Und zwar nur zu gut.

»Wenn du eine Weile allein sein willst, respektiere ich deine Entscheidung.«

Zum ersten Mal, seit er mein Zimmer betreten hat, wendet Loan den Blick ab. Ich erröte. Wenn ich gewusst hätte, dass er kommt, hätte ich nicht in meinem Teenagerzimmer auf ihn gewartet. Ich sehe, wie er leicht lächelt, als er alte Fotos von mir entdeckt.

»Ich habe einen schlimmen Reinfall erlebt, Loan. Ich habe monatelang gearbeitet, aber meine Chance wurde mir absichtlich versaut.«

Sein Gesicht wird weicher, sein Kopf neigt sich zur Seite. Er hat Mitleid. Ich seufze, während ich erneut die Ereignisse Revue passieren lasse. Wieder erlebe ich die tiefe Scham und die Lächerlichkeit, der ich preisgegeben war.

»Es war dein erstes Hindernis«, sagt Loan mit warmer Stimme. »Du wirst noch andere überwinden müssen. Das Wichtigste ist nicht der Sturz, sondern dass du wieder aufstehst. Millesia hat dich nicht genommen, na und? Du wirst etwas anderes finden. Ein Arschloch wie Clément wird dich doch nicht etwa davon abhalten, Designerin zu werden, oder?«

Ich blinzle, überrascht, mit wie viel Abscheu er den Namen meines Exfreundes ausspuckt. Mit Sicherheit kennt er die Geschichte. Und ich muss zugeben, dass er sehr sexy wirkt, wenn er wütend ist. Natürlich hatte ich bereits Gelegenheit, das zu bemerken – an dem Tag, an dem er mir vorwarf, mich in seine Angelegenheiten einzumischen. Vielleicht sollte ich es anders ausdrücken: Er ist ganz besonders sexy, wenn sich sein Ärger nicht gegen mich richtet.

»Komm zurück nach Paris«, fleht er mich an. »Das ist alles, worum ich dich bitte.«

Ich nicke schweigend. Er lächelt mich ein letztes Mal an. Als er aber hinausgehen will, kann ich nicht anders, als ihn zu fragen:

»Bist du dir ganz sicher, Loan? Was uns betrifft, meine ich.«

Er betrachtet mich ein paar endlose Sekunden und scheint überrascht, dass ich immer noch Zweifel habe. Aber ich will bloß ganz sicher sein. Nicht, dass er mich irgendwann völlig vernichtet, weil er sich vielleicht zufällig über die Art seiner Gefühle irrt.

»Ich war mir in meinem ganzen Leben noch nie so sicher.«

Damit schließt er die Tür hinter sich und lässt mich allein. Ziemlich aus der Fassung gebracht bleibe ich noch einige Sekunden vor meinem Bett stehen. Was ist da gerade passiert? Mit zitternden Knien gehe ich zur Tür und öffne sie einen Spalt. Immer noch schlägt mein Herz wie eine wilde Jagd, aber ich lege mir eine Hand auf die Brust, um es zu beruhigen. Unten an der Treppe höre ich, wie mein Vater sich bei Loan erkundigt, ob es mir gut geht. Noch ziemlich durcheinander spitze ich die Ohren.

Leider pocht mein Herz so laut, dass ich die Antwort meines besten Freundes nicht hören kann. Den Rest des Gesprächs bekomme ich aber mit:

»Mir ist klar, dass ich nicht unbedingt erfahren muss, was genau passiert ist«, höre ich meinen Vater leise. »Aber ich muss wissen, ob es richtig war, dir die Tür meines Hauses zu öffnen, Loan.«

Ich nehme an, dass Loan nickt, ich kann es mir zumindest gut vorstellen.

»Da bin ich mir ganz sicher. Die Wahrheit ist, dass ich mich in Ihre Tochter verliebt habe«, gesteht Loan und raubt mir damit fast den Atem. »Leider habe ich mich ziemlich dumm verhalten. Deshalb lasse ich ihr die Zeit, die sie braucht, um erst einmal richtig durchzuatmen. Und danach ... liegt es an ihr, eine Entscheidung zu treffen. Ich werde sie nicht unter Druck setzen.«

Unten wird es still. Ich stehe wie betäubt hinter meiner Tür und warte auf die Antwort meines Vaters. *Du liebe Zeit. Es ist das erste Mal, dass ein Mann ihm mitteilt, dass er in mich verliebt ist.*

»Gut. Freut mich, das zu hören.«

»Auf Wiedersehen, Monsieur. Und entschuldigen Sie die Unannehmlichkeiten.«

Leise schließe ich die Tür und lehne mich dagegen. *Scheiße noch mal…* Mir entfährt ein lauter Seufzer, wahrscheinlich der, den ich zurückgehalten habe, seit ich Loan auf der Schwelle meines Zimmers entdeckt habe. Er ist extra meinetwegen hergekommen, um mir zu sagen, dass er mich liebt und dass ich stark sein soll.

Ja, ich hatte Schwierigkeiten, wie alle anderen auch. Und es wird sicher noch öfter passieren. Ich muss einfach nur darüber hinwegkommen.

Ich muss einfach nur nach Hause gehen. Und mich wieder aufrappeln.

39

Heute

Loan

Es ist verrückt, wie langsam die Tage vergehen. Man könnte fast glauben, dass wir dem Universum völlig egal sind. Wenn man glücklich ist, rennt einem die Zeit viel zu schnell davon. Ist man deprimiert, erscheint einem jede Sekunde wie eine Ewigkeit. Ich bin zwar nicht deprimiert, aber ich würde nicht so weit gehen zu behaupten, dass mein Leben derzeit einfach ist.

Nach dem Besuch bei Violette fuhr ich wieder nach Hause, um mein eigenes Leben auf die Reihe zu bringen, und betete, dass ich überzeugend genug gewesen war. Ich sehe immer noch ihre aufgerissenen Augen vor mir, als sie mich auf ihrer Türschwelle entdeckte, und es bringt mich jedes Mal wieder zum Lächeln. *Mein kleines Mädchen vom Land.*

Zunächst einmal zog ich vorübergehend zu Jason. Wir vermeiden es, über Violette oder Lucie zu sprechen, was mir eigentlich ganz recht ist. Zumindest wenn ich nicht gerade versuche, Informationen aus ihm herauszubekommen. Einmal musste ich ihm sogar das Klopapier vorenthalten, um ihn zum Reden zu bringen; so erfuhr ich, dass Violette tatsächlich nach Paris zurückgekehrt war.

Mehr wollte ich gar nicht wissen. Also ja, es ist schon schwierig. Aber ich habe ihr versprochen, ihr Zeit zu lassen, und das werde ich auch durchhalten. Die letzten beiden Monate waren ein intensives Gefühlschaos und außerdem macht sie sich Sorgen um ihre Zukunft. Es ist nur legitim.

Deshalb lasse ich ihr schon seit einer Woche die versprochene Luft zum Atmen. Es kommt mir vor wie ein ganzes Leben.

Ich würde sie so gern sehen, einfach nur sehen und den süßen Apfelduft ihrer Haare riechen. Ich vermisse sie. Nicht nur körperlich – sondern in allen Lebenslagen. Ich will nicht lügen: Unter der Dusche an sie zu denken ist nicht übel, aber natürlich nichts im Vergleich dazu, sich ganz real an sie zu schmiegen. Ich vermisse sie und ihre endlosen Monologe, ihre auf dem Boden herumliegenden Kleider, ihre doofen Witze und ihre leeren Nutella-Gläser.

Um zu vergessen, wie sehr sie mir fehlt, schiebe ich Überstunden auf der Feuerwache. Wenn mein Chef mich schließlich rauskickt, gehe ich joggen. Violettes Playlist fordert mich jedes Mal heraus, aber ich kann damit umgehen. Aber auch wenn ich bereit bin, ihr Zeit zu lassen, versuche ich natürlich, nicht in Vergessenheit zu geraten. Zum Beispiel schicke ich ihr jeden, wirklich jeden Abend vor dem Schlafengehen eine Nachricht. Immer die gleiche: »Gute Nacht, Violette-Veilchenduft.«

Und jedes Mal, wenn sie mir mit einem Herzchen antwortet, weiß ich wieder, warum ich das alles mache.

Nach zwei Wochen erfahre ich, dass Violette bei einer völlig unbekannten Wäschemarke zum Vorstellungsgespräch eingeladen wurde. Ich rufe sie an, um ihr zu gratulieren, aber sie scheint so verunsichert zu sein, dass ich mich kurz fasse. Ich verspreche ihr, dass es bestimmt gut gehen wird. Sobald ich aufgelegt habe, versuche ich, mich ganz darauf zu konzentrieren, wie ich sie zurückgewinnen will.

Gestern hat sie mir geschrieben, dass sie mich vermisst. Heute hat sie diesen Termin ergattert. Mit etwas Glück muss ich ihr nur die Aufrichtigkeit meiner Gefühle beweisen, damit sie sich entscheidet, das Wagnis einzugehen.

Klar, ich bin ein Mann und habe deshalb keine Ahnung von solchen Dingen. Daher verbringe ich mehrere Tage damit, mir eine Überraschung zu überlegen. Ich möchte etwas ganz Besonderes für sie tun. Nicht zu sentimental, denn das passt nicht zu mir, aber auch nicht zu durchschnittlich. Ich wünsche mir, dass sie sich sagt: »Gut, er hat sich richtig angestrengt. Der Typ scheint mich tatsächlich zu lieben.«

Nach vier verzweifelten Tagen weiß ich nicht mehr weiter und bitte Jason um Hilfe.

»Ja, was weiß ich … Du kannst ja mal im Internet nachschauen.«

Das war seine Antwort. Und das ist noch nicht das Jämmerlichste. Nein, viel erbärmlicher ist, dass ich am nächsten Tag tatsächlich im Internet nachgeschaut habe, weil mir beim besten Willen nichts einfallen wollte. Kein Kommentar. Ich schaute mir online sämtliche Frauenzeitschriften an und war sogar auf Wie-bekomme-ich-meine-ex-zurück.com, ohne etwas Interessantes zu finden.

Eines Abends, als ich schon längst nicht mehr auf eine Eingebung warte, habe ich plötzlich eine Idee. Voller Hoffnung setze ich mich auf der Couch auf.

»Wann genau ist Violettes Vorstellungsgespräch?«, erkundige ich mich.

Jason, der meinen Stimmungsumschwung nicht bemerkt hat, zuckt die Schultern. Er zieht seine Schuhe aus, ohne dazu seine Hände zu benutzen, und legt die Füße auf den Couchtisch.

»Übermorgen.«

Ich denke einen Moment nach. Es ist machbar. Ich hätte ausreichend Zeit, alles vorzubereiten, bevor sie von ihrem

Gespräch zurückkommt. Ich werde sie überraschen, wenn sie zurückkommt und es am wenigsten erwartet.

Jason starrt mich mit einem spöttischen Lächeln auf den schmalen Lippen an. Verlegen werfe ich ihm einen finsteren Blick zu. Mich ärgert, dass er ganz genau weiß, was in mir vorgeht.

»Liebst du sie?«

»Du kennst die Antwort, Blödmann.«

Jason wirft mit ausgestreckten Armen den Kopf zurück.

»Masel tov!«

Ich schüttle verbittert den Kopf. Trotzdem muss ich ihm recht geben. Es muss nervtötend gewesen sein, uns dabei zuzuschauen, wie wir umeinander herumschlichen, obwohl wir längst wussten, dass wir füreinander geschaffen waren. Jason richtet sich auf und scheint sich an etwas zu erinnern.

»Igitt ... Und demnächst macht ihr lauter Mini-Violans, die durch die ganze Wohnung laufen und nach Veilchen riechen.«

Ich runzle die Stirn. Ehe ich es überhaupt realisiere, grinse ich übers ganze Gesicht. Die Idee gefällt mir. Kleine blonde Köpfchen mit nutellaverschmierten Mündern. Ganz die Mutter.

»Um wieviel Uhr hat sie das Gespräch, Jason?«

Er blickt mich argwöhnisch an. Er scheint zu begreifen, was mein Blick bedeutet, denn er verzieht das Gesicht.

»Oh nein, sag jetzt bloß nicht, dass du diesen Typen spielen willst.«

»Welchen Typen?«

»Den, der zum Flughafen rennt und über die Sicherheitsabsperrungen springt, um dem Mädchen, nach dem er so verrückt ist, zuzurufen, dass er etwas Dummes gemacht hat, aber den Rest seines Lebens mit ihr verbringen will.«

Amüsiert ziehe ich die Stirn kraus.

»Ist Vio denn am Flughafen?«

»Nein …«

»Dann werde ich auch nicht dieser Typ sein.«

Jason seufzt und steht auf, um mir zu entfliehen. Ich weiß, dass er mir keine Auskunft geben will, weil er findet, dass Violette noch Freiraum braucht. Aber sie braucht keinen Freiraum, sie braucht mich. Mich. Ebenso wie ich sie brauche.

»Lass ihr noch ein bisschen Zeit«, meint er und geht sich eine Dose Cola holen. »Du kannst nicht einfach so zurückkommen und eine Schuld einfordern. Warte ab, und wenn sie dir eines Tages so sehr fehlt, dass es dir schon genügen würde, nur die gleiche Luft zu atmen wie sie … Dann helfe ich dir.«

Angesichts seiner kleinen Tirade hebe ich die Augenbrauen. Wo ist der alte Jason geblieben? Der Typ, der verkündet hat, er würde nicht mit einer Feministin schlafen, weil sie sich nicht von hinten nehmen lassen würde?

»Du hast ja eine poetische Ader.«

Er verdreht die Augen. Ich ahne, dass ich mich glücklich schätzen kann, nicht an seiner Stelle zu sein:

»Zoé zwingt mich, solchen Schwachsinn wie ›Wie ein einziger Tag‹ und ›Kein Ort ohne dich‹ anzuschauen.«

»Immerhin scheinst du die Titel behalten zu haben«, ärgere ich ihn.

Ich erwarte, dass er mich in die Schranken weist, aber so überraschend es auch erscheinen mag, er seufzt nur resigniert.

»Soll wohl sein. Sie macht manchmal gleich im Anschluss ein kleines Quiz, um sicherzugehen, dass ich wirklich zugeschaut habe.«

Über dieses Geständnis muss ich sehr lachen. Ein paar Sekunden lang stelle ich mir die Szene vor. Dieser Augenblick genügt mir, um mich glücklich zu schätzen, mich in ein Mädchen wie Violette verliebt zu haben. Ich werde wieder ernst und hake nach:

»Komm schon, sag mir, wann das Gespräch stattfindet.«

Er wirft mir einen undurchdringlichen Blick zu, aber ich gebe nicht klein bei. Ich weiß, dass er gleich schwach wird. Ich kenne ihn. Gleich gibt er nach. So bleiben wir für einige Sekunden, bis ich eine Augenbraue hebe. Jason seufzt und verzieht das Gesicht.

Und schon hat er verloren.

»Scheiße, du nervst!«

40

Heute

Violette

Today is the day.
Der Tag, an dem ich erneut mein Glück versuche. Bei Millesia ließ es mich zwar im Stich, aber niemand kann behaupten, dass damit alles vorbei ist. Ich muss zurück in den Sattel, und zwar schnell! Und nachdem ich alle Dessous-Hersteller in Paris angerufen hatte, erhielt ich eine positive Rückmeldung von Jolies Mômes, einer jungen, zu hundert Prozent französischen Marke. Ich glaubte zu träumen und hüpfte auf sämtlichen Matratzen in der Wohnung herum.

Zudem muss ich mich der Tatsache stellen, dass die zwei Wochen, die Loan und ich nun voneinander getrennt sind, mir unendlich gutgetan haben – auch wenn ich ihn wie verrückt vermisse. Nach Clément habe ich diese Zeit nur mit mir allein gebraucht.

Zoé: Wenn mindestens zwei Kerle dabei sind, hast du alle Chancen. Lass einfach einen Knopf mehr offen.

Bei dieser Nachricht meiner besten Freundin runzle ich die Stirn. Sie scheint ja ziemlich viel Vertrauen in mein Talent zu haben …

Und nun sitze ich in einem Besprechungsraum und warte, ganz allein mit dem wild hämmernden Herzen in meiner Brust. Der Rollständer mit meinen Probearbeiten steht direkt neben mir und mein Skizzenbuch liegt vorbereitet auf dem riesigen Tisch.

Ich räuspere mich und wiederhole im Geiste meine kleine Rede. So seltsam es klingt, ich fühle mich nicht allzu gestresst. Schlimmer als beim letzten Mal kann es nicht werden.

Ich werde es schaffen. Ich habe den richtigen Biss! Zitternde Hände zwar auch, aber egal.

Als ich gerade auf Zoés Nachricht antworten will, geht die Tür auf. Zwei Frauen und ein Mann treten lächelnd ein. Ich richte mich sofort auf und gebe mich professionell.

»Guten Tag. Sie sind also Violette?«

Das wird super laufen!

Ich war fantastisch! Einfach nur großartig. Im Ernst, das Gespräch war ein voller Erfolg. Ich musste nicht mal einen zusätzlichen Knopf öffnen.

Manchmal kommt es mir vor, als wäre es Schicksal gewesen, dass das Vorstellungsgespräch bei Millesia so danebenging. Vielleicht war es vorherbestimmt, dass ich bei Jolies Mômes lande, wer weiß? Eigentlich bin ich Clément schon fast nicht mehr böse, dass er mir damals alles versaut hat.

Aber nur fast. Man soll schließlich nicht übertreiben.

Ich: Ich hab's geschafft.
Zoé: SCHAMPUS!

Lächelnd und wie im siebten Himmel kehre ich in die Wohnung zurück. Mir ist, als wäre wieder alles möglich. Als ob mir alle Türen wieder offen stünden. Zum ersten Mal seit fast einem Monat habe ich das wunderbare Gefühl, dass alles langsam besser wird. Dass von nun an alles wieder in Ordnung kommt. Dass die Dinge einfach wieder an ihren Platz rücken.

Ich tippe den Eingangscode, fahre mit etwas Mühe meinen Rollständer in den Flur, hole die Post aus dem Briefkasten und gehe zum Aufzug.

Als ich davorstehe, runzle ich die Stirn. An der Tür hängt ein Blatt Papier. Sofort befürchte ich, dass der Aufzug wieder einmal kaputt ist – was nicht überraschend wäre –, aber nein. Auf dem Blatt steht:

KOMM, WIR LIEBEN UNS

Was soll das denn nun wieder heißen? Noch ehe ich Zeit habe, die vertraute Schrift zu erkennen, erklingt der Ton und die Türen öffnen sich. Mein Herz hüpft mindestens drei Meter hoch, als ich Loan sehe, der mitten in der Kabine steht. Auch er scheint überrascht zu sein, mich zu sehen, denn er hebt die Augenbrauen und öffnet den Mund.

So ein Mist.

Ich erröte und mir wird heiß. Seit den wenigen Minuten, die er zu Hause im Jura in meinem Zimmer war, ist es das erste Mal, dass ich ihn sehe. Zwei Wochen, zwei lange Wochen, in denen sich die Intensität meiner Gefühle keineswegs vermindert hat.

Sekundenlang sehen wir uns an, ohne etwas zu sagen. Lange genug für mich, um seine ganze Schönheit in mich aufzunehmen. Er trägt eine tief sitzende Jeans und ein schwarzes T-Shirt zu weißen Stan Smiths. Seine Haut ist gebräunt und betont seine Armmuskeln.

Verdammt, er hat mir so gefehlt.

41

Heute

Loan

Verflucht, sie hat mir so gefehlt.

Ich betrachte sie von oben bis unten, mein Herz und mein Schritt pochen. Sie ist so wunderschön. Weiß sie überhaupt, wie schön sie ist? In diesem Moment stelle ich fest, wie sehr sie sich in diesen anderthalb Jahren verändert hat. Sie war immer schön, das brauche ich wohl nicht zu erwähnen. Aber das kindliche Mädchen, das ich kennengelernt habe, strahlt nun die Sinnlichkeit einer Frau aus und ist geradezu atemberaubend. Sie berührt ganz einfach mein Herz.

»Loan? Was machst du denn hier?«

»Du kommst leider ein bisschen zu früh«, sage ich schließlich und verziehe das Gesicht.

Tatsächlich hatte ich nicht erwartet, hier auf sie zu treffen. Ich war nur hinuntergefahren, weil ich mein Handy im Auto vergessen hatte. Ich dachte, sie käme erst später. Jetzt hoffe ich nur, dass ihr Vorstellungsgespräch zufriedenstellend verlaufen ist. Aber das glückliche Lächeln, das auf ihrem Gesicht liegt, als die Aufzugtüren aufgehen, spricht für sich.

Sie blickt mich wortlos an. Und so, meine Damen und Herren, fällt mein mit Rosenwasser und Herzchen konzipierter romantischer Plan leider ins Wasser. War ja klar.

»Du bist wunderschön.«

Das ist immerhin ein guter Anfang. Und es ist die Wahrheit. Sie leuchtet geradezu und das macht mich glücklich.

»Kommst du mit hoch?«, schlage ich leise vor und mache eine einladende Handbewegung.

Plötzlich schüchtern akzeptiert sie und betritt an mir vorbei mit gesenktem Blick die Kabine. Ihr Blumenduft ist zum Niederknien. Beruhige dich, Loan, dafür ist jetzt nicht der richtige Moment. Behalte deine fünf Sinne beisammen bis nach der Erklärung.

Während sich die Türen langsam schließen, beobachte ich ihre Reaktion. Ich drücke keinen Knopf, daher setzt sich der Aufzug nicht in Bewegung. Jetzt ist es so weit.

»Deine Zimmerdecke war nicht groß genug.«

»Wow ...«, murmelt sie, dreht sich und schaut sich in der Kabine um.

Ich muss zugeben, dass ich ziemlich stolz auf meinen Coup bin. Besonders, als ich das Funkeln in ihren Bernsteinaugen sehe.

Überall sind Bilder von uns. Der ganze Aufzug ist damit tapeziert, sowohl an den Wänden als auch an der Decke. Es ist dieser mythische Ort, der im Zentrum unserer Beziehung steht. Genau hier haben wir uns kennengelernt. Diesen Abend werde ich nie vergessen. An jenem 31. Dezember hat mir ein Mädchen mit einem Blumennamen und einem außergewöhnlichen Gesicht das Herz gestohlen.

Eine meiner schönsten Erinnerungen.

»Loan ... Ich weiß, dass du mich liebst. Ich glaube dir. Du musstest das alles nicht machen.«

»Doch, das musste sein«, antworte ich und schaue ihr tief in die Augen. »Du wolltest Freiraum, den habe ich dir gegeben. Du wolltest dir meiner Gefühle sicher sein, also sage ich dir alles.«

Sprachlos erwidert sie meinen Blick. Ich verschwende keine Zeit, stelle mich hinter sie und lege ihr eine Hand auf den

Rücken. Sie erbebt unter meinen Fingern, sagt aber nichts. Sie wieder zu berühren lässt alles in meinem Kopf explodieren.

Hinter ihr stehend, mit meinem Mund ganz in der Nähe ihrer Schläfe, zeige ich auf ein Bild von uns beiden. Wir sind im Supermarkt und Violette sitzt auf meinen Schultern, um ein Päckchen Kekse aus dem obersten Regal zu holen. Ein wunderbares Foto eines wunderbaren Abends.

»Erinnerst du dich an diesen Tag?«

»An dem Tag habe ich Jason und Ethan kennengelernt«, murmelt sie, tief in die Vergangenheit versunken. »Wir wollten noch Knabberzeug kaufen und Jason hat uns fotografiert, um sich über uns lustig zu machen.«

Ich nicke und meine Lippen berühren ihre Haut. Jeder erinnert sich anders an einen gemeinsamen Moment. Möglicherweise war dieser Abend für sie völlig harmlos und dieses Foto ist genauso nett wie irgendein anderes. Aber es steckt mehr dahinter.

»Für mich war es ein sehr wichtiger Tag«, erkläre ich. »Lucie hatte mich gerade verlassen, aber du warst immer noch da. Du warst da und ich wünschte mir, dass du ein Teil der kleinen Familie würdest, zu der Jason und Ethan für mich geworden waren. Als ich merkte, wie toll sie dich fanden, glaube ich, dass die Hälfte meines Herzens, die du bereits belegt hattest, noch ein wenig größer wurde.« Ich drehe meinen Kopf leicht zu ihr hin, mein Atem an ihrem Ohr. »Und das ist seit anderthalb Jahren so. Mit jedem dieser Fotos wurde der Teil meines Herzens, der für dich bestimmt war, größer, und alles andere wurde beiseitegeschoben. Langsam, aber sicher, und jeden Tag ein bisschen mehr.«

Ich blicke sie an. Noch immer stumm betrachtet sie die vielen Fotos, die uns umgeben. Ich weiß, dass sie gerührt ist, denn ihre Augen strahlen und sie atmet mit halb geöffneten Lippen.

Mit den Händen an ihren Hüften drehe ich sie sanft weiter und deute auf ein anderes Foto. Es zeigt uns am Strand. Ich trage Violette auf dem Rücken und sie lacht. Ich liebe dieses Bild, weil es sozusagen von innen leuchtet.

»Erinnerst du dich daran?«, frage ich ganz leise, beide Hände an ihrer Taille.

Sie wehrt mich nicht ab. Ihre Brust hebt und senkt sich im Rhythmus ihres Herzens. Ich frage mich, ob ihr Herz ebenso heftig pocht wie meins.

»Unser Wochenende in der Normandie«, antwortet sie mit offenem Lächeln. »Ich hatte dir erzählt, dass ich noch nie dort war ... Am nächsten Tag hast du mit meiner Tasche vor ES-MOD gestanden und wir sind losgefahren.«

Genau. Und es war ein wundervolles Wochenende, eines meiner schönsten. Zwei Tage pures Glück, die mich auf die Idee brachten, mit ihr in einer mongolischen Hütte leben zu wollen. Nur, dass ich zu dieser Zeit noch nicht begriffen hatte, dass das alles längst Liebe war.

»Ich fuhr mit offenen Fenstern und du hattest die Füße auf dem Armaturenbrett und hast lauter gesungen als das Radio. Und in Deauville haben wir am Nachbartisch von Daniel Auteuil gegessen.«

Bei dieser Erinnerung muss sie lächeln. Wir hatten gestritten, weil sie überzeugt war, dass der Mann, der neben uns saß, der Schauspieler war, ich aber dachte, dass er ihm nicht besonders ähnlich sähe. Schließlich drehte er sich zu uns um und scherzte: »Ich sehe mir vielleicht nicht ähnlich, aber ich bin noch nicht taub.«

»Das war toll«, haucht sie.

»Stimmt.«

Violette schließt die Augen und befeuchtet ihre Lippen. Ich weiß nicht, was diese Geste bedeutet, aber ich hoffe, sie versteht, was ich ihr verzweifelt mitzuteilen versuche. Sie will sich gerade umdrehen, um mir etwas zu sagen, als ich meine Finger mit ihren verschränke und sie zu einer anderen Ecke des Aufzugs führe. Ich möchte, dass sie alles hört, was ich ihr zu sagen habe.

»Noch ein letztes. An dieses hier kannst du dich nicht erinnern«, sagte ich schüchtern und zeige ihr ein Foto, das ohne ihr Wissen aufgenommen wurde.

Verblüfft reißt Violette die Augen auf. Auf dem Bild liegt sie nackt auf dem Bauch. Die Laken sind bis zum Poansatz hochgezogen, sodass nur ihr Rücken enthüllt ist. Ihr Haar fällt wie ein goldener Schleier um ihr Gesicht, einige Löckchen kringeln sich über ihren zarten Hals. Weil sie im Profil aufgenommen ist, sieht man nur den mit Sommersprossen gesprenkelten Teil ihres Gesichts.

Sie wirkt unendlich entspannt.

Obwohl sie von diesem Foto nichts wusste, weiß ich, dass ihr klar ist, wann es aufgenommen wurde. Es gab nur eine Nacht, die wir nackt in ihrem Bett verbracht haben.

»Das war, nachdem wir uns das erste Mal geliebt hatten. Du bist in meinen Armen eingeschlafen«, sage ich heiser. »Und du warst so wunderschön … so unschuldig … dass ich nicht widerstehen konnte. Ich habe schnell meine Kamera geholt, ehe du aufgewacht bist.«

Widerstrebend löse ich mich von ihr, lasse ihre Hand aber nicht los und stelle mich neben sie. Staunend betrachtet Violette das Foto. Doch ihre Antwort überrumpelt mich:

»Ich verstehe nicht.«

Ich runzle die Stirn.

»Was verstehst du nicht?«

Wirklich verwirrt wendet sie mir den Kopf zu.

»Warum hast du dieses Bild gemacht? Oder besser gesagt, warum hast du es behalten?«

Ich liebkose ihre Hand mit meinem Daumen. Wenn ich ihr nur mein Herz geben und es vor ihren Augen öffnen könnte, um ihr zu zeigen, was alles darin ist! Sie würde überall und in jedem Winkel nur ihren Namen sehen. Vielleicht würde sie mir dann endlich glauben.

»Weil sich in dieser Nacht etwas verändert hat. Zwar war das zwischen dir und mir längst keine Freundschaft mehr, aber wir hatten eine weitere Hürde genommen. Mein Herz war übervoll von dir, und ich stand da wie ein Idiot, mit einem halben Herzen namens ›Violette‹, das plötzlich viel zu viel Platz einnahm. Von diesem Moment an hat sich in meinem Kopf alles verwirrt und ich bekam nichts mehr auf die Reihe. Ich hasste Clément, ich war dir böse, dass du mit ihm zusammen warst, ich war eifersüchtig auf Jason und Zoé wegen ihrer sorglosen Beziehung …«

Sie sieht mich an, als hätte ich ihr gerade die Schließung der Kinderschokoladefabrik verkündet, und eine Träne läuft ihr über die Wange. Ich trete näher – unsere Finger sind immer noch miteinander verschlungen – und wische ihr die Träne mit dem Daumen ab.

»Tatsächlich ist es so, dass es hier kein einziges Foto von uns gibt, auf dem ich nicht schon verrückt nach dir war. Richtig ist auch, dass ich mich nicht in dich verliebt hätte, wenn mir Lucie wirklich noch wichtig gewesen wäre. Aber es ist passiert. Mindestens hundertmal. Es ist passiert, als du anfingst, meine Zahnbürste zu benutzen, es passierte wieder, als du durch die Wohnung gelaufen bist und das ›Wort‹ gerufen hast, und dann wieder, als du mich nach dem katastrophalen Treffen mit meiner Mutter hinter dem verdammten Auto in die Arme genommen hast ... Ich könnte noch lange so weitermachen. Ich habe Lucie geliebt, das stimmt, aber dann kamst du. Du kamst wie ein Regenbogen nach dem Regen, wie das erste Veilchen im Frühling, und ich habe dich immer noch mehr geliebt.«

Sie weint jetzt dicke Tränen. Ich konnte sie noch nie weinen sehen, übrigens auch keine andere Frau, aber dieses Mal weiß ich, dass es einem guten Zweck dient. Ich weiß, dass sie weint, weil ich sie liebe und weil sie mich ebenfalls liebt. Sie weint, weil sie weiß, dass das Schlimmste hinter uns liegt. Zumindest hoffe ich das.

Ich hebe unsere Hände an meinen Mund, küsse ihre Finger und lege meine Stirn an ihre. Ihr Körper neigt sich mir unwillkürlich entgegen, weil er den Seelenverwandten erkennt, der ihm gegenübersteht.

»Nun?«, flüstere ich mit schiefem Lächeln. »Bist du bereit, das Abenteuer zu wagen?«

Ich warte darauf, dass sie etwas sagt. Mir ist fast ein wenig schlecht. Doch sie sagt nichts. Stattdessen lächelt sie, schlingt mir die Arme um den Hals und presst ihren Mund auf meinen. Endlich.

Eine bessere Antwort hätte ich mir nicht erhoffen können.

Sie schmiegt sich an meine Brust und öffnet den Mund, um mich zu begrüßen. Noch nie war ein Kuss derart köstlich. Auch ihre Lippen habe ich vermisst. Sie sind weich und küssen mich zärtlich. Ich ertrinke in einer Welle des Begehrens, während ihre Zunge mit meiner spielt und meinen Gaumen streichelt.

Schnell wird der Kuss intensiver und meine Hände sind überall auf ihr. Ich hebe sie hoch, ohne auch nur Luft zu holen, meine Hände halten ihren Hintern, und ich verschlinge fieberhaft und drängend ihren Mund.

»Ich liebe dich auch«, flüstert sie zwischen zwei sehnsüchtigen Küssen.

Dämlich lächle ich an ihren Lippen. Ich kann es nicht glauben. Wir haben es geschafft. Ich bin offiziell in einer Beziehung mit meiner besten Freundin. Und es ist nicht Teil einer Abmachung, das schwöre ich.

»Loan …«

»Ja, Violette-Veilchenduft?«

Ich lasse sie nicht los und lege ihr die Hand hinter den Rücken, als wolle ich sie davon abhalten, wegzugehen.

»Heißt das, dass ich jetzt …«

»Dass du jetzt meine Freundin bist? Ich denke schon, ja. Das kannst du André gerne sagen. In den nächsten Ferien im Jura bin ich dabei.«

Sie lacht leise an meinem Hals. Wahrscheinlich stellt sie sich die Reaktion ihres Vaters vor, wenn wir gemeinsam dort auftauchen. Ich nehme ihr Gesicht zwischen die Hände und küsse sie zärtlich. Sie blickt mir intensiv in die Augen und verwüstet damit meine Seele.

»Ich muss dich warnen«, sage ich. »Wenn ich mich verliebe, ist es fürs ganze Leben.«

Sie schließt die Augen, als ob sie das Echo meiner Worte ganz auskosten wolle. Schließlich lächelt sie und neckt mich:

»Ein ganzes Leben ist ziemlich lang …«

»Hast du Angst?«

Ich drücke sie mit fragendem Blick an mich.

»Nein«, sagt sie schließlich. »Und du?«

Mir wird warm ums Herz und mein Lächeln unter ihrem Blick immer breiter.

Es ist der gleiche Blick, mit dem sie mir vor anderthalb Jahren ein frohes neues Jahr gewünscht hat.

»Nein, Violette-Veilchenduft. Jetzt habe ich keine Angst mehr.«

Epilog

Fünf Jahre später

Violette

»Weißt du, dass ich in weniger als zwei Wochen zwei Gläser Nutella verdrückt habe?«

Loan hört mir kein bisschen zu. Er ist viel zu beschäftigt damit, meinen Hals mit Küssen zu bedecken. Ich liege auf dem Rücken, eine Hand in seinem nach sechs Stunden Schlaf etwas wirren Haar. Rasch unterdrücke ich ein Gähnen.

Verdammt, ich bin wirklich noch ziemlich müde. Eigentlich wollte ich unbedingt ausschlafen … aber wie soll man widerstehen, wenn der Freund mit jedem Tag begehrenswerter wird und einen mit zärtlicher Zunge weckt?

Tja, man widersteht eben nicht.

Ich glaube, ich werde es nie leid sein, in *unserer* Wohnung neben ihm aufzuwachen. In der neuen Wohnung, die wir vor kaum zwei Monaten bezogen haben. Sie hat zwei Zimmer, eines davon im Zwischengeschoss, und einen typischen Pariser Balkon. Eine kleine Verrücktheit.

»Loan.«

»Mmh …«, murmelt er über mir und schiebt das Laken beiseite, das meinen nackten Körper bedeckt.

»Ich rede mit dir …«

Er leckt meinen Hals so zärtlich wie eine Katze und küsst jeden brennenden Quadratzentimeter meiner Haut, was alle Nervenenden meines Körpers elektrisiert. Himmel, man kann einfach nicht mit ihm reden, wenn er so ist. Und das

Schlimmste ist, dass er es weiß und es schamlos ausnutzt! Vor allem, wenn wir uns streiten und er im Unrecht ist. Wir streiten uns ziemlich häufig, doch meistens endet es mit einer Umarmung. Ich habe festgestellt, dass es besonders dann passiert, wenn ich recht habe.

Er schafft es immer wieder, mich zu besänftigen. Ich bin einfach zu schwach.

Aber manchmal ist Schwäche auch gut. Ja, ganz bestimmt. Sehr gut sogar.

»Ich erzähle dir gerade, dass ich mich vollgestopft habe wie eine Sau.«

Angesichts dessen, was sich immer größer werdend gegen meinen Unterleib presst, scheint ihn das nicht im Geringsten zu stören. Fast wird es mir schon zu viel. Wenn ich ihn sein Spielchen weitertreiben lasse, gebe ich irgendwann doch noch nach. Und dabei sollte er mich trösten.

Wild entschlossen, ihn endlich zum Zuhören zu bringen, zerre ich an seinen Haaren und zwinge ihn, mich anzuschauen. Seine Azurit-Iris versenkt sich funkelnd vor Begierde und noch leicht schlaftrunken in meine. Seine Lippen verziehen sich zu einem lasziven Lächeln, das ich nur allzu gut kenne. Mein Herz knistert wie Popcorn.

Ich bin erledigt.

»Aber dann ist doch alles wie immer.«

»Mach dich nicht lustig!«, erwidere ich schmollend und werde rot. »Ich bin sicher, du hast es längst bemerkt und bist nur zu höflich, um mich darauf anzusprechen.«

Jetzt habe ich seine ungeteilte Aufmerksamkeit. Mein Freund ist nicht dumm und weiß, dass er sich interessiert zeigen sollte, wenn eine Frau – vor allem seine – über ihr Gewicht spricht. Loan, der das nach immerhin fünf Jahren Beziehung endlich gerafft hat, richtet sich halb auf.

»Was überhaupt?«

Ich senke den Blick und streiche mit den Händen über seinen kräftigen Bizeps. Es fühlt sich nicht gerade toll an, wenn man neben einem ultraheißen Typen wie Loan immer fetter wird. Vor allem, wenn die neue Kollegin auf der Feuerwache eine hochgewachsene Rothaarige mit sinnlichen Lippen ist. Shana heißt sie wohl. Ernsthaft, wer heißt heutzutage schon Shana, ohne in einer Serie wie *New Girl* mitzuspielen?

»Dass ich fett geworden bin …«

Seine warmen Finger heben mein Kinn, um mich zu zwingen, seinem Blick zu trotzen. Das ist nicht irgendein Blick. Das ist der Blick, der auf magische Weise alle Höschen fallen lässt – gut, dass ich meines nicht mehr anhabe. Dieser Blick, der mich erröten lässt, wenn Loan mich im Restaurant mit meinem Vater und dessen neuer Freundin Sabine so anschaut. Dieser Blick, der bedeutet: »Bis zu Hause halte ich es nicht mehr aus.«

Wir haben es tatsächlich nie ausgehalten.

»Du bist nicht fett, Violette.«

»Sagen kann man viel, Monsieur-ich-mach-dir-Orgasmen-indem-ich-einfach-nur-lächle-wie-ein-Dummkopf!«

Loan setzt sich mit hochgezogenen Augenbrauen auf. So ist er einfach unwiderstehlich. In den fünf Jahren ist Loan noch anziehender geworden als zuvor, wenn so etwas überhaupt möglich ist.

»Gut zu wissen, dass ich dir einen Orgasmus verschaffen kann, ohne dich zu berühren. Dann muss ich nicht mehr diese ganzen Bemüh…«

Ich reagiere sofort und halte ihm den breit grinsenden Mund zu.

»Schon gut, schon gut«, rufe ich. »Keine voreiligen Entschlüsse … So habe ich das nie gesagt … Bemühungen sind sehr wichtig.«

Er nickt zustimmend und pflückt langsam meine Finger von seinem Mund, ohne den Blick von mir abzuwenden.

»Ich bin voll und ganz einverstanden.«

Ich bekomme eine Gänsehaut, als er sich zu mir hinunterbeugt und mich zwischen die Brüste küsst. Mit geschlossenen Augen werfe ich den Kopf nach hinten aufs Kissen und lasse ihn sich seinen feuchten Weg zu meinem Bauchnabel bahnen. Seine Zunge kitzelt, seine Hände streicheln die Innenseiten meiner Oberschenkel. Meine Atmung wird immer schneller, mein Herz spielt verrückt und ich spüre seinen Atem auf meinen intimsten Stellen … Verdammt.

»Loan, lass das jetzt!«

Loan seufzt, weil ich ihn ausgebremst habe und robbt widerwillig wieder zu mir nach oben. Er streckt sich rechts von mir aus und schiebt mir eine Haarsträhne hinters Ohr.

»Aber du bist schwanger, Liebste. Da ist es völlig normal, zuzunehmen«, sagt er, bevor er den oberen Teil meines gerundeten Bauchs küsst.

Nicht ganz überzeugt schließe ich die Augen und streichle sanft meinen Bauch. Okay, er hat recht. Aber ich bin erst im sechsten Monat und habe schon zehn Kilo zugenommen.

Auf meinem Bauch verschränken Loans Finger sich beruhigend mit meinen. Das tut er gern. Manchmal, frühmorgens, bevor er aufsteht, um zur Arbeit zu gehen, weckt er mich mit seinen Liebkosungen. Ich gebe dann vor zu schlafen und beobachte ihn durch meine Wimpern. In diesen Momenten bin ich überzeugt, dass er ein wunderbarer Vater wird, auch wenn er Angst davor hat. Ich weiß, dass er sehr beunruhigt ist, auch wenn ich ihm versichere, dass er sich keine Sorgen wegen der Probleme seiner Mutter zu machen braucht, die sein Vater übrigens endlich in einer entsprechenden Einrichtung untergebracht hat.

Ich erinnere mich noch genau an den Tag, an dem ich ihm von der großen Neuigkeit erzählt habe. Ein Baby zu bekommen gehörte eigentlich nicht zu unseren Plänen, zumindest nicht in den nächsten zwei oder drei Jahren. Es ist eben einfach passiert, und ich nahm es als Zeichen. An diesem Tag hatte ich ihm vorgeschlagen, im Restaurant zu Abend zu essen. Er ahnte nichts. Beim Nachtisch überreichte ich ihm ein Geschenk. Als er den winzigen weißen Body aus der Schachtel nahm, auf dem stand: »Ich liebe meinen Papa«, glaube ich, dass unsere beiden Herzen einen Augenblick stehen geblieben sind.

Er erstarrte mit undurchschaubarer Miene. Ich wartete ab. Mir war klar gewesen, dass er keine Luftsprünge machen würde. Schließlich hatten wir bisher nie über Familienplanung gesprochen. Loan war gerade befördert worden, ich hatte inzwischen einen festen Vertrag bei Jolies Mômes und eigentlich hatten wir eine Reise nach Indien geplant.

Er stützte den Ellbogen auf den Tisch und bedeckte mit einer Hand sein Gesicht, während die andere den Body fest umklammerte. Ich bekam es mit der Angst zu tun. Ich stand auf, ging zu ihm und flüsterte ihm zu, dass wir noch darüber reden könnten. Erst als er die Hand von den Augen nahm, sah ich, dass er weinte. Er schenkte mir ein ganz leichtes, fast trauriges Lächeln und erklärte: »Ich liebe dich so sehr.«

Ich glaube, an diesem Abend habe ich mich noch einmal neu in ihn verliebt.

»Stören dich diese zehn Kilo wirklich so sehr?«, will er von mir wissen.

»Ja!«

»Gut, dann müssen wir beide eben viel trainieren.«

Ich lächle, während er mein Gesicht in die Hände nimmt und mich fordernd küsst. Mein Herz macht einen Rückwärtssalto. Seine Zunge spielt wild in meinem Mund und leckt meinen Gaumen, seine Hand streicht über meinen Rücken. Zeit für Sport! Ich schiebe die Laken beiseite, setze mich rittlings auf ihn und lege die Hände auf seinen festen Bauch. In meiner Situation ist diese Stellung nicht unbedingt die bequemste, aber die Missionarsstellung ist deutlich weniger komfortabel. Dieser Bauch nimmt ziemlich viel Platz ein.

Ich beuge mich vor und knabbere an seinem Ohrläppchen, während er seine Hände auf meinen runden Hintern legt.

»Warte ... Ich kann dem Baby doch nicht schaden, oder?«

»Aber nein«, flüstere ich und küsse seinen Hals.

»Bist du sicher?«

Ich verdrehe die Augen.

»Völlig sicher. Bestimmt schläft es gerade ... oder es tut andere Dinge, die Babys eben so tun.«

In dem Moment, als er schließlich zur Sache kommen will, weil er mir glaubt, klingelt das Telefon. Loan knurrt frustriert und lässt sich auf sein Kissen zurücksinken.

»Habt ihr euch abgesprochen oder was?«

»Hör auf zu jammern«, sage ich lachend und greife immer noch rittlings auf ihm sitzend nach dem Telefon. »Ja, hallo?«

»Hier ist Zoé. Was machst du gerade?«, tönt die Stimme meiner besten Freundin aus dem Hörer. »Du bist schon zehn Minuten zu spät!«

Ich erstarre und mein Lächeln schwindet sofort. Mist! Loan, der nichts gehört hat, küsst meine Brüste. Ich versuche schnell nachzudenken und eine plausible Entschuldigung zu erfinden, aber die Zunge meines Freundes lässt mich den Faden verlieren.

»Oh ... ich ... Wow ... Entschuldige! Ich bin schon unterwegs«, stammle ich und schließe die Augen.

»Hältst du mich für bescheuert?«

»Ehrlich! Hier ist so ein verdammter … Lkw, der die Straße blockiert, und … MANN, MACH DICH ENDLICH VOM ACKER!!«

Loan schaut mich verwirrt an. Ich schneide ihm eine Grimasse, damit er es versteht, aber er schüttelt nur den Kopf. Ich hatte das Treffen mit Zoé und ihrer Schwägerin Jade völlig vergessen. Sie wollte mich dabeihaben, um zu verhindern, dass sie sich an die Gurgel gehen – nicht alles läuft zwischen ihnen wie geplant, besonders wenn Jason seine Schwester ständig verteidigt.

»Violette, ich rufe auf dem Festnetz an!«, lässt Zoé mich wissen. »Also, du musst mich wirklich für ziemlich blöd halten.«

Ich schlage mir auf die Stirn und schlucke ein nervöses Lachen hinunter. Zu meiner Verteidigung kann ich lediglich sagen, dass wissenschaftlich erwiesen ist, dass man während der Schwangerschaft einige Neuronen verliert.

»Ach ja, stimmt. Okay, ich beeile mich.«

Sie gibt mir die Adresse und ich lege hastig auf. Loan hat sein Morgenprojekt immer noch nicht aufgegeben, doch leider muss ich ihn wieder unterbrechen.

»Wir sind spät dran!«, rufe ich und drücke ihn zurück auf die Matratze.

Ich steige aus dem Bett und ziehe mich hastig an. Wenn ich Zoé zu lange mit Jade allein lasse, habe ich Angst vor dem, was ich bei meiner Ankunft vorfinden werde. Loan nörgelt, aber ich dränge ihn unsanft, sich zu beeilen. Intuitiv passt er sich meinem Tempo an und verbreitet fast ebenso viel Hektik wie ich. Seit wir zusammen sind, ist Loan nicht mehr so pünktlich wie früher. Aber das liegt nicht an mir, auch wenn er es behauptet. In Wahrheit bin ich davon überzeugt, dass er Gefallen daran findet. Pünktlichkeit ist was für Loser.

Ich ziehe das erste weite Kleid an, das mir in die Hände fällt. Der Wecker zeigt elf Uhr fünfundvierzig. Treffen wollten wir uns um halb. Erfolglos versuche ich, das Kleid im Nacken zu schließen.

»Kannst du mir mit dem Reißverschluss helfen? Schnell!«, bitte ich Loan, der gerade in Rekordzeit versucht, in seine Jeans zu schlüpfen.

Er zieht die Hose hoch und kommt dann zu mir, um mir zu helfen. Ich verdrehe die Augen, als ich erkenne, dass er den Reißverschluss nach unten anstatt nach oben zieht.

»Ich will es anziehen, nicht ausziehen, Loan.«

»Scheiße, tut mir leid. Die Macht der Gewohnheit.«

Er schließt den Reißverschluss und geht ins Bad, um sich die Zähne zu putzen. Ich höre ihn leise fluchen, als er in der Eile beinahe auf Mistinguette tritt. Währenddessen laufe ich auf der Suche nach Strümpfen und Schuhen kreuz und quer durchs Zimmer.

»Verfluchte Scheiße!«, schimpft Loan, als er wieder ins Schlafzimmer kommt.

»Was?«, schreie ich auf und drehe mich zu ihm um. »Du bist doch nicht etwa auf Mistinguette getreten!«

Das Kaninchen kommt unter dem Bett hervor, als hätte sie verstanden, dass es um sie ging, und hoppelt auf Loans Beine zu. Loan reibt sich den Fuß. Er ist gegen die Schrankecke gestoßen.

»Nein, meiner Frau geht es gut.«

»Wie bitte? Deiner Frau?«

Loan, immer noch mit nacktem Oberkörper und nicht zugeknöpften Jeans, kommt lächelnd näher.

»Meiner Zweitfrau natürlich.«

»Hm.«

Er zieht sich fertig an, während ich ins Wohnzimmer flitze

und eine leichte Jacke überziehe. Loan folgt mir und greift dabei nach etwas, das auf dem Küchentisch liegt. Endlich sind wir fertig, hasten so schnell es eben geht die Treppe hinunter und steigen ins Auto. Er reicht mir das Schokocroissant, das er für mich mitgenommen hat. Als er anfährt, habe ich es bereits verschlungen.

»Hast du Jason übrigens wegen Mistinguette gefragt?«, will ich wissen, während ich mich im Rückspiegel schminke.

Er verdreht die Augen, was nichts Gutes verheißt. Tatsächlich wollen wir in einer Woche in einen romantischen Urlaub fahren. Wir haben uns für Südfrankreich entschieden. Es ist nichts Besonderes, aber dafür waren Loan und ich vor drei Jahren, als ich noch nicht fett wie ein Wal war, in Peru, um Machu Picchu zu besuchen. Sein Kindheitstraum.

Nun wollten wir Jason und Zoé bitten, sich um Mistinguette zu kümmern. Ein Risiko wie jedes andere auch.

»Ja, ich habe ihn gefragt.«

»Und …?«

Loan wirft mir einen ironischen Seitenblick zu.

»Er hat zugesagt. Und dann hat er mich gefragt, ob man Kaninchen Hühnerknochen geben darf.«

Ich verstehe. Und so einer soll der Pate meines Kindes werden …

»Ich warne dich«, fährt er fort. »Wenn wir ein Mädchen bekommen, ziehen wir weit weg von hier.«

Unwillkürlich lege ich die Hände auf meinen Bauch und wende ihm überrascht den Kopf zu.

»Warum das?«

»Mit Jason in der Nähe? Nie und nimmer! Er würde sie mit spätestens sechzehn schwängern.«

Trotz des eher zwielichtigen Scherzes muss ich lachen. Eigentlich hatten wir nicht nach dem Geschlecht unseres

Babys fragen wollen. Leider konnte ich diesen Entschluss aber nicht durchhalten. Ich bin nicht stolz auf das, was ich getan habe ... aber ich muss zugeben, dass ich die Gynäkologin bedroht habe, damit sie es mir doch verrät.

Natürlich habe ich niemandem davon erzählt, nicht mal Zoé. Es bleibt mein kleines Geheimnis.

Ich betrachte Loan, der sich auf die Straße konzentriert, und muss lächeln. Ich kann es kaum erwarten, das Leuchten in seinen Augen zu sehen, wenn er erfährt, dass er Papa einer kleinen Anaé wird. Aber ganz bestimmt habe ich nicht die Absicht, irgendwo anders hinzuziehen.

»Du hast Jason versprochen, dass er Pate wird, Loan. Wir müssen bleiben.«

»Ja, ich weiß«, seufzt er. »An dem Abend muss ich ziemlich besoffen gewesen sein.«

Bald sind wir da. Ich seufze. Ich weiß nicht mal mehr, warum ich zugesagt habe, Zoé bei dieser Machtprobe zu unterstützen. Stattdessen hätte ich mit Loan im Bett bleiben können, um das fortzusetzen, was wir begonnen hatten.

»Soll ich dich später abholen?«, fragt Loan und liebkost meinen Oberschenkel.

»Unbedingt. Auf uns wartet schließlich noch eine Trainingseinheit«, necke ich ihn.

Er lacht leise und scheint in Versuchung zu geraten.

»Besser, du hältst den Mund, sonst kommst du nie aus diesem Auto heraus.«

Frech hebe ich eine Augenbraue und schiebe mein Kleid ein Stück nach oben.

»Lust hätte ich schon ...«

Loan wirft einen Blick auf meine unbedeckten Beine und seufzt frustriert. Siegesgewiss sehe ich, wie er sich auf die Lippen beißt.

»Verdammt. Du hattest Zeit, in drei Minuten diese Dinger anzuziehen?«

Ich zucke die Schultern und schlage den Saum meines Kleides wieder über die Strapse. Ich weiß genau, wie ich ihn in die Knie zwingen kann, und ich werde dessen nicht müde.

»Frauen können vieles.«

Schließlich hält Loan vor dem Laden, wo Zoé und Jade auf mich warten. Ich danke Loan mit einem Augenzwinkern und öffne die Tür, um auszusteigen. Aber plötzlich spüre ich, wie etwas an meinem Kleid zieht. Ich drehe mich um. Loan hat den Arm auf der Rückenlehne meines Sitzes. Ich lächle und beuge mich vor, um ihm mit den Händen auf seinen Wangen einen Kuss zu geben.

»Wir sehen uns heute Abend zu Hause«, murmelt er. »Ich möchte dir zeigen, was Männer so richtig gut können.«

Bei diesen Worten überläuft mich ein Schauer. Allerdings spiele ich sein Spielchen mit und streichle verträumt seine Wange.

»Den Haushalt machen? Hmmmm, danke mein Engel, genau auf diesen Vorschlag habe ich gewartet.«

Loan grinst, weil er in die Falle getappt ist, und ich nehme die Gelegenheit wahr, mich loszumachen und die Tür hinter mir zuzuschlagen.

»Violette!«

Ich bleibe mitten auf dem Bürgersteig stehen und drehe mich um. Loan blickt mich durch das heruntergelassene Fenster ausgesprochen ernst an. Ich warte darauf, dass er etwas sagt, aber er schaut mich nur an.

»Ich liebe dich.«

Da ist es. Ich betrachte ihn und frage mich, wie all das Glück, das meine Brust fast zu sprengen droht, überhaupt möglich ist. Ich weiß nicht, wem ich das verdanke ... aber ich bin froh, dass ich in diesem Aufzug war. Der ist übrigens nie wieder kaputtgegangen. Daher kann ich eigentlich nur an das Schicksal glauben.

Ich presse die Lippen zusammen und steige unter Loans überraschten Blicken wieder ins Auto.

»Genau genommen glaube ich, dass ich heute krank bin«, verkünde ich und schließe die Tür. »Ich will die Mädchen auf keinen Fall anstecken.«

Loans Lippen verziehen sich zu einem verschmitzten Grinsen.

»Du hast recht, ich rieche es bis hierher. Du stinkst meilenweit nach Mikroben.«

Er fährt mir durchs Haar und küsst mich sehnsüchtig. Ich bin wie berauscht vor Glück.

Ich weiß nicht, was die Zukunft uns bringen wird – ob wir unser ganzes Leben lang glücklich bleiben oder ob irgendwelche Ereignisse dazu führen, dass sich unsere Wege wieder trennen. Alles was ich weiß, ist, dass ich gerade jetzt, in diesem Moment ... vollkommen glücklich bin.

Und ich habe vor, das so intensiv wie möglich zu genießen.

Danksagung

Nun, ich denke, jetzt ist der stressige Moment gekommen, an dem man niemandem zu danken vergessen sollte. Ja, denn nachdem *Never too close* in meinem Kopf Wurzeln geschlagen hatte, wäre es nie Wirklichkeit geworden ohne bestimmte Menschen, die an mich geglaubt haben:

Doriane, meine Freundin und Leserin, die weiß, wie man das Ego einer angehenden Autorin pimpt. Wir lernten uns zufällig auf den Fluren der Universität kennen und stellten fest, dass wir für die gleichen verrufenen Romanzen schwärmten (danke, E.L. James). Daher war es fast natürlich, dass ich dir eine Liebesgeschichte schickte, ohne dir zu sagen, dass ich sie selbst verfasst hatte. Als du ein paar Tage später kamst und mir sagtest, wie sehr sie dir gefiel, wusste ich, dass meine Arbeit etwas wert war. Mehr brauchte ich nicht, um anzufangen.

Emma, Leserin, leicht verrückte Freundin und darüber hinaus meine gute Fee. Wahrscheinlich gäbe es Violan nicht, wenn du ihre Geschichte nicht ohne mein Wissen verschickt hättest, weil du von ihrem zukünftigen Erfolg überzeugt warst. Danke, dass du an mich geglaubt hast und den Mut hattest, etwas zu tun, was ich nie getan hätte. Danke auch an Christian Grey, über den wir so viel gelacht haben (er ist es wert).

Marie und Johan, weil sie die Unglücklichen sind, an die ich mich wende, wenn ich weinen muss, gestresst bin und sichergehen muss, dass das alles kein Traum ist. Danke für eure

Unterstützung und dafür, dass ihr mich zu den Sternen tragt, wenn ich selbst nicht mehr daran glaube. #SquadMJM

Natürlich meine geliebten Eltern, die alle dazu gedrängt haben, *Never too close* zu lesen, ohne an die erotischen Szenen zu denken. Wegen euch kann ich an keinem Familienessen mehr teilnehmen. (Ein besonderes Wort an meine Mama: Im Gegensatz zu Violette hatte ich das Glück, die beste von allen zu haben. Du bist die Frau meines Lebens und ich liebe dich *mit all meinen Tentakeln*.)

Sabrina, die gleichzeitig meine Tante, meine Freundin und meine Therapeutin ist. Nicht zu vergessen meine Brüder, die mich gefragt haben, ob ich mich auch bei ihnen bedanke und sich beschweren, als ich es ablehnte.

Sylvie, weil du an meine Geschichte geglaubt und sie verstanden hast, weil du sie unterstützt und viel Zeit damit verbracht hast, die Tiraden von Violette-Veilchenduft wieder und wieder zu lesen – du musst mich hassen. Wenn Charlie Hunnam eines Morgens bei dir auftaucht, mach dir keine Sorgen; es ist ein Geschenk.

Das Rudel, weil ihr es zwar noch nicht wisst, ich mich aber bei euch ausheulen werde, wenn dieses Buch floppt. Zumindest habe ich noch meinen Traum, in die Mongolei auszuwandern und Schafe zu züchten (eine besondere Erwähnung gilt meiner Gruppe Eden Trash sowie Clara und Agathe, die ich zu sehr liebe).

Selbstverständlich das Team von Hugo New Romance, ohne das nichts möglich wäre. Ich habe nicht alle kennengelernt, doch ich weiß, dass viele hinter den Kulissen daran arbeiten, dass dieses Buch Wirklichkeit wird. Ganz besonders Hugues, der Boss, der mir meine Chance gab. An dem Tag, als ich deine E-Mail bekam, hatte ich fast einen Herzstillstand, aber langsam erhole ich mich. Deborah und Olivia, aber auch

Mélusine, meine feministische Freundin, die nicht meckert, wenn sie sieht, dass ich auf Twitter rumschimpfe – niemand ist perfekt.

Und schließlich: Alle meine Leserinnen im Internet, die Violans Abenteuer live gelesen und ihre Entwicklung von Anfang an verfolgt haben. Ich schulde euch alles. Jede eurer Stimmen und Kommentare war mir Unterstützung und Inspiration. Dieses Buch ist für euch, mit besonderer Erwähnung meiner Freundinnen: Élodie, Shirley, Emma, Sand, Becca, Ambre, Virginie und viele andere.

Was euch betrifft, die ihr *Never too close* zum ersten Mal lest, ich danke euch, dass ihr es entdeckt habt (das Cover macht eine Menge aus, nicht wahr?), und ich schicke euch ganz viele Glitzerküsse.

Nur bei ihm kann ich mich fallen lassen

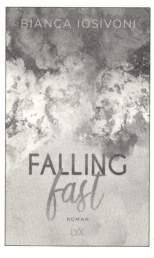

Bianca Iosivoni
FALLING FAST
480 Seiten
ISBN 978-3-7363-0839-8

Hailee DeLuca hat einen Plan: Die Zeit, in der sie sich zu Hause verkrochen und vor der Welt versteckt hat, ist vorbei. Sie will mutig sein und sich all die Dinge trauen, vor denen sie sich früher immer zu sehr gefürchtet hat. Doch dann lernt sie Chase Whittaker kennen – und weiß augenblicklich, dass sie ein Problem hat. Denn mit seiner charmanten Art weckt Chase Gefühle in ihr, die sie eigentlich niemals zulassen dürfte. Und nicht nur das. Er kommt damit ihrem dunkelsten Geheimnis viel zu nahe ...

»Geheimnisvoll, berührend und aufwühlend. *Falling Fast* ist ein absolutes Must-Read!« MEIN BUCH, MEINE WELT

LYX